U0096249

民国新闻专题史研究丛书

方汉奇题

倪延年　主編

第12冊

民國時期的新聞業經營

張 立 勤 著

花木蘭文化事業有限公司

國家圖書館出版品預行編目資料

民國時期的新聞業經營／張立勤 著 — 初版 — 新北市：花木蘭文化事業有限公司，2020〔民 109〕

目 4+276 面；19×26 公分

（民國新聞專題史研究叢書；第 12 冊）

ISBN 978-986-518-129-1（精裝）

1. 新聞業 2. 民國史

890.9208 109010137

ISBN-978-986-518-129-1

民國新聞專題史研究叢書

第十二冊 ISBN：978-986-518-129-1

民國時期的新聞業經營

作　　者　張立勤

叢書主編　倪延年

出　　版　花木蘭文化事業有限公司

發 行 人　高小娟

總 編 輯　杜潔祥

副總編輯　楊嘉樂

編　　輯　許郁翎、張雅淋　美術編輯　陳逸婷

聯絡地址　235 新北市中和區中安街七二號十三樓

電話：02-2923-1455／傳眞：02-2923-1452

網　　址　http://www.huamulan.tw 信箱 hml810518@gmail.com

印　　刷　普羅文化出版廣告事業

初　　版　2020 年 9 月

全書字數　266861 字

定　　價　共 12 冊（精裝）新台幣 36,000 元

民國時期的新聞業經營

張立勤 著

此項研究得到國家社會科學基金重大項目
「中華民國新聞史」（編號：13&ZD154）資助

《中華民國新聞史》學術顧問委員會

主任委員

方漢奇　中國人民大學榮譽一級教授，中國新聞史學會創會會長，中國人民大學新聞學院教授，博士研究生導師。

執行主任委員

趙玉明　中國傳媒大學教授，博士生導師，中國新聞史學會第二任會長，北京廣播學院原副院長。

副主任委員

朱曉進　南京師範大學教授，博士生導師，副校長，中國民主促進會江蘇省主委，政協江蘇省副主席。

程曼麗　北京大學教授，博士生導師，中國新聞史學會會長，北京大學華文傳媒研究中心主任。

委員（按姓氏漢語拼音為序）

顧理平　南京師範大學教授，博士生導師，南京師範大學新聞與傳播學院院長。

黃　瑚　復旦大學教授，博士研究生導師，復旦大學新聞學院常務副院長，中國新聞史學會副會長。

李　彬　清華大學教授，博士研究生導師，清華大學新聞與傳播學院學術委員會主任。

劉光牛　新華通訊社高級編輯，新華社新聞研究所副所長。

劉　昶　中國傳媒大學教授，博士研究生導師，中國傳媒大學新聞傳播學部新聞學院院長。

馬振犢　中國第二歷史檔案館副館長，研究員，中國近現代史史料學會副會長。

倪　寧　中國人民大學教授，博士研究生導師，中國人民大學新聞學院執行院長。

秦國榮　南京師範大學教授，博士研究生導師，南京師範大學社會科學學術委員會秘書長，南京師範大學社會科學處處長。

吳廷俊（常設）華中科技大學二級教授，博士生導師，中國新聞史學會副會長，中國新聞史學會新聞教育史分會會長。

二〇一四年三月

《中華民國新聞史》編纂委員會

主任委員

吳廷俊　華中科技大學二級教授，博士研究生導師，中國新聞史學會副會長暨新聞教育史分會會長。項目常設顧問。

執行主任委員

倪延年　南京師範大學教授，博士研究生導師，中國新聞史學會特邀理事，南京師範大學民國新聞史研究所所長。主編《中華民國新聞史》（第 1 卷），協助主任委員完成項目研究組織協調工作。

副主任委員

張曉鋒　南京師範大學教授，博士研究生導師，中國新聞史學會常務理事，中國新聞史學會臺灣與東南亞華文新聞傳播史研究會副會長，南京師範大學新聞與傳播學院執行院長。協助主任委員完成項目組織協調工作。

委員（以姓氏漢語拼音為序）

艾紅紅　中國傳媒大學教授，博士研究生導師，中國新聞史學會常務理事，主編《中華民國新聞史》（第 5 卷），負責全書「民國時期的新聞廣播業」特約專題稿和《民國新聞專題史研究叢書・民國時期的新聞廣播業》分冊撰稿。

白潤生　中央民族大學教授，中國新聞史學會特邀理事，負責全書「民國時期的少數民族新聞業」特約專題稿和《民國新聞專題史研究叢書・民國時期的少數民族新聞業》分冊撰稿。

鄧紹根　中國人民大學教授，博士生導師，中國新聞史學會副秘書長。負責全書「民國時期的外國在華新聞業」特約專題稿和《民國新聞專題史研究叢書・民國時期的外國在華新聞業》分冊撰稿。

方曉紅　南京師範大學教授，博士研究生導師。負責全書「民國時期的新聞管理體制」特約專題稿和《民國新聞專題史研究叢書・民國時期的新聞管理體制》分冊撰稿。

郭必強　中國第二歷史檔案館研究室主任，研究員，中國近現代史史料學會常務理事、副秘書長。負責協助有關史料的查閱和審核工作。

韓叢耀　南京大學教授，博士研究生導師。負責全書「民國時期的圖像新聞業」特約專題稿和《民國新聞專題史研究叢書・民國時期的圖像新聞業》分冊撰稿。

何　村　渤海大學教授。協助首席專家完成相關工作。

李建新　上海大學教授，博士研究生導師，中國新聞史學會常務理事。負責全書「民國時期的新聞教育」特約專題稿和《民國新聞專題史研究叢書・民國時期的新聞教育》分冊撰稿。

李秀雲　天津師範大學教授，博士生導師，新聞傳播學院副院長，中國新聞史學會常務理事。參加全書「民國時期的新聞學研究」特約專題稿和《民國新聞專題史研究叢書・民國時期的新聞學研究》分冊撰稿。

劉　亞　南京政治學院教授，博士研究生導師。主編《中華民國新聞史》（第4卷），負責全書「民國時期的軍隊新聞業」特約專題稿和《民國新聞專題史研究叢書・民國時期的軍隊新聞業》分冊撰稿。

劉繼忠　南京師範大學副教授，博士。南京師範大學民國新聞史研究所副所長。主編《中華民國新聞史》（第3卷）。

徐新平　湖南師範大學教授，博士研究生導師，中國新聞史學會常務理事。負責全書「民國時期的新聞學研究」特約專題稿和《民國新聞專題史研究叢書・民國時期的新聞學研究》分冊撰稿。

萬京華　新華通訊社新聞研究所研究員，新聞史論研究室主任，中國新聞史學會常務理事。負責全書「民國時期的新聞通訊業」特約專題稿和《民國新聞專題史研究叢書・民國時期的新聞通訊業》分冊撰稿。

王潤澤　中國人民大學教授，博士研究生導師，新聞學院副院長，中國新聞史學會副會長兼會刊《新聞春秋》主編。主編《中華民國新聞史》（第2卷）。

張立勤　華南師範大學副教授，博士。負責全書「民國時期的新聞業經營」特約專題稿和《民國新聞專題史研究叢書・民國時期的新聞業經營》分冊撰稿。

二〇一八年十二月

《民國新聞專題史研究叢書》序

倪延年

國家社會科學基金重大項目 2013 年度（第二批）「中華民國新聞史」自 2013 年 11 月立項以來，項目組全體同仁歷經五年奮力拼搏，終於如期完成了研究任務，交出了自己的答卷。項目最終成果可分兩個部分：即 5 卷本的《中華民國新聞史》和由 10 個專題 12 個分冊組成的《民國新聞專題史研究叢書》。本序主要就「民國新聞專題史」研究的歷史進程、研究對象、研究組織及研究原則等涉及全套《叢書》的相關問題作一個概括性介紹。

一

從孫中山領導在南京創立中華民國臨時政府（俗稱民國南京臨時政府）的 1912 年元旦，到我們撰寫定稿「民國新聞專題史」各分冊的現在（2018 年底），兩個時間點相距一百多年。回顧這一百多年「民國新聞專題史」研究的歷史進程，眞是讓人感慨萬千。這一百多年的歷史進程，從大的方面可以劃分爲中華民國時期（38 年左右）和中華人民共和國時期（建國已近 70 年）兩個階段；每一階段又可分成兩個小的階段——這兩個大的階段和四個小的階段，正好構成了「民國新聞專題史」研究發展的完整歷程。

一、「中華民國時期」的 38 年可以日本發動全面侵華戰爭而製造的北平盧溝橋「七・七事變」為節點劃分為兩個階段。

（一）從孫中山領導創建「中華民國」到「七・七事變」爆發是中華民國時期「民國新聞專題史研究」的第一個階段。

民國成立近十年後，中國共產黨正式誕生並迅速走上國內政治舞臺。由於社會主義蘇聯的牽線搭橋，以馬克思主義爲指導思想的中國共產黨和孫中山重新解釋「三民主義」改組執行「聯俄、聯共、扶助農工」三大政策的中國國民黨，合作開展反帝反封建大革命運動，並一起發動了以打倒北洋軍閥、推翻北洋政府爲目標的「北伐戰爭」。就在國共兩黨合作的北伐戰爭勢如破竹推進，共產黨領導組織的上海工人第三次武裝起義成功之後，國民黨右派勢力代表蔣介石、汪精衛等從 1927 年 4 月起先後製造了上海「四・一二政變」、「武漢七・一五政變」，依仗軍隊血腥鎮壓曾經共同反對北洋軍閥的合作夥伴共產黨人。嚴峻的政治環境迫使共產黨人要麼是轉入地下狀態堅持反對國民黨反動派的鬥爭，要麼是到國民黨鞭長莫及的偏遠山區開展武裝鬥爭。儘管共產黨誓言要推翻國民黨政府，但共產黨領導的工農紅軍不但弱小，且處於被國民黨軍隊追擊「圍剿」狀態，難以造成對國民黨統治的直接威脅。以蔣介石國民黨集團主導的「中華民國」獲得了一個相對穩定的發展時期，經濟、文化、教育及科學技術等得到較快發展。

或許因爲人文社會科學研究需要一定時間積累，所以在 1937 年之前的中國學術界，傳統人文社會科學領域對當朝「中華民國」的研究似乎還沒有全面展開。但也有例外。中國學術界在 20 世紀 30 年代中期就出版了一批研究「中華民國」憲政、立法及政治生活等方面的專著。其中最早的是著名歷史學家和法學家吳宗慈所撰《中華民國憲法史》，該書對從 1913 年《天壇憲草》議定到 1923 年《中華民國憲法》正式公布的 10 年制憲歷程做了詳盡記錄，描繪了 1923 年《中華民國憲法》從起草到完成的全過程。後來又先後出版了潘樹藩的《中華民國憲法史》（上海商務印書館，1935 年版），謝振民編著、張知本校訂的《中華民國立法史》（正中書局 1937 年版），吳經熊、黃公覺的《中國制憲史》（上海商務印書館 1937 年版）及郭衛、林紀東的《中華民國憲法史料》等一些著作。儘管中國法史學界出版了多種中華民國「憲法史」或「立法史」著作，但筆者至今沒有發現當時新聞史學界出版名爲《中華民國新聞史》的學術專著或「民國新聞專題史」方面的系列研究著作。或許是因爲新聞史比憲法（立法）史距社會現實政治略遠了一些？或許是新聞史學界研究人才和學術積澱還沒具備出版《中華民國新聞史》的條件？或許是受「新聞無學」慣性思維影響，人們還沒關注到「民國新聞史」學術研究？或許是新聞學人關注點還是在新聞報刊採編發售等「實用」技術總結，而無暇關注相對「虛」一些的「民國新聞史」理論研究？或許是新聞史學界受數千年「當代人不修當代史」文化傳統習慣制約和影響，認爲不應撰寫當朝「民國新聞史」等，筆者不得而知。儘管沒有明確答案，但可以肯定的是由於上述一種或數種因素的綜合作用，才出現這一階段尚未撰寫出版《中華民國新聞史》或「民國新聞專題史」系列專著的實際結果。

（二）從中華民族全面抗日戰爭爆發，到蔣介石指揮的國民黨軍隊在抗日戰爭勝利後的國共內戰中被共產黨領導的人民解放軍打敗並播遷到臺灣諸島為中華民國時期的第二個階段。

日本軍隊在中國北平盧溝橋製造「七・七事變」，發動了對中國的全面武裝侵略。中華民族爲救民族於危亡奮起抵抗，進入以國共合作爲標誌的全民族抗日戰爭階段。歷經八年的全民族艱苦浴血奮戰，中國的抗日戰爭暨世界反法西斯戰爭取得了勝利。抗日戰爭勝利後的國共兩黨關於和平建國的談判因多種因素破裂，兩黨軍隊兵戎相見，最後是國民黨的「國民革命軍」被共產黨領導的「人民解放軍」徹底打敗，一路播遷到中國東南沿海的臺澎金馬諸島。這一階段仍然沒有發現《中華民國新聞史》及「民國新聞專題史」研究系列著作問世。

抗戰時期的「中華民國國民政府」是世界大多數國家承認的中國中央政府。國共合作抗日後，共產黨領導的中國工農紅軍陝北主力部隊改編爲「國民革命軍第八路軍」，南方各省的紅軍游擊隊改編爲「國民革命軍新編陸軍第四軍」。共產黨在江西瑞金創建的中華蘇維埃共和國臨時中央政府長征結束後落腳的「陝甘寧革命根據地」，此時也改稱中華民國「陝甘寧邊區」。由於中華民族在奪取抗日戰爭勝利的同時也爲世界反法西斯戰爭勝利做出了重要貢獻，中國的國際地位得到明顯提高，國際影響力迅速增強。在第二次世界大戰結束前由美國、英國和中國等同盟國設計新的世界秩序並成立聯合國時，國民黨主導的中華民國成爲聯合國的五個常任理事國之一。抗日戰爭勝利後，全國各民主黨派和民眾希望國共兩黨能夠實現孫中山先生「和平建國」遺願。但蔣介石國民黨集團及其主導的「中華民國」政府依仗在抗戰時期撤到大後方保存下來的軍隊和美國巨額軍事援助，在自認爲各項戰爭準備到位之時，撕毀了國共兩黨簽署的《雙十停戰協定》，1946 年 6 月 26 日向中原地區的中共部隊發起進攻，拉開了國共兩黨軍隊公開內戰的序幕。這場內戰一打數年，直到「中華民國」首都南京被人民解放軍「佔領」，中華人民共和國中央人民政府在北京宣告成立，並於 1949 年 10 月 1 日舉行了開國大典。抗日戰爭前期，日本侵略軍依仗軍事優勢迅速向中國腹地推進，在佔領中國城鄉廣大地區的同時進行滅絕性的文化、文物、文獻及文人的掠奪。爲了保存實力堅持長期抗戰，也爲了保存數千年的文化遺產，中華民國政府在艱苦和匆忙的情況下，組織了大規模的「南遷」（從北方遷向南方）和「內遷」（從沿海遷向內地）。日本帝國主義侵略戰爭造成的巨大破壞和日本軍國主義的有組織掠奪及大規模遷移對文化、文物造成了難以估量的損失。大批年輕有爲的學者作家投筆從戎與外敵血戰，大批學養深厚的專家學者失去了基本的研究條件，大批年輕學生因戰爭和逃難失去正常的求學機會，無數文獻史料由於搬遷損壞或被日本人搶掠不能爲國人研究所用，包括新聞史研究在內的學術活動被迫停滯或中斷。在這種動盪和動亂的社會環境下，沒有《中華民國新聞史》和「民國新聞專題史」學術著作問世似乎也在情理之中。

二、中華人民共和國建國後的 70 年可以中共決定實行改革開放政策的十一屆三中全會召開為標誌劃分為兩個階段。

（一）從中華人民共和國中央人民政府在北京宣告成立到中共十一屆三中全會召開前的 30 年是中華人民共和國成立後的第一個階段。

在國共兩黨軍隊內戰中潰敗到臺灣的蔣介石國民黨集團，拒不承認「中華民國國民政府（總統府）」被共產黨領導的人民解放軍推翻（人民解放軍佔領了首都南京，解放了除臺澎金馬諸島以外的絕大部分國土）的現實，仍以「中華民國政府」的名義在臺澎金馬諸島施行統治。在聯合國大會 1971 年 10 月 25 日以壓倒多數通過阿爾及利亞等國提出的「關於恢復中華人民共和國在聯合國的一切合法權利，並立即將臺灣當局的代表從聯合國及其所屬機構中驅逐出去」的提案即「第 2758 號決議」前的相當長時間裏，國民黨臺灣當局在美國等西方國家的支持下用「中華民國」名義佔據中國在聯合國的常任理事國席位及合法權利。爲了鞏固在臺灣地區實行的「一黨統治」，蔣家父子及國民黨集團在臺灣實施了長達 38 年的「戒嚴體制」。一方面是臺灣地區的新聞史學研究者身處「中華民國」社會氛圍中，二是當局實施「威權體制」統制和禁錮人們的思想，加上傳統的「當朝人不修當朝史」的史學傳統，因而臺灣地區不可能出現斷代史性質的「中華民國新聞史」，當然也就不可能出版「民國新聞專題史」研究方面的系列著作。臺灣地區新聞史學者如曾虛白、賴光臨、李瞻等人所著（主編）的《中國新聞（傳播）（事業）史》中關於「中華民國時期新聞史」的有關內容則是作爲「中國新聞史」的一個「時期」予以介紹，而不是作爲中國歷史的一個「朝代」予以敘述。

中華人民共和國成立剛滿周歲就被迫進行抗美援朝戰爭，國民黨潰敗前潛伏的大批特務和不法地主資本家趁機興風作浪，在臺灣的國民黨當局高調宣稱要「光復大陸」並不時派遣武裝特務騷擾沿海地區；美國在侵略朝鮮的同時把第七艦隊開進臺灣海峽阻擋大陸解放臺灣，不斷在中國邊境地區和周邊國家製造局部戰爭和政治事件，企圖把人民中國扼殺在搖籃中；蘇聯的大國沙文主義做法和蘇聯共產黨在黨際關係上以「老子黨」自居的傲慢態度，使剛剛建國的新中國領導人爲維護國家利益和民族尊嚴據理力爭，最後導致矛盾公開化和激烈化。共產黨領導的社會主義中國與美國等西方資本主義國家在意識形態方面勢不兩立，共產黨領導下實行社會主義制度的中國大陸與國民黨蔣介石（蔣經國）集團管治下實行資本主義制度的臺灣地區在軍事政治方面勢不兩立，社會主義陣營內部又因堅決反對蘇聯的霸權主義和蘇聯勢不兩立。階級敵人時刻虎視眈眈，新生政權時刻受到嚴重威脅。爲此，共產黨在創建人民共和國後，通過鎮壓反革命、土地改革、三反五反、公私合營、知識分子改造、高校院系調整及專業改造等一系列政治和行政舉措，淡化和消除蔣介石國民黨集團在大陸統治時期的影響和痕跡，以鞏固共產黨和人民政權的執政基礎。「繃緊階級鬥爭這根弦」使一些人片面認爲研究「中華民國時期」歷史是意在爲蔣介石國民黨「樹碑立傳」、「鼓吹復辟」或「招魂」。在「階級鬥爭年年講、月月講、天天講」的社會氛圍中，人們對研究「中華民國時期新聞史」唯恐避之不及，生怕引火燒身，實際形成諸多學術禁區。在這種社會環境裏，中國大陸地區沒有出版《中華民國新聞史》及「民國新聞專題史」方面研究的系列著作也在情理之中。

（二）從中共十一屆三中全會召開到當前（二十一世紀前二十年左右），可暫且視為中華人民共和國成立後的第二個階段，這個階段還在繼續向前延伸。

中共十一屆三中全會後，中國大陸進入改革開放的「歷史新時期」，包括「民國新聞史研究」在內各方面的學術研究也隨之進入歷史新時期。由於數十年積壓下來的研究課題太多及思想解放的漸進性，直到 2007 年 8 月才在上海《新聞記者》（第 8 期）刊載的《研究民國新聞史的新資料——讀〈胡政之文集〉》（作者王詠梅）一文標題中出現「民國新聞史」這一名詞。儘管這僅僅是一篇介紹《胡政之文集》的書評，但因其在文章標題中率先使用了「民國新聞史」這一學術概念，同時開始了民國新聞專題史研究（民國新聞史人物專題研究）的探索，因而在「民國新聞史」研究的歷程上具有特別的意義。2008 年 12 月，胡小平所著《民國新聞史》由青海人民出版社出版，這是 1949 年後大陸學者撰寫出版的學術著述中最早在書名中出現「民國新聞史」概念的專著。全書 27 萬字。包括「第一編　北洋時期新聞業的成長」、「第二編　國民政府時期的新聞業」、「第三編　抗戰時期的新聞業」、「第四編　內戰時期的新聞業」）等四編；每「編」設「章」。其中第一編 12 章，第二編 8 章，第三編 10 章，第四編 5 章。「章」下不分「節」，更沒「目」和「點」，全書正文除「章」標題外，以自然段方式一貫到底。附有「主要參考書目」，記載有 21 種圖書有關信息。2011 年 3 月 26 日在北京大學舉行「成舍我與民國新聞史」國際學術研討會是目前所知在中國大陸舉辦的第一個由中國大陸地區學術團體（中國新聞史學會）、臺灣地區學術團體（世新大學舍我紀念館）和美國相關學術團體（柏克萊加州大學東亞研究院）共同主辦，大陸地區高校新聞院系（北京大學新聞與傳播學院）和學術團體（北京大學新聞學研究會）協辦的民國時期重要新聞史人物「成舍我與民國新聞史」的專題學術活動，也是大陸新聞史學界舉辦的第一個由中外學術界人士參加的「民國新聞史」專題學術活動，是中國新聞史學會舉辦的以特定新聞史人物（成舍我）爲研究對象的專題學術活動，把「民國新聞專題史」研究向前推進了一大步。

自 2011 年 1 月 10 日《安徽大學學報：哲學社會科學版》第 1 期刊載《論民國新聞史研究的意義、體系和實施》（倪延年）一文後，大陸地區學術刊物不斷有研究「民國新聞史」的論文發表。儘管一些論文標題沒有出現「民國新聞史」，但研究對象、主題或內容都屬於「民國新聞史」研究，其中大部分屬於「民國新聞專題史研究」。2013 年 6 月 10 日，全國哲學社會科學規劃領導小組辦公室（簡稱全國社科規劃辦公室）宣布「中華民國新聞史研究」獲准立項爲當年度「重點項目」；同年 11 月全國社科規劃辦公室宣布由南京師範大學作爲責任單位，中國人民大學、中國傳媒大學和新華通訊社作爲合作單位，及全國 20 多個學術單位 40 多位專家學者組成團隊參加競標的「中華民國新聞史」中標立項爲 2013 年度國家社科基金重大項目（第二批）（編號 13&ZD154）。設計的項目成果包括由 10 個專題 12 個分冊組成的《民國新聞專題史研究叢書》，這似乎是大陸新聞史學界「民國新聞專題史」方面第一次有計劃的系列研究。爲了增強學術界對「民國新聞專題史」研究的關注和重視，中國新聞史學會和南京師範大學聯合主辦，南京師範大學新聞與傳播學院和南京師範大學民國新聞史研究所承辦的「再現歷史探尋規律：首屆民國新聞史研究高層學術論壇」2014 年 5 月在南京師範大學順利舉行。會議籌辦方在所有應徵的論文中評審出 42 篇出版了會議論文集《民國新聞史研究 2014》，海峽對岸的新聞史學者跨過臺灣海峽來到南京參加這次學術盛會，並以大會報告向與會同行介紹研究成果；2015 年 11 月舉辦了第二屆民國新聞史高層論壇，評審出 48 篇出版了會議論文集《民國新聞史研究 2015》；2016 年 11 月舉辦了第三屆民國新聞史高層論壇，評審出 40 篇出版了會議論文集《民國新聞史研究 2016》；2018 年 11 月舉辦了第四屆民國新聞史高層論壇，評選出 42 位學者在論壇進行論文演講交流——其中絕大部分是進行「民國新聞專題（人物、事件、媒介）史」研究的論文。我們相信，隨著思想解放不斷深入和研究隊伍的不斷擴大，「民國新聞史」專題研究肯定會繼續發展，並且肯定會發展得更快更好。

二

國家社會科學基金重大項目「中華民國新聞史」研究的總體問題是對在特定國際和國內社會環境下，民國時期新聞事業孕育、產生、發展和變化的歷史進程及其內在規律和經驗教訓進行學科的研究、歷史的總結和科學的評價。主要是探討這一階段新聞業發展變化的社會背景，思考新聞業發展對社會環境改變的作用，考察新聞業和社會變革的互動關係，再現民國時期新聞業發展和變化的歷史圖景，盡可能涵蓋完整的民國時期新聞業，包括新聞報刊業、新聞通訊業、新聞廣播業、少數民族新聞業、軍隊新聞業、圖像新聞業、外國在華新聞業以及新聞管理體制、新聞業經營、新聞教育、新聞學研究等諸多側面。

爲充分發揮新聞史學界集中力量辦大事的優勢，提高研究成果的整體水平，項目組在設計了完成最終成果《中華民國新聞史》（5 卷本）研究撰稿任務的五個子課題的同時，設計了對「民國時期新聞史」進行專門研究 10 個特約專門課題即：「民國時期」的新聞廣播業、新聞通訊業、少數民族新聞業、軍隊新聞業、圖像新聞業、外國在華新聞業、新聞教育、新聞學研究、新聞管理體制和新聞業經營。之所以確定上述專題作爲「民國新聞史」的特約研究專題，主要考慮以下幾方面因素：首先是這些「特約專題」在「民國時期新聞業」中有比較豐富的研究內容即「有內容可以研究」，它們的存在和發展對「民國新聞業」發揮社會功能具有獨特的作用；其次是這些「特約專題」的深入系統研究對構建完整豐滿的「民國新聞史」體系具有重要作用即「應當重點研究」。這些「特約專題」的深入系統研究可使這些民國時期新聞業中的重要領域得以更充分反映，展現更爲客觀全面的民國新聞史體系；三是這些「特約專題」領域已出現具有較深厚學術積澱、豐富研究經驗、較高水平成果並得到學界公認的領頭人即「有人勝任研究」，既爲深入全面研究這些「特約專題」提供了人才支撐，也使實施這一系列工程成爲可能。鑒於中國大陸改革開放後已出版如《中國近代報刊史》和《中國現代報刊發展史》等專門研究民國時期新聞報刊的著作，且作爲「民國時期的新聞報刊」在設計爲 25 萬字左右的《民國新聞專題史研究叢書》分冊中難以充分展開；再如復旦大學黃瑚教授 1999 年 8 月就出版《中國近代新聞法制史論》，主體部分內容就是「民國時期的新聞法制」；2007 年 6 月馬光仁出版的《中國近代新聞法制史》也是主要研究「民國時期的新聞法制」，2007 年立項的國家社科基金重點項目「中國新聞法制通史研究」最終成果《中國新聞法制通史》（6 卷八冊）中設有「近代卷」，也是研究「民國時期的新聞法制」（且已在 2015 年出版）。因此本項目就沒有把民國時期的「新聞報刊業」和「新聞法制」設計爲特約研究專題進行專門研究。

在國家社科基金重大項目「中華民國新聞史」設計的成果體系中，《中華民國新聞史》（5 卷本）是把「民國時期新聞業」放在當時特定的政治、經濟、軍事、科技、文化、教育等諸因素構成的社會環境背景下，探討其孕育、發生、發展、變化的歷史進程、內在規律及經驗教訓，從縱向對民國時期新聞業的發展歷程進行研究，以探討「民國時期新聞業」在不同歷史階段的發展變化及其主要特點，旨在體現新聞業與社會同進互動的思想。由 10 個專題 12 個分冊組成的《民國新聞專題史研究叢書》則是向新聞史學界集中展現民國時期新聞史中此前少有學者深入系統研究的若干側面的專門發展歷史。其研究成果首先是作爲《中華民國新聞史》（5 卷本）的學術支撐，《民國新聞專題史研究叢書》的分冊課題都是「中華民國新聞史」項目的「特約研究課題」。課題負責人角色定位首先是「中華民國新聞史」項目「特約撰稿人」，其次是《民國新聞專題史研究叢書》分冊撰稿人。「特約研究課題」成果的內容精華將以「特約專題稿」形式納入《中華民國新聞史》各卷，以提高《中華民國新聞史》（5 卷本）的整體水平。這些「特約研究課題」負責人都是在民國新聞史研究特定側面具有領先優勢的專家學者，他們在「中華民國新聞史」整體框架下對各自優勢領域進行深入的專題研究並撰成 20～25 萬字左右的獨立專著納入《民國新聞專題史研究叢書》統一出版，爲讀者深入系統瞭解民國新聞史的重要側面提供可資閱讀的文本。

《民國新聞專題史研究叢書》各分冊從中觀的橫向層面展現民國新聞史若干側面的發展進程，《中華民國新聞史》（5 卷本）則在宏觀的縱向層面展現中華民國時期新聞事業的起源產生以及在不同階段中發展、變化的歷史進程。《民國新聞專題史研究叢書》各分冊著作者在完成分冊書稿後，把該「特約研究專題」的研究成果撰成規定篇幅的「特約專題稿」，成爲 5 卷本《中華民國新聞史》內容的有機組成部分。之所以如此設計，目的是盡可能集中專家學者的集體智慧，提高國家社會科學基金重大項目成果《中華民國新聞史》（5 卷本）的整體水平，爲達到高起點、高標準、高水平、權威性的設計目標提供保障。

三

爲圓滿實現《民國新聞專題史研究叢書》的設計功能，項目組在全國新聞史學界範圍內選聘了一批具有深厚學術積澱、良好學術道德的專家學者，組成了《民國新聞專題史研究叢書》的強大著者團隊。他們（以姓名首字漢語拼音爲序）是：

艾紅紅（《民國時期的新聞廣播業》著者）。女，博士，中國傳媒大學新聞學院教授，博士生導師，中國人民大學新聞學院博士後，兼任中國新聞史學會常務理事。已出版《中國廣播電視史初論》、《新時期電視新聞改革研究》、《〈新聞聯播〉研究》《中國宗教廣播史》及《中國民營廣播史》等著作 5 部；與他人合著《中國廣播電視史教程》、《中國廣播電視圖史》（副主編）等著作 7 部；在《國際新聞界》、《山東社會科學》等發表《從黨派「營地」到民眾「喉舌」：民主黨派報刊屬性與功能之變遷（1928～1949）》、《民國時期基督教廣播特色初探》、《中國廣播電視的歷史發展及其動因考察》等論文數十篇。參與完成國家社科基金課題 2 項，其中之一《中國廣播電視通史》獲教育部科研成果二等獎、吳玉章獎一等獎。參與完成國家廣電總局重點課題 1 項、教育部人文社科重點研究基地重大課題1項。主持完成教育部人文社科項目「中國宗教廣播史研究」，參與教育部馬克思主義理論研究和建設工程第二批重點教材《中國新聞傳播史》編寫。

白潤生（《民國時期的少數民族新聞業》著者）。中央民族大學教授，兼任中國新聞史學會特邀理事、少數民族新聞傳播史研究委員會名譽會長、中國報協民族地區報業分會顧問。曾任中國高等教育學會新聞學與傳播學專業委員會第五屆理事會理事，教育部新聞學學科教學指導委員會第二屆委員，國家民委少數民族語言文字出版、翻譯專業高級職稱評定委員會委員。主持國家「十五」社科基金項目「少數民族語文的新聞事業研究」和北京市高等教育精品教材《中國少數民族新聞傳播史》項目。獨著（或第一作者）出版著作15部，五次獲省部級獎。《中國少數民族文字報刊史綱》1996年獲北京市第四屆哲學社會科學優秀成果二等獎、1998年獲教育部普通高等學校第二屆人文社會科學研究成果二等獎；《中國少數民族新聞傳播通史》2010年獲國家民委第二屆人文社會科學成果獎著作類二等獎；2011年獲北京高等教育精品教材；《當代中國少數民族新聞事業調查報告》獲教育部第六屆普通高等學校科學研究（人文社會科學）優秀成果三等獎。另外，2014年出版的《守護好我們的精神家園——白凱文少數民族文化文選》獲2016年中國新聞史學會「新聞傳播學會獎第二屆組委會特別獎」。參與編撰的著作14部，任副主編的3部（其中有一部負責通稿）、任編委的3部，任特約撰稿人的1部、任第二作者的1部。發表140餘篇學術論文。其中《承載民族夢想：中國少數民族文字報刊的百年回望》譯成英文發表在《中國民族》（英文版）2017年第4期上，這是我國學者第一次面向國外介紹中國少數民族文字報刊的歷史概況。這既象徵著白潤生治學「三十年如一日」的辛勤耕耘，更代表了一位學者在少數民族新聞傳播研究領域所能達到的學術高峰。自1995年開始《中國青年報》、中央人民廣播電臺、《人民日報》及《中國民族報》、《中國文化報》、人民網等國家級媒體先後發表《鬧中取冷白潤生》、《使歷史成爲「歷史」——訪韜奮園丁獎獲得者白潤生》、《薪火不斷溫自升——記少數民族新聞學學者白潤生》等專訪10餘篇，是中國少數民族新聞史研究的開創者和帶頭人。其生平被收入《中國新聞年鑒》（1997年版）「中國新聞界名人」專欄及《中國新聞界人物》等20多部辭書。

鄧紹根（《民國時期的外國在華新聞業》主編及主要著者）。博士，中國人民大學新聞學院教授，博士生導師、中國人民大學馬克思主義新聞觀研究中心主任、中國新聞史學會聯席秘書長，長期從事中國新聞傳播史論研究，主持國家及省部級課題 10 餘項，參與重大課題 3 項；先後在《新聞與傳播研究》《國際新聞界》《現代傳播》《新聞大學》等新聞傳播學術刊物發表論文 100 餘篇，其中論文《論民國新聞界對國際新聞自由運動的響應及其影響和結局》（《新聞與傳播研究》2013 年第 9 期）榮獲「2012～2013 年廣東省哲學人文社會科學優秀成果論文類一等獎」；參與的教改項目《馬克思主義新聞觀指導下新聞人才培養「六結合」模式的創建與實踐》先後獲得「2017 年廣東省教學成果獎一等獎」和「2018 年國家級教學成果獎二等獎」；出版有《新聞學在北大》（增訂本）、《中國新聞學的篳路藍縷：北京大學新聞學研究會》《美國在華早期新聞傳播史 1827～1872》等學術書籍八部，其中《中國新聞學的篳路藍縷：北京大學新聞學研究會》（清華大學出版社 2015 年）獲得「第七屆吳玉章人文社會科學青年獎」。

方曉紅（《民國時期的新聞管理體制》主編兼主要作者）。女，復旦大學新聞學院博士後，南京師範大學新聞與傳播學院教授、博士生導師，曾任南京師範大學新聞與傳播學院院長兼任中國新聞史學會常務理事、教育部高等學校新聞學學科教學指導委員會委員、中國新聞教育學會理事、武漢大學媒介發展中心研究員、鄭州大學新聞傳播研究中心研究員、江蘇省新聞傳播學重點學科帶頭人。主要從事中國新聞史、大眾傳媒與農村研究。出版有《中國新聞史》、《報刊・市場・小說》、《大眾傳媒與農村》、《農村傳播學研究方法初探》等，獲江蘇省哲學社會科學優秀成果二等獎 1 項、三等獎 2 項。在《新聞與傳播研究》、《新聞大學》、《江蘇社會科學》等發表《抗日戰爭與解放戰爭時期中國報刊事業的特點》、《論梁啓超的報刊理論與小說理論之關係》等數十篇。主持完成國家社科基金項目 2 項、江蘇省社科基金項目 2 項，目前主持國家社科基金項目和江蘇省高校社科基金重點項目各 1 項。

韓叢耀（《民國時期的圖像新聞業》主編兼主要著者）。南京大學新聞傳播學院／歷史學院教授，博士生導師；中華圖像文化研究所所長，法國歐亞印象交流協會（ISASES）顧問。長期從事圖像史學與視覺傳播領域的研究與教學工作，在國內外發表專業學術論文 100 多篇，出版學術專著 20 餘部。代表性成果有《新聞攝影學》、《圖像傳播學》、《中國近代圖像新聞史》（6 卷）和《中國現代圖像新聞史》（10 卷）、《中華圖像文化史》（40 卷，主編）。獨立主持國家級科研項目 6 項，國際科研項目 2 項，省部級科研項目 10 項。主持完成國家社科基金項目 2 項：「中國近代（1840～1919）圖像新聞出版史研究」（07BXW007）和「中國現代（1919～1949）圖像新聞傳播史研究」（11BXW005）。國家社科基金重大招標項目「中國新聞傳播技術史」（14ZDB129）首席專家；以色列 SIP 研究項目首席專家；澳門「澳門視覺形象傳播譜系研究」首席專家。曾兩次獲得中國攝影金像獎；國家級教學成果二等獎。學術研究成果獲第四屆中華優秀出版物圖書獎、第七屆高等學校科學研究優秀成果獎（人文社會科學）二等獎。

李建新（《民國時期的新聞教育》著者）。上海大學新聞傳播系教授、博士生導師、上海大學國際新聞傳播教育研究中心主任、《棋友》雜誌社副總編、《中國新聞傳播教育年鑒》編委會副主任委員、長三角象棋聯誼會常務副主席兼秘書長、上海大學象棋協會會長。中國新聞史學會常務理事，中國新聞史學會新聞傳播教育史研究委員會副會長。工學學士、哲學碩士、教育學博士、新聞傳播學博士後，美國密蘇里大學新聞學院訪問學者。曾任太原理工大學學報編輯部主任、執行主編，兼任《中國改革報·新財富週刊》執行主編、《中國企業報·新聞週刊》副主編等職。在新聞史、新聞理論、新聞業務等新聞學三個主要學科領域有突破性、首創性研究成果，《人民日報》記者以「新聞學研究的全能專家」爲題進行過報導。學術成績被《人民日報》、新華社、《中國社會科學報》、《中國新聞出版報》、《文匯報》、《新華每日電訊》、人民網、光明網、新浪網等進行過報導。長期研究國內外新聞傳播教育，三次入選教育部新聞傳播教育研究的課題組；在新聞與哲學、新聞與社會、國家形象的塑造與傳播、中華文化的對外傳播、突發事件報導、文體報導、人物專訪、媒介戰略、新聞評論、企業媒介應對、媒介融合教育、新媒體環境下的新聞實務等方面均有獨到的研究成果。承擔國家社科基金重大子項目、重點及省部級項目多項；完成其他橫向課題 30 多項；發表學術論文 150 餘篇；獨立出版新聞傳播學專著 10 部，合作出版相關專著 9 部，在《人民日報》、《聖路易新聞報》等發表各類新聞類作品 300 多篇。獲得哲學人文社會科學省部級獎、全國優秀圖書獎、全國徵文比賽一等獎等 30 餘項。

李秀雲（《民國時期的新聞學研究》主要作者），女，歷史學博士，天津師範大學新聞傳播學院院長、教授、博士生導師、天津地方新聞史研究所所長，中國新聞史學會常務理事、中國新聞史學會地方新聞史研究委員會副會長。天津市「131」創新型人才培養工程第一層次人選、天津市宣傳文化「五個一批」人才、天津市高等學校學科領軍人才、天津市高等學校創新團隊帶頭人。長期從事中國新聞學術史、中國新聞思想史研究。主持國家社科基金項目《以學刊爲中心的新聞學術思想史研究》、《中國當代新聞學研究範式的轉換》，教育部基金項目《中國當代新聞學術史》，天津社科基金項目《民國新聞學刊與新聞學術》、《〈大公報〉專刊研究》等 12 項。出版《中國新聞學術史（1834～1949）》（2004）、《中國現代新聞思想史》（2007）、《〈大公報〉專刊研究（1927～1937）》（2007）、《留學生與中國新聞學》（2009）、《中國當代新聞學研究範式的轉換》（2015）等五本專著，在《新聞大學》、《國際新聞界》等期刊發表《黃天鵬對中國新聞學術研究的貢獻》、《梁啓超輿論觀之演變及其成因》等論文 60 餘篇。專著《中國新聞學術史》獲天津市社會科學優秀成果獎三等獎（2008）。

劉亞（《民國時期的軍隊新聞業》著者）。原解放軍南京政治學院軍事新聞傳播系教授，博士研究生導師。1975 年 7 月畢業於復旦大學新聞系。1984 年 6 月參加軍隊新聞教育工作，致力於新聞史教學與研究。講授大專、本科、碩士和博士研究生不同學歷等級課程。作爲第四完成者的《深化軍事新聞教學改革，全面構建輿論戰課程教學體系》獲國家級教學成果二等獎、軍隊級教學成果一等獎。發表《中國軍事新聞事業的產生與發展》《新中國我軍新聞事業 50 年》《加強軍事新聞宣傳的發展戰略研究》《20 世紀中國軍事新聞學研究》等 30 多篇論文。出版與參與編撰 10 部論著與教材。參加 5 項國家社科基金課題研究，主持的國家「十一五」規劃課題《中國人民軍隊新聞史研究》以全優結項。

萬京華（《民國時期的新聞通訊業》主編兼主要作者），女，新華社新聞研究所新聞史研究室主任，高級編輯（研究員），中國新聞史學會常務理事，長期從事新聞史研究工作。參與《新華通訊社史》第一卷、《新華社 80 年輝煌歷程》、《新華社烈士傳》、《中國名記者》叢書等重點圖書編撰。在國內學術期刊發表《毛澤東與新中國的新聞事業》、《周恩來與新華社駐外記者》、《鄧小平與新聞工作》、《解放戰爭時期新華社軍隊分社的創建與發展》、《從紅中社到新華社》等論文 140 多篇。參與國家社科基金重大項目 1 項，國家出版基金重點項目 1 項，新華社國家高端智庫重大項目 1 項。《在敵後抗日根據地創建的新華分社及其歷史貢獻》獲中直工委紀念抗戰勝利 60 週年徵文二等獎。參與編輯製作的十集電視紀錄片《新華社傳奇》獲第六屆「記錄・中國」三等獎。參與研究的 3 項成果先後獲新華社社級好稿、新華社社長總編輯獎等。

徐新平（《民國時期的新聞學研究》主編兼主要作者）。湖南師範大學新聞與傳播學院教授，博士生導師，傳媒倫理與法制研究所所長，兼任中國新聞史學會常務理事。先後主持完成國家社科基金項目「中國新聞倫理思想的演進」、「晚清時期新聞思想研究」，湖南省社科基金項目「新聞倫理學研究」、「中國近代新聞思想史」和「中國現代民營報人新聞思想研究」等，參與教育部人文社科研究基地重大項目「中國共產黨新聞思想史」的研究，遴選爲教育部馬克思主義理論研究和建設工程第二批重點教材《中國新聞傳播史》骨幹成員。已出版《維新派新聞思想研究》、《新聞倫理學新論》、《中國新聞倫理思想的演進》等專著，在《新聞與傳播研究》《新聞大學》等學術刊物發表《晚清時期中國對外新聞傳播思想》、《論維新派新聞自由觀》、《中國新聞人才觀的變遷》等新聞學論文 70 餘篇。有關論文被中國人民大學複印報刊資料《新聞與傳播》全文轉載。專著《維新派新聞思想研究》獲湖南省第 11 屆哲學社會科學優秀成果三等獎，參著《中國共產黨新聞思想史》獲第五屆吳玉章社會科學成果優秀獎。

張立勤（《民國時期的新聞業經營》著者）。女，華南師範大學新聞傳播系副教授，碩士生導師。武漢大學文學士，復旦大學媒介管理學博士。美國北卡羅來納大學教堂山分校訪問學者，南京師範大學民國新聞史研究所特約研究員。有過近十年的新聞從業經歷，曾任《南風窗》雜誌社記者，先後出版 3 部新聞紀實作品，在《中國青年報》、《南風窗》、《南方週末》等媒體發表了數十篇深度報導。2006 年至今從事新聞傳播教學與研究，對媒介經營管理、新聞史等領域有著持久的學術興趣。主持國家社科一般項目 1 項、國家社科重大項目子課題 1 項、省部級課題 2 項，已出版學術專著 2 部，曾在《國際新聞界》、《新聞大學》等核心期刊發表二十餘篇學術論文。

上述專家學者來自北京、上海、廣州、天津、長沙、杭州和南京等地 10 多個教學研究單位，其中既有德高望重的學術界前輩帶頭人如中央民族大學白潤生教授，又有一批「70 後」的朝氣蓬勃「新生代」學者，團隊主體則是從事新聞史教學研究數十年既有豐富經驗又有豐碩成果的「50 後」學者專家；他們中間既有來自國內著名高等學院的教授，也有國家通訊社研究單位的學者；既有擅長研究新聞廣播史、新聞通訊業史、新聞經營史、新聞學術史及新聞管理史的專家，更有擅長研究新聞教育史、少數民族新聞史、軍隊新聞史、圖像新聞史及外國在華新聞史等方面的專家，整個團隊專長互補、信息共享、精誠合作、攜手同進，爲特約專題研究順利推進及「特約專題稿」如期高質量完成和《民國新聞專題史研究叢書》分冊撰稿提供了堅實的保障。

四

在特約專題研究和《民國新聞專題史研究叢書》分冊撰稿過程中，特約專題負責人（分冊撰稿者）認眞貫徹實事求是的思想路線，堅持尊重歷史存在、尊重文化傳統、尊重不同學派的原則；遵循歷史唯物主義和辯證唯物主義原則和方法，既看到「民國新聞史上的確發生、存在過不少與現代文明和民主法制不合拍的歷史事實」，也看到「民國新聞業在科學技術普及、進步力量努力、世界民主潮流推動以及新聞事業規律的共同發力下有了長足的發展」的客觀存在；努力探尋「民國新聞業」有關側面在近四十年中的發展規律，以「新聞」、「新聞人」、「新聞媒介」「新聞活動」及「新聞事業」爲中心，突出「民國新聞史」的階段和時代特點，努力再現中國新聞業在「中華民國時期」近四十年間的發展概貌。以嚴肅認眞和對國家負責的態度，敬業踏實進行項目研究。

作爲國家社科基金重大項目「中華民國新聞史」特約研究專題負責人、《民國新聞專題史研究叢書》分冊撰稿者及項目首席專家，我們當然希望這套《民國新聞專題史研究叢書》能反映 21 世紀 20 年代新聞史學界「民國新聞專題史」研究和認識的整體水平，基本能滿足新聞史學工作者、新聞業務工作者及對這一段新聞史感興趣的讀者瞭解叢書所涉及民國時期新聞史不同側面較詳細歷史情況的需要。毋庸諱言，這套《民國新聞專題史研究叢書》肯定還有諸多不足和遺憾之處：首先是首席專家設計「特約研究專題」時考慮未必十分妥當，可能使一些更重要的民國新聞史「側面」沒有列入「特約研究專題」研究以致留下缺憾；二是各分冊由不同專家學者分頭執筆，各人表述習慣和行文風格不盡一致，整套叢書各分冊在行文及語言風格上難以完全統一；三是因爲各位執筆者的社會閱歷、學術積澱、人文素養及研究重點等不盡相同，在某些問題的認識全面性、分析科學性及表述嚴密性等難免參差不齊，甚至有些評價不一定全面正確，有些觀點不一定十分妥當；四是受各種條件限制，儘管各分冊著者都盡了最大的努力，但還是有些原始文獻和檔案資料未能充分利用，致使有些內容比較單薄，詳略不盡得當。我們衷心期待廣大讀者尤其是業內專家學者的批評和指正，以便在有機會再版或增訂時予以修改，使之不斷趨於完善。

二〇一八年十二月二十五日

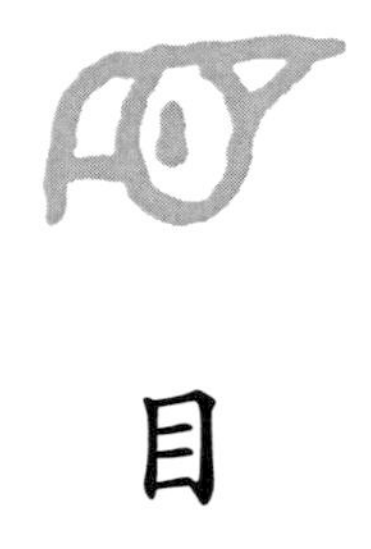

目次

第一章　民國時期新聞業經營的歷史背景

1912 年 1 月 1 日中華民國臨時政府在南京宣告成立，中華民國由此開啓了在大陸的 38 年歷史。這短暫的歷史時段，正是中國傳統社會向現代社會轉型進程中的關鍵時期。五方雜處、新舊交融、中西並存的雙重性和複雜性，給民國時期政治、經濟和社會的發展帶來紛繁多變的氣象，也給民國新聞業經營勾畫出一幅跌宕起伏、多姿多彩的生動圖景。

第一節　民國時期新聞業經營的政治背景

民初自由、民主的政治新氣象一度創造了中國新聞業的短暫繁榮，然而不久便遭到袁世凱的輿論鉗制和摧殘；爲鞏固其獨裁統治地位，國民黨政權自成立伊始便實施嚴酷的新聞管制，同時也因其內部的黨派紛爭和新聞界的抗爭給新聞業發展留下夾縫生存空間。此外，租界特殊的體制環境雖然賦予新聞業以「有限自由」，但其享有的治外法權終究不過是一道虛弱的「護身符」。

一、政治空間：從「立憲共和國」到「弱勢獨裁政黨」

民國建立初期，自由、民主、共和精神迅速傳播，但很快袁世凱便通過種種手段初步建立了專制獨裁統治。1916 年至 1928 年中國進入了動盪的北洋政府時期，但共和思想和體制卻深入人心，有西方學者稱之爲「立憲共和國」。

隨著 1927 年南京國民政府成立，「中國政治進入了一個政黨、一個主義、一個領袖的時代」。[1]但從權力架構、組織力和內聚力來看，國民黨只能稱之爲「弱勢獨裁政黨」。[2]

（一）民初新聞業呈現短暫的繁榮隨之便遭遇「癸丑報災」

自北京臨時政府建立以後到二次革命爆發，各種政治勢力保持著相對均衡，整個國家表面上基本處於統一的大環境中。辛亥革命打碎了專制主義的枷鎖，《中華民國臨時約法》所體現的自由、民主、共和精神得以在民眾中廣爲傳播。「思想自由、言論自由、新聞自由成爲民初最有進步意義的社會景象。」[3]中國新聞業也由此迎來短暫的繁榮局面。據統計，在民國建立後的一年左右時間內，全國的報紙由清末約 100 種迅速增加至 500 種，總銷數達 4200 萬份。[4]與此同時，從事新聞採訪並向各報館供稿的通訊社數量也大大增加。據統計，在民國成立後短短一年時間中，在廣州、上海等地就新成立了 6 家通訊社。[5]不僅如此，報刊的思想內容也呈現出前所未有的自由、豐富，各種流派學說、政見思想雜糅並陳，廣爲傳播，可以說在一定意義上開創了尊重公民權利、實現言論自由的新氣象。

二次革命被鎮壓後，袁世凱解散國會，修改約法，開始著手建立個人專制獨裁統治。爲了鞏固自身的統治地位，袁世凱嚴控輿論界，整肅全國新聞業，逮捕殺害進步報人，一時間新聞界風聲鶴唳。遭此浩劫，全國報業凋敝。到 1913 年底，全國繼續出版的報紙只剩下 139 家，較之民國元年的 500 家銳減 300 多家，北京的上百家報紙也只剩下 20 餘家，[6]釀成了中國新聞史上著名的「癸丑報災」。

---

1 閭小波：《中國近代政治發展史》，高等教育出版社，2003 年版，第 230 頁。

2 「弱勢獨裁政黨」是借用國民黨史專家王奇生的說法，意指名義上國民黨在大陸執政 22 年（1927～1949），實際上，它自始至終沒有眞正在全國範圍內行使其統治權力。國民黨是一個老黨、大黨，卻從來不是一個具有嚴密組織和高度內聚力的政黨。國民黨雖然具有強烈的一黨獨裁意識，但其「黨力」相對於中國的國家規模而言，並不強大，所以稱之爲「弱勢獨裁政黨」。具體闡述參見王奇生：《黨員、黨權與黨爭：1924～1949 年中國國民黨組織形態》，華文出版社，2010 年版。

3 張憲文等：《中華民國史（第 1 卷）》，南京大學出版社，2006 年版，第 123 頁。

4 戈公振：《中國報學史》，三聯書店，1955 年版，第 178～181 頁。

5 當時新成立的通訊社就有創辦於廣州的公民通訊社，創辦於上海的民國第一通信社、上海新聞社，創辦於武漢的湖北通訊社。張憲文等：《中華民國史（第 1 卷）》，南京大學出版社，2006 年版，第 122 頁。

6 黃瑚：《中國新聞事業發展史》，復旦大學出版社，2006 年版，第 101 頁。

（二）軍閥混戰局面給新聞業發展帶來「消極的自由環境」[1]

1916 年袁世凱在復辟帝制的抗議聲浪中去世，至 1928 年北京政權覆滅，北京政府的中央政治制度儘管維持著共和民主的形式，實際上實行的是軍閥專制統治。[2]各路軍閥爲爭奪地盤和利益不斷混戰，政治軍事上的混亂造成政權更替頻繁，中央政府勢力不斷衰退。辛亥革命後民主共和觀念深入人心，孫中山等革命人士所建構的一整套民主政治框架依然存在。各派系軍閥掌握中央政權後，爲使自身的統治地位合法化，往往不得不在形式上保留著民國約法、三權分立的政權機構以及其他制度，宣稱「人民有言論著作刊行及集會結社之自由」。另外，軍閥混戰、國家分裂的局面無法形成大一統的集權統治，政治控制流於鬆弛，客觀上給思想自由、文化繁榮提供了多元化生長的空間，由此給新聞業發展帶來「消極的自由環境」。

北洋政府時期，報業確實有了比較大的發展，從 1912 年的 250 種增長到 1927 年的 628 種；不少民營大報如《申報》、《新聞報》都在這段時間進入了自身發展史上的繁榮時代；這時期還誕生了不少有影響的政黨報刊、最早的報業集團、新聞學團體、新聞教育等。「總體上看，這段時期其實是近代中國新聞事業發展得比較快的一段時期」。[3]

（三）國民黨「弱勢獨裁統治」給新聞業提供了夾縫生存空間

1927 年以後國民黨的黨務組織形態基本上是「上層有黨，下層無黨；城市有黨，鄉村無黨；沿海有黨，內地無黨」[4]。從統治範圍來看，抗戰前十年國民黨始終未能實現對全中國的統治。當時國民黨政府能牢牢控制的只有

---

1 王潤澤在論述北洋政府時期中國新聞業的發展環境時認爲：「因爲沒有強有力的中央政府，因此對包括新聞業在內的教育、文化事業，無從進行控制管理，這就爲它們的發展提供了比較消極的自由環境。」所謂「消極的自由環境」，意即並非執政黨主觀上積極創造的自由環境，而是客觀上使新聞業獲得「自由」，因而稱之爲「消極」．本文在此取其意。參見王潤澤：《北洋政府時期的新聞業及其現代化（1916～1928）》，中國人民大學出版社，2010 年版，第 3 頁。

2 當時盤踞在中國的政治勢力，具有代表性的有：南方四省即云南、貴州、廣西和廣東組成的護國軍集團；以馮國璋爲中心的勢力，佔據長江下游地區；以段祺瑞爲中心的北洋軍閥，集中在全國的政治中心北京；此外，還有以張作霖爲中心的東北勢力。

3 方漢奇：《〈北洋政府時期的新聞業及其現代化（1916～1928）〉序》，載王潤澤《北洋政府時期的新聞業及其現代化（1916～1928）》，中國人民大學出版社，2010 年版，第 2～3 頁。

4 王奇生：《清黨以後國民黨的組織蛻變》，見《近代史研究》，2003 年第 5 期。

江、浙兩省，還有在安徽、江西、福建、湖南、湖北數省，國民黨還有相當程度的控制力，直至抗戰前夕，國民黨政府僅控制了25%的國土和66%的人口。[1]由此可見，相對於全中國的統治規模，國民黨的黨力還相當薄弱，淪爲名副其實的「弱勢獨裁政黨」。儘管國民黨有著強烈的一黨獨裁意識，但貫穿於整個國民黨在大陸統治時期的內部之戰，實際上「導致南京國民政府表面上是一個統一國家的政府，實則不過是一個地方割據各派僅奉南京政府爲正朔的政府。」[2]國民黨的弱勢獨裁首先便體現在其延綿不息的內部派系和黨團之爭上，反映到新聞宣傳領域，則出現思想言論極不統一的現象。國民黨內部代表不同派系立場的報刊發出的不同聲音令國民黨中央深感頭痛，儘管其中一些唱反調者亦常常遭到查禁，但國民黨並不能從根本上掃除這些報刊。

客觀上，國民黨的「弱勢獨裁統治」給政治權力之外的新聞業提供了生存空間。「這種新軍閥間的大規模內戰代替了北洋軍閥統治時期的軍閥割據和軍閥混戰，便是從一九二九年初到「九一八事變」前夜中國政治生活中左右全局的突出內容。」[3]由此，北洋政府時期獲得的「消極的自由環境」在南京國民政府時期得到了延續。這時期的中國新聞業面臨著看似統一、穩定的政治環境，實則湧動著分裂、動盪的暗流。當然，隨著國民黨新聞統制政策的實施，新聞界便開始了一場又一場爲爭取生存空間的反控制鬥爭。

二、輿論控制：從法制乏力到「黨化新聞界」

民國北京政府時期，政局動盪多變，新聞法律並不健全，但是法治精神的缺失和執行力的孱弱客觀上爲新聞業發展創造了比較寬鬆的環境。南京國民政府成立後，爲鞏固其統治地位，雖然制定了一系列限制和鎮壓言論和出版自由的法律法規以試圖「黨化新聞界」，但因種種原因終究無法實現嚴密的輿論控制。

1 引自王奇生接受《小康雜誌》採訪時發表的談話。參見蘇楓：《1949年前的國民黨爲什麼失去自己的黨員？》，《小康雜誌》，2011年第2期。

2 王向民：《民國政治與民國政治學：以1930年代爲中心》，上海人民出版社，2008年版，第11頁。

3 金沖及：《二十世紀中國史綱》，社會科學文獻出版社，2009年版，第292頁。

（一）北京政府時期法制乏力的局面為新聞業創造了較寬鬆的輿論環境

總體來說，袁世凱時期是北京政府新聞法制建設的集中時段。袁世凱當政的五年多時間制定、頒布、實施了一系列新聞業法令法規，初步構建起了一個完整的新聞法制體系。[1]相比之下，袁世凱之後的北洋軍閥政府僅由內務部警政司制頒了《檢閱報紙現行辦法》、《管理印刷營業規則》和京師警察總監頒布《管理新聞營業條例》，[2]此外少有作爲。

民國成立後採用資產階級民主共和政體，新聞法律制度也以言論出版自由爲本，在形式上採取與西方資本主義國家相同的自由新聞體制。以袁世凱爲代表的北洋軍閥上臺後，「由於其統治地位極爲虛弱，自己又無政治理念，因而不可能公然拋棄自由新聞體制及其理論依據『主權在民』的原則，而只是對這一體制及其理論依據進行扭曲與破壞，以適應其反動統治的需要。」[3]雖然這些新聞法規的條文內容比較嚴苛，但由於法制不健全，加之政府相關機構職能有限，地位低下，造成新聞法律的執行並不順暢，甚至有法不依，不少法規淪爲一紙空文。因此置身法制乏力的環境下，新聞業的發展還是有一定的自由空間。雖然查封報紙和逮捕報人的行爲時有發生，甚至出現殺害報人的極端事件，[4]但總體說來當時的輿論環境尚比較寬鬆，對當權者的批評和指責也常能見諸報端，當然其中也充斥了不少不實之詞甚至謾罵誹謗。

（二）南京國民政府試圖「黨化新聞界」但未能實現嚴密的輿論控制

爲了維護和鞏固其一黨專政的地位，國民黨政權取得軍事和政治上的勝利後，還在新聞文化領域實行專制主義，加強思想文化領域的全面控制。其中，

1 袁世凱當政時期制定、頒布和實施了一系列新聞業法令法規，比如具有憲法性質的《中華民國憲約法》，專門性新聞法規有《報紙條例》、《修正報紙條例》和《新聞電報章程》等，相關性新聞法規有《出版法》、《著作權法》等，綜合性新聞法規有《治安警察法》、《預戒條例》、《陸軍刑事條例》及規範新媒介的《電信條例》、《裝用廣播無線電接收機暫行規則》、《取締電影院規則》等。

2 倪延年：《中國新聞法制史》，南京師範大學出版社，2013 年版，第 168 頁。

3 黃瑚：《中國新聞事業發展史》，復旦大學出版社，2006 年版，第 108 頁。

4 1926 年 4 月 24 日，《京報》社長邵飄萍因「勾結赤俄，宣傳赤化」的罪名，被奉系軍閥張作霖和張宗昌逮捕並殺害；同年 8 月 6 日，著名報人林白水因在《社會日報》上發表《官僚之運氣》，終遭奉系軍閥殺害。

實行嚴酷的新聞統制制度和政策就是其專制主義文化政策的重要組成部分。

首先，制定一系列針對新聞業的法律法規，限制和鎮壓出版和言論自由。1931年6月1日國民政府頒布了《中華民國訓政時期約法》，其中對「人民之權利與義務」作了詳細的規定，計有21條之多，[1]並在人民的五項自由權後面均加上「非依法律不得停止或限制之」，這爲國民黨限制民權、排斥異己預留了巨大空間。隨後，南京國民政府頒布了一系列法律法規，如《暫行反革命治罪法》、《出版法》及其實施細則等來鎮壓一切反對派，扼殺人民的言論自由。當時限制出版自由的最主要法律還是《出版法》。「出版法所欲限制之出版品，以新聞紙及雜誌爲主，其所取之手段，一則刊物於發刊之前，須先得政府許可。凡出版人編輯人之資格，刊物之資本等等，均須經政府之核定。」[2]此外尙有多種法令限制出版自由者，如《著作權法》、《軍機防護法》、《危害民國緊急治罪法》等等。可見，「與《訓政綱領》時期相比，《訓政時期約法》時期人民的權力與自由因更多嚴刑峻法的禁限，已經完全被國民黨及其政權所剝奪。」[3]

其次，實施嚴厲的新聞檢查制度，但因種種原因終致妥協。南京國民政府建立初期，就在上海、南京等地設立新聞檢查機關。後來，蔣介石又一再以「戒嚴期間」、「討逆期間」爲由在各地厲行新聞檢查，並逐漸使新聞檢查公開化、制度化。民國新聞記者黄天鵬曾感歎道：「近國民政府成立，因軍事仍興，各地每有檢查新聞之舉，出版條例原則雖已釐定而條例尙未公布。然人民有言論結社之自由，固載在政綱也」。[4]1929年1月，國民黨中央公布《審查宣傳品條例》，正式對宣傳品（包括報紙、雜誌、圖書、教材、標語口號、廣告）實施嚴厲的審查和取締。據國民黨中央宣傳委員會報告，1929年2月4日至9日一周內，該部審閱中西報紙1200餘份，各種期刊70餘冊，各種傳單121種。越一周（2月16日至23日），其工作量增加到審查中西報紙1500餘種，小冊子60餘種，傳單23種。[5]儘管國民黨自認爲實施的新聞檢查制度

1 《中華民國訓政時期約法》，見彭明主編《中國現代史資料選輯》第3冊，中國人民大學出版社，1988年版，第69頁。

2 馬星野：《新聞自由論》，中央日報印行，1948年版，第56～57頁。

3 崔之清：《國民黨政治與社會結構之演變（1905～1949）（中編）》，社會科學文獻出版社，2007年版，第664～665頁。

4 黄天鵬：《中國新聞事業》，上海聯合書店，1930年版，第104頁。

5 《中央週報》1929年第37、39期，轉引自蔡銘澤《論三十年代初期中國的輿論環境》，《中國人民大學學報》，1994年第3期。

甚爲嚴密，但在現實操作中問題頻發，新聞界怨聲載道，效果並不理想。國民黨內部曾有人就此上書請示：「接各地檢查新聞，頗多糾紛，而新聞界之怨聲甚大，究應如何辦理，請速定辦法。」[1]由於新聞檢查制度漏洞和新聞界的不斷抵制，國民黨只得做出一定程度的妥協。1931 年底，上海的新聞檢查就被撤銷了。蔣介石對待新聞界遂採取了「兩面手法」。1928 年蔣介石政權一方面聲稱停止新聞檢查，對新聞界實行「優待」，另一方面則對報界實行檢扣、查抄、勒令停刊等控制手段。[2]

值得注意的是，雖然國民黨頒布了一系列法律法規來限制和鎮壓出版和言論自由，但其黨治也不得不遵行《臨時約法》的規定即「人民有言論、著作、刊行、集會、結社、書信秘密、居住遷徙、信教等自由的權利」，因此《新聞出版法》及其細則不能剝奪一般民眾的有關權利。況且其頒布的新聞法規並不具有多大權威性，難以在短時間內有效地發揮作用。其次，這時期共產黨及其主辦的「赤色」報刊才是國民黨嚴加管制、禁止的眞正「公敵」，而對不帶色彩或色彩較淡化的報刊態度較爲寬鬆。而對較爲獨立的商業報紙，國民黨歷來採取又利用又壓制的策略，因此總體上給予相對寬鬆的言論環境。總之，國民黨的新聞統制制度和政策並沒有成功地控制報業，夾縫生存的新聞業仍能爭取到許多自由空間，據 1936 年的相關統計，全國有主要報刊 1763 家。[3]儘管國民黨報刊宣傳網佔據了很大比例，但民營報刊的數量占其中的1／3。

1 1929 年 8 月 9 日方志致國民黨中央常委會的箋呈，原載國民黨中央宣傳部檔案。見中國第二歷史檔案館編：《中華民國史檔案資料彙編（第 5 輯）》，鳳凰出版社，1994 年版，第 81 頁。

2 僅 1928 年，《申報》報導南京國民政府關於停檢、聲稱恢復新聞自由的新聞就有 11 條之多，比如「中央常務會議議決停止檢查新聞」、「各方贊助新聞事業，交部籌備優待辦法」、「北平衛戍部允停止檢查新聞，北平新聞界恢復自由」等。然而與此同時，卻出現了「北平公安局未奉行中央停檢新聞令，連日各報有徹版空白」、「北平公安局檢扣各報軍事及奉方眞消息」等現象，並且北京《大同晚報》、《晨報》、《東方時報》、《中山日報》先後被封、停刊和遭查抄，北方報界還有《河北晚報》、《津南日報》、《津報》因日商停售報紙宣布停刊。在上海，小報被要求重新登記、接受審查甚至被取締；在南京，「《革新日報》因對國民黨中委挑撥批評被市政府飭令停辦」、「江陰各報記者因被誣有反宣傳之嫌提出辭職」；在廣州、香港，亦陸續出現「文字獄」事件。參見《〈申報〉索引》，1928 年版，第 231～232 頁。

3 胡仲持：《關於報紙的基本知識》，上海生活書店，1938 年版，第 119 頁。

三、租界：從有限自由的「飛地」到虛弱的「護身符」

租界[1]以其特殊的政治和文化空間，給近代報業的發展提供了相對自由的政治環境，並以其獨特的報業文化環境培育近代中國報人、引進西方先進報業理念。但必須正視的是，儘管有治外法權作爲「護身符」，但租界內的中國新聞業還是身受多種因素的制約，它所獲得的自由終究是有限的、虛弱的。

（一）作為西方文明傳播「飛地」的租界給新聞業提供了「有限自由」

租界是殖民主義者壟斷政治權力和攫取經濟利益的區域，但在文化上則相對自由寬鬆。這一方面源於西方資本主義國家深厚的新聞自由和言論自由觀念，居民享有言論、集會、結社、罷工等方面的自由，另一方面自然是租界享有的特權——治外法權[2]的結果。在這片多元統治的地帶，交織著華界和租界的不同利益訴求，且租界內部不同殖民者之間又存在著法律法規和管理的差異，這種多元並存的格局遂造成一市多治的特殊管理體制，由此產生的「權力縫隙」則在客觀上創造了有利於報業發展的自由空間。

近代報業文明便憑藉租界獨特的空間在中國傳播開來，由此逐漸形成近現代中國新聞傳播史上的獨特景觀，即凡新聞業發達的地方，幾乎都是租界發達之地。民國報人胡道靜指出，上海成爲全國新聞紙的中心，主要得益於「環境的優越」，其一是指上海商業的發達，其二是指上海的報紙能夠得到外國「租界地」的掩護，在相當的限度內獲得自由言論權。[3]總之，租界的治外法權和言論環境使人們擁有更多的新聞自由權利。報刊只要不對租界當局的殖民統治構成威脅，不觸犯法律，便可以自由地發表言論和新聞報導。即便

1 租界起初僅爲外國人的居住地，後來外人憑藉不平等條約和其他手段慢慢擁有行政、司法等各項自治權，完全擺脫中國政府行政管理，使之儼然成爲「國中之國」，導致「外國租界內的中國居民，享有遷移和活動的空前自由」。至1911年，列強在華佔有租界24塊，其中有2塊共管，22塊專管。當時在華設有租界的國家有：美、英、法、德、俄、日、比、意及奧匈帝國，中國開設租界的城市有：上海、天津、漢口、廣州、廈門、鎮江、杭州、蘇州、重慶、九江、鼓浪嶼等。其中最大的是上海公共租界，最小的爲廣州法租界。參見閻小波：《中國近代政治發展史》，高等教育出版社，2003年版，第258頁。

2 就是指一國對其公民在屬土之外仍能行使法權，而對當地政府的管轄則享有豁免特權。

3 胡道靜：《上海的日報》，見楊光輝等編《中國近代報刊發展概況》，新華出版社，1986版，第1～2頁。

是觸怒了租界當局的報刊，大都會被工部局訴諸正常司法程序，一般也不會動用暴力，更鮮少對報人進行人身傷害。

（二）租界所享有的治外法權逐漸淪為新聞業發展的虛弱「護身符」

由於種種原因，各租界當局一開始對印刷出版物的管理並不嚴格，雖然租界沒有頒布過管理新聞業的統一法規，但並不意味著報紙言論絕對自由。租界當局可以「妨害公共秩序與安全」等名義對報刊進行懲罰、處置，即使於法無據，亦可採取阻礙發行等手段進行壓制，例如《新聞報》、《時務報》都曾被法租界當局禁售。[1]值得注意的是，租界當局與中國政府當局之間既有矛盾鬥爭的一面，又有相互妥協勾結的一面，因此租界當局常應中國官方之請，對界內報刊進行取締、控告，加以懲治。「租界內創辦的報紙雖不受中國政府直接管轄，但中國政府可以採取禁郵、禁止在界外發行，以及勾結租界當局而採取的封報捕人等手段，足以對報刊造成大打擊，甚至致報刊於絕境，清廷、北洋政府、國民黨政府都曾採取過這些方法制裁租界內的報刊，而且手段和方式越來越多樣、直接、有力」。[2]

此外，租界社會錯綜複雜，各種勢力雲集，新聞媒介處在各勢力的包圍和控制下。老報人孫玉聲曾談到在上海租界內辦報，雖然本國政府無法直接前來捉人封門，可是也「另有三怕——怕洋人、怕流氓、怕會審公廨」。[3]其實，租界內新聞傳播所受的管制與干預，遠不止此「三怕」。總之，儘管有治外法權作爲「護身符」，但廁身於租界的新聞業同樣要受到多種因素的制約，能獲得的也僅是發表言論的「有限自由」甚至是「自由幻象」。戈公振對此痛心疾首道：「今我國報紙之對內敢言者，大都開設租界之內，今試問關於西藏問題，片馬問題，福建問題，東三省問題，蒙古問題，我國報紙之在租界內者，能有絕對的自由發言權乎？此皆切身之問題也；此皆關於中國生命之問題也。」[4]

論及此，筆者不由想起馬克思在《不列顛在印度的統治》一文中的話：「的確，英國在印度斯坦造成的社會革命完全是被極卑鄙的利益驅使的，在謀取利益的方式上也很愚鈍。……英國不管是幹出了多大的罪行，它在造成這個

1 馬光仁：《上海新聞史》，復旦大學出版社，1996 年版，第 140 頁。
2 陳冠蘭：《近代中國的租界與新聞傳播》，《新聞與傳播研究》，2008 年第 1 期。
3 何思誠：《租界內辦報「三怕」》，見中國社會科學院新聞所編《新聞研究資料》總第 29 輯。
4 戈公振：《中國新聞事業之將來》，《東方雜誌》第 20 卷，第 15 號。

革命的時候畢竟是充當了歷史的不自覺的工具。」[1]由此出發，我們或可如此結論：租界在近代中國新聞業的發展進程中確乎也充當了這種「歷史的不自覺的工具」。

第二節　民國時期新聞業經營的經濟背景

一段時期的新聞業經營與同期國民經濟景氣之間的關係密不可分。國民經濟景氣指數上升，工商業對新聞業廣告的需求和投入增加，自然帶動了新聞業的經營。反之亦然。民國初期，中國經濟迎來了資本主義發展的黃金時代；南京政府統治的前十年，國民經濟在起伏不定中緩慢發展，其間再現了民族資本主義的短暫復興景觀；但很快日本侵華戰爭摧毀了此前中國積累的現代化成果，戰後中國經濟並未因抗戰勝利而有所起色，相反因種種因素最終瀕臨崩潰。民國新聞業經營也由此走上了一條崎嶇的發展之路。

一、1912～1927 年：中國資本主義的黃金時代[2]

民國初期，北京政府制定了一系列具有較強實效性的工商經濟政策，在一定程度上促進了民族資本主義經濟的發展。首先，制定了《公司條例》、《礦業條例》、《商業註冊規則》等工商經濟法規，使工商經濟管理初步被納入法制化軌道。其次，確立國家銀行從而有利於整頓幣制、扶助工商業的發展，完善金融體系。此外，還制定了一些保護性的稅則，獎勵民營企業的發展以激勵社會對實業的投資。可以說，「在北京政府統治的 16 年中，中國資本主義經濟之所以獲得迅猛增長，除了第一次世界大戰造成的特殊機遇外，還應

1　馬克思：《不列顛在印度的統治》，見《馬克思恩格斯全集（2）》，人民出版社，1973 年版，第 67～68 頁。

2　關於中國資本主義的黃金時代，學術界普遍認定爲 20 世紀一、二十年代之交，但確切時間點稍有分歧。杜恂誠認爲此時期應爲 1918～1922 年，費正清等認爲是 1917～1923 年。白吉爾則將該時間段拓展到 1911～1937 年。筆者認爲，學術界普遍認定的 20 世紀一、二十年代之交應視爲狹義上的「黃金時代」，而自民國成立到南京政府建立即 1912～1927 年，可視爲廣義上的「黃金時代」。兩種界定在本書的論述中均有涉及。參見杜恂誠：《民族資本主義與舊中國政府》，上海社會科學院出版社，1992 年版，第 444 頁；費正清總主編：《劍橋中華民國史》（目錄），上海人民出版社，1991 年版；白吉爾：《中國資產階級的黃金時代（1911～1937）》，劍橋大學出版社，1986 年版。

考慮到政府的積極作用。」[1]

北京政府時期，民營資本企業在數量上發展很快。據統計，以家數而言，1912～1927 年創辦的民營工礦企業爲前 54 年的 2.08 倍；以資本而言，北京政府時期 16 年投資總額爲前 54 年的 2.25 倍。[2]其中僅 1918～1922 年創立的企業的總資本即超過此前半個多世紀中國企業的投資總額。[3]學術界普遍認爲 20 世紀一、二十年代之交，即一次大戰期間和戰後的最初幾年，是中國經濟獲得迅速發展的重要階段，因而被稱爲「中國資本主義的黃金時代」。[4]

這時期中國城市商品經濟得到進一步發展，但總體來看商業發展並不均衡。在上海、廣州、武漢等沿江海的口岸城市，商品交易較活躍，商業比較發達；而內陸城市商業則比較落後。商業是媒體生存發展之根基，因而商業發展的不均衡直接造成新聞業發展的區域差異。以上海爲例，作爲自由貿易港、移民城市、租界社會，近代上海的經濟結構、社會結構、政治制度具有兼容性、多元化特徵，「上海市場主體從小本單一經營業主到大型集團化的企業組織，各種市場成分同時並存，是一種落後與『早熟』相間的多元結構。」[5]正是這種不同層次的市場主體和多元的市場結構，構建了上海商品經濟的興盛局面。發達的商業活動促進了上海報業的繁榮，不僅孕育了舊中國規模和影響力最大的報紙《申報》、《新聞報》，而且催生了新興的新聞媒介——通訊

1　張憲文等：《中華民國史（第 1 卷）》，南京大學出版社，2006 年版，第 438 頁。

2　杜恂誠：《民族資本主義與舊中國政府》，上海社會科學院出版社，1992 年版，第 31、107 頁。

3　杜恂誠：《民族資本主義與舊中國政府》，上海社會科學院出版社，1992 年版，第 444 頁。

4　這種現象或可解釋爲：權力割據造成的資源分布不均正是資本逐利的天堂，戰爭帶來的大規模消耗反而爲資本主義發展提供供了巨大的消費市場，甚至農業人口的動盪流離也爲資本主義發展提供了廉價的勞動力。其中更爲重要的是，權力割據和權力牽制削弱了中央集權對工商業的種種限制，資本主義得以以自發的力量蓬勃發展。正因爲如此，我們才能理解，爲什麼現代史上中國資本主義發展短暫的「黃金時代」，恰恰是在政權更迭、軍閥割據的北洋軍閥時期。而被學者稱爲「白銀時代」的 1920～1936 年，也是軍閥混戰、黨派之爭兵戎相見的時代。參見張立勤：《近代以來湖商與甬商發展路徑的比較研究》，中國社會科學出版社，2012 年版。

5　從資本性質來看，當時上海有境外外國資本企業、在華外資企業、民間私人資本企業或商户、國家資本企業；從組織形式看，有股份制（有限、無限責任制）、合夥制、中外合資、獨資、包買商制、政府組織委任制；從資本區域來源看，有外國、外地、本地、郊區等。樊衛國：《激活與生長：上海現代經濟興起之若干分析（1870～1941）》，上海人民出版社，2002 年版，第 166、169、171 頁。

社和廣播電臺。

二、1927～1937 年：起伏不定中的緩慢發展

由於帝國主義的侵華危機、業已形成的封建割據局面，加之民族資本基礎的薄弱等複雜因素，1927～1937 年中國經濟表現出起伏不定的發展態勢。然而總體來看，此階段中國經濟有了一定程度的緩慢發展，尤其是民族資本主義呈現出短暫的復興景觀，顯然，這給新聞業經營提供了相對充分的資源條件。

（一）民族資本主義的短暫復興

總體來看，1927～1937 年中國經濟有了一定程度的發展，其中迎來了民族資本主義發展的短暫復興，與此同時，官僚資本[1]掀開了加速形成的序幕。

1927 年國民黨政權成立後，在相對統一、穩定的局勢下，國內市場重現生機。直到 1931 年，民族工商業的短暫繁榮帶動了商業、交通運輸業、服務業以至文化教育事業等都有了一定程度的發展。其主要原因在於當時世界白銀價格下降，客觀上刺激了中國工業的發展，中國民族資本主義經濟在 1928～1931 年有所發展。1929 年以後，世界範圍的蕭條襲擊造成了 1926 至 1931 年期間白銀的國際價格下跌了 50%。[2]而當時中國是世界上唯一的主要仍採用銀本位制的國家。白銀價格的下降造成了中國貨幣急劇貶值，相應擴大了中國的出口市場繼而保護了國內工業的發展，經濟景氣的良好足以抵消了高稅率、高進口稅率等對工商業的負面影響。其次，南京政府實行的關稅自主舉措使帝國主義列強被迫做出一些表面上的讓步。至 1930 年中國終於獲得了自

1 有關官僚資本的論著，多數都以第二次世界大戰和國內戰爭（解放戰爭）時期爲主要的發展時期，在此期間政府對經濟的控制越來越增強，抗日戰爭以前的一段只看成是個序幕。參見許滌新《官僚資本論》第 28～43 頁。許滌新用「官僚資本」來概括南京政府官員們的私人投資，也用來通稱那些沒有私人投資在其中的國家控制的企業．但海外學界對這一概念提出了質疑，美國學者小科布爾認爲，「從實際材料出發，我們就會發覺隨便運用官僚資本這個標簽是困難的．不能由於南京政府官員 1937 年在他們的經濟活動中有了假公肥私的嚴重現象，因而就套上官僚資本這個名詞，那樣就是把這種現象特點看得太簡單化了。」參見〔美〕小科布爾：《上海資本家與國民政府（1927～1937）》，楊希孟譯，中國社會科學出版社，1988 年版，第 307～308 頁。

2 伊斯門：《流產的革命：1927～1937 年國民黨統治下的中國》，中國青年出版社，1992 年版，第 185 頁。

主決定關稅稅率的權力。[1]中國直至 1935 年才獲得法律上的關稅自主權，但增加稅率則從 1929 年就開始了。但從提高關稅中獲益最大的是帝國主義，其次是國民黨政府，本國資本主義工商業獲益是比較小的。[2]然而客觀來看，關稅自主總體上有益於民族資本主義工商業發展。

1927 年至 1937 年期間，國際經濟形勢和南京政府推行的稅制改革、幣制改革等重要措施，在一定程度上刺激了當時經濟的發展，主要表現在農產品產值逐年提高，工礦業有了一定發展。據有學者研究，從 1927 年到抗日戰爭爆發前的十年裏，中國現代化工業每年的平均增長率約爲 7.6%，而且這種增長突出地表現在基礎工業上。1936 年中國的資本主義生產值已占工業總值的 42.7%，占工農業總產值的 20.46%。[3]交通運輸業也得到發展，「1927 年中國只有鐵路 13040 公里，公路 18000 公里。1928 至 1931 年，平均每年增建鐵路 299 公里。1932 至 1937 年，平均每年增建 1132 公里，到 1936 年底，全國公路已增爲 69000 公里。」[4]中國民族資本在同外資競爭中，經過艱苦努力，到 20 世紀 30 年代初有了一定的發展，走上了規模化、集中化的發展道路。[5]可惜這個成果隨著日本 1937 年發動的全面侵華戰爭而中斷了。

（二）民族資本的萎縮與官僚資本的形成

1927 年至 1937 年整個國民經濟雖有所發展，但從總體上看發展速度是緩

---

1 1928 年 7 月 25 日承認中國關稅自主的《整理中美兩國關稅關係之條約》在北平簽字，次年 1 月 20 日生效。有此先例，在其後條約期滿的國家，如比、西、意、葡、丹等五國在 1928 年均與中國簽訂雙邊條約，承認中國關稅自主。1930 年 5 月 6 日日本與中國簽訂了新的《關稅協定》，並附加了不合理的要求。至此中國終於獲得了自主決定關稅稅率的權力。參見王建朗：《中國廢除不平等條約的歷程》，江西人民出版社，2000 年版。

2 在提高關稅的過程中，對競爭性商品（即國內有生產、需要保護的商品）稅率的提高幅度小於對非競爭性商品（即國內沒有生產、應當鼓勵進口的商品）稅率的提高幅度。如非競爭性商品的平均稅率 1928 年爲 5.1%，1933 年提高爲 29.7%，1936 年提高爲 36%；而競爭性商品的平均稅率 1928 年爲 4.1%，1933 年爲 19.9%，1936 年爲 28%，比非競爭性商品稅率低 8%～10%。參見嚴立賢：《中國和日本的早期工業化與國內市場》，北京大學出版社，1999 年版，第 252 頁。

3 轉引自楊柳：《論抗日戰爭對中國現代化進程的影響》，《黑龍江史志》2009 年第 22 期。

4 〔美〕阿瑟恩·楊格：《1927 至 1937 年中國財政經濟情況》，中國社會科學出版社，1981 年版，第 358 頁。

5 1933 年千人以上的企業只占工廠數的 0.4%，卻占民族工業資本的 35%。參見關海庭：《中國近現代政治發展史》，北京大學出版社，2005 年版，第 147 頁。

慢的，缺少基礎和後勁。1927 年至 1936 年 10 年間，工業生產的年均增長率僅爲 5.6%，農業不足 1.5%。蘇聯 1928 年至 1940 年工業生產的年均增長率達到 10%以上。由此可見，這一時期國民黨政權下的經濟增長遠遠沒有達到應該達到的程度。[1]隨著帝國主義在華經濟勢力的擴張和國民黨「四大家族」官僚資本的擠壓，民族資本企業開始步入萎縮、衰退之中。以全國新設工廠的註冊家數和資本額來說，從 1914 年至 1934 年，1928 年居於首位，註冊廠家有 250，資本額 11784 萬元，從第二年起就大幅度下降了。[2]拿 1932 年同 1928 年相比，新註冊的工廠家數只有後者的 1／3 稍多一點，資本額還不到 1／8。五年內幾乎呈直線下降之勢。[3]

南京政府在實行了名義上的統一之後，封建割據局面依然嚴重存在，中央政府的控制能力沒有加強，反而日漸衰弱。比如，在蔣介石提倡經濟建設的同時，閻錫山就在山西設計了「山西十年建設計劃」，陳濟棠則在廣東鼓吹「廣東三年施政計劃」，其實是各自爲戰，自說自話。因而，國民黨的經濟統制政策能眞正掌控的僅僅是沒有軍事實力的民族資本。此外，國民黨實行的集權主義發展模式從根本上保護乃至強化了封建主義生產關係，雖然這時期國民黨政府增加了對農業的投入，1930 年還公布了新的《土地法》，但從根本上仍無法解決地主和農民的矛盾。農業的凋敝和農民的貧困使得國內商品市場無法形成，民族資本主義由此失去了發展的基礎，無法走上正常的資本主義發展道路。

與此同時，國民黨政權建立的官僚資本卻快速生長，並於 1930 年代初開始形成。國民政府通過發行公債、統制經濟，積斂財富，由此形成了以「四大家族」爲核心的官僚壟斷資本。「以蔣介石、宋子文、孔祥熙爲首的國民黨高級官員，通過發行公債和增加稅率等手段，把許多國家財產變成由他們任意支配的私產，逐漸成爲新的官僚兼買辦的資本家。從 1927 年至 1936 年，南京政府共發行 26 億元公債。這些公債的大部分由國民黨統治集團控制的銀

1 從一般的意義上說，一些後現代化國家在其現代化發展的初期階段，均能保持一段強勁的勢頭。參見關海庭：《中國近現代政治發展史》，北京大學出版社，2005 年版，第 144～146 頁。

2 從當時民族工業中最重要的紗廠來看，據 1922 年至 1936 年 16 家主要紗廠的資本純利潤的統計，1928 年從上一年的 6.8%猛增到 17.5%，1929 年時最高的一年達 22.3%，下一年起也大幅度下降了。參見許滌新、吳承明：《中國資本主義發展史（第 3 卷）》，人民出版社，1993 年版，第 118、138、139 頁。

3 金沖及：《二十世紀中國史綱》，社會科學文獻出版社，2009 年版，第 295 頁。

行以低價承購，而以高利率還本付息獲取暴利。」[1]官僚資本由此迅速發展起來。20 世紀二三十年代上海機器工業資本總額中，1925 年民族資本占 18.1%，官僚資本已經占 81.9%，到 1930 年民族資本下降到 14.2%，而官僚資本則上升到 85.9%。[2]

三、1937～1949 年：戰時經濟體制與戰後經濟惡化

抗戰時期，中國經濟由平時經濟全面轉軌爲戰時經濟形態，整個經濟建設完全納入了服務於抗戰的特殊軌道，根本談不上人民生計的改善。抗戰結束後國家又陷入了內戰，美國壟斷了中國市場，國家資本不斷膨脹，民營資本經濟陷入困境，財政金融狀況日趨惡化。

（一）抗戰對中國經濟的影響

抗日戰爭爆發後，中國大部分較爲發達的地區多淪陷於日軍的鐵蹄下，而那些尚未淪陷的地區，不管是現代工業經濟還是傳統農業經濟，都被迫以服務於戰爭的特殊需要爲第一要務。抗戰期間中國經濟遭到了前所未有的摧殘，不僅未能超過戰前的水平，還出現了嚴重的倒退。抗戰八年，中國直接經濟損失 600 億美元，戰爭消耗 400 多億美元，間接經濟損失 5000 億美元。

日本侵略對中國經濟的摧殘迫使中國必須以積極的態度去應對，戰時經濟體制的建立就是被迫應變的結果。戰時經濟體制的實施一方面通過金融、物資、資源的統制，集中了抗戰所需的財力物力，另一方面又使官僚資本擴大了勢力，從而壓縮了民族資本的發展空間。爲應對戰爭的需要，南京政府不得不將集中在沿海的工業基地內遷。內遷的工業雖然遠沒有戰前發展迅速，但是改變了抗戰前工礦業集中在沿海一隅的畸形局面，從而改變西南和西北經濟發展面貌。這場被譽爲「實業界的敦克爾克」的戰時大遷移，對西南地區的開發而言，確實具有相當正面的意義。[3]其中上海內遷企業中，文化印刷業 11 家，占內遷廠數的 7%，其中包括遷到武漢的大公、生活、開明等 8 家。[4]

1　關海庭：《中國近現代政治發展史》，北京大學出版社，2005 年版，第 147 頁。

2　樊衛國：《激活與生長：上海現代經濟興起之若干分析（1870～1941）》，上海人民出版社，2002 年版，第 174 頁。

3　呂芳上：《抗戰時期的遷徙運動》，見胡春惠主編《紀念抗日戰爭五十週年學術討論會論文集》，香港珠海書院亞洲研究中心，1996 年版，第 36 頁。

4　中國政協西南地區文史資料協作會議：《抗戰時期內遷西南的工商企業》，第 18，20 頁。轉引自張憲文等：《中華民國史（第 3 卷）》，南京大學出版社，2006 年版，第 424～425 頁。

抗戰爆發後，交通運輸遭到嚴重破壞。僅 1937 年，各鐵路遭日機空襲 800 餘次，平均每公里遭受炸彈 3 枚。[1]爲適應戰時需要，遷都重慶後的國民政府相應進行了交通建設。鐵路方面，1937 至 1944 年，國民政府新築幹線 1875 公里，但被淪陷或拆除破壞的就達 1399 公里。[2]公路方面，在極其艱苦的條件下修築了甘新、中印、史迪威等國際公路線，賀連路、黔桂東路、川滇東路、滇緬路等國內高昂路。[3]總之，抗戰時期交通運輸主要服從於軍事目的，儘管發展較慢，但對交通狀況一向困難的西南、西北地區改善較大，從而基本滿足了抗戰軍事需要。

（二）內戰時期中國經濟的全面惡化

二戰後美國一躍成爲全球的經濟霸主，美國憑藉其強大的經濟實力和種種特權，幾乎獨佔了整個中國市場。1946 年冬，上海有外國貿易洋行 523 家，其中美商洋行就有 256 家，[4]幾占總數的一半。據統計，當時上海的永安、新新、先施等大公司，美貨占其全部商品的 80%。[5]在美國資本和商品的衝擊下，民族工業感受到巨大壓力，國民經濟危機日趨嚴重。

戰後，通過接收敵僞產業和政府在政治、財政上的大力支持，國家資本的規模和實力得到迅速膨脹，發展速度遠遠超過了同期民營資本的增長。據估計，戰後國家資本大概占全國資本的 75%～80%左右。[6]但是國家資本的膨脹和壟斷並不意味著國民經濟獲得良性的高速發展，相反國家資本「像一個充氣的巨人，貌似強大，內部卻是孱弱的」[7]。一方面國家資本的膨脹造成了權力經濟的產生，壟斷市場、走私投機等腐敗現象橫生，另一方面，國營企業對民營企業的擠壓導致全國範圍的民營工業迅速衰退，

1 中國第二歷史檔案館編：《中華民國史檔案資料彙編》第 5 輯，第 2 編「財政經濟」（10），第 186 頁。

2 中國第二歷史檔案館編：《中華民國史檔案資料彙編》第 5 輯，第 2 編「財政經濟」（10），第 110 頁。

3 中國第二歷史檔案館編：《中華民國史檔案資料彙編》第 5 輯，第 2 編「財政經濟」（10），第 109～114 頁。

4 上海社會科學院經濟研究所等：《上海對外貿易》下冊，第 149 頁。轉引自許滌新、吳承明主編《中國資本主義發展史》第 3 卷《新民主主義革命時期的中國資本主義》，第 595 頁。

5 《解放日報》1946 年 7 月 8 日。

6 陳眞：《中國近代工業史資料》第 3 輯，第 1419 頁。

7 許滌新、吳承明主編：《中國資本主義發展史》第 3 卷《新民主主義革命時期的中國資本主義》，第 603 頁。

最終造成了國民經濟危機。[1]抗戰結束初期，沿海地區復員、開設的民營企業急劇增長，大後方的民營企業卻紛紛陷入倒閉潮中。儘管民營廠家數量有大幅度的增加，但產量和生產能力卻出現了大幅下降，並且民營資本在國民經濟中的比重也在不斷下降。比如基礎工業，1945 年國、民營之比爲 20%：80%，到了 1947 年則爲 43.9%：56.1%，民生工業則由 93.9%降爲 61.9%。[2]1948 年 8 月幣制改革後，民營工商企業已然陷入嚴重的停工倒閉潮中。

抗戰勝利後，國民政府的財政金融狀況並未因抗戰勝利而有所好轉，相反卻日趨惡化。由於戰後國民政府歷年軍費開支的浩繁，直接造成財政赤字巨大且居高不下。雖然國民政府試圖通過增加稅收、發行公債等手段來增加財政收入，結果卻未能如願。於是，無限制發行貨幣就成爲國民政府被迫採用的最後招數，結果帶來急劇的通貨膨脹，導致法幣狂貶和物價狂漲，最終給國民政府的經濟帶來災難性的後果。總之，在戰後國民政府統治的數年中，「物價愈漲，財政支出愈大，而實質的收入，則日趨減少，收支不能平衡，紙幣發行愈增，致物價復漲，財政虧空更大，造成惡性的通貨膨脹，相激相蕩，愈演愈烈。」[3]至 1948 年 8 月實施金元券時，國民政府的財政金融已趨於崩潰，國統區百姓的生活苦不堪言。

第三節　民國時期新聞業經營的社會背景

民國建立以來，人口的增長、城市的形成和發展構建了現代新聞業經營的物質環境，亦爲其培育了穩定且多元化的消費群體；不斷加快的教育近代化步伐和新聞教育的勃興，不僅拓展了新聞業市場的生長空間，更重要的是爲新聞業的發展輸送了一批批富有熱情且優秀的職業報人群體；與此同時，電報、電話以及交通運輸等傳播技術的傳入和應用，推動著傳統中國新聞業現代化的步伐。

1 張憲文等：《中華民國史（第四卷）》，南京大學出版社，2006 年版，第 117 頁。
2 秦孝儀主編：《中華民國經濟發展史》，臺北近代中國出版社，1983 年版，第 768～769 頁。轉引自張憲文等：《中華民國史（第四卷）》，南京大學出版社，2006 年版，第 121～122 頁。
3 吳宗汾：《十年之物價》，譚熙鴻主編：《十年之中國經濟》，第 M31～32D 頁。轉引自張憲文等：《中華民國史（第四卷）》，南京大學出版社，2006 年版，第 130 頁。

一、市民生活與閱報風習

民國以來中國資本主義的繁榮發展，爲上海、天津、廣州這樣沿海地區的城市化無疑提供了新的推動力。城市的擴張及其帶來的人口多元化、受教育水平的提高和市民生活的繁榮，進一步促進了市民階層閱報風習的養成。

（一）人口、城市化與教育

民國初期，中國城市化獲得了初步的發展。主要表現爲：（1）城鎮人口數量大增。1912 年城鎮人口約爲 3100 萬，1928 年已達 4100 萬；新增城鎮人口 1000 萬左右，相當於晚清 70 年間增加的城鎮人口總數。（2）城鎮人口占總人口的比重有所上升。1912 年城鎮人口占全國總人口的比重爲 7.6%，1928 年增至 8.9%。（3）大城市人口急劇上升。若將上海各個區的人口加在一起計算，1910 年有 130 萬人口，至 1927 年則翻了一番，達到 260 萬。[1]同年全國百萬人以上的大城市約有 4～5 個。[2]城市人口的增加和市民階層的形成不僅擴大了實物商品市場，而且還同時培育了服務業、娛樂業等非實物商品市場的穩定消費群體。

近代以來國語運動、白話文運動和民眾識字運動等形形色色的國民教育活動，極大地普及和提高了民眾的受教育水平和文化素質。同時，生活條件的改善、信息需求的增加和接受新事物的開放觀念，使市民階層成爲當時最具影響力的大眾傳播媒介——報紙的穩定讀者群體。1922 年新學制的頒布[3]，結束了辛亥以來教育上的混亂狀況。1916 年時，全國公、私立中學計有 350 所，學生 60924 人。而 1925 年時，全國中學已達 687 所，學生人數發展到 129978 人；[4]高等教育方面，由於新學制規定，「大學數量驟增」。1916 年，全國大學及獨立學院（包括師範大學）僅 10 所，1925 年已發展至 47 所。[5]職業教育發展更是迅猛。據中華職教社統計，1926 年僅農、工、商、家事等職業學校就有 846 所。[6]

---

1 羅志如：《統計表中之上海》，南京國立中央研究院社會科學研究所季刊，1932 年第 4 期，第 21 頁，第 29 表。

2 1927 年全國百萬人口以上的大城市有上海、武漢、北京、天津，可能還有廣州。參見張景嶽《北洋政府時期的人口變動與社會經濟》，《近代中國》第 3 輯，第 94～95 頁。

3 1922 年 9 月 10 日，全國學制改革會議在北京召開，最後通過《學制系統改革案》，這就是 1922 年的新學制，又稱「壬戌學制」，基本採用了美國模式，這就是沿用至今的所謂「六三三」學制。

4 吳組湘、劉紹唐主編《第一次中國教育年鑒》第 2 分冊，第 517、518 頁。

5 吳組湘、劉紹唐主編《第一次中國教育年鑒》第 2 分冊，第 346 頁。

6 張憲文等著《中華民國史（第 1 卷）》，南京大學出版社，2006 年版，第 460 頁。

南京政府的最初幾年裏，中國的教育事業得到比較顯著的發展。從南京政府財政歲出的統計表中，教育的歲出所佔的百分比，在 1928 年爲 1.5，1929 年爲 2.6，1930 年爲 2，1931 年爲 2.1，都比經濟建設的費用高出不少。在蔡元培等主持下，不少重要的高等學校都在這時粗具規模。中等學校也有發展，1928 年爲 1339 所，學生 234811 人；1931 年增加到 3026 所，學生 536848 人。[1]教育投入的增加和教育規模的擴大使民眾的受教育水平得到顯著提高，大量識字的產業工人亦成爲現代報紙的忠實讀者。「文學革命」後，白話文風靡一時，多數報紙有傾向白話文的現象，這對於普及民眾閱報自然產生了極大影響。

（二）閱報風習的養成

晚清以來，隨著租界內外學校和報刊的創辦、市民文化素質的提高，閱報逐漸成爲上海、天津、廣州等城市市民日常生活中大眾化的文化消費風習。進入民國，「如人民閱報之習慣業已養成，凡具文字之知識者，幾無不閱報。偶有談論，輒爲報紙上之紀載」。[2]「加以時處過渡，事物之變動急而眾，故無論何人，凡稍識字者，皆知有讀報紙雜誌之必要」[3]到 1930 年代，閱報評報已成爲上海市民文化消費和社會交往活動中必不可少的組成部分。

當然，民國以後市民階層日漸濃厚的閱報風習與報業的興盛是分不開的。租界最早出現的近代報紙主要是由外僑創辦的外文報刊，文化界人士通過各種方式創辦了眾多報館、書局，印行出版了《申報》、《時務報》、《東方雜誌》等有全國性影響的報刊和大量書籍。隨著閱報者文化程度的不斷提升，報界亦十分注重自身辦報質量的改良，「亦知經濟獨立之重要，而積極改良營業方法；知注意社會心理，而積極改良編輯方法。」[4]

近代以來閱報社[5]的蓬勃興起，不僅通過報紙與社會團體的互動擴大了報

1　蔣永敬：《第三編導言》，臺灣「教育部」主編：《中華民國建國史》，臺北「國立」編審館，1989 年版，第 44 頁。

2　戈公振：《中國報學史：插圖整理本》，上海古籍出版社，2003 年版，第 237 頁。

3　戈公振：《中國新聞事業之將來》，《東方雜誌》第二十卷，第 15 號。

4　戈公振：《中國報學史：插圖整理本》，上海古籍出版社，2003 年版，第 238 頁。

5　閱報社，就是聚集公眾閱讀、宣講新式報刊之地。閱報社的興起大概是在 1904 年之後，大規模發展是在 1905～1906 年間。其中，《大公報》對於閱報社的宣傳和身體力行可謂功莫大焉。可以說，「若沒有《大公報》這樣的報刊媒體，那麼閱報社只能陳陳相因，傳遞傳統的思想與倫理訓誡了」。侯傑：《〈大公報〉與近代中國社會》，南開大學出版社，2006 年版，第 208 頁。

紙的影響力，而且以其知識啓蒙、政教宣傳、風俗改良和公共服務等方面的職能「開中國之民智，促社會之進步」。從地域分布看，近代中國閱報社大致上以北京爲中心，而一些文明程度較高、經濟文化較爲發達的中心城市則是閱報社的主要分布地區。當時在上海，一些人有感於作爲人文淵藪的上海大都市，獨獨缺乏觀書閱報之所，實乃一大缺憾，於是就在繁華的馬路旁邊辦起了供人觀書閱報的場所。[1]這些私人閱覽室可謂初級形態的閱報社。這些閱報社、講報處的開辦逐漸培養並增強了人們讀報、聽報的興趣。可見，當時的民眾閱報風習不僅賦予其推廣報紙銷路、普及閱報機會和啓蒙民眾心智的意義，而且對報紙功能的明確和宣傳無疑擴大了現代報紙在市民生活中的影響力。

二、職業報人與新聞教育

民國時期蓬勃興起的新聞教育，爲新聞業經營培養和輸送了一大批具有較高新聞素養的職業報人。而職業報人群體的出現，則標誌著民國新聞業經營逐步擺脫之前的幼稚狀態，日益走向成熟和繁榮。

（一）職業報人的出現

早期的職業報人[2]出現在晚清的新型文化機構中。這些機構一般由外國傳教士在條約口岸比如上海創辦，需要有較高文化素質且瞭解華人閱讀習慣的從業者，這就給不少移民到上海尋求發展機會的江浙文人提供了就業機會。他們或協助、參與外人辦報、譯書，或供職領事館、海關等機構當文書，擁有傳統的道德價值觀念，同時又接受了西方的先進文化，「可謂亦新亦舊，新舊混合，因而從文化型態上說，可以稱其爲混合型文化人」。[3]這些混合型文化人成爲上海職業報人的前身。1872 年 4 月 30 日《申報》的創辦開創了「洋人

1　例如位於英租界四馬路西丹桂第一臺對門的觀書閱報所稱，讀者到此讀書看報，只需要付一角錢茶水費，就可以隨意地免費閱讀該所中陳列的「各省及本埠之日報、旬報、月報，外洋新到之科學圖書、標本，以及最著名之新撰新譯之各小說、各雜誌」。參見《謹招陳列圖畫書籍廣告》，《申報》，1911 年 8 月 29 日。

2　廣義的報人泛指報業從業者，除了主筆、編輯、記者之外，還包括訪員、校對、翻譯、譯電和在報館的營業部門服務的人，與報紙發行有關的報販，以及管理和經營報紙的報館老闆．一般意義上的報人則主要指主筆、編輯、記者。本文所論述的報人則主要指後者，兼及其他報業從業者。參見王敏：《上海報人社會生活（1872～1949）》，上海辭書出版社，2008 年版，第 10～11 頁。

3　王敏：《上海報人社會生活（1872～1949）》，上海辭書出版社，2008 年版，第 18 頁。

出錢，秀才辦報」的時代，由此產生了上海眞正意義上的職業報人。

民國以後，隨著科舉制的廢除，新式學堂的陸續創辦，上海的職業報人來源日益多元化，新式學堂的畢業生和留學生成爲報人主體和主流。與早期的混合型文化人相比，他們大都接受過新式教育，具有開闊的知識視野、先進的新思想和銳意創新的精神。留學日本的狄楚青、陳冷、雷奮主持《時報》時，以新的視角、新的話語分析時政，因此立即在知識階層和市民中產生了較大的影響，狄楚青、陳冷、雷奮也成爲上海報人之翹楚。上海報界還湧現出一批傑出的報人，比如戈公振、黃遠生、邵飄萍、張季鸞、陳布雷、徐鑄成、顧執中等。此外，小說家文人也是職業報人的來源之一。他們中不少人是鴛鴦蝴蝶派的健將，或成爲大報的副刊主編比如嚴獨鶴、周瘦鵑，或成爲小報的創辦者、編輯者和供稿者，如畢倚虹、徐枕亞、范煙橋、王西神等。

與晚清相比，民國時期報人的素質和社會地位均發生了很大變化。之前新聞記者「品類太雜，敲竹杠，捧歌女，爲社會所不齒」，[1]被社會目爲「無賴文人」。進入民國，報人的形象和社會地位發生了根本變化，20 世紀二三十年代報人更以「無冕之王」自居。這自然與民國報業黃金時代的到來和報人薪酬待遇的提高有著密切關係，同時亦得益於新聞教育的興起和報人自身素質的提高。

（二）新聞教育的興起

民國新聞教育之發端，始於全國報界俱進會組織報業學堂之提案，其中提到：「一訪事，一編輯，一廣告之布置，一發行之方法，在先進國均良法寓其間，以博社會之歡迎，以故有報業學堂之設云云。」[2]此爲國人知有報業教育之始，惜乎該會不久即瓦解，提案未得實行。中國新聞事業起步的標誌當屬 1918 年北京大學新聞學研究會的創建，這是中國第一個新聞學教育團體，也是我國大學中有新聞學之始。該研究會向校內外公開招收會員，舉辦了兩期研究班，培養會員百餘人，「從事於新聞業者頗眾，且多優秀之分子焉」。[3]這時期歐美的新聞事業已達到相當程度，尤以北美最爲突出。遊學北美的徐寶璜「對於茲學，至有興會」，遂於歸國後「頗究心於本國之新聞事業」，將心得傳授給北大新聞學研究班學員，後據此形成《新聞學》一書，被蔡元培稱

1　馬星野：《新聞自由論》，中央日報印行，1948 年版，第 44 頁。
2　黃天鵬：《中國新聞事業》，聯合書店，1930 年版，第 120 頁。
3　邵飄萍：《我國新聞學進步之趨勢》，《東方雜誌》第二十一卷，第 6 號。

爲新聞界「破天荒」之作。[1]此外，還有著名報人邵飄萍等受邀爲研究班「講述新聞記者外交術，專研究探索新聞材料之方法」，後據此完成並出版新聞學名著《實際應用新聞學》。

之後，上海聖約翰大學首先創設報學系科。1920 年，聖約翰大學在普通文科內增設報學專業，1924 年將報學專業擴建爲報學系，由美國人武道任系主任。接著，北京的平民大學、燕京大學、民國大學、法政大學和上海的復旦大學、南方大學、滬江大學、大夏大學、光華大學，福建的廈門大學等約 12 所高等院校先後設立報學系科，爲中國高等新聞教育的發展奠定了基礎。[2]其中燕京大學新聞學系爲較有規模的組織，該系特聘的職教員如董顯光、納許氏等均畢業於密蘇里新聞學院，開設的課程計有新聞學緒論、新聞編輯法、採訪新聞法、比較新聞學、廣告學原理、廣告之做法、發行者之問題等。上海還有顧執中主辦的民治新聞學院，廣州新聞記者聯合會創辦了新聞學專門學校。此外，還有周孝庵的新聞大學函授科、香港新聞學函授學校等。[3]針對當時新聞界不容樂觀的道德水準和知識水準，民國新聞學課程還十分重視提升新聞記者的基本素質。[4]

三、傳播技術與報業現代化

20 世紀以來，以近代印刷術、電報、電話爲標誌的傳播技術突飛猛進，對信息傳播時空產生了空前影響，直接加速了新聞業現代化的進程——不僅大大提高了新聞報導速度，而且革新了原有的新聞觀念和經營理念。

（一）印刷術的引入革新了報業的物質生產手段

造紙術與印刷術雖爲中國最早發明，但一直未能應用於報業，近代以來中國報紙的印刷仍爲歐美人所發明、改造而成。19 世紀初來華的西方傳教士創辦了近代中國第一批中文報刊《察世俗每月統記傳》、《東西洋考每月統記傳》等，同時帶來了鉛字凸版印刷、石印平版印刷等近代印刷術，這些技術的引入對中國的新聞出版業產生了巨大影響。與此同時，西方人發明的印刷

1 蔡元培：《新聞學・序》，徐寶璜：《新聞學》，中國人民大學出版社，1994 年版，第 6 頁。
2 黃瑚：《中國新聞事業發展史》，復旦大學出版社，2001 年版，第 146 頁。
3 黃天鵬：《中國新聞事業》，聯合書店，1930 年版，第 122～123 頁。
4 管翼賢：《新聞學集成（2）》，見《民國叢書》第四編，中華新聞學院，1943 年版，第 21～22 頁。

機械和紙張等印刷材料也隨之被引入中國。1846 年美國人理查德·M·豪發明了高效率滾筒印刷機，印刷速度比平版印刷機提高很多，大大促進了新聞事業的發展。1889 年巴黎博覽會上展出了一臺輪轉印刷機，印刷速度再次提高。到 1890 年已經有很多種輪轉機可選擇，每種輪轉機都有自己獨特的技術，一直佔據報紙印刷市場的主流，直到 20 世紀 70 年代輪轉膠版印刷和照相排版技術興起，這一偉大的技術才被超越。[1]20 世紀初印刷術不斷更新換代，報紙的印刷質量和生產效率也不斷得到提高，但印刷質量不穩定的事件也時有發生。

1914 年 7 月 15 日上海《新聞報》第一次使用輪轉印刷機，這在中國新聞界尚屬首次。在 1915 年以後的十多年時間裏，有實力的報紙如《申報》、《時報》、《時事新報》等添置了高自動化的印刷設備，機器最多的《申報》、《新聞報》大約有二到四層不等的機型三四部之多。特別是一次大戰結束後的幾年間，受世界傳播技術發展的影響，中國報館出現了更新印刷設備的一個小高潮，更新的印刷設備多來自歐洲報館淘汰下來的輪轉印報機。據張靜廬《中國出版史料補編》記載，自 20 世紀初到 30 年代初，上海印刷工業增長了 6 倍；自李鴻章創辦倫章機械造紙廠至 1924 年，有大型造紙廠共 21 家。1929 年上海的 5 家印刷和造紙機器廠生產了大量的印刷機器，從 7800 元的滾筒機到只有 135 元的手動平板機，種類齊全。密集的印刷造紙工業格局爲近現代文化出版業開創了廣闊的天地，現代報業市場空前繁榮起來。「中國製造的印刷機每架約二三千元，外貨則要翻倍，凡銷數不多的報紙，國產印刷機已足夠用；銷數在一萬份以上的，多購用英美製 duplo 式圓版捲紙機，每架約一萬元，每小時可印三四千大張；銷數至五萬左右的，多購用美德制 R.Hae 或 Scott 式圓版卷紙機，每架約六七萬元，每小時可印二萬五千大張。以上兩種機器都是專供報館使用的，自印、自切、自數，無須人工。而且印刷效果較好，字跡清晰。」[2]第一張套版印刷的報紙是 1927 年 6 月 1 日出版的《時報》。

印刷術的更新不僅直接提升了印報速度和質量，而且極大地提高了新聞的時效性。清末報館自下午到傍晚即是截稿、編排和定稿的時間，「每日辦報時間，自午後起至上燈時，報務已一律告竣。同時相率星散，各尋其娛樂之

1　王潤澤：《北洋政府時期的新聞業及其現代化（1916～1928）》，中國人民大學出版社，2010 年版，第 217 頁。

2　宗亦耘：《20 世紀二三十年代上海報業的運營機制與規律》，《上海大學學報》（社會科學版）2006 年第 2 期。

方」。[1]但自輪轉機開始運用於報館後，截稿時間大大推遲，報館從此有了夜班編輯制的職業規定。

（二）電報技術催生了新聞時代的到來

1844 年美國人莫爾斯應用自製的電磁式電報機，拍發了人類史上第一封電報。1881 年底 1882 年初，天津至上海的有線電報開通。當時《申報》還刊登了一條該報駐北京訪員從天津電報局拍發的「電訊」：清廷查辦雲南按察使瀆職的消息。[2]這是中國新聞史上的第一條新聞專電。《申報》自此開設「本報電音」專欄，新聞專電遂成爲各報激烈競爭的焦點。而此前由於通訊手段的落後，中文報紙並不重視新聞，版面皆以政論爲重點。1883 年，北京與天津之間也架設了電報線。隨後，其他各城市間的電報線也陸續架設，逐漸形成了全國性的電報通訊網。在有線電報開通後的很長時間裏，報館拍發電報都與其他電報收費相同：「每字一角起，每間一局遞加一分。當時係以線路之遠近，定收費之多寡。」[3]這一收費標準顯然十分高昂，所以當時只有重要新聞才用電報傳遞。清末制定報律，指出凡遵守報律的報紙，減半收費。報紙上的新聞電訊稿於是大大增加。1904 年《時報》發刊以後，各報競相採用專電，每天多至 20～30 條，新聞專電已成爲要聞版的重要組成部分。民國成立後，北洋政府交通部頒發《新聞電報章程》規定：「國內往來新聞電報，華文明語電報每字收銀元三分，英文明語每字收銀元六分。」新聞電報費用的降低，使新聞專電在報紙上得到大量應用。

民國初年，有線電報的運用、電報費用的降低以及鐵路線的建設，給各大報紙創設全國性的新聞通訊網提供了良好的物質技術條件，一時間各大報紙競相在全國主要城市派駐訪員或特派員。自 1912 年 10 月起，《申報》版面上就開始出現「北京特派員」的名稱。《時報》、《新聞報》等滬上大報也不甘落後，紛紛聘請黃遠生、邵飄萍、徐彬彬等爲該報駐北京的特派員，他們撰寫的「特別通訊」往往成爲各報每日爭奪讀者的最大賣點。由於廣受歡迎，電訊在這些報紙上所佔據的版面越來越多，遇有重大事件，報館甚至會刊出整版電訊。

1 雷瑨：《申報館之過去狀況》，申報館編《最近之五十年——申報館五十週年紀念》，申報館印行，1923 年版。

2 《申報》，1882 年 1 月 16 日。

3 戈公振：《中國報學史：插圖整理本》，上海古籍出版社，2003 年版，第 326 頁。

中國最早的海底電纜是 1871 年從香港和日本長崎到上海的電報水線，由丹麥大北電報公司擅自鋪設。通過該線路，歐洲的電報通訊最多不超過一天就可以到達上海。在之後相當長的時間裏，中國國際新聞的收發一直被外國電信公司壟斷。當時國際新聞電訊的傳送費用十分昂貴，比如中國與歐美兩大洲之間的新聞電報通信收費額，比歐美兩洲間的收費額高出了兩倍半，因而中國大多報館難以承擔。1927 年 8 月，戈公振在日內瓦萬國報界會議上發表演說，希望大會能對中國與歐美間的新聞電訊費用問題進行討論，減少和降低此項費率，以促進新聞交流。大會對此問題給予了重視，經討論「預備切實減費計劃，希望新聞電照商電四分之一收費」。[1]經各界努力，民國時期中國國際電報費率呈緩慢下降趨勢。直到 1931 年 2 月交通部國際電臺在上海建立後，外國電報公司對中國國際電信事業的壟斷才眞正被打破。

除了有線電報外，還有無線電報被用來傳送新聞。1895 年意大利人馬可尼發明了無線電報。與有線電報相比，無線電報技術的優勢是成本較低，經濟方便；缺點是保密性較差，不利於傳遞獨家新聞。上海第一架無線電報機安設於 1908 年，是年吳淞至崇明島的海底電線被毀損，江蘇省當局遂以官款組織淞崇無線電報局加以經營。第一架外人無線電報機安設於 1908 年，上海匯中旅館（Palace Hotel）所置，當時輿論沸騰，謂其侵害主權，遂由郵傳部向英公使交涉，結果於 1909 年由我政府收買，撥歸上海電報局管理。第一架廣播無線電臺建於 1923 年，爲美人奧斯邦（E.G. Osborn）組織的中國無線電公司所設，是年 1 月 24 日下午 8 時於滬上第一次播音。[2]

電報技術應用於新聞業，對新聞報導方式和新聞理念均產生了巨大影響。在新聞專電產生之前，政論長期佔據中國報紙的主導地位，雖偶也以各種「北京通信」作爲亮點吸引讀者，但畢竟沒有成爲報紙的主流。新聞專電以其空前的時效性迅速成爲報業的新寵，從而成爲報紙吸引讀者的競爭利器。可以說，新聞專電的出現終結了近代中國報紙的政論時代，從而開啓了一個眞正確立新聞的獨立地位的時代。

（三）電話和交通運輸技術的發展促進了新聞業的現代化

1876 年貝爾發明了電話，揭開了人類嶄新的交往史。1877 年，第一份用電話發出的新聞電訊稿被發送到波士頓《世界報》，標誌著電話爲公眾所採

1　戈公振：《新聞電報費率與新聞檢查法》，見《新聞學刊全集》，第 259 頁。
2　上海通社：《上海研究資料》，上海書店，1934 年版，第 16～17 頁。

用。1905 年我國收回並開通外商所辦的平、津、沽長途電話，這是我國第一條長途話線。20 世紀 20 年代初，即便在電信事業發達的上海，擁有電話的報館並不多見。據民國報人包天笑回憶，「《時報》也僅有兩部電話，一部在主筆房，一部在營業部，《申報》、《新聞報》兩報要多些，但絕沒有同時期日本同行達到的每個記者桌子上有一部電話的程度。」[1]由於長途電話費用昂貴，且不具電報費那樣的優惠政策，同時還存在技術上的不成熟，因此到 20 世紀 20 年代前報館對電話的使用率並不高。長途電話基本到 1928 年才開始有收入。直到三四十年代，《申報》、《新聞報》這樣的大報才漸漸普及使用電話。不過，當時為了解決新聞電報線路擁擠、影響時效等問題，一些報館嘗試將電報和電話結合起來使用。[2]

除了電報電話外，交通運輸技術的進步和發展對報業現代化亦產生了一定的促進作用。鐵路、公路、水路交通以及航空業的發展，大大縮短了報紙傳遞的速度和距離，報紙發行不再僅僅侷限於本地市場，而是開始輻射到周邊地區以及更遙遠的邊塞。上海的《申報》、《新聞報》等不但傳送到附近縣區和蘇、杭一帶，還遠達內陸和邊疆地區。民國時期，鐵路建設取得顯著的進步。1912 年前中國有鐵路 9618.10 公里，1912 年到 1927 年新建 3422.38 公里，1928 年到 1937 年新建 7895.66 公里，1938 年到 1945 年新建 3909.38 公里。1945 年中國鐵路總長度達 24845.52 公里。[3]鐵路的修建大大提高了新聞採集和報紙發行的速度。比如 1912 年津浦鐵路的通車，使京津與上海之間的通信往來更加方便，兩天內便可抵達。因此沿鐵路地帶的消息傳遞，較之以前更為快捷、便利。公路的發展對於文化交流也發揮了重要作用，使報紙的營業競爭發生了新的變化。1935 年 8 月 17 日，錫滬公路正式通車，《申報》專運送赴蘇州、無錫等處的報紙較以往早兩小時抵達。1936 年 2 月，蘇滬公路（直達線）又築竣，蘇州當地讀者幾乎可與上海讀者同時讀到《申報》，「公路這就成了文化運動的血脈了」[4]。

自 1929 年起郵電航空事業有了快速發展，航空通信成為普遍的事情，飛機送報也隨之而起。距離遙遠的報紙從此也能當日看到。隨著郵航事業日漸

1 包天笑：《釧影樓回憶錄》，大華出版社，1973 年版，第 438 頁。
2 上海通社：《上海研究資料續集》，上海書店，1934 年版，第 214～216 頁。
3 轉引自王潤澤《北洋政府時期的新聞業及其現代化（1916～1928）》，中國人民大學出版社，2010 年版，第 16 頁。
4 胡道靜：《報壇逸話》，世界書局，1940 年版，第 44 頁。

發達，上海出現了航空新聞社的組織，代辦飛機運報。「20 世紀 20～30 年代空中航線開闢，從上海到漢口及由漢口到重慶只需 7 小時」，[1]航空郵遞報紙極大地拓展了報紙在更大區域內的影響力，同時也有利於報紙採集各地的政治、經濟、文化等新聞，由此大大豐富了報紙的新聞信息量。

總體來看，民國以來各種傳播技術的發展對新聞業現代化產生了革命性的影響。印刷術的突飛猛進革新了傳統報業的生產手段和條件，激活了近現代報業市場；電報因其突出的時效性和相對成熟的技術水平，成爲當時最重要的新聞傳輸手段；電話因其技術的不成熟和費用問題，直到 20 世紀三四十年代才漸漸在報業中普及；交通運輸條件的改善，大大提高了新聞報導的時效性和便捷性。

1　《民國二十四年交通年鑒之民用航空編·中國航空公司》，見張仲禮、熊月之、沈祖煒：《長江沿岸城市與中國現代化》，上海人民出版社，2002 年版，第 446～447 頁。

第二章　民國北京政府時期的新聞業經營（上）

經歷了民初的震盪起伏，中國新聞業進入了活躍但不均衡的發展態勢。北京政府時期，整個新聞業還處於初級經營階段，只有少數民營大報通過自我發展實現經濟獨立，大部分報紙尚依賴津貼生存。報紙經營主要依賴兩大支柱——廣告和發行，基本形成比較固定的模式。廣告依地區經濟和自身經營策略的不同，表現出極大的差異性；發行方面多依賴郵政系統和報販群體，具有較強的依附性。這時期政黨報紙尚受制於傳統黨報型經營管理體制，經營活動未見起色。

第一節　新聞業的初級經營

北京政府時期，整個新聞業呈現出向上發展的積極態勢。至 1921 年底，在中國郵政局註冊和發行的各類報紙共計 820 種。[1]戈公振曾對民初新聞界的發達感到「實屬可驚」，當時定期出版的報紙雜誌約有 1000 餘種以上，其中僅上海一地就有 120 餘種。相比之下，日本定期出版物約 3500 餘種，美國 23000 餘種。[2]若從人口與定期出版物之比來衡量，則中國報紙的發展水平尚較幼稚。

1　1891 年中國出版的報紙僅 31 種，1913 年報紙數量增加到 330 種。截至 1921 年底，在中國郵政局註冊和發行的各類報紙共計 820 種。以上數據分別引自波乃耶：《中華事典》（《中國風土人民事物記》），《中國年鑒》（1913 年），《中國年鑒》（1921 年）。均轉引自汪英賓：《中國本土報刊的興起》，王海、王明亮譯，暨南大學出版社，2013 年版，第 23 頁。

2　戈公振：《中國新聞事業之將來》，載《東方雜誌》，第 20 卷第 15 號。

但若從時間方面來看，「不得不謂歷有進步，鑒諸往史，足爲來勉者也。」[1]當然，由於地區經濟發展水平的差異，新聞業經營也表現出顯著的不均衡性。

一、新聞業資金來源：政治津貼的泛濫與民間資本的匱乏

民國時期，中國報紙的商業化程度較低，廣告和發行尚不能成爲報館的「衣食父母」，報紙的啓動資金和運作資金常常面臨窘境。民國初期，報紙在資金籌措上的艱難更爲顯著。由於當時大多數報紙自身的收入極其微薄，報紙的資金來源主要集中在兩個方面：政治津貼和民間資本。

（一）政治津貼的泛濫

民國報紙接受政治津貼的現象相當普遍，邵飄萍曾將當時的報紙概稱爲「津貼本位之新聞紙」[2]。即便是標榜「經濟獨立」的一些民營大報也與政治津貼有著或明或暗的親緣關係，更遑論以政黨、政府經費爲資金來源的政黨報紙和官方報紙了。政治津貼的來源渠道不外乎政黨、政府部門和政客個人。

1、來自政黨、政府的資金

1912 年中華民國成立後，新聞事業呈現出前所未有的繁榮景象，在急劇增長的報刊中資產階級政黨和政客出版的報刊尚占多數。其中最有影響的是同盟會—國民黨與共和黨—進步黨兩大政黨創辦的報刊。這些政黨創辦、出版報刊旨在宣傳各自黨派的主張，爲政治活動做好輿論準備，因此擁有資金實力的政黨通常會撥出一定的經費作爲日常例行的宣傳支出。比如國民黨中央和地方黨部都有一定的預算用於宣傳，一份報紙的津貼一般從 100 元到 2000 元不等。1927 年 2 月 1 日國民黨機關報《中央日報》在上海創刊時，國民黨中央撥出近 5 萬元鉅款，買下因經營不善而倒閉的《商報》的全部機器、設備、紙張等，由匯商公司盤給《中央日報》。[3]1928 年國民黨掌握的報刊有 330 種，其中日報有 273 種，多數都得到各級黨部的資金支持，其中南京《中央日報》月津貼額高達 8000 元，中央通訊社甚至向中央提出過月均補貼 5 萬元的請求。[4]之後，南京《中央日報》還爭取到國民黨中央財政的撥款近 17 萬元，

1 胡道靜：《新聞史上的新時代》，世界書局，1946 年版，第 82 頁。
2 邵飄萍：《新聞學總論》，京報館，1924 年版，第 89 頁。
3 吳廷俊主編：《中國新聞事業史》，武漢大學出版社，2009 年版，第 190 頁。
4 王潤澤：《北洋政府時期的新聞業及其現代化（1916～1928）》，中國人民大學出版社，2010 年版，第 264 頁。

在新街口建築起現代化的報館大樓。

除了政黨津貼外，政府部門根據宣傳需要也常常撥出經費創辦報紙，或針對性地對一些有影響力的報紙、報人進行津貼。袁世凱就任臨時大總統後，用公款先後在北京創辦《國民報》、《金剛報》、《亞細亞日報》，在長沙出版《國民新報》，在上海出版《亞細亞日報》上海版。其中用資 10 萬元創辦的《亞細亞日報》較有影響。此外，北京的《國華報》、《國權報》等五六家報紙，上海的《大共和日報》、《時事新報》，長沙的《大公報》，廣州的《華國報》都接受過袁政府以送津貼等形式的收買。[1]在廣州，同盟會南方支部的機關報《中國日報》由香港遷來，受廣東都督府的巨額津貼，成爲廣州最有影響的報紙。[2]

儘管 1919 年一些地方政府迫於經費緊張決定停止對本地報紙進行津貼，但對大部分地區來說尤其北方經濟欠發達地區，津貼之風積習已久，依然大面積存在。據 1925 年 11 月 19 日《晨報》報導，當時接受津貼的報館分爲四級：（1）超等的六家，每家 300 元，有參政院資助的《順天時報》、《益世報》、《京報》，財政善後委員會資助的《東方時報》，國政商榷會資助的《黃報》和國憲起草委員會資助的《社會日報》；（2）最要者 39 家，每家 200 元，主要有《世界日報》、《北京日報》、《京津時報》、《交通日報》、天津《益世報》、天津《大公報》、天津《泰晤士報》、國聞通訊社、新聞編譯社等；（3）次要者 38 家，每家 100 元，主要有《北京時報》、《群強報》、《中央日報》等；（4）普通者 42 家，每家 50 元，包括《民國公報》、《實事白話報》、《正義報》和中俄通訊社等。總計 14500 元，125 家媒體，其中日報 47 家，晚報 17 家，通訊社 61 家。[3]據說該津貼名單一經披露，輿論嘩然。

2、來自政客個人的資金

清末民初，一些在位的官員和在野的政客，出於種種需要或出面辦報，或投資報紙，或捐贈報人等。比如清末接辦《蘇報》的退職官員陳範，曾任江西鉛山縣知縣，因處理教案未合朝廷意而被革職，遂移居上海，後欲以清議救國，故出資買下《蘇報》；梁啓超主編的《時務報》是維新運動中最具影

1 方漢奇、張之華主編：《中國新聞事業簡史》（第 2 版），中國人民大學出版社，1995 年版，第 153 頁。

2 黃瑚：《中國新聞事業發展史》，復旦大學出版社，2006 年版，第 112 頁。

3 《晨報》，1925 年 11 月 19 日。

響力的報紙，其辦報的資金來源除了上海強學會餘款 1200 兩，還有黃遵憲捐款 1000 兩，鄒凌翰捐助 500 兩；[1]在福開森接手上海《新聞報》之前，張之洞和盛宣懷都曾入股該報。

民國以後，政客出資津貼報紙的現象越來越普遍。袁世凱復辟帝制時期，史量才曾斷然拒絕袁的賄買行爲，並起草了「申報館經理部主筆房同人」的《本館啓事》，表明其心志。[2]但事實上，史量才時期的《申報》也曾接受過齊燮元[3]每月 2000 元的捐款，以及一塊地皮和一棟住房。當然齊燮元給予資助的報刊很多，並非《申報》一家。[4]政客出資津貼報紙或直接出面辦報，多是宣傳自己或所在黨派團體的立場、觀點，以謀取自身利益，因此在實際操作中政客辦報留下了不少流弊。謝六逸曾痛斥政客辦報的現象：「所以辦報的人常是無聊的政客，報紙的企業是政客官僚們刮地皮餘剩下來的殘肴。於是新聞記者有『老槍』，有『敲竹杠』的流氓，有公然索詐津貼的，有專門叨擾商家酒食的，有奔走權力以圖一官半職的，種種醜態，罄竹難書。」[5]

3、津貼泛濫的原因及其影響

民國時期，中國報紙接受津貼的現象十分普遍，幾乎泛濫成風。除了政

1 吳廷俊主編：《中國新聞事業史》，武漢大學出版社，2009 年版，第 76 頁。

2 袁世凱復辟帝制時期，曾派御用文人薛大可攜 15 萬大洋南下行賄報界，《申報》是其收買的首選對象，結果遭到史量才的斷然拒絕。1915 年 9 月 3 日史氏在《申報》頭版頭條發表《本館啓事》揭露袁世凱的陰謀：「有人攜款 15 萬，來滬運動報界，主張變更國體者。」隨之表明向來不受賄買的操守：「按本館同人，自民國二年十月二十日接手後，以至今日，所有股東，除營業盈餘外，所有館中辦事人及主筆等，除薪水分紅外，從未受過他種機關或個人分文津貼及分文運動。」參見 1915 年 9 月 3 日《申報》。

3 齊燮元（1879～1946），原名齊英，字撫萬，號耀珊。直隸寧河縣（現天津市寧河縣）人。直系軍閥，光緒年間秀才，後考入保定陸軍速成學堂。曾任北洋軍第六鎮參謀長，第六師師長兼江寧鎮守使，江蘇督軍，蘇皖贛巡閱使等職。抗戰爆發後，投靠日本淪爲漢奸。10 月與王克敏、王揖唐等組織僞政府籌備處，策劃成立僞華北臨時政府。1940 年 3 月任華北政務委員會委員兼治安總署督辦、僞華北綏靖軍總司令，指揮僞軍在華北推行治安強化運動。1945 年 8 月抗戰勝利後，被國民政府逮捕。1946 年在南京被處決。參見百度百科 http://baike.baidu.com。

4 王潤澤：《津貼：民國時期中國新聞界的痼疾》，《新聞與傳播》2010 年第 12 期，第 74 頁。

5 謝六逸：《新聞教育的重要及其設施》，載《謝六逸文集》，商務印書館，1995 年版，第 277 頁。

黨報紙、官方報紙心安理得地收受津貼外，以商業經營為名的民營報紙，也普遍接受津貼。一般認為，上海是中國商業報紙發達地區，津貼現象較少，但調查顯示上海報紙只是接受津貼更為秘密一些。當時比較有勢力的 11 種報紙[1]除《申報》、《新聞報》、《時報》外，全部是政黨機關報或接受補助。[2]津貼泛濫成風的原因不外乎以下幾方面。

（1）報紙商業化程度低，難以實現經濟自立。汪漢溪在《新聞報》30 週年紀念時，頗為痛心地記錄道：「經濟自立，言之非艱，行之維艱，中國報紙各埠姑不論，即上海一埠自通商互市以來，旋起旋仆，不下三四百家，惟其至敗之由，半由於黨派關係，立言偏私，不能示人以公，半由創辦之始，股本不足，招集股本一二萬，勉強開辦，其招足十萬八萬為基金者，殊未多見。股未齊而先後從事於賃屋、購機、置備器具，延聘編輯、訪員，雇傭工役，以滬市物用昂貴，開支浩大，恐在籌備期內，基金業已耗盡。及至出版，銷數自難通暢。廣告收入甚微，報館人才徵求延聘，尚難入選，而各股東所薦之人，大都不適於用，人浮於事，辦事無人、出版未久，主其事者，支持乏策，乃不得不一再商之股東。加添股本。股東每因所薦之人未能滿意。多願拋棄原有權利，以免屢加股本之憂，股本即難添招，收入亦無把握，進退維谷之時，不得不仰給於外界。」[3]除了少數大報能夠通過努力經營爭取經濟獨立外，大多數報紙都是朝不保夕，勉強維持。加之當時融資渠道不暢，因而報紙在資金來源上只能借助外部力量。

（2）報人自身的修養不夠，甚至品格墮落。邵飄萍曾批評當時報界「津貼本位新聞紙」存在的危害：「新聞之性質殆與廣告相混同，既不依真理事實，亦並無宗旨主張，暮楚朝秦，惟以津貼為向背。此則傳單、印刷物耳，並不能認為新聞紙，與世界的新聞事業不啻背道而馳。」[4]但事實上，邵氏創辦《京報》，出手闊綽在京中報界是出了名的，不但擁有高檔自用汽車，連香煙都是特製的。為了維持這種生活，邵氏對各方津貼鮮有拒絕。名報人林白水生活也是十分闊綽，私宅內光傭僕就有十幾個，此外他還愛好古玩收藏，藏品價

1　此處所指的 11 種報紙是《申報》《新聞報》《時報》《神州日報》《新申報》《商報》《中國晚報》《中華日報》《時事新報》《民國日報》《中南晚報》。

2　王潤澤：《從傳統到現代的艱難蛻變——民初報刊現代化進程的片段圖景》，《新聞與傳播》2011 年第 1 期，第 57 頁。

3　汪漢溪：《新聞業困難之原因》，見新聞報館編《新聞報三十年紀念》，1923 年版。

4　邵飄萍：《新聞學總論》，北京京報館，1924 年版，第 89 頁。

值不菲。至於其賣文、收受津貼之事在圈中成爲公開的秘密。當時在北京報界還出現公然索詐津貼的「敲竹杠」的新聞記者和報人：「今天津貼到手則辯護，明天錢盡又攻擊，唯錢是問，不管論調一致不一致。甚至同時可以收受幾個派別不同，或冤家對頭的津貼，並且都能夠在報上替各人說好話，這種報紙，我無以名之，名之爲『野雞報』。『野雞報』當然要配上野雞來辦，這等人和其報紙是一樣，都是隨時可以改變其態度。」[1]當時某些記者和報人的品格之墮落由此可見一斑。

儘管經常性的政治津貼給當時報業提供了發展資金，在一定程度上使報紙免於倒閉或破產的窘境，但它帶來的惡果卻不容忽視。這種非正常的資金來源使得報紙將追逐金錢視爲職業常態，將新聞業本應秉持的社會責任感置之腦後。其結果是「受人豢養，立言必多袒庇，甚至顚倒黑白，淆亂聽聞，聞者必致相率鄙棄，銷數必自日少」，[2]報業所最珍視的新聞自由和言論自由更無從實現。

（二）民間資本的匱乏

民國報業的資金來源除政治津貼外，還有一些民間資本投入報業，但資金一般十分薄弱，至多一二萬而已。成舍我創辦《世界晚報》時，手裏只有200塊大洋的起步資金。由於資金困窘，成舍我辦報以勤儉、嚴苛著稱，甚至落下了吝嗇的名聲。還有一種所謂「集資」或「募資」的方式。還有一種集零星的民眾資金辦報的方法，由幾個在文化界中有聲譽的人出面刊廣告，希望社會人士予以投資辦報，很少的數目即算一股，並且限制至多每人不得認股至 10 股或 50 股以上，更不得化名認股，以避免大股東操縱社務。戈公振等曾在上海試行過這種方式籌資辦報，然而結果並不理想。薩空了對此認爲：「在中國民眾知識落後，和有識民眾尚未具有熱心社會事業風習的環境中，這計劃在過去未能收效，在將來，窮文化人要辦報，這還是一種可以採用的方式，不過政府許否採用是一問題，還有能集的資金也怕有限，難與大資本的新聞事業競爭。」[3]這對於需要大筆資金運營的報業來說，這種傳統的民間融資方式顯然無法適應報業現代化的要求。

---

1 春江：《不得已來說一說》，北京《晨報・一星期之餘力》1922 年 5 月 14 日。轉引自胡正強：《中國現代媒介批評研究》，中國傳媒大學出版社，2010 年版，第 138 頁。
2 汪漢溪：《新聞業困難之原因》，見新聞報館編《新聞報三十年紀念》，1923 年版。
3 薩空了：《科學的新聞學概論》，文化供應社，1947 年版，第 135 頁。

投入報業的民間資本不僅薄弱，而且容易斷流，報紙生存難以為繼。在此情形下，少數大報利用各種渠道想方設法融資，以謀求報紙的長期發展。汪漢溪主持《新聞報》時期，資金緊張時通常會向銀行借貸，依託資本運營，借款越來越多，事業發展越來越大，報紙由此擺脫了困頓局面。「汪從不延期償還債務，如果無力償還，他就移東補西，因此信用昭著。他的每一筆借款都用在生產資料上，主要用在購買新型印報機和收購白報紙方面。若干年來，汪氏運用銀行借款，可以總結出一條規律來，這就是：借款，還款，再借，再還；款子越借越多，直至全部還清而止。《新聞報》的經濟從困難到不困難，基礎從不鞏固到鞏固，就是按照這條規律運行的。」[1]《新聞報》自 1914 年一戰發生以來，營業收入年年上升，其資金積累幾乎完全用於擴大再生產，至 1920 年才還清欠款並發放股息。此外，《新聞報》、《申報》和新記《大公報》等少數大報通過關注白報紙的行情起落並及時儲備，以此來快速積累資金。但總體來看，民國初期報業資金來源較單一，民間資本匱乏，且融資艱難，因而真正能夠實現經濟獨立的報紙可謂鳳毛麟角。《新聞報》之所以較早地實現經濟獨立，與其善用銀行借貸進行資本積累是分不開的。[2]

二、報紙廣告經營：廣告代理的出現與創意技術的進步

廣告是報業的生存命脈。19 世紀中期以《紐約太陽報》為代表的「便士報」的興起，不僅改革了出版業，也改革了報刊廣告。[3]至 19 世紀末葉，廣告製作已成為一種專門技藝。休曼在《實用新聞學》中曾提到，「專精斯道者，獲酬之豐超政府中國務員而上之。此曹與其謂之為新聞事業中人物，毋寧謂

1　陶菊隱：《記者生活三十年——親歷民國重大事件》，中華書局，2005 年版，第 64 頁。

2　當時《新聞報》能夠利用銀行借貸與其股權結構有直接關係，一般報紙則不具備此種條件。《新聞報》本為福開森獨資承辦，但他在美國特拉華州（State of Delaware）註冊為股份公司。福開森此舉具有雙重用意：一是預防事業失敗時獨資破產的風險；二是通過吸收中國銀行家投資合夥，利用他們向銀行借款，以擴大報館的生產資料。公司成立時組織了董事會，福開森占 65%的股權，劃出 35%由上海銀行家何丹書、朱葆三、顧泳銓、姚慕蓮、王小展、蘇寶森等攤認，並推為董事；由於汪漢溪主持報務，也被吸收為董事之一。參見陶菊隱：《記者生活三十年——親歷民國重大事件》，中華書局，2005 年版，第 64 頁。

3　〔美〕大衛・斯隆：《美國傳媒史》，劉琛等譯，上海人民出版社，2010 年版，第 390、393 頁。

之商務中人。」[1]民國初期，報業廣告經營深受西方廣告經營理念的影響，開始重視廣告在報館經營中的地位和作用，並且出現了少數以廣告爲本位的大報。一般報館的組織機構中都設有營業部，主管廣告和發行業務。

（一）報紙廣告的來源

近代報刊發展早期，國人對廣告的重要性尚認識不深，首先在中國報紙上投放廣告的多是西方人。尤其是一戰前，德國人和日本人是最積極的在華廣告商。「在 1919 年到 1920 年期間，相當多的美國新廣告商開始謹慎地進入中國廣告市場」。[2]隨著現代通訊技術的引入和商業貿易的增長，報紙廣告也迅速引起了中國社會的重視。民初報紙廣告的來源，大約可分爲三種：一是廣告客戶直接送到報館；二是由報館派人招攬；三是由廣告掮客或廣告社介紹。其中前兩者都是由報館廣告部接洽的廣告。因此，可將報紙廣告的來源大致分爲以下兩種。

1、報館廣告部

民國初年，報紙廣告經營主要靠廣告客戶上門來刊登，報館總社或下設的地方分社均可接洽。此外，還有一些以招攬廣告爲業的「掮客」幫助報館介紹廣告客戶。隨著報紙和廣告業的發展，逐漸出現廣告社來參與承辦報紙廣告。

廣告在新聞社中負有重大責任，因此一般都設有廣告部（處）。通常廣告處在主任之下再設助理員若干名。助理員的事務分爲內勤和外勤，內勤處理社內廣告事務，如接應廣告主顧、登記廣告帳目和刊費的收入、規劃每日廣告排序等；外勤則負責招徠廣告和對外接洽廣告事務。因而要求「內勤者貴有精細之腦筋與縝密之意識，而外勤者則貴有忠勤之奮發與敏活之手腕」[3]，內外各盡其能，則廣告業務可望發達。

2、廣告社或廣告公司

民國報界，上海、天津、香港等地較早出現廣告社，規模較大的則稱爲廣告公司，其中以上海一埠最爲發達。早期多爲外商所開辦，後爲華商所經

1 〔美〕休曼：《實用新聞學》，史青譯，上海學廣會，1913 年版，第 126～127 頁。

2 J. W. Sanger: *Advertising Methods in Japan, China, and Philippines*.（《日本、中國和菲律賓廣告製作方法》）轉引自汪英賓：《中國本土報刊的興起》，王海、王明亮譯，暨南大學出版社，2013 年版，第 54 頁。

3 吳定九：《新聞事業經營法》，現代書局，1930 年版，第 88 頁。

營。上海各大報所刊登的廣告，十之八九都來自廣告社。廣告公司的優點在於使廣告設計趨於盡善盡美，增加廣告的效力；但也有極大的流弊，比如使報館養成依賴廣告公司的習慣，報紙廣告被廣告公司所操縱導致只能聽其支配，報紙收入減少，等等。至1920年代中期，報業市場上漸漸出現了專業的廣告代理公司。1925年戈公振還談到，「多數的大報紙，從所謂代辦廣告公司接受所謂館外廣告（Foreign or outside advertising）。這種公司是在大城市內，雇用許多廣告員，爲許多的報紙招攬廣告而從中取得薪水或代辦費。」[1]由此可見，當時聘用廣告員招攬廣告的做法成爲一些廣告公司和報館通行的廣告運作方式。

天津在20年代出現了廣告社，它們常在各大報紙上刊登承攬廣告生意的廣告。其業務範圍相當廣泛，《大公報》的廣告也與當時新興的廣告社有密切的關係，是由廣告社承辦的。天津《新民意報》廣告部主任李散人因熟悉廣告業務，後來進入《大公報》和《益世報》承包廣告業務，之後成立了天津第一家廣告社——新中國廣告社。[2]《〈新聞報〉廣告簡章》中規定：「廣告經紀人送登之廣告，登戶如欲停止或改字，或到期後乃須繼續登載，應自向原經紀人接洽。」[3]其中提到的廣告經紀人就是指廣告掮客或廣告社。廣告社代理和承包制廣告的出現，可以說是中國近代廣告業發展的重要標誌。

（二）廣告的類別與刊費

廣告與新聞一樣，對社會產生較大的影響。歐美國家對於廣告的檢查極嚴，民國初期我國報紙因廣告數量較少，因而刊載較濫。戈公振在《中國報學史》一書中從內容上劃分爲商務廣告（含商事、商品、金融、物價、機器、醫藥、奢侈品等）、社會廣告（含集會、聲辯、法律、招尋、慈善、遊戲、賭博等）、文化廣告（含教育、書籍等）、交通廣告（指航期、車班、郵電等）以及雜項（凡不能列入以上各門的廣告）。[4]當時中國報紙的廣告主要是藥品、香煙、書籍等廣告，戲院劇目廣告也是吸引讀者的賣點，還有各類告示也佔據了廣告版的一席之地。

1　戈公振：《新聞學撮要》，上海新聞記者聯歡會印行，1925年版，第154頁。
2　方漢奇等：《〈大公報〉百年史（1912-06-17～2002-06-17）》，中國人民大學出版社，2004年版，第135頁。
3　戈公振《中國報學史》，生活·讀書·新知三聯書店，2011年版，第205頁。
4　戈公振《中國報學史》，生活·讀書·新知三聯書店，2011年版，第198～199頁。

表 2-1　1912 年 7 月～1928 年 7 月《大公報》廣告分類抽樣統計表[1]

時間	商務廣告	比例（%）	社會廣告	比例（%）	文教廣告	比例（%）	交通廣告	比例（%）	總量
1912 年 7 月	1351	84.5	145	9.1	83	5.1	20	1.2	1599
1913 年 7 月	1586	70.9	133	6.2	467	20.9	51	2.2	2237
1914 年 7 月	1358	78.9	121	7.1	161	9.3	82	4.8	1722
1915 年 7 月	1423	75	112	6.1	341	18	21	1.1	1897
1916 年 7 月	1642	76.1	175	8.1	310	14.4	31	1.4	2158
1917 年 7 月	1914	77.8	170	6.9	347	14.1	31	1.2	2462
1918 年 7 月	1931	75.6	200	7.8	409	16	10	0.3	2550
1919 年 7 月	1752	70	133	5.2	566	22.4	82	3.2	2523
1920 年 7 月	1827	73.3	263	10.1	372	15	31	1.2	2491
1921 年 7 月	1746	89.8	94	4.8	52	2.6	53	2.7	1945
1922 年 7 月	3573	94	153	4	44	1.2	31	0.8	3801
1923 年 7 月	1157	86	52	3.9	83	6.2	51	3.7	1343
1924 年 7 月	970	72.2	30	2.4	217	17.4	31	2.4	1248
1925 年 7 月	889	84.4	20	1.9	144	13.7	0	0	1053
1927 年 7 月	3196	84.3	62	1.6	531	14	0	0	3789
1928 年 7 月	2496	70.1	381	10.7	652	18.3	30	0.8	3559

當時北方報界根據廣告刊載的所在位置，將廣告分爲評前廣告、封面廣告、中縫廣告、普通廣告、分類廣告，評前廣告的費用是其他廣告的數倍。評前廣告，在社論或評論之前，最易引人注目，故其地位最優；封面廣告，位於報紙第一頁，其地位亦佳，尤其以接近報頭的位置更受人歡迎；中縫廣告，在報紙折疊之處而以新聞記事第二版間的中縫爲佳；普通廣告，指以上所述之外的位置；分類廣告，則是另闢一定位置專載人事、營業、徵求、尋訪等分門別類的小廣告。

通常報紙廣告刊費依據三個因素，即報紙在每地平均的實際發行量，報館每月的費用和最低限度的利潤。民國時期，由於中國產業不發達，報紙銷路不大，因此民國報紙的廣告價格實際上很低。廣告刊費的規定，主要視廣

1　摘自孫會：《〈大公報〉廣告與近代社會（1902～1936）》，中國傳媒大學出版社，2011 年版，第 28 頁。其中 1926 年爲《大公報》續刊調整時期，故未做統計。

告刊登的位置優劣為標準。其規定的方法，有以字數計，有以方寸計。一般以字數計者以行為單位，即每行每日刊費多數。具體說來，當時上海報紙確定的廣告刊費為：

一等，刊登於新聞中，高3英寸多，每日每行4角5分。

二等，刊登於封面、專電或評前廣告（即評論前的廣告），高10英寸，每日每行1元4角。

三等，刊登於分類欄，以60字起計算，如超過此數，以15字遞加，每日每字1分2釐；登於文藝欄下部。

四等，刊登於普通位置，高10英寸，每日每行8角；短行每日每字1分。

例外，以方寸計算者，每方寸7角；但以普通位置為限。[1]

報館一般將評前及封面、新聞前後或上下等版位視為廣告刊登的特別地位，因而刊費較貴。《申報》廣告條例中對此有特別規定。因評前廣告處於頭版，位置醒目，是社會團體或政界要人發表聲明和啓事的重要位置。而新聞是讀者關注度最高的內容，因此「若廣告插入於新聞欄中者，則以欲新聞記事之方面接觸多者為優」，[2]廣告效益最大。

根據地區經濟發達程度有所不同，通常經濟較發達地區的報紙廣告刊費比欠發達地區的要高；報紙發行量不同，廣告費用的折扣也有差異。說到折扣，有高至 9 折的，也有低至一二折的。廣告介紹人比一般人還可享受一二折的優惠，算是介紹費。廣告刊費與刊登時間的長短也有很大關係。通常臨時或短期廣告的刊費高，而長期廣告則費用低廉些。長期廣告又分三個月期、半年期、一年期，其中三個月期廣告較貴，半年期次之，一年期再次之。各新聞社對於此種規定和算法，大都列成表以備登廣告者索閱。

（三）廣告創意的多樣化

民初報紙廣告技術的進步，主要得益於一次大戰後西方廣告業的發達和廣告技術的東漸。在文化出版界最早有意識地採用廣告技術的是商務印書館，當時該館所出版的報刊雜誌以大量篇幅刊登廣告，並委託一些外國畫家來培訓年青的中國藝術家。上海早期的廣告社便產生於這批藝術家之手，並相繼帶動了滬杭等地美術院校的專業教育，由此創造了上海類似裝飾藝術的

1　戈公振《中國報學史》，生活·讀書·新知三聯書店，2011年版，第197頁。
2　吳定九：《新聞事業經營法》，現代書局，1930年版，第89頁。

廣告風格。[1]報紙廣告創意在民初有了多樣化的發展，不再僅僅是之前停留在「陳述」層面的表現形式。

1、在文字和構圖上，更加注重視覺效果

這時期報紙廣告不再單調地訴諸文字，而是圖文並茂，形式較活潑。文字靈活多變，字體、字號、字型的修飾也日益豐富；圖片在廣告中的運用越來越頻繁，且佔據著較重要的地位，形成了以圖片爲主、文字爲輔的廣告表現形式。此外，在構圖上充分利用空間，或有意大塊留白，或配以大圖片，以達到醒目的視覺效果。

2、大版面廣告和系列廣告增多

這時的廣告數量增長不多，但整版、半版和四分之一版的廣告很多，這樣的大版面廣告具有較強的視覺效果，增強了對讀者的吸引力。系列廣告的應用更加廣泛，並且其設計也是每日一變，以引發讀者的閱讀興趣。如《大公報》於 1918 年 5 月 2 日至 5 月 9 日期間刊登的日本博利安燈泡系列廣告，圖文並茂，圖片的比例、結構和布局都很講究，文字畫龍點睛，突出了主題；以系列方式全面展示了商品的優勝之處，給人印象深刻；同時注重商品的品牌商標意識，以培養讀者的品牌消費意識。這組系列廣告在創意、表現和構成元素等方面均能代表民初報紙廣告漸趨成熟的發展水平，堪稱這時期的經典之作。

3、抓住讀者心理製造懸念廣告

這時期廣告更強調運用心理因素有針對性地進行廣告設計，廣告文案有意故弄玄虛，製造懸念，以激發讀者的好奇心和持續關注。典型如《大公報》刊登的英美煙公司廣告：第一天半版廣告只有一個斗大的「烤」字，其餘空白，如此連登三日；第四天也是半版廣告，在大寫的「烤」字之外多了幾行字：「君識此字矣。君已知其作何解矣。」又過幾日，半版廣告變成整版廣告，上方赫然呈現「翠鳥牌香煙」及其商品圖，下方文案爲：「君識此字矣。君已知其作何解矣。然則翠鳥牌香煙，其味道、其香氣第較他種更好，君亦知其故乎？因其煙葉第用烤法制成。」[2]英美煙公司廣告還採用燈謎形式推出，使

---

1 〔法〕白吉爾《中國資產階級的黃金時代（1911～1937）》，張富強等譯，上海人民出版社，1994 年版，第 236 頁。

2 《大公報》1918 年 9 月 19 日。

廣告與讀者之間產生有趣的互動，引發讀者的閱讀懸念和參與其中的願望。[1]該燈謎系列廣告歷時近一年，重複刊出，廣告總數達到 150 則之多，是我國近代報紙廣告中系列廣告登載時間最長、數量最多的一個。[2]

4、巧妙運用重大事件的新式廣告出現

1912 年到 1927 年中國政局動盪，大事件頻頻發生，報紙廣告將這些重大事件巧妙運用到設計中，顯得別具一格，不同凡響。「五四運動」爆發後，中國隨即興起國貨運動，商家紛紛打出國貨招牌，報紙廣告也以愛國爲創意點。比如南洋兄弟煙草公司的愛國牌香煙系列廣告，1920 年 4 月 15 日刊出「愛國歌篇」，5 月 1 日刊出「權字篇」，5 月 14 日「覺悟篇」，6 月 1 日「愛國徵文揭曉篇」，6 月 29 日「請看救國良方篇」，7 月 28 日「解放的眞諦篇」，1921 年 1 月 18 日刊出「壯士斷腕篇」，3 月 5 日「多難日篇」，都是以「提倡國貨」爲訴求點精心設計的廣告。[3]

總之，民初報紙廣告創意較前有所增強，表現手法更加多樣化，表明這時期廣告發展逐漸進入較成熟的階段。但總體來說，廣告水平整體上還較低，表現出單一、幼稚、粗糙的特點，尙有待逐步改進。

（四）廣告經營中的問題

這時期報紙廣告經營中存在的突出問題，主要表現在兩方面。

1、虛假廣告和低俗廣告大行其道

民初報業尙不夠發達，廣告數量不多，造成報紙對各種廣告來者不拒，缺少嚴格的審查，以至於虛假廣告和低俗廣告充斥報端。這種現象不僅存在於一些小報小刊上，而且在少數大報上也表現得很充分。虛假廣告主要是對某一產品或服務吹噓造假，脫離實際。具體表現爲濫用溢美之辭，有故作誇張、聳人耳目之嫌，動輒使用「暢銷海內外」、「譽滿全球」、「塡補空白」等絕對性語言，毫不留餘地；或利用各種數據、圖畫對產品或服務的性能、功效進行全方位的高調宣傳，缺乏任何參照體系，對消費者進行誤導。當時這種虛假廣告多集中於奢侈品和藥品廣告，其中多含引誘性和不眞實之處。戈

1　《大公報》1918 年 5 月 3 日。
2　孫會：《〈大公報〉廣告與近代社會（1902～1936）》，中國傳媒大學出版社，2011 年版，第 93 頁。
3　轉引自王潤澤：《北洋政府時期的新聞業及其現代化（1916～1928）》，中國人民大學出版社，2010 年版，第 293 頁。

公振曾取京、津、滬、漢、粵五地代表性的報紙各一份爲樣本，選擇自 1925 年 4 月 10 日起 30 日內的報紙進行分析，發現外商廣告占十分之六七，而國貨廣告僅占十分之二三；國貨廣告中，「除書籍外，大半爲奢侈品及藥品，其中且有不道德與不忠實之廣告。此不但爲我國實業界之大憂，亦廣告界之大恥也。」[1]比如某報曾刊載出售艾羅補腦汁的巨幅藥房廣告，宣稱此藥係艾羅醫學博士所發明，其效如神云云。不少病人果然紛紛去購買。實際上上海灘並無艾羅其人，此廣告是上海灘有名的滑頭商人黃楚九所擺的噱頭，其含量不過是些麻醉藥物而已。更令人撓頭的是，這類廣告不受法律制裁，租界當局均開綠燈放過。因此有識之士曾建議，「一方復拒登含有欺騙性之廣告，使廣告之效力可信，則此後發展可操左券矣。」[2]再三呼籲樹立廣告信用之迫切。

當時報紙因一味追求銷數的增長，還出現了一些媚俗的、低級的乃至封建的現象和觀念，以致淪爲報界的「公害」。時人將當時報紙廣告中不良表現分爲三類：一是含有誨淫性的內容；二是含有誨賭性的內容；三是含有導人迷信的內容。[3]比如，被稱爲上海「櫃檯報」的《新聞報》，在廣告文案設計中屢屢出現格調不高的措辭和畫面，比如電影廣告版面中有意無意地將海外片名譯成聳人聽聞的用詞，配以挑逗的廣告詞如「聽得到，看得見」，同時佐以令人想入非非的插圖。民國新聞界對於這類妨害社會、敗壞風化的「黃色廣告」的危害性其實已有清醒的認識，並將之視爲「比黃色新聞還要壞」[4]。針對這些不良廣告，全國報界聯合會通過了「勸告禁載有惡影響於社會之廣告案」，其中提出類似「獎券爲變相之彩票」、「春藥及誨淫之書」等廣告應一律禁止報紙刊載，警示報界「犧牲廣告費之事小，而影響於社會大也」[5]。

2、廣告與新聞的比例失調致讀者反感

廣告是報紙的生存命脈，因此民初報紙爲了盡可能多登廣告，甚至不惜犧牲新聞版面，造成廣告與新聞的比例失調，漸漸失卻新聞紙的實質意義。民初戈公振已意識到此問題，指出「報紙之營業色彩亦漸重，至將廣告登於

---

1 戈公振《中國報學史》，生活·讀書·新知三聯書店，2011 年版，第 203 頁。
2 黃天鵬：《中國新聞事業》，上海聯合書店，1930 年版，第 72 頁。
3 李錦成：《新聞紙登載廣告的討論》，見李錦華、李仲誠編《新聞言論集》，廣州新啓明印務有限公司，1932 年版，第 161～162 頁。
4 李果：《論黃色廣告》，《報學雜誌》，1948 年第 1 卷第 7 期。
5 戈公振《中國報學史》，生活·讀書·新知三聯書店，2011 年版，第 204 頁。

新聞之中，頗礙讀者視線。……此則亟宜矯正者也。」[1]《新聞報》創刊以來便不斷擴版，但增加的都是廣告，新聞與副刊的版面幾乎沒有擴大。從廣告與新聞在版面中的比重來看，廣告總量占六成左右，怪道該報在 30 年代會成爲一份「新聞是間隔廣告的材料」的「廣告報」。因此爲了協調廣告和新聞的比例，汪漢溪特設廣告準備科，以節約成本提高贏利。陶菊隱曾記錄他剛到《新聞報》時的情景，「我到館後席未暇暖，他（汪漢溪）就叫我每天把本埠新聞中的次要新聞逐條刪削，改爲『短訊』，以便騰出地位來多登廣告。也許他認爲這是一項重要任務，其實這是一種孳孳爲利的生意經」。[2]後來《申報》也成立了廣告整理科，其職能相當於《新聞報》的準備科。

除此之外，民初報紙廣告經營中還存在著其他問題，比如廣告編排較爲混亂，實際上直至民國中期報紙廣告尚無編輯的概念，報館並未設置廣告版編輯一職。即便偶而對廣告進行了一定編輯，也僅停留在粗糙的處理層面，尚未能每天有意識地進行完全、嚴格的編輯。因而，呈現在報紙版面上的廣告編排極爲隨意。這些方面均有待改善。

三、報紙發行經營：依附於郵局系統與報販群體

報紙發行固然與報館自身努力相關，但與教育、實業、交通、社會各方面的進步均有直接關係。整體來看，到 1920 年代末期大部分中國民眾尚未受過普通教育，全部人口中只有 5%識字者，有 95%則爲目不識丁者，所以報紙讀者尚占極少部分。[3]可見，在教育尚未普及、民智遠未開啓的時代，報紙發行無疑面臨著極大難度。除此之外，民初報紙發行還受到行業環境等多方面條件的制約。

（一）報紙定價與紙張成本

隨著民初國民教育素質的提高和時事變動的影響，閱報者漸趨增多。以上海爲例，中等以上的商店都備有報紙，至於學生購買報紙雜誌的能力，則更爲可觀。戈公振曾滿懷期待地預言：「今後教育發達，則上海一市之報紙銷數，與人口比例，必漸與東西洋相平行也。」[4]儘管如此，但總體來看，當時

1 戈公振《中國報學史》，生活・讀書・新知三聯書店，2011 年版，第 331 頁。
2 陶菊隱：《記者生活三十年——親歷民國重大事件》，中華書局，2005 年版，第 180 頁。
3 蔣國珍：《中國新聞發達史》，世界書局，1927 年版，第 9～60 頁。
4 戈公振：《中國新聞事業之將來》，載《東方雜誌》，第 20 卷第 15 號。

報紙售價較高和民眾消費力的低下阻礙著報紙的銷路。

1、報紙定價

1918 年 10 月 10 日《申報》曾報導其報價的變化：「……宣統三年 8 月起，中國境內（全年逐日）改爲 12 元，與日本同。民國五年起，歐美各國全年又改爲 25 元半，半年 12 元 6 角。」[1]到 1926 年 9 月 1 日，「《申報》將一直穩定的定價由大洋 3 分漲到了 4 分，成爲上海價格最貴的報紙」。按照「1928 年上海地區統計，工人家庭人均月消費 8.2 元，所以如果訂一份報紙，就相當於一個低收入家庭單個人一個多月的生活費用。」[2]

黃天鵬在 1930 年出版的《中國新聞事業》一書中曾詳細論及《申報》的定價：中國境內每月洋 1 元 2 角，每 3 個月洋 3 元 4 角，每 6 個月洋 6 元 6 角，全年洋 12 元 8 角。日本朝鮮同（新疆、蒙古每月洋 2 元 1 角半）。歐美各國每月洋 2 元 7 角，每 3 個月洋 8 元 1 角，每 6 個月洋 16 元 2 角，全年洋 32 元 4 角。據此認爲「此種定價，以今日人民之購力言，似覺過高，惟報館因亦視爲收入之大宗預算，不得不出此耳。」這種定價與普通人的消費能力相比較，讀者負擔頗重。[3]據 1930 年之前郵局郵遞報紙統計，「以與人口相比例，則報紙最多之地，每 9 人可閱一份，而最少之地每 3 萬人只閱一份，全國平均每 164 人閱一份」。[4]與同期歐美日等國情形相比，報紙的普及率尚遠遠難以望其項背。[5]

但從報紙的經營收入來看，民國報紙中篇幅少、紙張小、報價高的北方報紙以及一些小報、晚報還能以發行收入維持生存；而篇幅多、報價低的南方報紙就很難靠發行增加收入。[6]拿 1926 年的《申報》來說，日出數大張，版面最多時達 8 到 10 張，當時一大張的成本約 1 分錢，加上油墨、製版、人工

1 《申報》，1918 年 10 月 10 日。

2 王潤澤：《北洋政府時期的新聞業及其現代化（1916～1928）》，中國人民大學出版社，2010 年版，第 284 頁。

3 黃天鵬：《中國新聞事業》，上海聯合書店，1930 年版，第 84 頁。

4 黃天鵬：《中國新聞事業》，上海聯合書店，1930 年版，第 85 頁。

5 1934 年全美國的日報總數爲 1911 種，每日平均總銷數達 3500 餘萬份，按人口比例，平均每 4 人得報 1 份。反觀當時我國，約每 800 人始得報 1 份。參見胡道靜：《新聞史上的新時代》，世界書局，1946 年版，第 63～64 頁。

6 此處所謂北方報紙和南方報紙，是沿用學者王潤澤的說法，僅指大概的文化地域概念，不宜絕對化。詳見王潤澤《北洋政府時期的新聞業及其現代化（1926～1928）》，中國人民大學出版社，2010 年版，第 284 頁。

等成本，每份報紙成本約超過大洋 1 角多，按照當年《申報》的價格 4 分來計算，通常按照批發給報販按六五折實收，所得不過 2 分多，完全不夠成本。在這種情形下，就會出現報紙發行數越高虧損越大的現象。因此，若從報紙發行收入和成本核算來看，《申報》、《新聞報》的發行收入均無法補償成本支出，大半須依賴廣告收入。因此，從成本和收益的角度考慮，申、新二報均有了控制發行的觀念，即報紙發行到一定數量達到利潤最大化時，就有意識地不再追求發行量了，否則就是「無效發行」。

2、紙張成本

報紙的運營成本中，紙張可謂其中開支大宗的製作材料。我國早期日報在香港出版一般用報紙，在上海出版則用我國賽連紙，有時也用毛太紙、連史紙、關杉紙等充數。隨著進口紙張漸多，開始採用價格低廉的油光紙，隨後又用上可兩面印刷、價格更加低廉的報紙。民初報紙所用紙張，大致分爲兩種：平紙與卷紙。每卷紙約 12 令到 21 令，其價以重量計，每磅在 3 兩 3 錢左右，當然隨進口數量而漲落。進口紙張以日本爲最多，意大利、瑞典次之；挪威、德意志又次之。爲了解決紙張來源問題，我國曾仿造洋紙廠不下 10 餘所，但苦於規模太小，產量較低，因而慘淡經營。據海關統計，民國以來進口紙張逐年有增長。據美國商務報告，1924 年僅上海一埠進口的報紙紙張花費 2,743,475 海關兩。至 1927 年，每年全國進口的報紙紙張約在 2000 萬兩以上，花費甚巨。[1]

黃天鵬曾對當時報紙用紙和其他成本進行了估算，可知其大致情形：「今先以通都大邑諸推行全國之報紙言之，日出 10 餘萬份，按其紙價成本，與以標定之價格計之，庶可約略相抵，而一切開支不與焉。試舉上海爲比例，則寄往外埠之報紙，每份平均爲 5 張，我國既無自造之紙張，則不能不仰給舶來，以市價計之，每令約合 5 元，裁成 1000 張，即 5 張之報紙印刷 200 份，『其中剔去破敗印壞尚多』現者批價 2 份，『定價與此批價之差，即爲代理經售之手續費』，則 200 份報紙收回 4 元，已虧耗 1 元。然郵電採訪印刷營業工資房屋水電所需之數，尤可驚人，以後每多一張，則損失 5 釐，假定銷數 15 萬份，每份各 5 張，則汽機已通之地，每份加郵費 2 釐，『因 4 張合 100 公分，5 張即作 200 公分算』，計虧 7 釐，以 10 萬計之，日達 700 元。在汽機未通之處，每份連郵費損失 1 分，『每 100 公分爲 8 釐，按實量 5 張，適合 1 分』，

1　戈公振：《中國報學史》，生活・讀書・新知三聯書店，2011 年版，第 222 頁。

則須損失 1 分 5 釐，以 5 萬份計之，即日達 750 元，兩共虧 1450 元。於一切開支，不加計算，徒以紙費與郵費爲言，在此銷數，即虧折如此之巨，又遑論其他哉。」[1]針對用紙成本的飛漲，有識之士曾呼籲報界應有節約用紙的覺悟，並建議大城市日報每份可減至兩張，小城市日報可減至一張，同時我國應振興自造紙業。不然，「終不免仰人供給，一旦與外人開戰，則來源絕，而報業停，國人其不閉明塞聰有若聾聵者幾希矣。」[2]

隨著白報紙的需求量與日俱增，而本國造紙又遭遇困境，進口紙張價格高昂，因此報館用紙成本一直居高不下。一些資金實力較雄厚的大報就十分重視白報紙的行情起落並及時儲備，從而爲報館運作節省了大筆開支。《新聞報》每逢紙價低落或者報館結餘較多的時候，就在國際市場上大量收購白報紙。「1914 年第一次世界大戰發生後，由於海運阻滯，紙價不斷飛漲，上海各報成本因而大大提高，《新聞報》獨以存底甚豐而大佔便宜。」[3]《申報》、新記《大公報》運作白報紙，也節省了不少經費。

（二）發行機構與制約因素

民國報紙的發行分本埠和外埠兩種，兩者均屬間接發行，也就是說，報紙的發行大半要借助報販與派報社。

1、報販群體

以上海報紙爲例，本埠發行的訂戶部分主要有派報社代送，然後從報館領取傭金。零售部分多直接由大報販從報館批發報紙，再零批給小報販。當時報販中也有大、中、小的等級分別，層層盤剝。「這種報販與派報社因爲他不隸屬報社也不隸屬讀者，成爲眞正的自由職業，所以他們往往不對讀者盡應盡的職責，有時還有受人利用與報社爲難的事。在大的都市中報販被少數人操縱的前例過去實在不少」。[4]大約 1920 年代末，「全上海有九大報販，一切報紙的批發都需經過他們的手，他們是衣缽相傳，別人是不能侵入他們的領域去的。」[5]九大之下有若干小報販頭，他們或是自擺報攤，或是做中間人，從大報販批來報紙轉給小報販，從中取利。北方報紙發行甚至多爲一些流氓

1 黃天鵬：《中國新聞事業》，上海聯合書店，1930 年版，第 108～109 頁。
2 戈公振：《中國報學史》，生活·讀書·新知三聯書店，2011 年版，第 224 頁。
3 陶菊隱：《記者生活三十年——親歷民國重大事件》，中華書局，2005 年版，第 64 頁。
4 薩空了：《科學的新聞學概論》，文化供應社，1947 年版，第 155～156 頁。
5 求實：《本報一年工作之回顧》，見《上海報》週年紀念冊，1930 年版。

報販所操縱，騙局環生。胡政之曾披露道：「黑龍江有人向上海批發報紙，而當廢報紙發售，道遠竟不費一文；或掛代售報紙之名，而為他種不正當營業，如販鴉片等，層出不窮，不勝列舉，此報紙發售之情形也。」[1]這些報販多來源於城市的落魄煙民，或是被撤銷的民信局職工，因把持著報紙發行網而得以便捷漁利，且不須多少資本和勞力，獲利甚豐。「談到報館利益方面，新聞記者終日勞苦之所獲，半為報販所得，十成之紅利，報販得其六七，報館僅得三四，最多亦不過剖而各半。」[2]由於北方報紙張數不多，因此報紙售賣還不至於虧本，「然實際新聞社所得者不過十之四五，其大半則皆為彼輩之奴隸，而從另一方面觀之，此種賣報人亦社會生活問題之一。」[3]南方報紙大都版數多至六七張，則虧空較大，而報販因此致小康者比比皆是。此種情形下，就連一些民營大報都要屈從於勢力強大的報販，更遑論那些力量弱小的小報。報館老闆雖對此種情勢深感頭痛，但也莫可奈何，無計可施。

2、分館或派報社

為了推廣報紙在外埠的銷路，報館通常會在通都大邑設立發行分館，在次要城市則委託該地固有派報社代銷。對於設立外埠分館，多數報館較為慎重，一般認為確有必要才派專人前往組織，或由該地固有派報社代理分館事宜。吳定九曾比較分館和派報社的優勢，認為報館委託外埠派報社代為發行當為得策，其好處在於各地風俗人情不同，派報社往往對當地情形較為熟悉，因而辦理發行相對駕輕就熟；另外，自設分館手續繁瑣，不如委託固有派報社擔任分館事務更為簡易。「派報社為代銷新聞紙機關，有一社而代銷新聞紙數十種者，其目的雖純以利益為本位，但新聞社則頗可利用之而使之推廣銷路。」正因如此，除了報館與當地有特殊關係且力謀發展外，當時不少報館都不另設分館，而是委託當地派報社代辦發行事宜。比如，民國時期上海報紙除了《新聞報》、《申報》、《時報》、《時事新報》、《民國日報》等幾家之外，大多在浙江設有派報社，並不另設分館。[4]

通常報館在外埠設立發行分館均訂有章程，一般規定須銷報500份以上，

1 胡政之：《中國新聞事業》，參見黃天鵬編《新聞學刊全集》，光新書局，1930年版，第248頁。

2 胡政之：《中國新聞事業》，參見黃天鵬編《新聞學刊全集》，光新書局，1930年版，第248頁。

3 邵飄萍：《新聞學總論》，京報館，1924年版，第72頁。

4 吳定九：《新聞事業經營法》，現代書局，1930年版，第68～69頁。

而且預繳一個月報費作爲保證金，並有一定界域和期限。派報社亦稱分銷處，一般規定承銷每報達 10 份，也須預繳保證金或憑保人擔保。報館對派報社的收費，通常以報價的 7 折計算，當然按照派銷數的多少酌情給以特定遞減的方法，其繳費手續與分館類同。[1]《申報分館章程》規定：日認銷數必須達到 500 份以上；分銷處自負盈虧；並要在上海當地有保證人，若發生欠款，由保證人承擔；每月款項需在下月 10 日前結清。因此，分館或派報社「謀各處訂閱者之便利，於是外埠皆設分發行所，然因辦事費及販賣人應得利益報酬之支出，更使發行上收入之愈減少矣」。[2]顯然，分館或派報社的設立，一方面可幫助報館擴大發行和影響，但另一方面因自負盈虧也時常面臨著報資難以回籠的風險，甚至出現報費累積拖欠直至報館虧空被迫關門的情形。

總之，報販和派報社在本埠和外埠發行中的作用至關重要。但另一方面，這種發行制度實際上增加了讀者負擔，使報社利益受損，可以說「豢養」了一批居於中間的報販與派報社。有識之士曾痛斥這種不良現象：「一種對社會影響極大的新聞事業，其發行網操縱在這般人手中，自然極不合理」。[3]並力主在中國創辦一個全國性的出版物發行公司，「要以有知識的人作發行工作，代替那些無知無識或有知識而昧良心來只想牟利的書商報販」。[4]這種設想自然科學、合理，然而在當時也僅是停留在紙面上的理想而已。

3、郵局遞送系統

報紙的外埠發行端賴於郵局遞送系統，因此郵局系統的發達與否直接影響著報紙在外埠的發行狀況。民國時期由於受軍閥戰爭影響，郵路被毀導致不暢、郵件失蹤甚至郵差被害的事時有發生，對報紙發行帶來很大打擊。尤其是 1926 年中國郵政業經歷了「實爲開辦數十年來最爲艱困之秋」。[5]郵政損失最爲嚴重的當屬北京地區，其次河南、湖北、雲南等地都出現了郵車被劫、郵件遲滯甚至劇減的現象。但滬、浙、徽一帶由於受戰爭影響較小，郵路較暢通，報紙發行相對保持常態甚至出現一定的增長。特別是上海一地的報業繁榮帶動了整個國內報紙發行量的上升。

1 關於報館設立分館和派報社的章程內容，均依據項士元：《浙江新聞史》，之江日報社，1930 年版，第 269 頁。
2 邵飄萍：《新聞學總論》，京報館，1924 年版，第 71 頁。
3 薩空了：《科學的新聞學概論》，文化供應社，1947 年版，第 156 頁。
4 薩空了：《科學的新聞學概論》，文化供應社，1947 年版，157 頁。
5 中華民國交通部郵政總局編製：《中華民國十五年郵政事務總論》，第 1 頁。

民國時期郵局系統是報紙擴大發行的主要渠道。然而郵局和報館之間始終存在著不易調和的矛盾，主要表現在以下幾方面。首先，表面上郵政收費標準雖然統一，但地區費用的差距過大導致了新的不平衡。民國成立後國家統一了郵政收費標準，但將郵路分爲「輪機（指通火車或輪船）已通和未通」兩種，兩者的費用差距幾在10倍以上。而那些「輪機未通」之處恰是邊遠、閉塞、民智急需開啓的地方，但報館因郵資支出增加、累賠過多而不願向這些地方發售報紙，結果報紙發行受阻的同時還大大延滯了當地民智的「開啓」。

其次，郵局擅自強行多收費用。汪漢溪在《新聞業困難之原因》一文中曾歷數郵局之「罪狀」:「最可笑者，如清江一埠，小輪行駛已十餘年，而郵局強照未通處收費。屢次交涉，則謂該局尚未與該輪局妥訂合同，只好仍作未通處收費。諸如此類，不止清江一處」。[1]除了不合理的收費外，由於郵局自身的手續繁瑣，郵路設計上經常出現「捨近求遠」的情形，這樣一來不僅增加了報館費用，而且耽擱了郵件送達，發行效率低下。比如上海發往安徽的報紙，「若由郵局直寄，則稽延時日，若由上海寄杭州，轉運餘杭，分寄徽屬，則極敏捷，但前後共須繳付三次郵運之費……於郵寄上極感不便」。[2]痛感此種發行路線的不合理，後來《新聞報》特設發行準備科，其要務便是專門研究便捷的郵遞路線以節省時間，提高發行效率。

再者，對邊遠地區的報紙郵遞，郵局爲節省成本取消了人力郵差，改由民船運送，使這些地方的報紙投遞更加遲緩、大量積壓，報紙發行極爲不暢。汪英賓曾指出:「中國報紙發行量的眞正障礙是缺乏便捷的交通。」[3]當時水路是最快的運輸方式，但與西方的鐵路相比，中國的水運速度太慢。直到1920年代中期長江以北的大城市之間才有鐵路線，華南的大部分地區尚未開通鐵路。此外，由於報紙的海外發行費用相較國內更爲昂貴，對於《申報》、《新聞報》和《大公報》這樣的民營大報來說，不僅大大增加了發行成本，而且對拓展報紙的海外影響力也殊爲不利。

總之，由於郵局遞送系統存在郵路不暢達、收費不合理等諸多問題，導致當時報紙的發行成本高居不下，且效率低下，大大影響了民營報業的發展。

1　汪漢溪:《新聞業困難之原因》，見新聞報館編印《新聞報》三十年紀念冊，1923年版。

2　《報界使用郵電案之陳請書》，見《民國叢書》第2編第48卷，第469頁。

3　汪英賓:《中國本土報刊的興起》，王海、王明亮譯，暨南大學出版社，2013年版，第57頁。

為了解決這些問題，1928 年上海日報公會向政府提出了關於解決郵費等問題的相關建議，比如統一郵費，全部按照輪機已通的標準收費；調整相關郵路，以便於報紙投遞；在上海設立專門的郵局辦理報紙業務等等。政府對此答覆為「汽機未通地點之運報郵費，常一郵局一時力有未逮，暫先自每百公分八釐減至六釐」。[1]這在一定程度上多少減少了郵局和報館之間的矛盾，但從根本上沒有改善當時艱難的發行條件。儘管如此，《申報》、《新聞報》、《時報》還是想方設法地改進發行策略，在立足上海本埠的基礎上，盡可能地擴展報紙在外埠的發行量和影響力，從中可見報紙在發行經營上的努力和進步。

至少到 1920 年中後期，民營報紙的發行模式都比較固定，「發行上由國家的郵局系統和本地的報販系統作主力，發行自主性比較缺乏，發行收入能進入報館的不到一半」。[2]儘管報館內部也設有發行部門，但發揮的作用尚很有限。這與發行人員的素質低下、薪酬微薄有著極大關係。戈公振曾抨擊當時報館發行部門「疏懶成性，偶有詢問報紙因何不到，亦置不復；若有投報紙不滿意之函，亦未嘗研究如何可以改良，對於分館推銷，亦任其自然，不為之計劃而指導之。」[3]從中可得知，1920 年代報館發行部門經營作風渙散、管理尚未到位的實際狀況，這固然與發行人員多是缺乏文化素養的藍領階層有關，另一方面也說明當時報館對發行經營的重要性和專業性缺乏足夠的認識。難怪戈公振不客氣地推論道：「故吾國報紙之行銷日多，乃社會進步促成之，非報館之努力也。」[4]

第二節　政黨報業

顧名思義，政黨報紙就是由政治派別和政黨創辦的報紙。[5]在民國新聞事業發展史上，政黨報紙一直長期佔據著中國報業的主流地位。民初，政黨

1 《使用郵電案已獲相當之結果》，見《新聞學刊全集》，第 499 頁。

2 王潤澤：《北洋政府時期的新聞業及其現代化（1916～1928）》，中國人民大學出版社，2010 年版，第 296 頁。

3 戈公振：《中國報學史》，商務印書館，1928 年版，第 237 頁。

4 戈公振：《中國報學史》，商務印書館，1928 年版，第 238 頁。

5 按照與政權的關係，黨報可以分為革命黨報、議會黨報和執政黨報。以變更政權為目的的黨報是革命黨報，以競選獲勝為目的的黨報是議會黨報，掌握政權的政黨所辦的黨報是執政黨報。參見吳廷俊主編：《中國新聞事業史》，武漢大學出版社，2009 年版，第 258 頁。

林立，[1]政黨報紙一時蜂起，為了爭權奪利常常陷入無謂的紛爭以至於報格淪喪，大多數「紀事批評易流於虛浮偏袒，讀者之信仰較薄，不足邀全國之重視。」邵飄萍曾感歎當時新聞界「可稱機關新聞而無愧色者尚不多見」。[2]其中較有起色的政黨報紙只有寥寥幾家，如國民黨的上海《民國日報》，進步黨研究系的上海《時事新報》和北京《晨報》，中國共產黨的《嚮導》週報等。

一、中國國民黨黨營報刊：實行傳統黨報型經營管理體制

國民黨早期由於缺乏有力的宣傳組織，總體上創辦的報刊數量有限，且影響較小。其中只有陳其美創辦的上海《民國日報》頗具聲名，成為 1920 年代最有影響力的國民黨黨報之一。此外，比較重要的黨刊還有《建設》、《星期評論》、《中國國民黨週刊》、《漢聲週報》、《政治週報》等。

（一）國民黨對報刊的管理

儘管孫中山早就認識到報紙的商業性，1920 年他在《致海外國民黨同志函》中指出設立印刷機關「仿有限公司辦法，可謂本黨之一營利機關」，[3]但是自辛亥革命時期至國民黨執掌政權之初，國民黨黨報實行的是傳統黨報型經營管理體制。所謂傳統黨報型經營管理體制，是指報紙作為中國國民黨的言論機關和聯絡機構，其人員配置主要靠中國國民黨的領導人直接指派或由黨員自覺擔負，經費來源是黨組織的撥款或黨員捐款。[4]概括起來，這時期國民黨對報刊的管理主要體現在以下幾個方面。

首先，設置獨立的宣傳部門，使之專門履行報刊管理職能。1920 年修正後發布的《中國國民黨總章》中，明確黨組織本部下設四個部門，即總務部、黨務部、財務部和宣傳部。也就是說，宣傳工作不再由黨務部代行，宣傳部作為一個獨立的組織部門將專事宣傳。1924 年 1 月 20 日，國民黨在

1 據統計，自 1912 年 1 月南京臨時政府成立至 1913 年之間，全國各地號稱為「黨」的組織有 300 多個，其中具有自己的政治綱領和一定規模的有 30 餘個。參見張玉法：《民初政黨的調查與分析》，臺灣《近代史研究所集刊》，第 5 期。

2 邵飄萍：《新聞學總論》，北京京報館，1924 年版，第 89 頁。

3 廣東省社會科學院歷史研究室、中國社會科學院近代史研究所中華民國研究室、中山大學歷史系孫中山研究室：《孫中山全集》（第 5 卷），中華書局，2006 年版，第 211 頁。

4 蔡銘澤：《大陸時期中國國民黨黨報經營管理體制的變化》，《新聞與傳播研究》1995 年第 2 期。

廣州召開第一次全國黨代表大會，決定設立中央宣傳部，其主要職責是：（一）調查及檢查黨內外日報期刊；（二）辦中央通訊社；（三）著述各種宣傳文字；（四）印刷事項；（五）彙集《廣東公報》、《廣州市政公報》、《警政週刊》、《民報》、《民國雜誌》、《建設》，以便擇集印成革命叢書；（六）編纂本黨及國外革命史；（七）演講；（八）辦理國民黨講習所等。[1]自此，宣傳部開始眞正履行黨內宣傳、文宣和外宣的職能。在中央黨部之下，省及特別市黨部與新聞有關的機構包括：黨報、通訊社、郵電檢查所、無線電收音室、新聞檢查所等，縣及區級的黨部承擔的宣傳工作則包括指導出版機關、編撰宣傳刊物等事項。1925 年毛澤東出任宣傳部代理部長後，「通過發展常規程序來彙報和監控黨務活動，該部迅速發展爲國民運動中最有力量的機構之一。」[2]

其次，津貼成爲黨報主要的經費來源。民國初期實現經濟獨立的報刊可謂鳳毛麟角，接受政府或黨派的津貼成爲報刊賴以生存發展的常態。但國民黨津貼報紙的力度之大、範圍之廣超過了當時許多政治力量對報刊的資助。津貼是國民黨宣傳部對報刊的重要管理手段，通過津貼可以掌控報紙的宣傳走向。國民黨先後出資創辦了《上海民國日報》、《廣州民國日報》等日報，以及北京的《新民國》、上海的《新建設》等雜誌，還對黨員創辦的報刊如北京的《民生週刊》給予津貼，使之能隨時隨事負責演說傳單的印製與發放。[3]《中央日報》創辦之初，不重營業，全部靠黨部津貼賴以維持。即便 1933 年後營業狀況好轉，比如營業收入達到 15000 元，中央津貼爲 8000 元，扣除 21000 多元的支出，還略有盈餘，但不難看出中央津貼仍爲黨報的重要經濟來源。[4]

再者，通過整肅出版物、發布宣傳大綱和黨報條例，指導和規範黨報的宣傳工作。這尤其體現在毛澤東擔任中央宣傳部代理部長後的一系列舉措上。他首先著手系統清查黨內出版物，並向國民黨各部發出命令：個人和組

1 鄒魯：《中國國民黨史稿》，中國出版集團東方出版中心，2011 年版，第 573 頁。轉引自向芬：《國民黨新聞傳播制度研究》，中國社會科學出版社，2012 年版，第 19 頁。

2 〔美〕費約翰著，李恭忠、李里峰等譯：《喚醒中國》，三聯書店，2004 年版，第 360 頁。

3 鄒魯：《中國國民黨史稿》，中國出版集團東方出版中心，2011 年版，第 318 頁。轉引自向芬：《國民黨新聞傳播制度研究》，中國社會科學出版社，2012 年版，第 19 頁。

4 向芬：《國民黨新聞傳播制度研究》，中國社會科學出版社，2012 年版，第 54 頁。

織在公眾場合發布的一切宣傳材料，都要送交中央宣傳部檢查。[1]清查對象包括各種工作報告、會議記錄、定期和非定期刊物，連傳單、海報、圖書、學校和演出團體都在其管轄和清查範圍內。除了大規模的整肅出版物外，毛澤東還採用宣傳大綱的形式對黨內出版物的宣傳內容進行規範和指導。這些大綱制定了明確的分析框架和標語口號，對每項細節的分析、對宣傳口徑的規定成爲黨報發表評論和意見的框架，由此徹底改變了之前國民黨宣傳的無序狀態。發布宣傳大綱的舉措，成爲日後國民黨管理黨報非常普遍且有效的手段和模式，比如 1928 年國民黨就先後發出各種宣傳大綱 40 種，包括定期紀念宣傳大綱 21 項、臨時問題宣傳大綱 19 項。[2]1928 年 6 月，國民黨中央還通過了《設置黨報條例草案》、《指導黨報條例》和《補助黨報條例》，[3]從宣傳方針、人事管理、經費來源、組織紀律等各個方面對黨報進行嚴格的規範。

此外，國民黨還很重視黨報宣傳人才的培養。孫中山十分重視宣傳人才的專業化，多次呼籲培養宣傳人才的迫切性：「……最要緊的事是先辦一個宣傳學校，養成這種人才。如果這種學校辦成了，我在每星期之中，也可以抽出多少時間到學校來演講，擔任教師的責任。」[4]這階段國民黨宣傳部主要通過開辦宣傳講習所爲黨報培養宣傳人才，包括報人和各地方的口頭和文字宣傳人員。1925 年以後，國民黨在廣東舉辦了大量宣傳講習所，旨在爲地方黨部培養和輸送宣傳人才。講習所還利用假期派遣學生宣傳隊深入到廣東省最偏遠的角落進行宣傳，開辦圖書館和閱覽室、推動設立黨辦書店、視察學校、開設三民主義的課程，幾乎每個月都有印發數以千計的傳單、小冊子和圖片。[5]

需要指出的是，由於受制於傳統黨報經營管理體制，加之宣傳部前期職能的不完善，以及國民黨內部的派系之爭和國共矛盾的影響，儘管名義上中

1 〔美〕費約翰著，李恭忠、李里峰等譯：《喚醒中國》，三聯書店，2004 年版，第 359 頁。

2 參見《中國國民黨中央執行委員會宣傳部十七年度部務一覽》，第 129～131 頁。

3 這三個條例文件可參見中國第二歷史檔案館，全宗 722，卷號 400。

4 廣東省社會科學院歷史研究室、中國社會科學院近代史研究所中華民國研究室、中山大學歷史系孫中山研究室：《孫中山全集》（第 8 卷），中華書局，2006 年版，第 284 頁。

5 參見〔美〕費約翰著，李恭忠、李里峰等譯：《喚醒中國》，三聯書店，2004 年版，第 404 頁。轉引自王潤澤：《北洋政府時期的新聞業及其現代化（1916～1928）》，中國人民大學出版社，2010 年版，第 94 頁。

宣部負責人可以直接控制國民黨黨報，但實際上中宣部很難對黨報實行有力的管理。這種局面直到 1930 年代國民黨黨報逐步實施企業化經營管理體制之後才得以改變。

（二）上海《民國日報》：從政黨津貼到經濟自立

上海《民國日報》創辦於 1916 年 1 月 22 日，創辦人和主要主持者是中國同盟會成員陳其美[1]，該報主旨是討伐袁世凱稱帝，初期由邵力子[2]任經理，葉楚傖[3]任總編，爲中華革命黨的機關報。1919 年 6 月 16 日，創辦副刊《覺悟》，是宣傳先進思想的陣地。1924 年 1 月國民黨「一大」後成爲國民黨的機關報。孫中山逝世後成爲西山會議派的宣傳窗口。1927 年國民革命軍克復上海後，《民國日報》成爲國民黨上海市黨部機關報，1932 年因言論激怒日方導致最終停刊。

1、從政黨津貼到經濟自立，成為「旗幟最鮮明」黨報

不同於商業報紙的廣告本位或發行本位，政黨報紙雖然也注重經營，但大宗辦報經費大多來源於政黨。上海《民國日報》創辦之初就間接接受國民黨黨部的補助。該報曾自述其辦報宗旨：「本報編輯方針，當出版之初，即以引導民眾，加入革命戰線，努力向惡勢力進攻爲宗旨。在國民革命軍未達長

1 陳其美（1878～1916），字英士，號無爲，浙江湖州吳興五昌里人。近代民主革命志士，同盟會元老，青幫代表人物，於辛亥革命初期與黃興同爲孫中山的左右股肱。1916 年 5 月 18 日，受袁世凱指使的張宗昌派出程國瑞，假借簽約援助討袁經費，於日本人山田純三郎寓所中將陳其美當場槍殺。陳其美遇刺後，孫中山高度讚揚陳英士是「革命首功之臣」。參見百度百科 http://baike.baidu.com/view/36361.htm。

2 邵力子（1882～1967），浙江紹興人，1906 年赴日本學習新聞學，期間加入同盟會，此後一直追隨孫中山，由同盟會到中華革命黨再到中國國民黨，是國民黨元老級人物。1907～1910 年與于右任一起先後在上海創辦了《神州日報》、《民呼日報》、《民吁日報》和《民立報》，曾撰寫短評，筆鋒犀利，對北洋政府給予了強烈的譴責。五四運動爆發後，邵力子將上海《民國日報》副刊改爲《覺悟》出版並任總編，刊登了大量關於馬克思主義的文章。據統計，《覺悟》上邵力子發表的文章即有 950 篇之多，論述透徹，極具感染力；1925 年因上海《民國日報》內部問題離開。

3 葉楚傖（1887～1946），江蘇吳江人，筆名小鳳、湘君，1909 年加入同盟會，歷任國民黨中央宣傳部長、江蘇省建設廳長、江蘇省政府秘書長、建設委員會委員、江蘇省主席等職。出仕之前曾爲報人生涯，1908 年任《中華新報》主筆，1912 年創辦《太平洋報》，不到一年即因經費困難而停刊；1912 年底應邀主編《民立報》副刊，抨擊時弊，發表政見；1915 年與邵力子等共同籌辦《生活日報》，即上海《民國日報》前身；1916 年創辦《民國日報》並任總編輯。南京政府成立後，不再擔任該報的實際負責人。

江之前，十年以來，不畏彊禦，不避險阻。今日全國統一，軍事結束，訓政開始，此後編輯方針，注重於積極建設，以期對全國民眾有所貢獻。」[1]具體說來，國民黨掌權之前，該報宗旨即為反袁反北洋政府，倡導護法；掌權初期，宣傳本黨主張、著重宣揚三民主義成為首要任務；1927 年後逐漸淪為國民黨政府的宣傳工具，一切均按指示進行報導。總之，上海《民國日報》的辦報宗旨一直緊隨國民黨政治主張。儘管如此，由於葉楚傖的「自由主義」立場，該報在許多重大事件的報導上秉持著穩健、「中立」的立場，在滬上黨報中獨樹一幟，被新聞界視為「十數年來旗幟最鮮明，始終不變其旨之報紙也」[2]，因而成為當時唯一面向全國發行的國民黨報紙。

由於中華革命黨經費緊張，上海《民國日報》初創時期經濟十分艱難，開辦費僅 500 元。當時新聞界傳聞該報「官員欠薪不必說了，即連印報的紙頭也有時沒錢購買，直至挨到半夜當了東西買紙頭才得出版」[3]。幸得主筆葉楚傖和經理邵力子戮力共濟，社中同人兢兢業業，報紙實力得以不斷增強。當時上海報界競爭激烈，因經費困窘《民國日報》沒有能力聘任駐京記者。據說邵力子便常常到望平街附近的小煙館，與去抽煙的幾家大報的要聞編輯閒談，不經意間獲知許多新聞，回來再參考外國通訊社的電報，《民國日報》的「新聞專電」就是這樣出籠的。隨著影響力的擴大，發行量也不斷上升，開始時日出 3 大張 12 版，銷量 7000 份；不久就擴大到 4 大張 16 版，銷量增加到 2 萬份左右。[4]《民國日報》由此逐漸實現了經濟自立。「一度成為華南輿論的核心」[5]。1925 年該報為西山會議派把持，被廣東國民政府正式否認，因而經費困難停刊兩月。國民黨佔領東南後復刊，成為國民黨的唯一正式機關報，得到政府的大宗資助，規模有所擴大。

作為一份以宣傳政黨主張為要義的機關報，上海《民國日報》以時政為重心，通過對重大時事的選擇性報導和評判來引導受眾的關注焦點，從而打造自身的輿論影響力。凡重大時事發生，比如「五四」運動、國貨運動、抵制日貨等，《民國日報》總是雄踞輿論潮頭，進行全面、持續的報導與評論。

1　轉引自黃天鵬：《中國新聞事業》，上海聯合書店，1930 年版，第 61 頁。
2　天廬通訊：《上海新聞雜話》，見《新聞學刊全集》，上海光華書局，1930 年版，第 69 頁。
3　胡道靜：《報壇逸話》，世界書局，1940 年版，第 63 頁。
4　吳廷俊主編：《中國新聞事業史》，武漢大學出版社，2009 年版，第 181 頁。
5　汪英賓：《中國本土報刊的興起》，暨南大學出版社，2013 年版，第 38 頁。

這突出表現在對五四運動的全程報導上，不僅在運動高潮時期給予關注，在運動後期仍給予了相當關注。就山東問題的報導，《民國日報》並未因6月份的「暫不簽字」而告一段落，而是及時報導持續引發讀者的密切關注，直至1922 年底中國收回山東主權爲止，報導時間延續了將近四年。而同期像《申報》這樣的商業大報也沒有這樣堅持不懈地發聲。總之，上海《民國日報》對五四運動的發展所作的全面翔實、持續跟蹤的報導，不僅聲援了北京新聞界和五四運動，而且爲自身的發展打造了廣泛的輿論影響力。

2、《覺悟》副刊以鮮明的時代性、思想性成為青年「人生指南針」

1919 年 6 月 16 日邵力子等人單獨開闢《覺悟》副刊，每日一期，隨《民國日報》附送。《覺悟》起初僅占四開一版的大半頁，後來篇幅擴大爲四開二頁並開始分欄，1920 年 5 月起，篇幅擴大一倍。1924 年 2 月改爲十六開八頁，3 個月後擴大爲十六開十六頁。值得一提的是，「四大副刊」中《覺悟》最早出版合訂本《覺悟彙刊》。1922 年 5 月 10 日《晨報副鐫》第四版廣告欄內刊有《覺悟彙刊》的廣告：「從 1920 年 7 月起，每月匯訂成冊。每冊內容 30 餘萬字，定價 3 角。前年七、八、九、十、十一及去年一月的已賣完，今年三月的已訂好，欲購的從速。」[1]從中可見當時《覺悟》受讀者歡迎的程度。

作爲主編的邵力子是五四時期新文化運動中的重要力量之一，在「民主」與「科學」的大旗下，他將《覺悟》副刊定位爲啓蒙讀者，讓讀者「覺悟」，解放思想，改造社會。正是由於主編獨特的政治背景和身份《覺悟》從創刊開始就體現出鮮明的民主主義和社會主義思想傾向。從 1919 年到 1925 年，《覺悟》刊發了大量號召廣大知識青年向舊社會作鬥爭，向新文化進軍，推翻舊文化、舊文學、舊制度的文章。直到 1925 年「五卅」運動後，邵力子等人被迫離開上海，《覺悟》在內容上隨之全面右傾，在讀者中的影響也日趨減弱。

除了積極宣傳馬克思列寧主義，《覺悟》副刊還密切關注社會現實問題。與其他三大副刊《學燈》、《晨報副鐫》、《京報副刊》相比，《覺悟》的內容比較通俗，更加關注社會現實問題，戰鬥性較強。《覺悟》所刊登的評論大多具有較強的針對性，一事一議，有血有肉，更加接近青年群眾。新文化運動以來，《覺悟》的讀者數量不斷擴大，一大批教育界、文化界接受西方民主主義思想的知識分子和青年學生成爲主要讀者。而《覺悟》所刊發的文章以國家、

1 轉引自陳捷：《民國文藝副刊合訂本的出現及其文化意義——以〈京報副刊〉爲例》，《杭州師範大學學報（社會科學版）》2010 年第 1 期，第 117 頁。

社會、階級、婦女解放以及勞工運動等爲題材，反對吃人禮教，主張婦女解放，引導廣大知識青年從封建思想的束縛中解放出來。《覺悟》周圍還聚集了一批極具社會影響力的進步文化人士如魯迅、劉半農、陳獨秀、胡適、錢玄同、周作人、蔡元培等，他們的名字常常見之於報端。這些都在很大程度上推動了新文化運動的發展。

《覺悟》的一大特色還在於非常注重與讀者的交流。它專門開設「通信」欄目，刊登讀者來信；接待讀者來訪，及時解答他們的問題，解開他們思想上的困惑。「《覺悟》欄出世將近一年，它供給青年發表意見和討論問題的地方，社會上受的影響自然不小。」[1]因此，《覺悟》在青年人中產生了非常大的影響力，不少青年將其當做人生的指南燈。

二、中共成立前後的報刊：紀律、政策和組織管理並存

中國共產黨成立前的報刊基本是各地共產主義小組成立後創辦的，比如中國共產黨上海發起組成立後，就將《新青年》改組爲無產階級的刊物；隨後又創辦了《共產黨》月刊。大革命時期，《嚮導》是中共最有影響的報刊之一，深受廣大讀者的歡迎。該刊與中共中央 1923 年創辦的《新青年》（季刊）和《前鋒》（月刊）相互配合，在思想、理論上成爲中共早期強大的宣傳陣營。國共合作時期，中共報刊有了新的發展，形成了自己的黨報網，並在「五卅」運動中誕生了第一張日報《熱血日報》，該報在短時間內發揮了強大的輿論影響力。

（一）中國共產黨早期對報刊的管理

中國共產黨在早期的革命活動中，對黨報主要實行紀律管理、政策管理和組織管理，並直接接受了共產國際的監督和指導。[2]

早在建黨之前，中國共產黨就非常重視黨報的出版和發行工作，在思想、理論上將報刊視爲黨的宣傳工具和組織工具；建黨之後，經常發表各種宣傳的決議案，指導黨報黨刊的宣傳重點、發行方案。比如，中共「一大」通過的中國共產黨的第一個決議就明確規定：「不論中央或地方出版的一切出版物，其出版工作均應受黨員的領導，任何出版物，無論是中央的或地方的，

1　邵力子：《邵力子文集》（上冊），中華書局，1985 年版，第 410 頁。
2　王曉嵐：《中國共產黨早期黨報管理之研究》，《新聞研究資料》1993 年第 1 期，第 143 頁。

均不得刊登違背黨的原則、政策和決議的文章。」[1]這項規定保證了在特殊環境下黨在組織和思想上的統一性和戰鬥性。中共對黨報的統一管理當自此始。之後「二大」通過的一系列重要決議對黨員提出的紀律規定，同樣見諸於對黨報的紀律管制上，即強調黨報內部組織必須絕對服從黨中央決定，報刊言論必須是黨的言論，應服務於黨的方針政策。後來這一直成爲黨報管理的重要指導思想。

在報刊的日常運營中，共產黨也十分重視黨報的出版與發行。首先，設立專門機構以充分保證對黨報黨刊的管理。1923 年 10 月 15 日，隸屬於中共中央的教育宣傳委員會成立，負責政治教育和宣傳鼓動工作，下設編輯部、函授部、通訊部、印行部和圖書館五個部門，分別負責黨報的編輯、印刷發行和資料保存等項工作，其中通訊部、印行部、圖書館等都服務於編輯部，編輯部負責管理 8 種出版物的材料分配和編輯，[2]並且每一種出版物都有專人負責。可見，這時期黨對機關報的內容、人員設置到發行等方面的管理，都已經實現制度化了。中共第三、四、五屆中央執行委員會都成立了與宣傳、報刊有關的機構，比如宣傳部、出版部、黨報委員會等，從機構設置上確保黨對報刊工作的直接領導，使黨報全面、直接、及時地宣傳共產黨的方針和政策。

在報刊的生產印刷上，共產黨從早期的印刷廠代印到積極建立自己的印刷廠，以保證報刊能夠及時、安全無虞地印刷出版。從「五卅運動」開始，共產黨先後在上海建立了「會文堂印書局」、青龍橋印刷廠、中興印刷所，均爲地下性質，存在時間都不長，但骨幹力量多是黨員和團員，工作熱情高且組織紀律性強，爲《新青年》和《嚮導》等報刊的印刷做出了較大的貢獻。1927 年初，共產黨又在武漢成立了半公開性質的長江印刷廠，規模較大，但對需要印刷的黨報黨刊來說還是供不應求。大革命失敗後，這些印刷廠都被迫解散了。

這時期經費不足是困擾黨報發展的主要障礙之一。比如，中共「一大」上《廣州共產黨的報告》就談到：「……該報（《社會主義者》日報）每月需

1 中央檔案館編：《中共中央文件選集》第 1 冊，中共中央黨校出版社，1989 年版，第 7 頁。

2 8 種固定出版物是《新青年》季刊、《前鋒》月刊、《嚮導》週刊、《黨報》（不定期刊）、《青年工人》月刊、《中國青年》週刊、《團鐫》（不定期刊）和小冊子。

要 700 元，很難維持下去。……每月從黨員的收入中抽出百分之十來維持《共產黨》月刊和負擔工人夜校的費用。」[1]到 1921 年初，許多地方黨報因經費不足而被迫停刊。1923 年 7 月「三大」會上，陳獨秀報告了黨報的工作情況和黨的經費使用狀況。之後有代表提議：「黨應該建立起更好的組織，明確規定出版雜誌的費用。」[2]這是目前見諸文字的最早關於黨報經濟管理的提議，遺憾的是當時並未形成決議。

這時期共產國際對中國共產黨黨報的參與與管理不可忽視。當時先後來到中國的共產國際代表維經斯基、馬林等人，將共產國際對黨報管理的辦法和經驗用來指導中共的黨報，可以說中共黨報的管理模式在很大程度上是沿襲共產國際而來的。共產國際對中共黨報也十分關心，並經常給予一定的資助。《新青年》就是從 1920 年秋天開始接受共產國際的資助，並逐步轉變爲共產主義刊物的。[3]除了物質資助，共產國際還積極參與了中共黨報的創立、編輯和管理。值得肯定的是，共產國際的管理方式保證了中共黨報政治上的戰鬥性，但也不可避免地宣傳了共產國際的一些錯誤決定。

（二）改組後《新青年》的發行與廣告

1920 年 9 月，《新青年》從第 8 卷第 1 號起被改組成中國共產黨上海發起組的機關刊物，從一份資產階級的民主啓蒙刊物轉變成無產階級的社會主義刊物，也是中國共產黨的第一個刊物，在建黨過程中發揮了應有的作用。改組後的《新青年》脫離與原來「群益書店」的關係，成立了「新青年社」負責出版發行。新青年社總發行所設有門市服務部，除了發行《新青年》外，還採用批發、郵購、代銷、代派等方式發行革命書刊，如《共產黨宣言》、《馬克思資本論入門》等圖書以及《共產黨》、《勞動者》等刊物。不僅如此，總發行所還在許多城鄉學校、工礦企業、機關中建立代銷處，並與長沙文化書社、武漢利群書社、南昌文化書社等革命書店以及其他進步書店建立了交換代發業務。雖然當時條件艱苦，但在不到半年的時間內，新青年社總發行所發行了大量馬克思列寧主義經典著作和致力於經典解讀的小冊子及革命報

---

1 此處的《社會主義者》日報應爲《廣東群報》。轉引自王曉嵐：《中國共產黨早期黨報管理之研究》，《新聞研究資料》1993 年第 1 期，第 136 頁。

2 中國人民解放軍政治學院黨史教研室編：《中共黨史參考資料》第 2 冊，第 525 頁。

3 K.B.舍維廖夫：《中國共產黨成立史》，〔蘇〕《遠東問題》1980 年第 4 期。轉引自王曉嵐：《中國共產黨早期黨報管理之研究》，《新聞研究資料》1993 年第 1 期，第 136 頁。

刊。後來，新青年社遷往廣州繼續從事出版發行工作。

除了做好發行工作外，改組後的《新青年》還刊登了大量書報廣告，主要是與馬克思主義相關的書籍和刊物。從 1920 年 9 月 1 日的第 8 卷第 1 號到最後終刊，《新青年》每期都刊登馬克思主義相關的書籍和報刊雜誌廣告。如《新青年》在第 8 卷第 1～5 號以及第 9 卷第 4 號的封一廣告和第 9 卷第 5～6 號書中廣告中，連續推介新青年社出版發行的叢書。不僅在雜誌封面和封底刊登廣告，《新青年》還在內頁大量刊登廣告，向進步青年和知識分子重點推介思想進步的書籍、報紙和雜誌。比如在第 8 卷第 4 號中間刊登《民國日報》廣告，向讀者極力推薦《民國日報》以及副刊《覺悟》。在第 8 卷、第 9 卷、季刊以及不定期刊的書報廣告中，涉及到當時許多頗具影響的進步報刊，如《民國日報》、《時事新報》、《少年中國》、《新潮》、《民鐸雜誌》、《婦女評論》、《山西平民週刊》、《新教育》、《婦女評論》、《新婦女》等。

關於交換雜誌和廣告，《新青年》曾專門刊發啓事，明確要求交換廣告的雜誌按照《新青年》的廣告版式排版。由此可知，當時雜誌、報紙之間的廣告是互換的，也就是說，廣告可能是不收費的，但是作爲刊登廣告的回報，在《新青年》上刊登廣告的雜誌、報紙也在本刊或本報上爲《新青年》刊登相應版面、相應時段的廣告。[1]顯然，《新青年》的大量交換廣告並不能給雜誌本身的運營帶來多少贏利，但客觀上爲傳播馬克思主義思想提供了宣傳陣地，同時也在一定程度上擴大了《新青年》的影響力。

（三）《嚮導》週報的出版與發行

1922 年 9 月 13 日，《嚮導》週報創刊於上海，是中共中央第一個政治機關報，曾先後遷到北京、廣州、武漢等地編輯和發行。1927 年 8 月 18 日因汪精衛叛變革命被迫停刊。前後歷時近 5 年，共出版 201 期。第一任主編是蔡和森，1927 年 4 月後，由黨中央負責宣傳工作的瞿秋白兼主編。創刊初期，每期發行僅 2000 份，後增加到 4000 份，兩年後增加到 2 萬份，到 1926 年爲 5 萬份，武漢時期最高發行量達 10 萬餘份，成爲大革命時期中共最有影響的報刊之一。[2]

1 關於交換雜誌和廣告的啓事見《新青年》第 7 卷第 1 號封一廣告。徐信華、徐方平：《論中共早期報刊的書報廣告與馬克思大眾化》，《黨史研究與教學》2010 年第 6 期。

2 吳廷俊主編：《中國新聞事業史》，武漢大學出版社，2009 年版，第 210 頁。

《嚮導》週報忠實記錄了當時中共的路線、方針、政策，宣傳反帝反封建的民主革命綱領、建立統一戰線的政策和策略，對工農群眾運動與國民黨右派的鬥爭進行了忠實報導。陳獨秀、蔡和森在該報上撰稿最多，[1]其他如李大釗、張太雷、高君宇等中共高級領導。據說《嚮導》內容由陳獨秀直接審核後才能刊發，可見中共中央一直堅持對該報的領導權。由於《嚮導》成功宣傳了中共的政治主張，在一般知識分子、工人階層中產生了較大影響，發行量不斷上升。有讀者稱道：「貴報是國民革命的導師，也是工人階級的喉舌。」[2]1923 年 12 月北京大學 25 週年紀念日「民意測驗」中，《嚮導》獲得各界讀者愛讀票 220 票，名列全國週刊的榜首。1925 年 1 月，中共「四大」評價：在中國民族革命運動中，《嚮導》「立在輿論的指導地位」。[3]

《嚮導》週報上的廣告不多，大都集中在對馬克思主義書籍和報刊的介紹。如刊登在《新青年》第 4 號、第 5 號上的《世界革命號要目》、《中國青年》第 6 卷第 4 號上布哈林著《農民問題》一書的廣告等。自開辦起《嚮導》的經費基本上來自共產國際提供的黨費。「辦《嚮導》的經費來源主要是馬林從共產國際拿出錢辦的。我們自己的黨費非常少。」[4]陳獨秀曾透露：「黨的經費，幾乎完全是我們從共產國際得到的，黨員繳納的黨費很少。今年我們從共產國際得到的約有一萬五千，其中一千六百用在這次代表會議上。經費是分發給各個小組的，同時還用在中央委員會的工作上，用在聯絡上和用在出版週刊上……報紙只出了二十八期，每期平均印五千至六千份。」[5]由於黨的經費緊張，中共報刊的出版發行時常遭遇財務困境。《嚮導》曾在《敬告本報讀者》一文中公開向社會發出尋求贊助的倡議：「本報出版才十五期，支出不下一千三百元，收入卻只一百五十元。加之郵局往往沒收，使本報受意外損

---

1 陳獨秀是《嚮導》的首席撰稿人，也是寫稿多的第一位作者。在 201 期《嚮導》中，他用獨秀、田誠、隻眼、致中等筆名發表的國內外時事評論、政論有 200 多篇，約占全部文章的 30%左右。他還用實庵、實的筆名爲《寸鐵》欄寫作雜感、時評 416 篇。此外，還不時答覆讀者來信。參見張之華《〈嚮導〉研究與辨析》，載《新聞研究資料》1993 年第 1 期，中國社會科學出版社，1993 年版，第 164 頁。

2 廣東兵工廠工人來函，《嚮導》第 87 期。

3 《中國共產黨新聞工作文件彙編（上）》，第 18 頁。轉引自張之華《〈嚮導〉研究與辨析》，載《新聞研究資料》1993 年第 1 期，中國社會科學出版社，1993 年版，第 172 頁。

4 《徐梅坤回憶〈嚮導〉的出版發行情況》，見《「二大」和「三大」》第 670 頁，中國社會科學出版社，1985 年版。

5 參見《陳獨秀在中國共產黨第三次全國代表大會上的報告》。

失。爲本報的基礎能夠穩固起見，爲本報能夠迅速發展起見，都非有讀者諸君的特別贊助不可。」並在文中提出了贊助的方法：（一）以金錢捐助該報；（二）請直接向發行通訊處定閱該報；（三）爲該報宣傳，務使報紙銷路推廣，定閱人數增加，並自動的勸人捐助該報。[1]

《嚮導》的出版發行工作由第一任中共江浙（上海）區委書記徐梅坤兼管，當時徐的公開身份是光明印刷廠的排字工人，這給《嚮導》的印刷帶來了極大便利。兩年後徐梅坤的發行工作由張伯簡接替。按規定，《嚮導》前 100 期以贈閱爲主，後由於經濟受影響從第 101 期開始不再贈閱，並規定黨員應自行訂閱一份，但從 105 期起部分又恢復了贈閱，每支部獲贈一份，每個黨員至少須訂閱一份，如不能須組織批准。北京的《嚮導》由專人帶去，杭州的每期發行 200 份，由專人售賣，曾數次被捕。其他地方由郵局發送，由於官方的郵政系統不接收印刷品，只能通過民辦郵政民信局發行。中共「三大」召開前，《嚮導》隨著黨中央也遷到廣州出版發行。

作爲中共中央第一份正式機關報，《嚮導》的創辦和發展離不開共產國際的參與和支持。除了提供創辦的經費來源外，共產國際還參與了《嚮導》宣傳方針的制訂，並在實際上發揮把關的作用。據羅章龍回憶，共產國際代表馬林、伍廷康都是編委會的成員。[2]馬林擔任《嚮導》編輯期間，「很刻苦，每篇稿件都要我翻譯講給他聽，不對的地方，就提出看法，要求我們改正。」[3]並且，還以「孫鐸」的筆名多次在《嚮導》上發表文章。可見，共產國際對《嚮導》的出版十分重視。可以說，《嚮導》是在中共中央和共產國際的雙重管理下編輯出版的。

1 《嚮導》，1922 年 12 月 27 日第 15 期。

2 羅章龍：《中國共產黨第三次全國代表大會和第一次國共合作》，《黨史資料叢刊》第 3、4 輯。

3 《羅章龍回憶共產國際代表馬林》，見《「二大」和「三大」》，中國社會科學出版社，1985 年版。

第三章　民國北京政府時期的新聞業經營（下）

民國北京政府時期是民營報業從沉潛走向繁榮的時代。職業報人的出現，新聞專業主義的興起，給這時期報紙業務改革帶來煥然一新的面貌。歷史悠久的《申報》、《新聞報》等民營大報率先實行現代企業經營的經驗為中國新聞事業的發展提供了有益的借鑒。英、美、日等國在華報業秉承西方報業經營理念，在發行量和輿論影響力等方面都佔有絕對優勢。作為新興的媒介形態，通訊社和廣播電臺經營內容較單一，尚處於自發的探索階段。

第一節　民營報業

北京政府時期，報紙的企業化成為當時中國新聞事業職業化的突出現象。《申報》、《新聞報》等民營大報處於上海公共租界，「又以營業為本位，所以受到政治的影響較小，而業務基礎則日形鞏固」[1]，它們經過多年經營獲得經濟獨立，在內容改革、廣告和發行經營等方面均積累了較豐富的經驗。

一、史量才時期的《申報》：人才專業化與物質現代化

史量才（1880～1934），堪稱近代上海報業的領軍人物。辦過學校、報業、鐵路和鹽務，曾創辦中南銀行，並以銀行為後盾開辦了民生紗廠，成為在金

1　胡道靜：《新聞史上的新時代》，世界書局，1946 年版，第 95 頁。

融、實業、文化、教育各界都極具影響力的人物。[1]1912 年史量才以 30 萬美元從席子佩手裏買下《申報》，奉行「不偏不倚」的編輯策略，「致力於商業和教育事業的指導和鼓勵」[2]，《申報》自此進入繁榮時期。至 1934 年《申報》資本達到 200 萬元，逐漸成爲具備相當規模的企業化大報。[3]民國報人林友蘭曾有言曰：「申報之所以能成爲一龐大之企業，在中國新聞史上，占重要之一頁者，皆史氏之力，有以致之」。[4]此論可謂公允。

（一）延攬人才，知人善用

1912 年史量才接手《申報》後，迫切需要組建自己的核心班子，遂大力延攬人才。他高薪聘請陳冷[5]擔任總編輯，負責筆政；聘請張竹平[6]爲經理兼營業部主任，負責報館的經營管理業務。陳景韓原任《時報》館主筆，文學功底深厚，視報業如生命，有豐富的編輯經驗，平日與史氏甚是相契。1912 年擔任《申報》主編，陳冷曾在《二十年來記者生涯之回顧》一文中闡述其報紙編輯的政策：「余謂做報最簡單之規則惟慎擇可靠之訪員，據訪員之報告再澄以各種紙參考採爲記事。然後，根據記事發爲明白公平之評論如是而已。……報紙之一方面固可指導輿論而又一方面亦當受輿論之指導。」[7]民初政治不上軌道，辦報須應付來自各方面的壓力。「惟幸陳君景韓，思想精細，

1 許紀霖等：《近代中國知識分子的公共交往：1895～1949》，上海人民出版社，2007 年版，第 274、275 頁。

2 《〈申報〉故事》，1921 年。轉引自汪英賓：《中國本土報刊的興起》，王海、王明亮譯，暨南大學出版社，2013 年版，第 28 頁。

3 張蘊和：《辦報果罪孽耶》，《申報月刊》第 3 卷第 12 號。

4 林友蘭：《申報七十五年》，見《中國報學導論》，第 98 頁。

5 陳冷（1876/1877～1965），名景韓、景寒，筆名冷、冷血、無名、景、不冷、華生、新中國之廢物、冷笑（與包天笑合作）等。江蘇松江（今屬上海市）人。早年留學日本，1901 年參加同盟會。1902 年任上海《大陸》月刊編輯。1904 年應聘上海《時報》主筆，主持報紙業務改革，奠定了現代報紙的基本版面形式。1912 年史量才接辦《申報》，陳冷爲總主筆，直至 1930 年。以後一度擔任中興煤礦公司董事長兼協理。1946 年 5 月，《申報》成立新董事會，任常務董事兼發行人，直至 1949 年 5 月《申報》停刊。

6 張竹平（1886～1944），字竹坪。江蘇太倉人。聖公會基督教徒，上海聖約翰大學畢業。民國 11 年（1922 年）進申報館工作，以卓越的報業經營管理才能與業績，受到史量才器重，被提拔爲經理兼營業部主任。民國 24 年（1935 年）他準備在中國建立報業集團的計劃遭阻，「四社」產權全部爲孔祥熙官僚資本收買，張改任聯合廣告公司董事長、協豐礦行經理等職。民國 25 年（1936 年）赴香港經商。

7 陳冷：《二十年來記者生涯之回顧》，見《最近之五十年》。

判斷敏速，遇事負責任，不稍屈撓，故其應付各種困難問題，與各種風潮，均能隨即消弭，安然而過。」[1]身處狂風駭浪的時勢中，《申報》能夠頻頻化險爲夷安然度日，並且更有欣欣向榮向上發展之勢，不能不說仰賴於陳景韓「把舵穩健」[2]。

張竹平早年畢業於聖約翰大學，該校新聞系專職教師中有不少就是密蘇里新聞學院、哥倫比亞大學新聞學院的畢業生，張竹平專業化的報業經營素養應得益於該校良好的教學資源。1913 年冬入職《申報》擔任營業部主任的張竹平很快成爲《申報》發展過程中的關鍵性人物。他首先建議成立報紙遞送公司，爲讀者提供更周到的服務；設立廣告推廣科，一改過去守株待兔的被動局面，派出外勤主動出擊，到處招攬廣告。這些開風氣之先的舉動立刻在報界引起震動，其他報館也紛紛傚仿，《申報》館死氣沉沉的局面被打破，發行量迅速飆升。史量才等人於 1912 年接辦《申報》時，銷量只有七千多份。1913 年秋張竹平接替席子佩，任《申報》館經理兼營業部主任，1916 年該報就達到 2 萬多份，實現了贏利。1922 年《申報》就發展成銷量 5 萬、實力雄厚的現代化大報。[3]從廣告量的增長來看，1915 年《申報》的廣告版面已經超過新聞版面，廣告將新聞擠到次要的地位。[4]據戈公振《中國報學史》統計，1925 年《申報》廣告面積占全張之比爲 59.8%。至 1930 年張竹平完全離開《申報》時，《申報》的發行量和廣告量已達到歷史最高點。《申報》快速發展的主要措施就是擴大廣告業務，積累發展資金。其中，「《申報》能實現經濟獨立、擺脫政治勢力的收買，逐步向企業化大報發展，實有賴張竹平成功的廣告經營理念。」[5]

1924 年留學哥倫比亞大學新聞學院的汪英賓[6]回國後，即被史量才慧眼識

1 參見張蘊和《六十年來之申報》一文，轉引自鄭逸梅：《書報話舊》，中華書局，2005 年版，第 205 頁。

2 參見張蘊和《六十年來之申報》一文，轉引自鄭逸梅：《書報話舊》，中華書局，2005 年版，第 205 頁。

3 張靜廬：《中國的新聞紙》，光華書局，1928 年版，第 49 頁。

4 張靜廬：《中國的新聞紙》，光華書局，1928 年版，第 175 頁。

5 王英：《張竹平廣告理念初探》，《新聞大學》2000 年春季號。

6 汪英賓（1897～1971），字震西，別名省齊。安徽婺源（今屬江西省）人。中國著名書畫家、新聞學者、社會活動家。著有《中國本土報刊的興起》（英文）、《美國新聞事業》、《中國報業之覺悟》等。1920 年（民國九年）9 月起，擔任申報館協理。1922～1924 年，由《申報》派往美國密蘇里大學新聞學院、哥倫比亞大學新聞學院進修學習，所寫碩士學位論文《中國本土報刊的興起》被譽爲中國新聞學史的開

中，聘其擔任《申報》廣告部主任，「對於廣告方面的確是日有起色，並且爲拉攏商店廣告的便利起見，特另出一張《本埠增刊》，專登廣告式的文字」。[1]這在當時國內廣告界尚屬獨一無二的「創舉」，其實是效法 19 世紀末葉美國報紙廣告的做法。除此之外，史量才還力邀當時名傾一時的新聞界人物加盟《申報》，黃遠生、邵飄萍、戈公振等報界名流都曾先後任職於《申報》。這些人的加入大大提升了《申報》的知名度和美譽度。1930 年長期被史量才視爲「左膀右臂」的陳冷和張竹平相繼離開申報館。失此兩員良將，史氏並未灰心，而是選中爲人誠樸勤懇、處事有恒心的馬蔭良，送他到同濟大學讀書，後又送他留學德國。當《申報》革新之時，年輕的馬蔭良被委以經理的重任，陳彬龢爲總編輯，這個重組的核心班子投入工作後果然大有起色。「九．一八事變」後，史氏對國情有了清醒的認識，更堅定了愛國、民主立場。在好友黃炎培的幫助下，他成立了《申報》總管理處，自任總經理兼總管理處主任，馬蔭良兼副主任，陶行知任總管理處顧問，由黃炎培任設計部主任、戈公振爲副主任兼總經理助理。在陶行知與黃炎培等進步人士的積極影響下，《申報》迎來了最進步的輝煌時期。

（二）報業物質條件的現代化

報業的物質條件在一定程度上決定了報業的長遠發展狀況。徐寶璜在《新聞學》中對現代報業應具備的物質條件曾這樣描述道：「完備之圖書館，寬敞之編輯室，直達世界各處之電線，靈便之機器：排字機、自動製銅版機、輪轉機、郵寄機」。[2]簡言之，現代報業賴以生存發展的物質條件至少包括現代化館舍和技術設備等。史量才接管《申報》後，注重更新技術設備，分別於 1918、1928、1934 年連續三次更新設備、改造館舍，致力於報業物質條件的現代化。

1、現代化的館社

擁有良好的館社條件，是報業可持續發展的物質基礎，亦是報業現代化重要的外在標誌之一。1927 年以前，中國民營報業基本處於資本積累時期，

山之作。1924 年 10 月，回國後任職申報館。後與戈公振創辦上海南方大學報學系與報學專修科，任系主任。1932～1935 年，先後擔任《時事新報》編輯主任、總經理。1952 年 9 月，調入復旦大學新聞系任教。「文革」中受迫害，1971 年去世於新疆庫爾勒，1979 年才得平反。

1 張靜廬：《中國的新聞紙》，光華書局，1928 年版，第 74 頁。

2 徐寶璜：《新聞學》，中國人民大學出版社，1994 年版，第 99 頁。

因而大多賃屋營業，且租用的普通房屋並不適用於報業發展。上海的民營報紙中較早擁有自己館社的是《新聞報》。《申報》直到 1918 年才啓用了自建的專業館社。

申報館的舊屋，原在漢口路（河南路以東），「而斗室翼然，微燈永夜，一三同文，於以抵掌。」[1]後來申報曾遷到望平街。隨著業務日益發展，舊屋不敷應用乃於漢口路（今山東路口）另行自建館舍，1918 年 10 月落成遷入。1926 年戈公振在《中國報學史》中記載了《申報》的新報館大樓：「報館之自建房屋者極少，有之亦與普通房屋無異，惟《申報》館之房屋，比較合於報館之用」。[2]這幢雄偉的五層大樓，內設圖書館、畫版室、美編室、俱樂部等，共有大小房間近 70 間，該大樓的設計與適用基本切合報紙的編輯、印刷和銷售等行業特點，功能相當齊全。《申報》由此成爲當時「中國所有報館中唯一擁有自己的現代化辦公大樓」[3]的報館，其建築基本可代表 20 世紀一二十年代中國報業館社的最先進水平。「當此屋初建時，國人頗以爲異，以爲區區一報館，何以需如是壯麗的館屋？但申報之建築此屋，非爲觀瞻而設，實覺湫溢而不明朗的所在，不足以維持職工的健康而書其效能，故特建大廈，用以表示辦報者的一種決心。」[4]隨著報業的擴張，1930 年又在山東路添建五樓館屋一座，毗連舊屋。

2、不斷更新的技術設備

到 1920 年代，隨著中國報業發展規模的壯大，因市場發展之需，一些民營報館不斷更新印刷設備技術，新聞紙的印刷質量逐步得到改良，印刷設備技術的現代化使報業逐步實現了高速、大規模生產。民國初期，上海報館中除了西報外，只有《申報》、《新聞報》兩家擁有較完備的新聞工場。[5]《申報》初創時採用的是每小時僅印幾百張的手搖機，且只能單面印刷。後來改用大英架單滾筒機，速度雖有所提高，但用活字版每小時僅能印 1000 份。席子佩經營時期，《申報》始終徘徊在 7000 份左右，因此該設備還能勉強應付。史

1 胡道靜：《新聞史上的新時代》，世界書局，1946 年版，第 92 頁。
2 戈公振：《中國報學史》，生活・讀書・新知三聯書店，1955 年版，第 206 頁。
3 徐世昌：《日新宏議》，第 110 頁。轉引自汪英賓：《中國本土報刊的興起》，王海、王明亮譯，暨南大學出版社，2013 年版，第 31 頁。
4 胡道靜：《新聞史上的新時代》，世界書局，1946 年版，第 93 頁。
5 新聞社工場組織之內容，大抵皆由三部而成：（一）爲排字部，（二）爲鉛版部，（三）爲印刷部。參見邵飄萍：《新聞學總論》，京報館，1924 年版，第 56 頁。

量才接辦後，發行量迅速上升，每份報紙的版面增加到三大張，原有的印刷機無法適應印量的增加，遂購入每小時印 2000 張的美國雙滾筒印刷機。1914 年一戰爆發，《申報》發行量又直線上升，且面向全國發行，對新聞的時效性要求越來越高。為了等待本市和外地發來的最後消息，報館儘量延遲截稿時間，但又要求務必趕上早班的火車、長途汽車或輪船將報紙發往外地，印刷時間緊張且印量加大，因此美國雙滾筒式機器顯然不能適應了，必須採用高速度印報機提高印刷效率。1918 年史量才又向美國購置了最新式的何氏 32 頁捲筒輪轉機，該印報機分上下三層，並附有切紙機、折疊機，每小時可印 4.8 萬份報紙。後來報紙發行增加到 5 萬份甚至更高時，《申報》也能遊刃有餘，完全可以應付自如了。1919 年添購一部，1921 年再購兩部，10 餘萬份報紙 2 小時內即可印完。

此外，史量才還組織員工自製銅模澆鑄銅字，一律換新五號鉛字，在報紙形式上改用對開印刷，報紙版面由此煥然一新。「申報館房屋既建築完美，機器亦添購新式 4，對於各部的設備，亦復力求完善，如製銅版機，澆字，機打紙版機，澆鉛版機，鉛字銅模等，五一不備其最新式而至完善者。」[1]

（三）廣告與發行並重

張竹平對於發行與廣告的關係曾有著獨到的思考：「夫報紙營養端賴廣告，廣告進步端賴推銷，報紙廣銷以內容充實為前提，充實內容以營業發達為前提。此數者，循環因果不容偏枯。同人相與計議，以為振刷內容與力圖推銷，究為趨向光明之出發點。[2]《申報》時期的張竹平一手抓廣告推廣，另一手抓報紙發行。

1、以發行促廣告經營

當時《新聞報》出報快，送報及時，張竹平就請好友王梓康出面成立報紙遞送公司，買了許多腳踏車，培訓一些報販學騎腳踏車送報，使讀者訂戶一清早上班前就能看到報紙最新消息。同時以此借機向其他報紙的訂戶兜售《申報》，聲稱一定趕在其他報紙之前送到。[3]雖然在本埠發行上未能超過《新聞報》，但《申報》的外埠發行卻獲得了成功。史量才接辦《申報》後，就在湖州、杭州等臨近上海的地區設立分館，以後張竹平則繼續在「內地廣設分

1 胡道靜：《新聞史上的新時代》，世界書局，1946 年版，第 93 頁。
2 《時事新報館告讀者同人書》，《時事新報增刊》1935-10-10。
3 汪仲韋：《又競爭又聯合的「新」「申」兩報》，《新聞研究資料》1982 年總第 15 輯。

館」，分館的每日銷數須在指定區內達到 500 份以上，「只許有增無減」。[1]同時規定凡汽車、火車、輪船當天到達的地區，爭取當天通過郵局就將《申報》送到讀者手中。

《申報》認識到吸引廣告客戶要有發行量的支持，遂設報紙推廣科。黃天鵬曾記錄了 1920 年代《申報》營業部的機構和人員設置：「營業部各科各設主任一人，廣告科計八人，外又有外勤廣告員六人，以輔助廣告之發展。並設廣告整理股，專司整理次日見報之廣告稿件，分日夜班任事，計日班六人，夜班二人。又廣告校對員六人，廣告審查一人，廣告收賬員三人，文書兼翻譯二人，繕寫木戳二人，刊刻木戳十人。發行科外埠批發九人，兼管簿記，本埠批發四人，直接定報十四人，門市四人，零售一人。惟營業部事務過繁，故特設營業主任一人，負設計及接洽與決定關於發行廣告各項事宜之責。」[2]可見，當時《申報》的廣告和發行部門分工亦趨於細緻，人員配備基本完善、合理，責、權、利明確，足見報館對業務經營之重視。

除了發展新讀者，《申報》在穩定老讀者方面也很下工夫。通常採用兩種方法，一是發放致曾訂閱者的傳單，提醒其訂閱期限將至，希望繼續訂閱並給以相應的便利；二是對於期滿停止訂閱的讀者，則提起其再行訂閱的興趣。比如《申報》發放《提起停閱讀者興趣之方法》：「尊處既已閱過報紙，當知報紙之關係重大！現在久未訂閱《申報》，是否另變宗旨耶？須知《申報》為中國歷史最久之大報！設備完全，內容豐富。所載之消息翔實！專電迅速靈通！……敝館並非爲營業計，實爲發展社會文化，提倡民眾智識，故再函勸訂閱！」[3]此法果然有所成效，避免了一些老讀者的流失。

發行量的增長使《申報》的廣告總量也得以迅速增長。因此，1914 年《申報》發行量即比 1912 年增加一倍，1916 年達到 2 萬多份，該報自此步入贏利階段。[4]相應的，1914、1916 年各自的廣告總量以及外埠廣告量均上升不少，尤其是廣告總量增長的勢頭十分明顯。1916 和 1914 年分別比 1912 年增長了 3.71%和 2.87%；外埠廣告量 1916 比 1912 年的增幅達 137.5%，遠遠超出當年廣告總量的增幅，這正是外埠發行的收效。[5]可見，如果不重視發行量的提升，

1　戈公振：《中國報學史》，中國新聞出版社，1985 年版。
2　黃天鵬：《中國新聞事業》，上海聯合書店，1930 年版，第 57 頁。
3　吳定九：《新聞事業經營法》，現代書局刊行，1930 年版，第 83～84 頁。
4　秦紹德：《上海近代報刊史論》，復旦大學出版社，1993 年版。
5　王英：《張竹平廣告理念初探》，《新聞大學》2000 年春季號。

《申報》的廣告量自然不會增長如此迅速。《申報》發行量與廣告量之間的這種正向增長關係及其趨勢一直延續到整個 1930 年代。

表 3-1　1912～1936 年《申報》廣告情況抽樣統計表[1]

時間	總版面	廣告版面	版面比例（%）	廣告量
1912 年 7 月 1 日	10	5.5	55.0	228
1913 年 7 月 1 日	14	10	57.1	252
1914 年 7 月 1 日	16	10.5	65.6	235
1915 年 7 月 1 日	18	13	72.2	283
1916 年 7 月 1 日	16	13	81.2	291
1917 年 7 月 1 日	18	10.8	60.0	252
1918 年 7 月 1 日	16	12	75.0	340
1919 年 7 月 1 日	16	14	87.5	430
1920 年 7 月 1 日	34	15	44.1	678
1921 年 7 月 1 日	20	15.5	77.5	501
1922 年 7 月 1 日	26	19.5	75.0	520
1923 年 7 月 1 日	24	18	75.0	510
1924 年 7 月 1 日	26	19.8	76.1	522
1925 年 7 月 1 日	18	12.3	68.3	430
1926 年 7 月 1 日	16	13	81.3	629
1927 年 7 月 1 日	22	15.5	70.4	613
1928 年 7 月 1 日	34	26	76.4	789
1929 年 7 月 1 日	30	24.5	81.7	630
1930 年 7 月 1 日	27	21.5	80.0	598
1931 年 7 月 1 日	32	21.5	67.1	583
1932 年 7 月 1 日	26	19.5	75.0	786
1933 年 7 月 1 日	35	23	66.0	989
1934 年 7 月 1 日	36	22.5	62.5	685
1935 年 7 月 1 日	32	24.5	76.5	425
1936 年 7 月 1 日	36	25	69.4	743

1　摘自孫會：《〈大公報〉廣告與近代社會（1902～1936）》，中國傳媒大學出版社，2011 年版，第 107～108 頁。

2、內容經營與廣告經營相結合

民初報界已認識到，以廣告爲本位雖爲報業經營的唯一手段，但其根本基礎則仍在報紙內容之充實。《申報》素以官紳和知識階層作爲主要傳播對象，內容偏重時政、教育、科學等方面，尤其以時政性新聞報導見長，同時又陸續創辦了教育、藝術、婦女、汽車等專刊和副刊，以適應不同類型讀者的多樣化閱讀需求。

史量才接手《申報》後，極爲注重業務上的改革。首先，設立專職記者，聘請特派員，開始派出駐國外記者。1912 年聘用黃遠生爲《申報》駐北京特派員，1916 年著名報人邵飄萍回國被先後聘爲主筆、駐京特派員、駐京特派記者，爲《申報》採寫了大量專電和新聞通訊，「飄萍北京特別通訊」內容豐富、膾炙人口，成爲各報效法的榜樣。其次，不斷改進編輯業務和編排方法。開闢了通訊欄，及時回答讀者提出的問題，並開展熱烈的討論。五四運動後，《申報》增設了「專欄新聞」，把同類新聞編輯在一起，很受讀者歡迎；採用新標題法，將標題變爲多行題、眉題、主題、副題等，有時還用多層副題。在標題製作上也出現了很多花樣：字號分大小，講色彩，有層次，分虛實，加花邊。改進後的《申報》果然面目煥然一新。

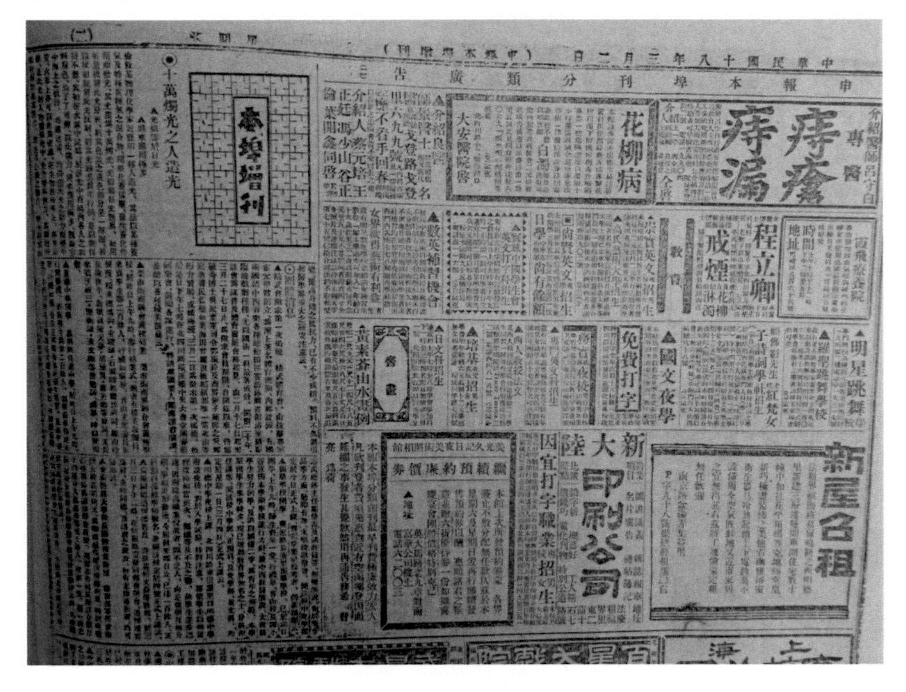
中華民國十八年三月二日（申報本埠增刊）

申報本埠刊分類廣告

本埠增刊

十萬燭光之人造光

痔瘡　痔漏

花柳病

大安醫院啓

程立卿

戒煙

數英補習機會

免費打字

國文夜學

明星跳舞學校

新大陸印刷公司

因宜打字職業招男女生

圖 3-1　《申報》增設的《本埠增刊》版面

爲了吸引更多的讀者群，《申報》還增辦了多種副刊：1919 年出版《星期增刊》、1920 年開闢《常識》欄目、1921 年創辦《汽車增刊》等，其中《汽車增刊》服務於當時中國日益增多的汽車主和上海以及其他地區的外國公司，「這對於中國新聞業而言是一種創新」[1]。此外，《申報》每年都出版三種專刊，即共和紀念專刊、聖誕專刊和新年專刊，這些專刊上的一些應時文章受到公眾的廣泛閱讀和喜愛。1924 年汪英賓從美國回來擔任《申報》廣告部主任以後，特增設了《本埠增刊》專登廣告。每逢陽曆年底前，還分類出版各種冬至特刊和裝飾、飲食、國貨等特刊，向市民提供各種消費信息的同時藉以拉攏商店的廣告。《本埠增刊》除登載上海各種社會事業活動的預報和紀錄、劇院商店的廣告外，自 1925 年 9 月起每天特闢《藝術界》一欄。本埠增刊的新聞內容十分強調新聞性、知識性和信息量。（如圖 3-1 所示）《申報》經理張竹平曾述創辦《本埠增刊》的理由：「本報首創發行本埠增刊，其目的爲便利本埠商業各界之委登廣告。所以僅限本埠原因，一因內容限於本埠，外埠縱有所取，無如鞭長莫及（例如各種戲目或當日賽會等等，外埠人士惟紙上領略而已），一因本埠廣告價値較輕，外埠銷數且兩倍於本埠，我即利用少納郵稅與少耗紙張之兩點，直接給予本埠廣告登戶以實質之利益。事實昭然，今同業且步武其後矣。」[2]與外埠相比，本埠廣告刊費、發行成本更爲低廉，因此通過擴大本埠增刊的發行以提高廣告量，這是設立本埠增刊的目的所在。《本埠增刊》是《申報》的創舉，後來各大報紙均紛紛效行。經過這些努力，《申報》發行量不斷上升，1928 年發行二萬號時，銷量已超過 14 萬份，報紙的盈利也達到每年 10 萬元以上。

3、設立分類廣告專欄

民初報界對於分類廣告的優勝處已有所認識：「正當廣告中之最足以推廣一報之銷路者，爲分類廣告，即將幾種最普通之廣告，如遺失、待訪、招請、待請、招租、待租、新書出版、學校招生等，各爲一類，聚於一處登之。此種廣告，實乃小型之新聞。每一種類，均有一部分人，急欲取而讀之。故如取價甚廉，使其發達，則足以推廣一報之銷路，毫無疑義。」[3]分類廣告之所

1 汪英賓：《中國本土報刊的興起》，王海、王明亮譯，暨南大學出版社，2013 年版，第 30 頁。

2 胡道靜：《新聞史上的新時代》，世界書局，1946 年版，第 94 頁。

3 徐寶璜：《新聞學綱要》，上海聯合書店，1930 年版，第 122～123 頁。

以受讀者歡迎，就在於能夠向讀者提供大量的與日常生活息息相關的實用信息，有利於提高讀者對報紙的閱讀「黏度」，從而增強商業廣告的刊出效果。

中華民國十八年三月二日　（申報本埠增刊）　星期六　（一）

申報本埠增刊分類廣告

冠生園飲食部

新雅茶點

要吃意大利飯店去

打字機　百昌洋行

自由農場　牛奶

義利洋行

焙麥林

Bermaline

房屋基地

上海公墓

圖 3-2　《申報》版面上的分類廣告專欄

1924 年，張竹平便在《申報》上首創分類廣告專欄。（見圖 3-2）《申報》有許多長期的廣告大客戶，如英美煙草公司和中法大藥房。張竹平對這些大財神，廣告打八折，甚至奉送宣傳性新聞。[1]同時對於小客戶他也並不放過。當時最小的廣告多是遊藝廣告，在《新聞報》上這些廣告總被壓在最底層。廣告主不滿，但《新聞報》廣告科不予理睬。張竹平聞訊後即表示願意每天將他們的廣告拼在一處，條件是只登《申報》一家。於是這批數目不小的小客戶就成了《申報》的固定客戶。[2]由此可見，張竹平重視小客戶和小廣告的做法，使《申報》不僅得以贏得市場，而且促使競爭對手放下身架，「不恥」效行，無形中促進了廣告業的發展。據陶菊隱回憶，到 20 世紀 20 年代時，《新

1　張秋蟲：《新聞報和申報的競爭》，見《上海地方史資料（五）》，上海社會科學院出版社，1986 年版。

2　汪仲韋：《又競爭又聯合的「新」「申」兩報》，《新聞研究資料》1982 年總第 15 輯。

聞報》的封面巨幅廣告和報尾分類欄小廣告，更加受人歡迎。「小型分類廣告登在次要版面，品類繁多，每條僅短短數行，故取費甚廉。內容有房屋出售或出租，名畫、古磁出售，招雇工人、教師或店員、護士，小而至於教授鋼琴、包辦伙食、修理什物等等。看了這類廣告，可以按圖索驥，各取所需」。[1]這說明，在上一回合落敗後的《新聞報》，很快奮起直追，效法《申報》做法，亦迅速開設了分類廣告欄，從而得以重新佔有了市場。

二、汪漢溪時期的《新聞報》：市場跟隨者與市場創新者

汪漢溪（1874～1924），早年畢業於梅溪書院，曾在上海南洋公學（上海交通大學前身）任庶務。1899 年，時任南洋公學監院的美國人福開森買下慘淡經營的《新聞報》不久，委任汪漢溪爲總經理。汪漢溪審時度勢，逐步改革報紙內容，開拓出一條辦報新路。《新聞報》創刊於 1893 年，1899 年僅銷 1 萬多份，到汪漢溪 1924 年去世，《新聞報》已突破 10 萬份，一躍成爲僅次於《申報》的中國第二大中文報紙。

（一）主打經濟新聞

民國初期，上海報業競爭激烈。以四大報而言，堪稱各具特色：《申報》具有綜合性而又著重政治新聞，《時事新報》以介紹學術見長，《時報》則以提倡體育爲主。因而汪漢溪認爲：「上海人口以從事工商業者爲最多，我們辦報，首先應當適應工商界的需要。」《新聞報》在汪漢溪的主理下，進一步明確了以工商界人士爲主體、兼顧小市民階層的讀者定位，遂制定了一套辦報方針：以經濟新聞爲重點，使之發展成爲代表上海工商業者的惟一大報。這種差異化競爭策略，從市場定位看可以說是一種創新，是善於發現市場空白點且率先塡補空白的創舉。

《新聞報》於 1921 年 4 月 15 日首創「經濟新聞」專欄，聘著名經濟學家徐滄水主持。創刊導言上說：「蓋商業上經營管理之要素，尤在乎明睞現今之時事，以爲技術動作及資金運用之工具。本報有鑑於此，特刊經濟新聞，一面報告最新之智識，一面研求既往之事實，同時編爲統計，發爲評論，並陳述商業上必要之學識及原理原則，企圖理論與實際之調和，律經濟社會或可就此以爲參考之依據，此則經濟新聞發刊之微意也。」1922 年又增闢《經

1 陶菊隱：《記者生活三十年——親歷民國重大事件》，中華書局，2005 年版，第 182～183 頁。

濟新聞》專版。《新聞報》對該專版刻意經營，辦得最好時期正是銷數急劇上升的 20 年代中期，闢有評論、市況提要、金融市場、匯兌市場、證券市場、紗花市場、上海商情、經濟事情、統計圖表等專欄。此外，每天都有市價一覽，詳細提供物價信息。該專版不僅介紹上海市場信息，還有國際貿易和各國經濟動態。有時還請經濟學專家對商情和市場變化進行分析，並從理論上加以闡發，這對從事實際商業經營的人特別有幫助。[1]由於《新聞報》報導經濟新聞及商業行情準確、迅速，且信息量大，門類齊全，在工商界和市民中擁有廣大的讀者。上海的許多商店都訂閱《新聞報》，將之擺放在櫃檯上，所以該報又有「櫃檯報」之稱。

《新聞報》實行差異化市場定位，很快就吸引了不少商界人士和市民百姓。由於走的是大眾化路線，因而該報的廣告客戶來源更爲廣泛。汪漢溪對上海報業的清醒認識以及對《新聞報》的準確定位，不僅使《新聞報》的新聞在眾多報紙中獨樹一幟，也相應地擴大了廣告源。因爲上海是當時全國的金融中心，工商業發達，做廣告最多的客戶是經商者，商場開業、歇業、轉讓、新產品問世、舶來品介紹等都必須廣而告之。《新聞報》的經濟新聞逐日介紹商場動態，發布商業行情，由此《新聞報》逐漸發展成爲上海的「廣告報」。「不僅上海的工商界，大至工廠，公司，洋行小至澡堂，理髮店都訂閱一份《新聞報》。即使江南各縣鎮較大的商號，凡需向滬批發商品，要隨時瞭解上海行情的也要訂閱《新聞報》。」[2]《新聞報》在商界的發行量大，也就成爲此類廣告必登的報紙，從而大大擴大了其廣告來源，這是汪漢溪挖掘廣告客戶最厲害的一招。

（二）以廣告為本位

通過將內容定位經濟新聞，《新聞報》擴大了在商界的影響力。爲了爭取更多的讀者，受《申報》啓發，《新聞報》也設置了不少專欄和增刊。《申報》開闢《自由談》專欄，《新聞報》遂與 1912 年開闢《快活林》專欄，刊登幽默故事、美國文摘；《申報》開設《常識》欄目，《新聞報》遂設立《新知》欄目，爲讀者提供各類中外文的科普知識。

1　姚福申：《解放前〈新聞報〉經營策略研究》，《新聞大學》1994 年春季號，第 43 頁。

2　吳廷俊：《中國新聞傳播史稿》，華中科技大學出版社，2002 年版，第 52～53 頁。

圖 3-3　《新聞報》傚仿《申報》增設的《本埠附刊》版面

1926 年 4 月 1 日，《新聞報》傚仿《申報》也增設《本埠附刊》，其中闢有《茶話》欄，所登圖畫、文字多爲本埠訂戶所喜聞樂見，如戲院有何名角來滬表演，酒樓飯店新開張，百貨公司貨物大減價等等。每月另印各業專號像煙草專號、書籍專號等。（見圖 3-3）《本埠增刊》和《本埠附刊》因爲所刊登的都是上海飲食起居衣裝娛樂的事，很爲上海人所歡迎，不過僅限於上海本埠發行。《本埠附刊》的廣告刊例較廉，廣告主花同樣的費用可以在《本埠附刊》上刊登面積較大且位置較顯著的廣告，報館方面則可大大增加了收入。每逢節日，《附刊》張數增加到每份 8 張或 10 張不等，廣告量又大大增加了，報館又多了一筆額外的財源。「當時《申報》和它競爭，廣告折扣打七折，且發行『星期增刊』，給廣告戶在增刊上作義務宣傳，但還是敵不過《新聞報》，因爲《新聞報》的銷數，《申報》是望塵莫及的。」[1]看來，儘管《申報》領先《新聞報》一步創辦了本埠增刊，但《新聞報》卻最終以其更多的本埠銷數

1　胡道靜：《新聞史上的新時代》，世界書局，1946 年版，第 232 頁。

在廣告市場上取勝於《申報》。另外，《新聞報》通過刊登很多長篇小說來吸引讀者，較著名的如李涵秋的《戰地鶯花錄》，顧明道的《荒江女俠》，張恨水的《啼笑因緣》等等，都是照字數付給作者稿費的。[1]事實證明，作爲市場跟隨者，《新聞報》效法《申報》開設各種專欄、增刊，並非一味的簡單複製「依葫蘆畫瓢」，而是基於創造性模仿的「青出於藍而勝於藍」。可以說，在申、新二報的市場角逐中，《新聞報》既是奉行「拿來主義」的市場跟隨者，又是敢於闖入無人區的市場創新者。

《新聞報》既以廣告爲本位，對於廣告業務管理尤爲重視。比如，爲了嚴格廣告文字的編校，特設廣告編校部，仔細校對，以免錯誤。倘原文模糊或有些欠妥，就得提出來商討，或打電話詢問廣告戶，然後再作決定。廣告刊出後如發現有錯字，由館方負責更正後再登一天，不取刊費。[2]當時商家已認識到廣告宣傳效力，且往往花費營業收入的十分之六、七用於廣告宣傳費。作爲當時滬上銷量最廣的報紙，《新聞報》自然成爲商家刊登廣告的首選。「所以《新聞報》的廣告，在報界中推爲獨步了。」[3]《新聞報》創刊以來便不斷擴版，但增加的都是廣告，新聞與副刊的版面幾乎沒有擴大。自 20 世紀 30 年代以來，《新聞報》的廣告不但絕對數量在各報中最多，而且廣告費也比《申報》高半成到一成左右。[4]從廣告與新聞在版面中的比重來看，廣告總量占六成左右，怪道該報在 30 年代會成爲一份「新聞是間隔廣告的材料」的「廣告報」。（見圖 3-4）爲了更好地管理廣告版面，協調報紙新聞與廣告之間的關係，汪漢溪在廣告科之外加設準備科，「專司審查廣告之取捨及支配報紙之出版張數及格式」，其任務爲每日齊稿後計算新聞與廣告的比率，以決定次日出報的張數。《新聞報》廣告與新聞必須經常保持六與四的對比，即廣告占六成，新聞占四成；新聞版面還包括副刊「快活林」（後改「新園林」）、「茶話」及專欄在內。該報每日所出張數多少，不取決於新聞，而取決於廣告。準備科事實上就是「廣告的編輯部」，而其重要性則在新聞編輯部之上。汪漢溪設立準備科可稱得上當時廣告業務管理上的獨創之舉，後紛紛爲其他報紙所仿傚。

1 鄭逸梅：《書報話舊》，中華書局，2005 年版，第 232 頁。
2 胡道靜：《新聞史上的新時代》，世界書局，1946 年版，第 232 頁。
3 胡太春：《中國報業經營管理史》，山西教育出版社，1998 年版，第 231 頁。
4 陳玉申：《〈新聞報〉經營策略探析》，《新聞界》2006 年第 6 期，第 109 頁。

教育新聞

LISTERINE ANTISEPTIC

李施德霖藥水

FOSFOPLASMINA

福斯補而命

瑞商美基洋行

大昌參行

西洋參

再打八折

驚人大減價

圖 3-4　1930 年代《新聞報》被稱爲「廣告報」

報業繁榮的背後是發行時間的競爭。陶菊隱也曾談到當時報紙發行情形：「上海四大報都集中在四馬路棋盤街一帶，每天黎明，百十成群的報販子飛奔前來，爭先恐後，鬧鬧嚷嚷，誰家的報紙出得最早，它的批發數也就因之提高，所以，出報的快慢與銷數的增減具有不可忽視的關係」。[1]爲了縮短報紙送達到讀者的時間，《新聞報》不斷更新印刷技術和設備。1914 年《新聞報》日銷 2 萬份時，汪漢溪購進了二層輪轉印報機一架，每小時可出報 7 千份。這是上海第一家由平版機改用輪轉機的報館。1916 年該報銷路增至 3 萬份，汪繼續購進了波特氏三層輪轉機一架，四層輪轉機二架。1921 年銷數達到 5 萬份，《新聞報》一躍成爲上海銷數最大的「櫃檯報」。大約 1929 年後，該報已擁有美國 Walter Scott「Multi-Unit」Press 高速率圓轉印報機兩架，每小時可印報紙 7。2 萬份；美國 Goss 四層圓轉印報機兩架，Potter 三層圓轉印報機一架，每小時可出報 5 萬份。總之，每日印出報紙約 15 萬份，新

1　陶菊隱：《記者生活三十年——親歷民國重大事件》，中華書局，2005 年版，第 66 頁。

聞發生 2 小時後即可見諸報端。其實，按照現有機器能力，《新聞報》約可出報 20 萬份。但「因交通、民智、新聞三點尚無充分之發展，故迄今只達 15 萬份之數」。[1]

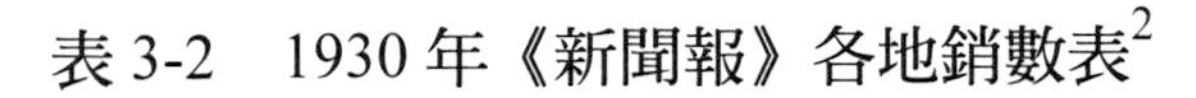
表 3-2　1930 年《新聞報》各地銷數表[2]

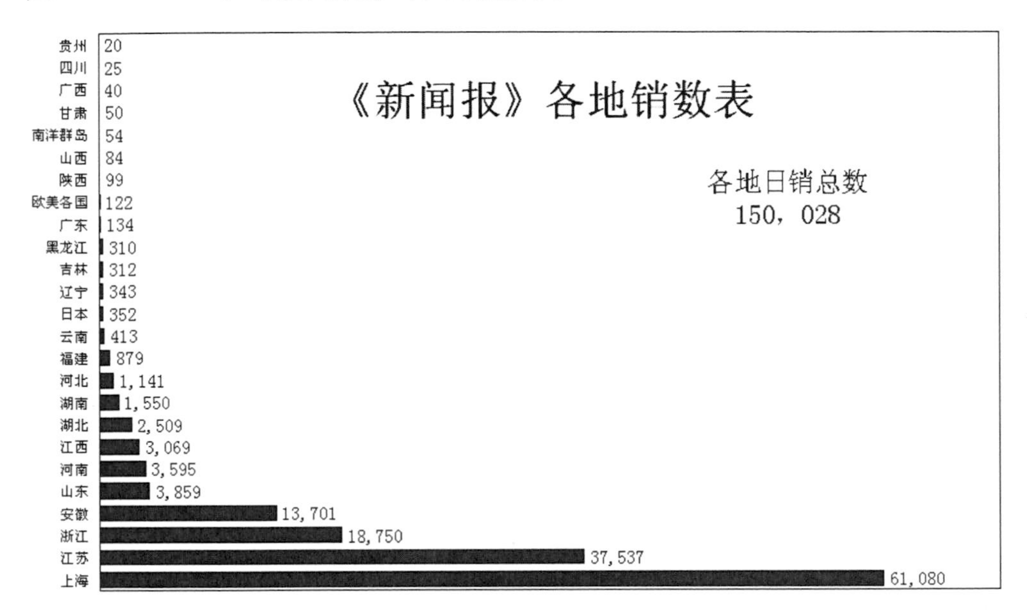

為了擴大本市發行陣地，《新聞報》首創分區派報辦法。以前慣例都是等候報販來報館批發報紙，採用新辦法後則首先將上海城區分為五區，於每區尋租一家電影院為派報點。之前用汽車將報紙派送到各派報點，提前了向報販供報的時間，也相應縮短了報販送報時間，這樣可使本市讀者都能在上班前讀到報紙，時效性的增強穩定了固有讀者的同時也爭取到大批新訂戶。分區派報法變以前的「守株待兔」為主動出擊爭取時間，發行細節的改進為《新聞報》贏得了遞送及時快捷的美譽。到汪漢溪時期，為了擴大外埠的發行市場，《新聞報》採取了當時較為通行的做法，根據實際情況在鄰近地區設立分館或派報社（或稱分銷處）。當時總館委任程寅生為出派員，親往各地視察，視情況而定籌建分館或派報社。分館的籌建採取由近而遠逐步擴展的方針，重點先在江浙兩省，進而延伸到長江流域，然後銷往邊遠省份與國

1　孫慧：《新聞報創辦經過及其概況》，《檔案與史學》2002 年第 5 期。原載上海檔案館館藏檔案，檔案號：Q430-1-173。

2　上海檔案館館藏檔案，檔案號：Y8-1-20-14。

外。經過幾年的努力，成效卓著。據 1923 年統計，「次第設立分館、分銷處，計前後成立者五百餘處：國外如南洋群島及各國都城、各大商埠，訂閱者亦數千戶。」[1]程寅生的功勞也被載入《新聞報三十年紀念冊》。1923 年，汪漢溪聲稱《新聞報》銷數達 10 萬份，廣告收入每月近 10 萬元。當時新、申兩報的營業額約為 10 與 7 之比。[2]（見表 3-2 和表 3-3）

表 3-3 《新聞報》歷年銷路比較表

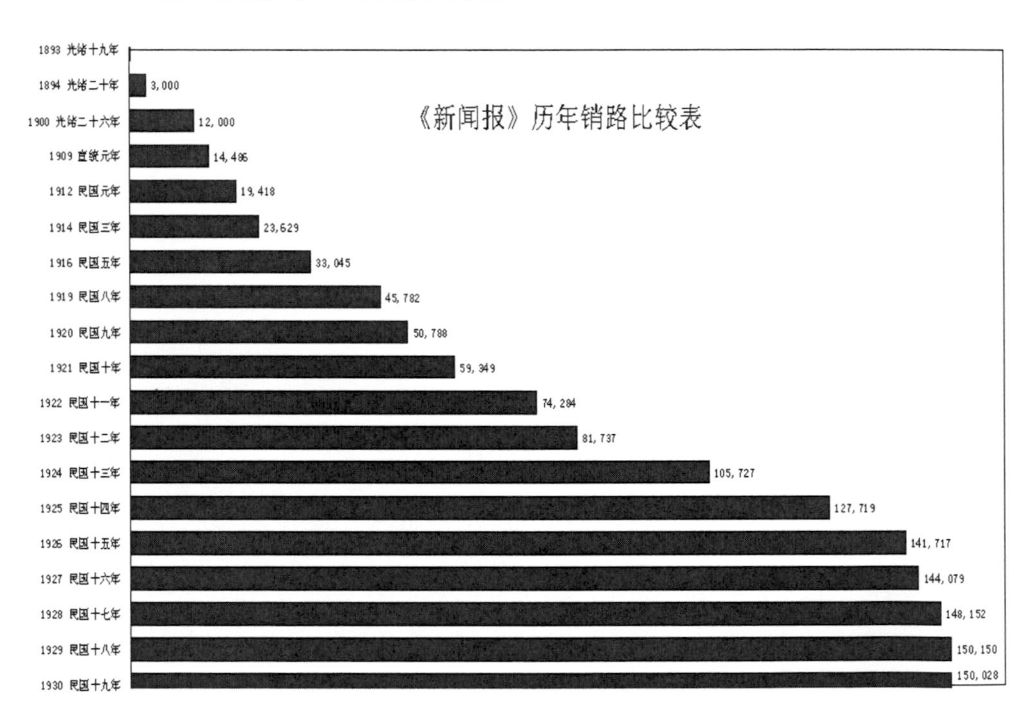

為爭取本埠讀者，汪氏首先擴充新聞來源諸如會審公廨、救火會、捕房、醫院等等都特約了「報事員」。[3]同時在外埠新聞內容的改良上做足文章。當時汪漢溪的做法是廣泛徵求外埠訪員，提高其工資待遇，務求「將新聞紙之消息求其靈敏眞確，新聞紙之議論求其適切公平」。[4]因此該報的外埠通信頗有特

1 《〈新聞報〉三十年之事實》，見新聞報館編印《〈新聞報〉三十年紀念》，1922 年版。

2 陶菊隱：《記者生活三十年——親歷民國重大事件》，中華書局，2005 年版，第 111 頁。

3 張秋蟲：《新聞報和申報的競爭》，見《上海地方史資料五》，上海社會科學院出版社，1986 年版，第 38 頁。

4 邵飄萍：《新聞學總論》，京報館，1924 年版，第 70 頁。

色，外埠銷路也有增加。[1]《新聞報》還設立國際電訊收報房，專收外國通訊社的電報，與同行爭取時間，實現「新聞快速」的口號。1922 年冬報館安裝無線電臺，「內設最新式收電機 4 部：其中 2 部是長波機，專收國外新聞；2 部是短波機，專收國內新聞」。[2]自設收報房，就可以直接收聽到重要新聞，當晚立即譯出，翌晨即可見報。《新聞報》還冠之名曰：「本報國外專電」。《新聞報》的銷數和聲望的提高，和這個「國外專電」很有關係。[3]

《新聞報》的創辦雖比《申報》遲 21 年，但因經營得法，比《申報》更早實現經濟獨立。就全國報界來說，「中國報紙的能夠經濟獨立的，以《新聞報》爲最早」[4]。這與汪漢溪的鼎力謀劃、精心經營是分不開的。《新聞報》創刊 30 週年時，張季鸞撰文推崇《新聞報》爲「東方之泰晤士」，並稱「《新聞報》之發達，皆汪君漢溪之力，汪君不兼他業，唯專心一致經營報業，其謹愼精細，久而不懈，全國殆無第二人」。[5]

第二節　外國在華報業

從 1815 年到 19 世紀末期，外國人在中國一共創辦了近 200 種中、外文報刊，占我國報刊總數的 80%以上，幾乎控制了我國的新聞出版業。到 20 世紀二三十年代，這種狀態並未發生根本性的改變。[6]北洋政府時期，外國在華報紙（以下簡稱「外報」）因享有治外法權鮮少受到中國政府干預，[7]報導自由、言論大膽。這時期英、美、日在華分別創辦的《京津泰晤士報》、《密勒氏評論報》和《順天時報》產生了較廣泛的影響，在經營上的表現較爲突

1 陶菊隱：《記者生活三十年——親歷民國重大事件》，中華書局，2005 年版，第 110 頁。
2 胡道靜：《上海的日報》，上海市通志館，1935 年版，第 37 頁。
3 鄭逸梅：《書報話舊》，中華書局，2005 年版，第 229 頁。
4 胡道靜：《上海的日報》，上海市通志館，1935 年版，第 36 頁。
5 張季鸞：《新聞報三十年紀念祝詞》，見《季鸞文存》附錄，大公報報館，1946 年。
6 《中國報界交通錄》，燕京大學新聞學系 1933 年編印，第 173～180 頁。
7 在北洋歷屆政府對外報爲數不多的干預當中，北京的曹琨、吳佩孚政權 1924 年 9 月對外報所採取的行動是第一次引起較大關注的事件。1924 年 9 月 18 日，曹、吳直系軍閥以其捏造報導虛假新聞、誤導公眾爲由，在北京禁止包括《順天時報》和《東方時報》在內的四份報紙發行；19 日，交通部部長禁止部內閱讀這兩份外報；10 月 14 日，新聞檢查員要求《華北正報》更正某戰爭報導。參見馮悅：《20 世紀 20 年代末京津地區外報的衰落評析》，《北京社會科學》2007 年第 2 期。

出，且各具特色。當然，此處談論的英美在華報刊主要以商業性的非宗教報紙爲主。[1]

一、英國《京津泰晤士報》及其子報：半官方色彩與本土化策略

《京津泰晤士報》（*The Peking and Tientsin Times*）於 1894 年 3 月由英人 William Bellingham（？～1895）在天津創辦，初爲週刊，1902 年 10 月改爲日報。該報雖然表面上是商業報紙，實際上是一份半官方的英國報紙。進入 20 世紀後，成爲中國北方影響最大的英文報紙，一度被奉爲「外人在華北的聖經」[2]。太平洋戰爭爆發後，天津的英國租界被日本人佔領，《京津泰晤士報》與其他許多在華的英文報刊一樣受到壓制，被迫停刊。《漢文京津泰晤士報》是由《京津泰晤士報》創辦的中文日報[3]，在北方市場也擁有廣泛的影響力。

（一）《京津泰晤士報》：「外人在華北的聖經」

京津地區英文外報的外國讀者主要是外交官和從事政治外交活動的上層人物，他們急欲瞭解中國的政治外交信息，並通過外報傳遞其國家外交立場等；中國讀者主要是受過高等教育的專業人士，如外交官、知識分子和學生，通過外報他們需要獲得國際消息、瞭解國際輿論、學習語言等。可見，提供

1 英美在華所創辦的報刊大致可分爲兩類，即宗教報刊和非宗教報刊。前者是以英美爲主的西方傳教士所辦報刊，這是外報中創辦時間最早、持續最長的，其中較爲著名的有《時兆月報》（1904～1951）、《眞光月報》（1902～1942）等。還有一種世俗化的宗教報刊，在內容上偏向時政，在社會上具有一定影響力，比如羅馬天主教教會在華出版的中文報紙《益世報》（1915～1948）等。非宗教報刊又可分爲兩類，一是以《申報》、《新聞報》爲代表的民間商業性報刊，率先採用西方現代化報紙的運營模式，對中國新聞事業產生了深遠的影響；二是以《京津泰晤士報》爲代表的半官方商業報紙。其中，前者在 20 世紀初由於政治、經濟和辦報環境等原因，大多產權轉歸華人或他國人之手。

2 曾虛白：《中國新聞史》，國立政治大學新聞研究所，1977 年版，第 169 頁。

3 從語種、讀者對象上劃分，外報大致可分爲兩種：中文外報和外文外報。其中中文外報對中國近代社會產生的影響更爲廣泛。中文外報的歷史可追溯至 1815 年英國傳教士馬禮遜所辦的第一份中文報刊《察世俗每月統計傳》，一直到 1951 年蘇聯《實話報》終刊爲止，共計 136 年。中文外報至少有 150 種以上，其中 1911 年以前有 92 種，1911 年後有 58 種以上。數據統計可參見邱沛篁主編：《新聞傳播百科全書》，四川人民出版社，1998 年年版；方漢奇：《中國近代報刊史》，山西人民出版社，1981 年版；史和、姚福申、葉翠娣：《中國近代報刊名錄》，福建人民出版社，1991 年版；《黑龍江省志·新聞志》，黑龍江人民出版社，1993 年版；《上海新聞志》，上海社會科學出版社，2000 年版。轉引自易文：《中文外報——一個獨特的研究視野》，《廣西大學學報（哲學社會科學版）》2008 年第 6 期。

政治外交方面的信息成爲該地區英文外報的主要功能。《京津泰晤士報》標榜的宗旨是「爲中國輸入西方文化，幫助中國現代化」。該報在民國前期刊載了不少有影響的報導，比如強烈反對日本逼迫袁世凱政府提出的「二十一條」（1915 年）；反對巴黎和會把山東轉讓給日本的決議（1919 年）；反對武器走私，反對軍閥統治與割據，反對武力成爲解決中國國內問題的惟一途徑，同時還反對侵犯人權和尊嚴。

與早期在華辦報的傳教士不同，這時期京津地區的英文報記者大多具有豐富的從業經驗和良好的專業素質，可以說大都是來自學界、政界或新聞界的精英，他們與其母國乃至中國政府都保持了密切聯繫，能夠及時獲得有價值的國際政治外交新聞。《京津泰晤士報》歷任主編均是在中國頗有影響的英籍報人，絕大多數具有相當豐富的從業經驗和較高的業務水平。其中 H. G. W. Woodhead[1]曾任《京津泰晤士報》主筆長達 16 年，1914～1930 年就任主編時該報進入發展的黃金時代。《京津泰晤士報》的實際發行量未見有完整的統計，但可以肯定的是，許多上層中國人都是它的訂戶和讀者，發行量主要集中在長江以北，發行到國外的數量是近、現代時期所有英文外報中最大的。儘管如此，但由於讀者群有限，京津地區一份英文報的發行量不過區區數百份，《京津泰晤士報》在 1927 年的發行量也不過 1500 份。[2]廣告方面，《京津泰晤士報》在北方的英文報刊中可謂首屈一指，廣告商主要以英美洋行爲主。但總體說來，由於讀者群中商人較少，因此這時期來自商業廣告的收入還十分有限。

當時各大英文外報的發行量和廣告收入均較微薄，難以維持報社的正常運營，因此爲了生存必須尋求強大的資金後盾。與此同時，以英美爲代表的西方國家一直試圖滲透到中國的政治中心北京和北方地區以及內地，意欲通過英文報這個傳播網絡和橋樑發揮溝通中外信息的功能。作爲天朝重地的北京一直對外人辦報持相當審慎甚至排斥的態度，選擇毗鄰北京的天津辦報無疑成爲一些西方人士的最佳選擇。因此，一些標榜「商業」或「民間」的英文外報，實際上大多能得到英美等國家政府的資助和扶持。《京津泰晤士報》

1　H.G.W. Woodhead 於 1902 年來華，曾先後擔任過《字林西報》記者、路透社通訊員、英文《北京日報》的主編等職，諳熟中西新聞業。

2　轉引自馮悅：《近代京津地區外文報的輿論與外交評析》，《北京航空航天大學學報（社會科學版）》，2010 年第 3 期。詳見日本外務省情報部 1927 年 11 月調查《支那（附大連、香港）ニ於ケル新聞及通信ニ関スル調查》（情 214）第 35 頁。

除了有天津英國租界工部局的資助外，還接受一些華北英國人社團的捐助，因而常以英國輿論機關的面目示人，被時人視爲天津英租界工部局的「喉舌」。

1930 年 2 月，天津宣傳部在郵局沒收所有《京津泰晤士報》，以其宣傳英帝國主義和攻擊國民黨排外、反宗教爲由，截送到天津國民黨總部，令該報遭受重創。[1]

（二）《漢文京津泰晤士報》：廣告經營的本土化策略

據初步考證，《漢文京津泰晤士報》確切創刊時間爲 1917 年 10 月 10 日，[2]1918 年售予英籍華人熊少豪，繼續以原名出版。該報至少出版發行了約有 12 年以上的時間，在天津報業史上可謂歷史悠久。在辦報立場上，秉持「不偏不黨，無阿無好」[3]的政治主張，在同類外報中以「公正」自詡[4]。《漢文京津泰晤士報》擁有廣泛的新聞網絡，經常以「本報特訊」、「本報專訪」、「通信」、「專電」、「電話」等多種方式發布獨家消息，向全國主要城市派駐記者，因而消息靈通，信息豐富。報導內容以時事政治新聞爲主，側重京津地區兼顧報導全國新聞。在報導傾向上，曾刊登過許多支持勞工運動和具有愛國主義色彩的文章，具有一定的進步色彩。創辦初期「日僅刊行二版」，後增至四大張共 16 版，1927 年底刪繁就簡，日出三大張，但 1929 年報社擴展業務，版面增加到了三張半，並發布啓事招聘各地省縣訪員。[5]

《漢文京津泰晤士報》廣告眾多，每日三大張 12 個版，其中就有 3 個版用來做廣告。另外，在新聞前後，重要公告前後都有零星的廣告插登。廣告

1 Guomintang Propagandists`answer P&T Times editor [N]. North China Standard, 1930-02-09(11). 轉引自馮悅：《近代京津地區外文報的輿論與外交評析》，《北京航空航天大學學報（社會科學版）》，2010 年第 3 期。

2 關於《漢文京津泰晤士報》的確切創刊時期，具體考證詳情可參見李磊：《〈漢文京津泰晤士報〉一瞥》，《現代傳播》003 年第 4 期；郭傳芹：《關於〈漢文京津泰晤士報〉的再考察——對《〈漢文京津泰晤士報〉一瞥》一文的商榷》，《國際新聞界》2009 年第 7 期。

3 《漢文京津泰晤士報》，1927 年 11 月 17 日，《本報之主張》。

4 《漢文京津泰晤士報》，1928 年 1 月 1 日。原文爲：「於政黨不曲阿，於人民尤愛護，據事直書，主張，不偏不黨，無阿無好，惟事實之眞相，作消息之傳郵……此其一也；至於電影戲劇之類，方今藝術昌明，理當提倡，若夫粉黛胭脂，則鄉黨自好者之所不道，而不隨不激，稚俗共賞，多數歡迎，快讀之而實獲我心焉，蓋益世報之名貴者也，大公報之簡潔者也，泰晤士報之公正者也」。

5 《漢文京津泰晤士報》，1929 年年 1 月 23 日，《本報招聘各地省縣訪員啓事》。

的內容繁雜，幾乎全是商業性廣告，其中英國廠商的廣告佔有相當大的比重。並且，廣告製作設計注重迎合中國人的心理特點，非常中國化。請看下面的標語式廣告：「忠告，同胞們，仇貨（指日貨），萬萬不能用啦！利源外溢，國弱民貧，其愚可懼，願同胞猛省。快，提倡國貨罷。」落款是「上海泰和合粉廠謹啓」。這條廣告創意來源於當時正在高漲的國貨運動，語言、修辭完全本土化了。此外，在廣告營銷上，該報手法靈活，具有很強的推銷意識。比如，廣告價碼相當靈活，規定「按每方寸取價，每日二角五；每星期一元三；每月四元；每年四十元」，還特別說明「上例二、三、四、五號字隨意擇用，商標圖樣按所佔地位核算，……事關公益及慈善之舉×××（此處字殘缺）送刊，不取分文。訴訟鳴冤事果眞確並有鋪保者概不收費」。[1]

隨著報紙影響力的擴大，《漢文京津泰晤士報》的發行量呈上升之勢。1925 年 8 月爲推廣在東三省的銷量，該報還特地在長春日租界設立分發行所，並招請東三省各地分銷處。[2]1926 年 5 月 25 日該報刊登《本報駐京分館啓事》，說明爲了方便北京讀者盡快讀到報紙，「特設分館於前門外南新華街中間路東，並備有自行車十餘輛，無論四城內外均可當天送到。」由此可見該報日發行量至少在 1 萬份以上，發行網絡幾乎遍及京津地區。該報創刊十週年之際，曾單獨發行紀念增刊 1 萬份，很快即告售罄，爲此報紙還特別刊登聲明。

二、美國《密勒氏評論報》：「密蘇里新聞幫」與新聞專業主義實踐

《密勒氏評論報》（Millard’s Review）於 1917 年 6 月 9 日創立於上海，創始人爲畢業於美國密蘇里大學、《紐約先驅報》的駐外戰地記者密勒。該報爲 16 開本週刊。1922 年由鮑威爾接替密勒成爲第二任主編，由於推行美國對華政策，堅持反日立場被日本勒令停刊。1949 年 5 月上海解放後，該刊繼續出版，成爲唯一仍在中國大陸發行的美商媒體。1950 年 9 月改成 32 開本月刊。抗美援朝戰爭期間，由於揭露美軍在朝鮮戰場施用細菌武器等罪行，美國政府對其實行禁郵，不得不於 1953 年 6 月終刊。

1 《漢文京津泰晤士報》，1920 年 11 月 30 日，《廣告例刊》。
2 《漢文京津泰晤士報》，1925 年 8 月 24 日，《本報駐東分發發行所開幕並招請東三省分銷處啓事》。

《密勒氏評論報》的辦刊方針傾向獨立、自由，宗旨是：「讓遠東局勢的發展，使本國明瞭；同時讓西方的發展，使東方明瞭。」該報不僅將中國介紹給了西方，還間接促進了中美之間的文化交流。作爲在華外報，該報秉持的是「立場客觀公正但非實質意義上的政治中立」。[1]比如，1927 年 3 月 24 日「南京事件」[2]發生後，《密勒氏評論報》先於其他外報要求華盛頓特約撰稿人採訪白宮，隨之發出報導，題爲「中國局勢尚未到聯合干涉程度，美國無意參加任何爲懲罰性聯合行動」。該報導奉行一貫的客觀報導立場和手法，既符合美國政府對華政策的總體思路，也反映出該報積極對待中國問題，儘量化解矛盾的態度。

在刊物內容上，《密勒氏評論報》還以專業的深度報導取勝，從而吸引更多有資質的讀者。爲了多角度呈現重大事件，鮑威爾先後在廣州、北京（北平）、南京和漢口等地派駐專職的編輯記者，並將報導範圍逐漸拓展到華北、華中和華南，還分別在英國和美國聘用了特約撰稿人。值得一提的是，不同於以往在華外報多由傳教士和商人所辦，《密勒氏評論報》的兩任主編密勒、鮑威爾均畢業於密蘇里大學新聞學院，來中國辦報之前都有過豐富的新聞編輯和報紙經營方面的經驗，並且該報的專業編輯和記者群體中具備新聞教育背景的爲數不少。可以說，圍繞著《密勒氏評論報》活躍著一支被稱爲「密蘇里新聞幫」的專業編輯和記者群體。「密蘇里新聞幫」（Missouri Mafia）是美國新聞史專家對上世紀初一批在遠東出沒、具有密蘇里背景的新聞記者的稱謂——尤指那些密蘇里新聞學院出身的新聞學子。[3]據統計，1928 年前至少有 50 多名密大畢業的記者在遠東工作，其中超過半數以上在中國。這些活躍在中國的新聞專業人士極大地推動了新聞專業主義理念在中國的實踐與傳播。密勒被認爲是「密蘇里新聞幫」在中國的先驅，被譽爲「美國新聞業的中國之父」，鮑威爾則是凝聚「密蘇里新聞幫」成員在中國的真正推動者。在他們的努力下，《密勒氏評論報》成了密蘇里新聞學院畢業生的實踐基地，比如埃德加·斯諾曾擔任該報的助理編輯，後因《紅星照耀中國》名動中國，

1 王薇、張培：《1917～1941：〈密勒氏評論報〉「涉華報導」理念探究》，《歷史教學》2012 年第 3 期。

2 1927 年 3 月 24 日，北伐軍攻佔南京後，城內發生搶劫，北伐軍與外國僑民發生衝突。英美等國借保護僑民和使館區爲由炮轟南京城，中國軍民死傷慘重，各國財產遭受巨大損失，史稱「南京事件」。

3 張威：《「密蘇里新聞幫」與中國》，《國際新聞界》，2008 年第 10 期，第 76～80 頁。

成爲「密蘇里新聞幫」在中國的傑出代表。從該報的新聞報導和具體運作中不難洞悉其間鮮明的新聞專業主義烙印，因此有學者《密勒氏評論報》「既是外國來華傳教士和商人辦報的一個延續，也是受過新聞專業教育人士來華辦報的開端。」[1]

《密勒氏評論報》的讀者主要是在華外籍人士，還有一些中國政界人士和知識階層。鮑威爾在回憶錄中寫道：「出乎意料，最大的英文讀者群是年輕一代的中國知識分子，就讀於中國學校或教會學校，有的已經畢業，這些年輕能幹的中國大學和中學畢業生，包括許多年輕的女性，在外國人和中國人經營的貿易公司、工廠、銀行、報社中工作，或在大學和學院，以及政府機構中工作。年輕人們對外部世界、國際事務都有著非常濃厚的興趣，特別關注第一次世界大戰的情況。所有這些年輕人那時都正在學習英語，許多人把《密勒氏評論報》當作教科書。《密勒氏評論報》也經常收到來信，詢問某些詞語的意思，特別是報紙上有意強化了的美國式詞語」。[2]基於此，鮑威爾倡導許多學校組織研習時事的俱樂部和班級，以培養潛在讀者，擴大報紙發行量和影響力。事實證明，這是一種十分有效的受眾營銷策略。學員們也訂閱《密勒氏評論報》，多則幾百份，少則十幾份，用來瞭解時事、學習英文。

同時，該報還密切關注市場需求的變化，在此基礎上加以研究和挖掘。作爲一份政治與財經週刊，身處上海的《密勒氏評論報》不僅要滿足許多熱衷於政治和宗教新聞的讀者，而且應看到商業、金融和經濟新聞擁有更廣闊的讀者群體。因此，該報常設的財經欄目就有「中美船運貨物信息」（*What the Ships Carry Between America and China*）、「新書刊」（*New Books and Publications*）、「金融與商貿」（*Financial and Commercial*），直接、及時地向公眾提供商貿信息。與其他在華外報提供的商貿信息不同，該報致力於提供更專業、更全面、更系統的商貿信息，從而更凸顯財經刊物的專業特色。通過《密勒氏評論報》，那些活躍在遠東地區的國際人士不僅能及時獲知大量的商貿信息，而且還能瞭解到從政治、經濟和文化等多角度詮釋和分析中國和遠東事務的專業、權威的觀點。因此，《密勒氏評論報》的發行量雖然基本上限

1　鄭保國：《約翰·B·鮑威爾與美國新聞專業主義在中國的實踐與傳播》，《國際新聞界》2012 年第 4 期。

2　〔美〕鮑威爾著，邢建榕等譯《鮑威爾對華回憶錄》，知識出版社，1994 年版，第 15 頁。

於遠東範圍之內，「但是對那些直接或間接關心遠東事務的人來說，它確實是一份世界性的刊物。」[1]

三、日本《順天時報》：內容傳播中國化與辦報路線大衆化

20 世紀前期，外人在華創辦的中文報紙中，日本的最多，其次爲英、德。從辛亥革命到 1937 年七七事變前，日本在華共創辦了 33 種中文報刊。[2]同時還在中國各地創辦了爲數眾多的日文報紙，[3]相比之下，日本在華所辦的中文報刊的影響力遠超過其日文報刊。《順天時報》創刊於 1901 年 12 月 1 日，由日本人中島眞雄[4]個人經營，1905 年 3 月出讓給日本公使館，成爲日本外務省在華機關報。1928 年「濟南慘案」[5]後，屢遭中國政府和人民抵制，發行量銳減，經營和聲譽都陷入絕境。1930 年 3 月 27 日正式停刊。《順天時報》在華 28 年，一直是華北地區發行量最大的報紙，最高時達到 33000 份，[6]成爲華北第一大報。

（一）憑藉治外法權和輿論真空成為「華北第一大報」

《順天時報》成立初期，只有四五人，後漸漸增加到 20 多人，中日人員

1 Lin, Yu-tang, “My Experience in Reading Chinese Daily”, The China Weekly Review, March20, 1930. (Folder 23, Walter Williams and Sara Williams Collections, WesternHistorical ManuscriptsCollections, Missouri University.) 轉引自鄭保國：《約翰・B・鮑威爾與美國新聞專業主義在中國的實踐與傳播》，《國際新聞界》2012 年第 4 期。

2 王向遠：《日本對中國的文化侵略》，崑崙出版社，2005 年版，第 253 頁。

3 日文報紙有《新支那》、《天津日報》、《奉天新報》、《長春日報》、《青島新報》等。參見戈公振：《中國報學史：插圖整理本》，上海古籍出版社，2003 年版，第 75，89～91 頁。

4 中島眞雄具有文化間諜、軍事特務和報人等多重身份。參見涂鳴華：《日本文化間諜中島眞雄在華的辦報生涯評述》，2014 年第 2 期《新聞春秋》。

5 1928 年 5 月 3 日國民革命軍在北伐途中經過山東濟南城時，日本方面藉口革命軍對城內的日本僑民進行搶劫、強姦、屠殺，而出動軍隊展開報復，蓄意屠殺中國軍人與民眾六千餘人的事件。史稱「濟南慘案」。

6 1928 年 9 月，《順天時報》社長渡邊哲信給外務省提交了一份名爲《在北京政府改變後的順天時報》的報告，提到「以往最高發行 3 萬 3 千部，去年中減少了 8000 部，平均發行數是 25000 部，而現今只有 1 萬 5 千部。」渡邊哲信：《在北京政府改變後的順天時報》，北京から昭和 3 年 8 月 8 日昭和 3 年 9 月 15 日，外務省外交史料館（A.1.1）濟南事件／排日及排貨關係順天時報排斥關係，B020300802000。轉引自涂鳴華：《抵制和遷都：再論〈順天時報〉停刊的深層原因》，《國際新聞界》2010 年第 9 期。

各占一半，但是分工截然不同。日方擔任外部採訪，中方負責稿件寫作和編輯。其新聞素材多從中國國內和外國通信社中購得，經日方挑選後交由中方翻譯、編輯，最後由日方終審後採用。攝影部均爲日本人，印刷部由一名日本人擔任總監，一名日本人管理報紙印刷。最初報紙版面只有 4 頁，後增至 8 頁。欄目設有論說、宮門抄、時事要聞、日本新聞、廣告、譯報、雜報等，其中廣告佔據了一半版面，社論部分則必須由日本人親自主筆。1910 年代後期該報達到發展巔峰，日發行量達到 12000 份，讀者對象已拓展到「平津的中下級社會和自命爲上等人的官僚政客」[1]，與《益世報》同時成爲當時北方影響力最大的報紙。

作爲一份緊跟日本對華政策的外務省機關報，《順天時報》在內容經營上享有得天獨厚的新聞資源。當時日本的三大通訊社——東方通訊社、聯合通訊社和電報通訊社已先後成立，並在中國各大城市設立分社，這給日資報紙的內容採集和發行等均帶來極大便利。另外當時日本的顧問人員遍布中國各地，自 1912 年至 1916 年，受聘於中國各省的日本顧問達 1155 人之多，其中直隸（今河北省）、奉天（今遼寧省）、吉林三省的占一半以上，這無疑成爲《順天時報》極好的新聞資源。[2]因此該報消息來源快速及時，提供的新聞可信度甚至超過中國本土報刊。其次，在內容傳播上，該報十分注重研究中國文化的特點和中國人的閱讀心理，「他能猜出中國人的心理，將內容形式處處都迎合著中國人的心理而編輯，所以就是中國人自己亦往往不知讀的是外國報。」[3]以至於京津一帶國人「寧願不看中國報，不可不看順天時報」[4]，戈公振針對這種現象曾痛斥道：「今彼報代表其政府，以我國之文字與我國人之口吻，而攻擊我政府與國民，斯可忍，孰不可忍！」[5]此種棒喝當然令人警醒，但客觀來看不能不肯定該報在傳播策略上的成功之處。

值得注意的是，《順天時報》崛起於中國的帝制時期，當時中國本土報刊備受鉗制和摧殘，而外人在華報刊卻享有治外法權所賦予的言論自由空間。正是在這樣的輿論眞空中，《順天時報》版面上充斥著反對袁世凱稱帝、

1 張靜廬：《中國的新聞紙》，光華書局，1928 年版，第 22 頁。

2 黃福慶：《近代日本在華文化及社會事業之研究》，中央研究院近代史研究所，1982 年版，第 225 頁。

3 蔣國珍：《中國新聞發達史》，世界書局，1927 年版，第 66 頁。

4 張靜廬：《中國的新聞紙》，光華書局，1928 年版，第 22 頁。

5 戈公振：《中國報學史：插圖整理本》，上海古籍出版社，2003 年版，第 105 頁。

支持南方護國運動的言論和新聞，這與當時中國民眾的政治訴求相當吻合，由此深得中國開明官僚士紳和底層百姓的認同並很快深入人心。可以說，該報憑藉反袁姿態獲得巨大的社會影響，發行量迅速上升。及至洪憲帝制落幕，該報儼然已成「華北第一大報」。從最初旁觀袁世凱稱帝到反對帝制，《順天時報》立場、態度轉變的背後正是日本對華政策的階段性調整，及至 1928 年「濟南慘案」後該報言論引發國人公憤和抵制直到最終停刊，可以說《順天時報》在其每個發展階段的表現均不失其「代言日本利益」的機關報本色。

（二）師法日本商業報紙的辦報路線和經營策略

作爲一份日本外務省在華的機關報，《順天時報》在 28 年的發展過程中，始終接受日本外務省的經費資助。據天津《益世報》稱，《順天時報》「囊昔由外務省每月協助經費七千元，嗣經縮減爲三千元……近因濱口內閣力行緊縮主義，乃決將此項經費完全停止。」[1]又據現存日本外務省的檔案記載，《順天時報》的補助金額在 1928 年遭受抵制之前是每月 2500 日元，之後其津貼開始增長，「補助金增額秉請月額三千日元」，後達到每月 4000 日元到 5000 日元，但報紙依然是處在虧損狀態。」[2]由此可知，儘管期間因多種原因經費有所增減變動，但可以肯定的是，其辦報的主要資金來源是日本外務省。雖然運作資金有政府給予一定保障，但《順天時報》並沒有放棄企業化發展的努力。與此同時，日本本土商業報紙成功的運作模式和辦報經驗無疑給了在華辦報的日本報人以諸多啓示，尤以《順天時報》爲較突出者。

明治末年日本報紙已開始了企業化轉向，「日清戰爭後，新聞界總體上向營業本位、讀者本位傾斜，新趣味的競爭、號外附錄的競爭、廣告的競爭、報價折扣等營業本位的競爭盛行。」[3]報人開始將目光投向中層以下的平民百姓，新聞報導日益追求平民化和商業化，體現在內容上「比以前更加重視新聞和趣味性、娛樂性的文章，而將言論放在次要地位」，[4]並且開始了由文言體

1 《益世報》，1930 年 3 月 27 日，《順天時報定期停刊》。
2 昭和 4 年 9 月 20 日から昭和 5 年 4 月 19 日，外務省外交史杆館（A.1.1）濟南事件／排日及排貨關係順天時報排斥關係，B020300800000。
3 〔日〕小野秀雄：《日本新聞發達史》，日日新聞社，1921 年版，第 250 頁。
4 〔日〕內川芳美、新井直之：《日本新聞事業史》，張國良譯，新華出版社，1986 年版，第 40 頁。

向口語體的轉換。1911 年《大阪朝日新聞》與《大阪每日新聞》的日發行量均已超過 30 萬份，此外至少還有 5 家報紙銷量在 15～20 萬份之間。[1]而同期中國最暢銷的報紙《申報》日銷量才剛剛突破 1 萬份。[2]可以說，明治後期日本報業已步入大眾化發展階段。

《順天時報》與日本國內報紙一直保持著相當密切的關係，該報社長龜井陸良本是東京《時事新報》駐北京特派員。因此《順天時報》在吸引讀者、報紙經營等方面自然師法日本國內商業報紙的辦報路線和策略。在版面內容安排上，民國元年以後的《順天時報》每期八版（星期一爲四版），其中第二版爲論說和要聞，第四版爲地方新聞，第五版爲文藝副刊，刊載小說和劇評，第七版爲外國新聞及本京新聞、時評，其餘版面全爲廣告。大約自 1916 年 7 月起，第三版增加大半版刊登來信，內容包括各界人士針對政治事件發表看法，以及對一些社會問題的見解。這樣，整體內容體現出對不同層次的讀者群體需求的滿足，既包括「高級讀者」也有「大眾讀者」。這種大眾化的辦報路線果然吸引了不同階層的讀者群尤其是普通百姓，銷量由此擴大。

銷量的擴大迫使《順天時報》在北方報業中率先採用先進的印刷機器。1916 年 8 月 9 日，該報開始使用捲筒機，當時在日本國內採用這種捲筒機的不下 300 家報社，而中國只有《申報》、《新聞報》兩家大報採用。《順天時報》此舉可謂領先於北京乃至中國報界，而添設新機器，實因「我《順天時報》昨年以來，銷行日擴，京津固不待論，即中華全國之各省垣各要埠，閱讀本報日益增多。」[3]此外，如前所述，日本三大通訊社在華各大城市設立的分社，「新聞通信社的設立，與報刊的發行往往是連爲一體的」。[4]除此之外，還有派報所和遍布京津地區的日本洋行，都成爲《順天時報》獨特的發行渠道，由此形成了一張穩定有效的發行網絡。

總之，《順天時報》憑藉日本政府提供的諸多資源和在華享有的治外法權獲得發展的自由空間，得以充分利用當時北方的輿論眞空脫穎而出；在內容傳播方面力求中國化的同時，不斷師法日本國內商業報紙的運作模式和辦報策略，使其不僅成爲眾多在華外報中的成功者，而且在市場競爭中也領先於中國本土報刊。

1　〔日〕小野秀雄：《日本新聞發達史》，日日新聞社，1921 年版，第 317 頁。
2　徐載平、徐瑞芳：《清末四十年申報資料》，新華出版社，1988 年版，第 73 頁。
3　《順天時報》，1916 年 8 月 9 日第 2 版，《本報之一進程》。
4　蔣國珍：《中國新聞發達史》，世界書局，1927 年版，第 72 頁。

值得一提的是，在中國近現代新聞史上，外報一直佔據著重要位置。若論外報在中國的影響力，「英人爲最，日人次之，美、法等國又次之」。[1]當然，外報從根本上維護的是其母國在中國的政治、經濟與文化利益。客觀來看，外報的存在推動了當時中國新聞事業的發展，戈公振對此曾有較公允的評價：「外報於編輯、發行、印刷諸方面，均較中國報紙勝一籌，銷數不多而甚有勢力，著論紀事，均有素養，且無論規模大小，能繼續經營，漸趨穩固。是則中國報紙所宜效法者也。」[2]

第三節　通訊社及廣播電臺

辛亥革命後，中國發展通訊社事業被提上議程。據中外報章類纂社所調查，至 1926 年全國共有通訊社 155 家，北京最多，武漢次之，雖爲數不少但實際設備甚簡，規模和影響都較小。[3]廣播事業的誕生與發展，則是這時期中國新聞事業發展的另一新現象。當然，由於政策和技術條件的限制，廣播電臺的影響力還十分有限，大多處於初級經營階段。

一、國人自辦通訊社的發軔與初步企業化

世界新聞通訊事業出現於 19 世紀 20 年代。1870 年 1 月路透社、哈瓦斯社、沃爾夫社以及美聯社簽訂了「三社四邊」協定[4]，依此路透社在中國享有獨佔發稿權，並自此壟斷中國新聞通訊事業達 30 多年。有識之士早就痛感於中國通訊自主權被侵佔的局面，愈來愈深刻認識到建立國家「代表通訊社」的迫切性。[5]直到 20 世紀初中國人才開始創辦通訊社。自辛亥革命至北洋軍閥

1 戈公振：《中國報學史：插圖整理本》，上海古籍出版社，2003 年版，第 142 頁。

2 戈公振：《中國報學史：插圖整理本》，上海古籍出版社，2003 年版，第 142 頁。

3 戈公振：《中國報學史》，三聯書店，2011 年版，第 234 頁。

4 1870 年 1 月 17 日，路透社、哈瓦斯社和沃爾夫社三方簽訂了「聯環同盟」協定，美聯社也參加了該協定，但不能插足美國以外的地區，因而稱爲「三邊四社協定」。依此協定，世界劃分爲四大勢力範圍，在每一勢力範圍內，只由一家通訊社負責新聞的採訪與發布，四大通訊社由此壟斷了世界新聞市場，迫使眾多的新聞機構只能從他們唯一渠道獲取新聞。

5 關於「代表通訊社」的意義，胡道靜曾在《報壇逸話》中闡述道：「一個國家的『代表通訊社』是一個複雜而多面綜錯的機構。他是一爿交易所，是一個大喉嚨，又是一隻砂濾缸。它與世界各國的代表通訊社交換新聞，供給本國消息及建設事業的宣傳與世界報界，審查外國通訊社的消息，然後分發給本國報館。」參見胡道靜：《報壇逸話》，世界書局，1940 年版，第 47 頁。

統治時期，中國出現了幾百家通訊社，但普遍規模較小、設備簡陋、資金缺乏，經營上難見起色。較具規模和影響的只有三家：邵飄萍創辦的新聞編譯社，胡政之創辦的國聞通信社（以下簡稱「國聞社」），和張竹平創辦的申時電訊社。

（一）國人自辦通訊社概況

1904 年初，中興通訊社在廣州創立，這是目前所知的中國人自辦的第一家通訊社，[1]發行人兼編輯是駱俠挺，創辦不久即告停刊。1909 年王叔侃在布魯塞爾創辦的遠東通訊社，是中國人自辦的最早對外發稿的通訊社。[2]民國成立後，各地報刊事業的蓬勃發展在一定程度上促進了通訊社的發展。至「五四」時期，全國湧現出的報刊多達 400 餘種，國人自辦通訊社也達到高潮。總體來看，這些通訊社組織尚欠完善，「靠機關津貼維持業務，根本談不到對新聞事業有什麼貢獻」[3]，不少通訊社淪爲「敲詐工具」以致被斥爲「社會公害」。雖言之過激，但多少反映出當時國人自辦通訊社的發展水平和素質。

1、民營通訊社呈勃興之勢

民國初年，全國一下子湧現出多家地方性的通訊社，僅 1912～1913 年間就出現了：楊公民在廣州創辦的公民通信社，李卓民在上海創辦的上海通信社，冉劍虹在武漢創辦的湖北通信社，李抱一、張平子在長沙創辦的湖南通信社，張珍在北京創辦的北京通信社等。自 1921 年以後，國人自辦的通訊社，在數量方面日漸增多。1927 年《支那年鑒》所載，僅上海就有中國人所辦的通信社 12 家。[4]這些通訊社多由個人創辦經營，屬於民營性質。其中較具規模和影響的主要有：

新聞編譯社，1916 年 7 月由邵飄萍創立於北京。主要採編北京新聞和選

---

1 戈公振在《中國報學史》中記載：「我國人自辦之通信社，起源於北京，即民國五年七月，邵振青所創之新聞編譯社是也。」但從時間上來看，中國人自辦的第一家通訊社當屬 1904 年初創立於廣州的中興通訊社。此屬戈著的不確之處。參見戈公振：《中國報學史》，三聯書店，2011 年版，第 234 頁。

2 遠東通訊社由清廷駐比利時使館的隨員王叔侃於 1909 年在比利時首都布魯塞爾創辦，是中國人在海外創辦的最早的通訊社。該社的創辦旨在當通訊社與他國產生牴觸時，不牽涉清政府，因而表面上由私人創辦，實際是官辦性質。吳廷俊：《中國新聞傳播史稿》，華中理工大學出版社，1999 年版，第 204 頁。

3 陳紀瀅：《胡政之與大公報》，掌故出版社，1974 年版，第 76 頁。

4 張靜廬：《中國的新聞記者與新聞紙》，現代書局，1932 年版。

譯外電，通過手寫油印方式，向北京各報、外國駐京記者和上海《申報》等發稿。

國聞通信社，1921 年由胡政之創辦於上海，是年 9 月 1 日正式發稿。每日以郵寄方式向各地報社發稿，並在北京、漢口、天津、瀋陽、長沙、廣州、貴陽、福州、重慶、哈爾濱等地設有分社。1926 年 9 月，胡政之與吳鼎昌、張季鸞聯合接辦天津《大公報》，國聞社併入。1936 年 4 月 1 日起，《大公報》在津滬兩地同時出版，國聞社於 5 月 1 日起正式停辦。國聞社是民國初期中國最有實力和影響力的民營通訊社。

申時電訊社，1924 年由張竹平成立於上海。起初是《申報》、《時事新報》兩報編輯記者，將兩報所得的中外電訊撮要編譯，供給外埠有關係的報紙採用。所發稿件分電訊和郵訊，每日幾百字，深受各報歡迎，訂閱者日漸增加。1928 年擴充資本，聘請專職人員，釐訂組織章程，組成獨立的通訊機構，設立廣告、新聞攝影等部，除向外地報社發電訊外，還提供英文稿件和新聞照片。每日拍發電訊達 6 萬多字，與包括香港、馬尼拉、新加坡、爪哇各地華僑報紙在內的 110 餘家國內外報社簽約，為其供稿。1934 年正式成立股份有限公司，組成董事會，並在南京、漢口、天津、香港設立分社，成為 1930 年代中國最具規模和力量的民營通訊社，[1]也是中國現代最具企業化發展特徵的民營通訊社。

2、政黨通訊社陸續湧現

這時期中國共產黨和中國國民黨日益認識到通訊社的重要宣傳功能，遂在上海、廣州、南京等重要城市積極開辦通訊社。這些通訊社的開辦經費均來源於政黨經費，以傳播軍事新聞、政黨事務和宣傳政黨主張等為主要業務，較少開展經營活動。

「五四運動」以後，中國共產黨積極創辦通訊社傳播馬克思列寧主義，宣傳人民革命和工人運動。1920 年 7 月初上海共產主義小組創辦了中俄通訊社，中共早期著名革命活動家楊明齋任社長，這是中國共產黨創辦的第一個通訊社。該社後改名華俄通訊社，大量報導十月革命後俄國情況以及共產國際的材料。此外，還創辦了勞動通訊社（1923 年）、人民通訊社（1921 年）、國民通訊社（1925 年）等。[2]

1 王詠梅：《胡政之創辦「國聞通訊社」》，《國際新聞界》2008 年第 5 期。
2 鄭德金：《中國通訊社百年歷史回顧》，《新聞記者》2004 年第 12 期。

同期，國民黨也很重視創辦通訊社的活動。1927 年 5 月，上海民國通訊社成立，由國民黨中央宣傳委員會上海分會同國民黨上海特別市黨部宣傳部共同創辦，社長陳德徵，副社長楊德民。1931 年經國民黨改組後，陳德徵辭職，任命杜剛爲社長。1927 年 6 月，國民黨政府外交部駐上海交涉署創辦了國民通訊社（不久改名爲「國民新聞社」），社長李才，承擔對外宣傳任務。

中央通訊社（簡稱「中央社」），1924 年 4 月 1 日成立於廣州，隸屬國民黨中央宣傳部。初期多發布記者隨軍東征及北伐軍事新聞，以及國民黨中央黨部和政府的重要文告和部門消息。1926 年 9 月開始向海外供稿。中央社在南京開辦時不過是兩幢一樓一底的弄堂房屋，只有二、三十名工作人員和兩部老式收音機，收聽一點外國通訊社的廣播，且未抄發電訊稿，只採訪本市新聞，照抄一些蔣政權「黨」「政」方面的官報，不等天黑就發稿了。「社稿」則是油印的，印數不多，內容貧乏，質量不高，免費送給南京、上海各報，也很少予以刊登。[1]直到 1932 年蕭同茲入主該社後，作爲國民黨的代表性新聞通訊機構，中央社的實力才眞正壯大起來。

（二）國聞通信社

在申時社和國民黨中央社成立以前，民營通訊社中卓有成績的應首推國聞社。國聞社創辦初期曾接受孫中山和浙江軍閥盧永祥等的資助，成爲反對直系軍閥的某種聯合勢力的宣傳機關。[2]隨著業務的拓展，國聞社漸漸走上了獨立的企業化發展的道路，並逐步朝著胡政之理想中的通訊社邁進，成爲「眞正站在新聞立場，以輿論影響社會，以消息傳佈民情」[3]的輿論機關。

胡政之把國聞社的服務對象主要確定在「全國報館」和「工商界」。首先爭取的對象是全國報館的訂閱與支持，以較低的價格給他們提供全國各地所發生的重要消息；其次，通過國聞社的新聞網爲工商界隨時報導全國各地的商業行情與經濟趨勢。針對這些受眾群體的特點，國聞社的運作核心是將消息來源拓展到全國範圍，同時重視經濟新聞和商業行情。他希望「以全國新聞發揚中國新聞事業，以中國新聞提高國際新聞事業中的崇高地位。」[4]這樣

1　左東樞：《我所知道的國民黨中央通訊社》，《新聞研究資料》1982 年第 5 期。
2　馬光仁：《舊上海通訊社的發展》，《新聞研究資料》1992 年第 4 期。
3　陳紀瀅：《胡政之與大公報》，掌故出版社，1974 年版，第 76 頁。
4　陳紀瀅：《胡政之與大公報》，掌故出版社，1974 年版，第 76 頁。

的定位決定了國聞社欲成爲全國性和國際性通訊社的雄心，規模不斷擴大，最初上海總社專業人員多達十四五位，北平社常設五六人，還有爲數眾多的兼職人員。此外，還先後在北京、漢口、瀋陽、長沙、廣州、貴陽、福州、重慶、哈爾濱等地設置了分社。爲了「隨時以專電快信，爲詳確靈敏之報告」，它的通訊員遍布西安、蘭州、洛陽、開封、蚌埠、濟、青島、福州、梧州、奉天、吉林等地。同時還在國外聘任通訊專員，除了採寫新聞外，還及時編譯各國報紙上的重要消息，以供報界參考。[1]1925 年 4 月國聞社決定招聘日本東京通訊員一人，「以確悉日本各方形，文筆雅潔者爲合格」。[2]此舉開創了國人創辦通訊社設駐外記者的先河。

國聞社在上海每日發刊兩次，外埠每日一次。最初僅限於郵寄，1925 年開始採用電報傳遞新聞，是我國新聞史上最早利用電訊報導新聞的通訊社之一。[3]最初每天發稿六七千字，後來多到萬餘字，並且還有英、日文稿翻譯。其稿訊詳實快捷，凡政治、經濟、軍事、社會及國際新聞都迅速報導，還增發商業行情供工商業界人士參考，因而頗受歡迎。國聞社曾多次發布《徵求各地民生疾苦之新聞廣告》：「本社……每日發行新聞稿件，公正靈確，信用昭著，全國重要報館均經訂購」。[4]同時，制定了靈活的通訊訂閱價目：「一、私人訂閱，每月四元；二、本埠各報訂閱，每月六元；三、外埠各報訂閱，每月八元；四、外埠快郵訂閱，每月十元。」[5]經過幾年的經營，其發稿範圍逐漸擴大到世界各大國，美國聯合社、法國哈瓦斯、日本聯合社及英國路透社等均訂有該社稿件，更經常引用該社重要新聞發往全球，被世界各地的重要報紙刊登出來。「在國聞通信社成立以前，中國新聞傳播於海外，很少根據中國方面的採訪。而外人心存偏見，另有意圖，於是辱華新聞及許多誤會，便從此而生，形成外人文化侵略，異邦藉新聞來節制中國，分化中國，今人言來，無限痛心。」[6]因此，國聞社成爲民國初期最早能把稿源範圍擴展到全

1 《國聞通信社簡章》，見戈公振《中國報業史》，三聯書店出版社，1955 年版，第 256 頁。
2 《申報》，1925 年 4 月 2 日。
3 方漢奇主編：《中國新聞事業通史》（第 2 卷），中國人民大學出版社，1996 年版，第 433 頁。
4 《國聞通訊社經理廣告》，見《國聞週報》第一卷第 1 期，1924 年 8 月 3 日出版。
5 《國聞通信社緣起及簡章》第八條，參見戈公振：《中國報學史》，三聯書店，2011 年版，第 236～237 頁。
6 陳紀瀅：《胡政之與大公報》，掌故出版社，1974 年版，第 78 頁。

國甚至國外的民營通信社，這在中國新聞通訊事業史上有著非同尋常的意義。雖然當時「只能夠從組織國內的通訊著手，而不能夠競爭於世界通訊事業之林」[1]，但作爲中國現代早期的民營通訊機構，國聞社完善的組織和卓有成效的經營成績是值得肯定的。

二、廣播電臺的創設與產品促銷模式

民國時期廣播事業的發展大致可分爲三階段：創設時期，自 1922 年起到 1928 年中央廣播電臺成立時爲止；發展時期，自 1928 年起至 1936 年中央廣播事業指導委員會成立時爲止；整理時期，自中央廣播事業指導委員會成立時起至 1949 年止。[2]依此，這時期中國廣播事業的發展尚處於創設期，一些商業性電臺多採用「公司經營、產品促銷」的經營模式。

（一）中國境內第一座廣播電臺——奧斯邦電臺

自清末無線電傳入我國以來，清政府對待無線電的政策是，原則上非經中國政府批准任何外國或外國人不得在中國設立無線電臺，不得私自收發無線電報。1915 年北洋政府制定《電信條例》，仍然沿襲上述原則。隨著廣播事業的發展，1924 年 8 月交通部公布《裝用廣播無線電接收機暫行規則》，這是中國歷史上第一個關於無線電廣播的法令。雖然其中的一些規定相當繁瑣、嚴苛，但可以看出北洋政府的無線電法令已從無條件的取締改變爲有條件的限制。自此，建立廣播電臺和出售、安裝收音機不再是違法之事了。[3]

現代廣播事業肇始於 1920 年冬美國 KDK．A 電臺的大告成功。而中國廣播事業則起源於 1922 年冬創設於上海的廣播無線電臺，創辦人是美國新聞記者奧斯邦（E. G. Osborn），以華人的資本，假外人的名義，在上海大來洋行的屋頂上造了一個 50 瓦特的廣播無線電臺，同時組織一個中國無線電公司（Radio Corporation of China）發售收音機。1923 年 1 月 24 日下午 8 時開始播音，這是上海也是全中國境內的第一座廣播無線電臺，人稱「空中傳音」。[4]

---

1 張靜廬：《中國的新聞記者與新聞紙》，現代書局，1932 年版。
2 吳保豐：《十年來的廣播事業》，載《十年來的中國》，第 694 頁。
3 趙玉明：《中國現代廣播簡史》，中國廣播電視出版社，2001 年版，第 11 頁。
4 張靜廬：《中國的新聞記者與新聞紙》，現代書局，1932 年版，第 714 頁。

奧斯邦電臺第一次開播以音樂節目爲主，在節目之間插播國際和本埠新聞簡報。據當日報載，「近幾個月來，上海已安裝了數百架接收機；由於有了定期無線電節目的預告，又額外出售了一大批接收機。今晚時鐘敲響 8 點時，將有 500 多架接收機收聽廣播。」[1]

表 3-4　1923 年 1 月 23 日奧斯邦電臺節目[2]

時間	節目
下午 8：00	介紹性預告
8：15	小提琴獨奏——詼諧曲——德伏乍克 世界著名的捷克小提琴家賈羅斯拉·科西恩（Jaroslav Kocian）今夜稍晚時候在法國總會演奏
8：30	金門四重唱，目前每晚在卡爾登演出
8：45	薩克管獨奏，最新動人歌曲——藍色 卡爾登樂隊的喬治·霍爾
9：05	舞曲

奧斯邦電臺沒有廣告業務，主要依靠發售收音機來維持運營，每天廣播 1 小時，從下午 8 點 15 分到 9 點 15 分，「每晚傳達新聞消息、音樂及滑稽、講話等，凡居戶裝有無線電話接受器者，皆能聞之」[3]。爲了擴大影響，該電臺與上海《大陸報》聯絡，《大陸報》每日刊載奧斯邦電臺的節目單；同時電臺每晚廣播《大陸報》刊載的新聞報導，《大陸報》利用這一新興的媒介工具和強大的宣傳機器，在報界的知名度也大大提升。可以說，這是中國廣播電臺與新聞事業發生合作關係的開端。

該電臺的技術問題由公司經理奧斯邦全權負責，《大陸報》設有廣播編輯。該電臺呼號 XRO，波長 200 米，發射電力僅 50 瓦特，廣播音質雖不十分穩定，但據天津聽眾的電報證明「大來樓上的廣播在距上海 500 至 600 英里的地方能清楚聽到，從而開創了與周圍 500～600 英里內數千人通訊的特殊手段」[4]。廣播節目受到聽眾熱烈的歡迎，音樂會、佈道演說和學術講座滿足了

1 上海《大陸報》，1923 年 1 月 23 日。轉引自上海檔案館等編：《舊中國的上海廣播事業》，檔案出版社，中國廣播電視出版社，1985 年版，第 5 頁。
2 上海《大陸報》，1923 年 1 月 23 日。轉引自上海檔案館等編：《舊中國的上海廣播事業》，檔案出版社，中國廣播電視出版社，1985 年版，第 4 頁。
3 上海《民國日報》，1923 年 1 月 28 日。
4 上海《大陸報》，1923 年 1 月 23 日。轉引自上海檔案館等編：《舊中國的上海廣播事業》，檔案出版社，中國廣播電視出版社，1985 年版，第 7 頁。

不同層次的聽眾需求，一時間無線電成爲社交媒介，戴著耳機（當時收聽廣播均須戴耳機）翩翩起舞成爲時尚。[1]XRO 電臺開播後的第三天，就播出了孫中山先生的《和平統一宣言》，由此得到孫先生的盛讚：「（余之宣言）今得廣爲傳佈，被置有無線電話接受器之數百人所聽聞，且遠達天津及香港。誠爲可驚可喜之事。」[2]儘管 XRO 電臺幸運地躲過了中國政府的查禁風險[3]，但收音採用的耳機當時被海關章程列爲軍用品而遭禁止輸入，加之電臺內部發生人事變動，奧斯邦去職他就，因此以發售收音機爲營業之本的 XRO 電臺終究難以維持下去，爲此還損耗了數萬元。

1923 年 5 月底，上海美商新孚洋行（Electrical Equipment Company）主人戴維斯又在該行樓上建起一座 50 瓦特的學術實驗電臺，發售收音機，兼作商業廣告，經營狀況良好。該電臺的開播旨在「用於試驗和向顧客示範該公司經售的收音機及其零件」，並且「還想把電臺的用途擴展到那些希望隨時廣播自己的節目或廣告的組織和團體」。[4]但由於某種原因經營 6 個月就停播了。新孚洋行電臺是中國境內第二座廣播電臺。自 1923 年至 1926 年，上海所有的廣播電臺均出由外人經營，除 XRO 電臺的資本爲國人外。由於中國政府干涉取締，並禁止私售無線電材料，這些電臺沒過幾年均先後停閉。[5]

（二）早期最具影響力的外商電臺——開洛電臺

1924 年美商開洛公司（Kellogg Company）在上海設遠東分公司，經理迪萊發售電話及無線電用品，同時在福開森路建設了一個 100 瓦特的廣播電臺。播音室設在江西路公司內，後來又在大陸報館、申報館、市政廳、派利飯店和美國社交匯堂內分裝播音室，都用室內專用電線使各個播音室和福開森路的發射機聯絡。開洛公司還聯同申報館經營廣播無線電話，並銷售無線電接收機，上海市民裝設甚廣，後來電臺又兼營廣告，所以營業最爲發達，歷時五年之久，在中國早期廣播歷史上影響頗大。但開洛電臺終因違反北洋政府

1　郭鎮之：《中國境內第一座廣播電臺始末記》，原載《新聞研究資料》第 34 輯，1986 年 8 月出版。

2　上海《民國日報》，1923 年 1 月 28 日。

3　當時中國政府對於私人裝用無線電是禁止的。

4　上海《大陸報》，1923 年 5 月 30 日。轉引自上海檔案館等編：《舊中國的上海廣播事業》，檔案出版社，中國廣播電視出版社，1985 年版，第 15 頁。

5　吳保豐：《十年來的廣播事業》，載《十年來的中國》，第 694 頁。

《電信條例》的相關規定，被定性爲「損害主權，妨礙電政，關係殊爲重大」[1]而遭取締，於 1929 年 10 月底停止播音。

不同於奧斯邦電臺僅與《大陸報》報館合作，開洛電臺廣泛開展了與《大晚報》、《申報》、《東方雜誌》和《大陸報》等多家媒體機構的合作。1924 年 4 月 21 日，《大晚報》報館利用開洛電臺開始在每天中午 13 點傳播新聞等節目，每星期至少播送音樂一次，星期日休息。同年 5 月 15 日，《申報》報館特設「申報館無線電話部」，借開洛電臺報告新聞。《申報》無線電話部每日播出兩次，上午 9：45 至 10：15 報告匯兌、市價、錢莊兌現價格、菜價等，晚上 7 點至 8：30 爲重要新聞，及百代公司留聲機新片。偶播音樂和名人演講等。同年 8 月 15 日，《東方雜誌》刊載的開洛公司節目單顯示，除週日外，電臺每日播送四次，分別由《申報》報館、《大晚報》報館、新孚洋行和巴黎飯店承擔，週日則由日本神戶電器公司用日語報告一次新聞，並奏唱日本音樂。[2]同年 12 月 15 日，《大陸報》也開始利用開洛電臺播音設備播送節目，該報記者艾琳·庫恩成爲該電臺的第一名專職女性播音員。

開洛電臺的節目，既有西方音樂，也有中國音樂、日本音樂，還有戲曲、商情節目以及美國教堂講道、讚美歌及各種新聞，並以中英文播出新聞及氣象報告，「務使全部節目盡使中西人士滿意愜心而後已」。[3]除此之外，名人演講是開洛電臺與社會名流建立密切聯繫的一檔特別節目。1925 年 3 月 12 日，孫中山先生因病在北京逝世。開洛電臺連續三天播送了孫先生 1924 年 5 月應《中國晚報》留聲部之請所做的勉勵國民演講辭錄音。之後，又陸續播送了時任西北邊防督辦馮玉祥將軍、上海美術專門學校校長劉海粟、金融家、教育家王志莘、中國電影事業的開拓者鄭正秋等社會名流的演講，由此提升了電臺的文化品位。

開洛公司還以聽眾來函、電臺節目介紹、收音機推銷等方式在《申報》刊發廣告，以擴大其影響力。比如在《無線電話贈品》一文中這樣寫道：

> 冬節將屆，諸君饋贈戚友的禮品已經準備好了嗎？若用開洛無

1 《北洋政府交通部爲取締開洛廣播電臺事致上海護軍使諮稿》（1924 年 5 月），見《舊中國的上海廣播事業》，檔案出版社、中國廣播電視出版社，1985 年 12 月，第 45 頁。

2 曹仲淵：《三年來上海無線電話之情形》，《東方雜誌》第 21 卷第 18 號，1924 年 8 月 15 日。

3 參見《舊中國的上海廣播事業》，第 26 頁。

> 線電話收音機作爲冬節禮品送給年高長者：聽新聞報告、弦樂歌曲，足以延年益壽，頤養天和；幼年兒女：聽名人演說、英語新聞，足以啓發心智，增長教育；遠方戚友：聽商情交易、京調崑曲，足以靈通市面，無窮興趣；心愛情侶：聽名劇歌曲、跳舞西樂，足以翩翩起舞，促進愛情。[1]

可見，開洛公司精心製作各種廣播節目，不過將這些節目視爲「無線電話贈品」，其根本目的是爲了促銷無線電話收音機。這是早期中國民營廣播電臺的主要盈利方式。當時主持《申報》播音事務的趙君豪曾回憶道：「其時滬人對無線電三字尚未有相當之認識，初聞播音消息，莫不驚爲異數，購收音機者漸多，而聽眾興趣亦於以激增。」[2]當時開洛公司售賣的收音機種類甚多，經不斷改良時而推出新款優等收音機，各機價目，自 5 元起至 450 元不等。爲了吸引市民前來購置收音機，開洛公司還設法增加播送時間，全部節目十分之七均係中國音樂，西樂只占十分之三。並聲稱「凡在本公司購置任何收音機，每日均可在家坐享五六小時娛樂。凡京劇、蘇灘、三弦、拉戲等，應有盡有。」[3]

奧斯邦曾萌生過售賣播音時間以盈利的計劃，但因種種因素沒能實現，結果電臺經費還是從「大陸報—中國無線電公司」售出的無線電器材所得盈餘中開支。開洛電臺最初也沒有收入來源，《申報》、《大晚報》、巴黎飯店和神戶電器公司「使用此種接通線路之號數及播送之電費未出分文。緣各家利用開洛以樹先聲，開洛亦即利用各家以廣招徠。否則開洛欲求營業之發達不免出於大登廣告之一途。此種廣告在吾國今日尚無何種法令可以根據，漫論其不敢公然刊登，即令無所畏忌，亦非千金不辦。」[4]由此可知，開洛公司的主要經費來源於無線電器材的售賣收入。

---

1 《無線電話贈品》，《申報》1925 年 12 月 18 日，轉引自《舊中國的上海廣播事業》，第 29 頁。

2 《無線電問答彙刊》，1932 年 10 月 10 日第 19 期。轉引自上海檔案館等編：《舊中國的上海廣播事業》，檔案出版社，中國廣播電視出版社，1985 年版，第 20 頁。

3 開洛公司關於宣傳推銷收音機的廣告，1925 年 8 月 29 日。轉引自上海檔案館等編：《舊中國的上海廣播事業》，檔案出版社，中國廣播電視出版社，1985 年版，第 27 頁。

4 曹仲淵：《三年來上海無線電話之情形》，《東方雜誌》第 21 卷第 18 號，1924 年 8 月 15 日。

表 3-5　美商開洛公司無線電話播送音樂時間表[1]

<table>
<tr><td rowspan="9">每日節目</td><td>上午九時三刻至十時一刻</td><td>商情（當日開盤之外匯釐市銀折等），
中英語並用，國內外新聞專電及唱片。</td></tr>
<tr><td>上午十一時半</td><td>氣象報告（中英語並用）。</td></tr>
<tr><td>下午十二時半至一時</td><td>西國音樂、謀得利公司最新唱片。</td></tr>
<tr><td>下午一時至一時半</td><td>中國音樂、謀得利公司唱片及名人演講</td></tr>
<tr><td>下午三時</td><td>商情（中英語並用），惟星期三、六二天聽送。</td></tr>
<tr><td>下午五時半</td><td>氣象報告（中英語並用）。
以上六項均由開洛公司播送。</td></tr>
<tr><td>下午六時至六時半</td><td>《大陸報》館英文報告新聞、商情及巨雷公司唱片</td></tr>
<tr><td>下午八時半至九時</td><td>開洛公司報告新聞、京劇、時調、遊戲場音樂。百代、得勝、大中華三公司最新唱片。以上八項星期日停送。</td></tr>
<tr><td>下午九時至十一時</td><td>派利飯店跳舞音樂及鋼琴伐烏林歌曲（星期例假一律不停）。</td></tr>
<tr><td rowspan="5">特別節目</td><td>星期三下午六時至七時</td><td>《大陸報》館特別音樂會。</td></tr>
<tr><td>星期六下午八時半起</td><td>特別中國音樂會。</td></tr>
<tr><td>星期日上午十一時至十二時半</td><td>美國教堂講道、讚美歌及四音合唱</td></tr>
<tr><td>星期日下午七時至八時一刻</td><td>日本音樂歌唱大會。</td></tr>
<tr><td>臨時節目</td><td>在中西各報披露。</td></tr>
</table>

直到 1927 年，上海「中國無線電播音會」（CBA）願意出資點播節目和津貼報告員，由此成爲電臺收入的來源之一。與此同時，開洛電臺還開發了「行情密碼單」業務，就是把市面行情（比如交易所開盤及收盤情形、外匯市況、金融市面等）的數目編成密碼，每月印行一次。電臺上所報告的市況數目都是密碼，聽眾欲知道行市，非出資購買密碼單不可。[2]儘管「中國無線電播音會」的點播費和行情密碼單的銷售額並不高，但對開洛電臺來說卻是積極尋求廣播盈利模式的有益探索。除此之外，爲了爭取中國市場，開洛電

1　開洛公司關於宣傳推銷收音機的廣告，1925 年 8 月 22 日。轉引自上海檔案館等編：《舊中國的上海廣播事業》，檔案出版社，中國廣播電視出版社，1985 年版，第 26～27 頁。

2　《上海播音臺的歷史（志）》（1938 年 12 月 23 日），轉引自《舊中國的上海廣播事業》，第 482 頁。

臺有意識地直接聘用中國人主持電臺業務，比如聘請中國人曹仲淵和徐大經擔任播音正副主任，曹仲淵負責節目統籌，徐大經報告時事新聞。

1928 年 7 月，曹仲淵在上海南京路 12 號發起成立了中國播音協會（BAC），「該會章永久會員十位，每位付基本金 100 元，存入銀行，每年只用利息洋 10 元，如中國播音協會解散時，將基本金 100 元仍歸永久會員收回，機關會員（經售無線電的商店）年納會費 100 元，分四期繳納。贊助會員 30 元，普通會員年納會費 10 元，礦石機會員 2 元，以加添文化娛樂等節目，於聽眾裨益良多」。[1]該協會點播的節目以中國傳統戲劇戲曲爲主，並組織會員到電臺演講，作爲機關會員的無線電廠商也可通過點播節目打開無線電產品的銷路。1929 年因機關會員減少，中國播音協會收入降低，漸漸難以維持生計。幸得亞美無線電公司以機關會員的資格獨立承擔開洛電臺彈詞節目的費用，使該協會得以維持到 30 年代。

作爲一家外商廣播電臺，開洛電臺開創了中國廣播史上的諸多先河。它是中國首家上午時段開始廣播並早晚兩次（後改爲三次）定時播報新聞的電臺，也是最早開設聽眾點播節目，售賣市面行情密碼單盈利的電臺；它率先使用多種語言、整合多家媒體，並積極參與上海的外國人事務，爲中國官方的某些活動提供宣傳平臺。值得一提的是，憑藉電臺的持續播報，開洛公司的無線電器材得以打開銷路，廣泛銷往上海以外的很多地方。

（三）中國人自辦的第一座廣播電臺——哈爾濱廣播電臺

1926 年 10 月，東北無線電監督處[2]經奉系軍閥張作霖公署批准，頒發了《無線電廣播條例》、《裝設廣播無線電收聽器（即收音機）規則》和《運銷廣播無線電收聽器規則》3 個無線電廣播法規。這 3 個法規比兩年前交通部公布的《暫行規則》的規定更完備，並在一定範圍內付諸實施了。

1923 年哈爾濱就出現了中國人自辦的臨時廣播電臺（XOH），功率 50 瓦，頻率 600 千周，波長 500 公尺，用漢語和俄語進行播音。[3]1926 年 10 月 1 日中國人自辦的第一座廣播電臺——哈爾濱廣播無線電臺開始正式廣播，屬奉

1　金康侯：《中國播音協會之興替》，《無線電問答彙刊》1932 年第 19 期。

2　東北無線電監督處，建立於 1923 年，設在奉天（瀋陽），是我國早期的廣播管理機構。參見趙玉明：《中國現代廣播簡史》，中國廣播電視出版社，2001 年版，第 13 頁。

3　《滿洲電信電話株式會社十年史》，滿洲電信電話株式會社文書科編，昭和十八年八月版，第 479 頁。

系軍閥官辦電臺，劉瀚任臺長，呼號爲 XOH，功率 100 瓦，波長 280 米，頻率 107 千周。每次廣播兩小時，播出內容爲錢糧行市以及新聞、音樂、演藝等。同時成立了哈爾濱廣播無線電臺事務所，頒發條例及規則，對廣播實行管理。這是我國第一次頒發專門的廣播無線電條例，並配有運銷、裝設收音機的全套管理法規。[1]

哈爾濱電臺正式開播後，劉瀚多方籌措資金，向上海開洛公司訂購了一部 1000 瓦廣播發射機，又在哈爾濱建起了一幢設計美觀別致、編播與發射一體的兩層樓房作爲新臺址，總面積達 844 平米。1928 年 1 月 1 日電臺正式啓用新廳，採用新機器、新設備，呼號爲 COHB，波長 445 米，功率 1000 瓦。廣播漢語、俄語和日語等三種節目，內容主要是行情、新聞、戲曲、音樂和氣象等，每天播音 6 小時。1932 年 2 月 5 日哈爾濱淪陷，該電臺被日軍侵佔。

哈爾濱廣播無線電臺的出現是中國廣播的開宗立祖，在中國廣播史上、中國新聞史上乃至中國科技史上都具有重大意義，因爲「廣播在物質技術上實現了新聞和信息的瞬間巨量增殖和普及，實現了新聞和信息以聲音形式的遠傳，實現了對新聞信息的直覺快速接收。」[2]

（四）國人自辦廣播電臺的興起與經營模式

1920 年代中葉，外商在中國私設電臺，雖屢禁而不止，北洋政府則在數次禁令中逐漸認識到廣播電臺的獨特優勢，因而逐步改變態度，由排斥漸而轉爲接受這一新生事物，並在重大事件中開始利用廣播。[3]國人自辦廣播電臺由此興起。

1927 年夏，新新公司[4]因爲經售大批收音機的關係，特在公司屋頂上建築

1 陳爾泰：《中國第一座廣播電臺》，原載《新聞研究資料》第 30 輯，1985 年 4 月出版。

2 陳爾泰：《中國第一座廣播電臺》，原載《新聞研究資料》第 30 輯，1985 年 4 月出版。

3 1925 年 3 月 12 日，孫中山先生在北平逝世。爲了紀念孫先生，北京政府治喪委員會借用交通部北平電話東分局內的一座 500 瓦無線電話機，3 月 26 日又借用中國電器公司的巨型擴音器，用木杆架設於中央公園，連續播放孫先生生前的演講留聲片，民眾聞之無不失聲痛哭。這是北洋政府利用廣播的最早記錄。後來爲了紀念這次廣播，遷至臺灣後的蔣介石政府將 3 月 26 日定爲「廣播節」。

4 新新公司是澳大利亞悉尼僑商劉錫基和李敏周於 1926 年在上海創立的百貨公司，位於繁華的南京路中段，主要經營國貨精品，是民國時期上海著名的四大僑商百貨公司之一。當時上海四大百貨公司分別是先施公司、永安公司、新新公司和大新公司。

了一座 50 瓦特廣播電臺，播送商業市況、時事新聞及中國音樂，這是中國人自建的第一座私營商業電臺。作爲民國時期上海著名的四大僑商百貨公司之一，新新公司創辦廣播電臺的目的，主要是爲了推銷該公司經營的無線電器材，同時也是爲了取勝於其他百貨公司的競爭手段。據《申報》記載，新新公司自開業以來，「營業日見展達，無線電材料生意亦甚暢旺」，值得一提的是，該公司無線電工程師鄺贊「獨出心裁，創製特式無線電發音機」[1]，按時播送新聞、音樂、歌曲等，供社會娛樂，一時爲人稱頌。

不同於外商電臺中西雜糅的節目內容，新新公司考慮到國人尤其是上海市民的視聽需求，在節目安排上完全以中國內容爲主，體現的是國人的興趣愛好。除每日按時播放新聞、商情外，還播送京調、小曲以及粵調等中國傳統曲藝節目，「並逢星期一、三、五、六晚另加特別節目多種，並召該公司之群芳會會唱」[2]，因而極受各界歡迎。除了長期致力於國語推廣外，新新公司還免費播送中國播音協會的節目，相比當時開洛公司的收費播出模式，此舉無疑更具競爭力。

1927 年，交通部天津無線電報局從該局的長波放送機開始播音，第二年河北省政府通令各縣裝設收音機，使民眾廣爲收聽，但未幾即停辦。1928 年，北平電話局也建造了一個廣播電臺，這是我國政府主辦廣播事業的開始，但是民營制度已許其存在了。[3]1929 年亞美公司創設的上海電臺開始播音，電力 50 瓦特。隨後，廣播電臺繼續在內地建立起來。在一些政治中心如南京、昆明、漢口、杭州、重慶等，廣播電臺或爲國有，或爲省政府所辦理，其主要效用是廣播政府命令及意旨。在商業中心如寧波、天津、青島、無錫等，電臺都屬於私有，大部分爲商業性質。除了交通部及市政府所辦電臺外，上海所有的廣播無線電臺都是私有的，其主要目的在於廣告與娛樂。只有福音、佛音兩電臺爲宣傳宗教而設。[4]

1《申報》關於新新公司廣播電臺開始播音的報導，1927 年 3 月 19 日。轉引自上海檔案館等編：《舊中國的上海廣播事業》，檔案出版社，中國廣播電視出版社，1985 年版，第 37 頁。

2 《申報》關於新新公司廣播電臺開始播音的報導，1927 年 12 月 11 日。轉引自上海檔案館等編：《舊中國的上海廣播事業》，檔案出版社，中國廣播電視出版社，1985 年版，第 37 頁。

3 張靜廬：《中國的新聞記者與新聞紙》，現代書局，1932 年版，第 716 頁。

4 上海通社編：《上海研究資料續集》，上海書店，1934 年版。載《民國叢書》第四編，卷 81，第 564～565 頁。

表 3-6　1927 年 3 月 19 日新新公司的廣播節目單[1]

<table>
<tr><th colspan="2">時間</th><th>節目內容</th><th>備註</th></tr>
<tr><td rowspan="4">上午</td><td>9：30～10：30</td><td rowspan="4">新友社各種雜調</td><td></td></tr>
<tr><td>10：30～11：00</td><td></td></tr>
<tr><td>11：00～12：00</td><td></td></tr>
<tr><td>12：00～12：30</td><td></td></tr>
<tr><td rowspan="3"></td><td rowspan="3"></td><td>國內外重要新聞</td><td></td></tr>
<tr><td>著名粵調西調</td><td></td></tr>
<tr><td>新新公司商業特別行情</td><td></td></tr>
<tr><td rowspan="4">下午</td><td>14：30～16：00</td><td></td><td></td></tr>
<tr><td>16：15～17：00</td><td></td><td></td></tr>
<tr><td>18：00～18：30</td><td></td><td></td></tr>
<tr><td>21：00～22：00</td><td></td><td></td></tr>
<tr><td>星期日</td><td colspan="2">上午 10：00～11：00，新新公司德育演講；
下午照常。</td><td>每月初一更換一次</td></tr>
</table>

當時京津地區均按照東北無線電監督處制定的《裝設廣播無線電收聽器（即收音機）規則》和《運銷廣播無線電收聽器規則》的規定來管理廣播事業。據 1928 年 6 月底統計，北京市裝設收音機的有 1900 多戶，銷售收音機的商店 45 家。廣播電臺每月按規定收繳執照費作爲日常開支之用，自給有餘。[2]

總之，這一時期中國廣播事業剛剛起步，規模很小，設備簡陋，收音範圍很有限，加之擁有收音機的多爲外僑、官僚、買辦和富商。1928 年全國僅有各式收音機 1 萬臺左右，其中上海就集中了幾千臺。[3]因此，當時廣播電臺的社會影響力還相當有限，經營活動大多停留在售賣收音機等無線電設備上，即便有商業廣告也難以帶來可觀的經濟效益。「在世界上，所有國家的廣播在起源時期都經歷過短暫的無政府狀態，從技術方面說，由於廣播來自電報、電話和無線電，又因爲電器公司在行業發展中的關鍵作用，因此，早期各國廣播大多採用了公司經營、促銷產品的商業模式。那時廣播節目是副業，

1　《新新公司無線電話今日播音》，《申報》1927 年 3 月 19 日。
2　趙玉明：《中國現代廣播簡史》，中國廣播電視出版社，2001 年版，第 14 頁。
3　黃瑚：《中國新聞事業發展史》，復旦大學出版社，2006 年版，第 119 頁。

是爲推銷收音機而附帶經營的。」[1]中國廣播電臺的創設和經營模式也大致遵循了這一路徑。

1　郭鎮之：《中國廣播電視史》，復旦大學出版社，2008 年版，第 40 頁。

第四章　民國南京政府前期的新聞業經營（上）

1927 年到 1937 年是南京國民政府統治的最初十年，史稱「黃金十年」[1]。這段時期結束了之前延續了十多年的北洋軍閥割據和混戰局面，政治上相對穩定；一戰後中國經濟的繁榮在這時期得到了延續，社會文化生活也呈現出新的氣象。儘管 1931 年後內憂外患日益深重，但直到抗戰前夕新聞業發展依然呈現出穩定、昌盛的景象。政黨報業在經營體制和辦報策略上進行了有益的探索。經過民國初期企業化經營的積累，到 1930 年代民營報業的發展達到歷史的鼎盛期。總之，報業經營表現出較顯著的現代化且非均衡的特徵。

第一節　「黃金十年」與報業經營的現代化

「黃金十年」是民國報業發展的「黃金時代」，或曰「高潮期」[2]。順應報

1 黃金十年（Golden Decade）又稱南京十年、十年建設，「黃金十年」一詞，最早是駐華美軍指揮官魏德邁提出來，後被臺灣史學界廣泛使用。1951 年 9 月 19 日在美國國會演講的魏德邁（Albert C. Wedemeyer）說：「1927 年至 1937 年之間，是許多在華很久的英美和各國僑民所公認的黃金十年。在這十年之中，交通進步了，經濟穩定了，學校林立，教育推廣，而其他方面，也多有進步的建制。」參見《中華民國歷史與文化討論集・第 1 冊・國民革命史》，1984 年版，第 367 頁。《劍橋中華民國史》對這時期也有這樣的評價：1928 年至 1937 年，中國國民黨力量鞏固，取得成就。政府積極革新刑法，穩定物價、改革貨幣、建設道路、改善公共衛生、立法禁毒、擴大農工生產。此時期因爲國民政府在經濟建設取得成就而稱爲「黃金十年」。

2 此處論及的「高潮期」，或稱「鼎盛期」，是筆者根據 1930 年代報紙的種數、銷數、廣告收入、影響力等指標所界定的。

業規模化、集中化的發展趨勢，報業在經營體制、組織管理和業務經營等方面加快了漸進式變革的步伐，其中以上海《申報》、《新聞報》爲代表，轉型期民營報業的現代化特徵日益凸顯，呈現出獨特的經營面貌和卓有成效的經營業績。與此同時，順應世界報業托拉斯潮流的發展，中國報業出現了托拉斯化傾向，但因種種因素終遭破滅。

一、報紙產業初具規模

1927～1937 年中國報業紛紛引入先進的印刷設備與技術，進一步加強廣告和發行經營業務，健全報紙各項管理制度，到 1930 年代前後發行量多達數萬甚至達到 15 萬餘份，[1]廣告量亦步步攀升達到歷史最高峰，有的大報得以實現經濟獨立，有的則多元化經營初現報業托拉斯。整體來看，報紙產業初具規模。

民國初期民營報業已經發展成爲報業版圖上的主流角色，並初現繁榮。[2]到 1930 年代則進入發展的高潮期，民營報紙不僅數量激增，而且出現了規模化、集中化的趨勢。從發行量來看，進入 20 世紀 20 年代後，《申報》、《新聞報》進入穩定發展期，發行量急劇上升：《申報》1921 年爲 4.5 萬份，至 1926 年底達 14.1 萬份；《新聞報》1921 年近 5 萬份，到 1926 年達 14.1 萬份，1929 年銷數達 15 萬份，[3]1935 年達 18 萬餘份，達到該報的歷史最高水平，也是民國時期報紙發行的最高紀錄。新記《大公報》1926 年 9 月續刊時發行不足 2000 份，1931 年發行量達到 35000 份，位居當時全國報刊的前列，在北方則屬於第一大報。[4]當然，與當時的日本報紙相比，中國民營報紙的銷數最高時均未能突破 20 萬份，而日本《朝日新聞》、《每日新聞》則日銷 200 多萬份，說明中國的報紙還沒有走上近代大資本企業的軌道。但是就報紙數目來說，我國

1 此處報紙發行量數據僅作參考。由於民國報紙發行數據由出版人隨意發布，因此不同報館公布的發行量數字並不準確。當時《申報》是中國唯一由第三方會計師公布其每月發行量的報紙，因而其發行量的統計數據相對可信。值得注意的是，當時報紙的實際發行量不能通過訂閱者的數量來測量，因爲每份報紙通常至少在 12 到 15 名讀者之間傳閱，而美國的每份報紙平均傳閱 3 到 5 個讀者。參見汪英賓：《中國本土報刊的興起》，王海、王明亮譯，暨南大學出版社，2013 年版，第 57～59 頁。

2 民營報紙在北洋政府統治時期的發展程度和地位，可參見王潤澤：《北洋政府時期的新聞業及其現代化（1916～1928）》，中國人民大學出版社，2010 年版，第 215 頁。該書談到的「商業報紙」，主要指民營報紙。

3 吳廷俊：《中國新聞史新修》，復旦大學出版社，2008 年版，第 217，218 頁。

4 李焱勝：《中國報刊圖史》，湖北人民出版社，2005 年版，第 37 頁。

卻比日本多。據 1936 年《內政年鑒》所載，當時在國民黨內政部登記的報社已經達到 1763 家了。[1]隨著發行量的上升，廣告收入也逐年增加，一些民營大報如《新聞報》遂得以實現「經濟自立」。

從經營規模來看，從 1912 年 10 月 20 日到 1934 年 11 月 13 日，《申報》從單純一份報紙發展到擁有四家報館：《申報》、《時事新報》、《庸報》與《新聞報》以及若干種刊物，從一棟二層簡陋館舍到一幢五層的世界一流的歐式報館大廈。[2]《世界日報》是成舍我在 1924 年到 1925 年在北京先後創辦的《世界晚報》、《世界日報》、《世界畫報》的總稱，是「完成沿用西方資本主義現代報紙的做法創辦起來的報紙」。[3]由此形成了一個日、晚、畫三報同時出版的「世界報系」。這一時期，中國報界還產生了報團的雛形——「四社」，是由張竹平在集資創辦的申時通訊社、《時事新報》、英文報紙《大陸報》和《大晚報》等四家新聞機構的基礎上組建而成的，這種集合了日報、晚報、英文報和通訊社的聯合體，經濟實力相當雄厚，被譽爲「報業托拉斯」。影響力方面，《申報》、《新聞報》原本只是一份僅限於國內的權威報紙，經過多年積累到二十世紀二三十年代已成爲蜚聲世界報壇的知名大報。[4][5][6]

進入 1930 年代，物質技術條件的進一步改善爲報業廣告和發行業務的增長提供了良好的物質基礎。1927 年前後，中國除少數在商業都市發行的大

1 胡仲持：《關於報紙的基本知識》，生活書店，1938 年版，第 119 頁。

2 龐榮棣：《申報魂：中國報業泰斗史量才圖文珍集》，上海遠東出版社，2008 年版，第 135～136 頁。

3 吳廷俊：《中國新聞史新修》，復旦大學出版社，2008 年版，第 222 頁。

4 1921 年，北岩爵士參觀《申報》大樓後，發表觀感：「貴國之報界，竟有用最新之組織設備如貴館者也。鄙意世界幸福之所賴，莫如有完全獨立之報館，如貴報與敝報，差足與選。報館採集各種眞確之新聞貢獻於世界，其價値與功用，實遠過於外交。」參見（《申報》1921 年 11 月 22 日第四張《北岩爵士昨日在滬之盛況》，上海書店，2008 年影印版，第 496 頁。

5 1921 年 12 月，美國密蘇里大學新聞學院院長兼世界報業大會會長威廉博士訪問《申報》館後也說過：「貴館一切設備皆甚壯觀而有精神，引起一種對於報界之榮光……此次遊歷各國雖多佳處，但報館能如貴館者實不多覯。」參見謝介子《世界報界名人來華者之言論專輯及予之感想》，《最近之五十季（1872～1922）：申報館 50 週年紀念》，上海書店，1987 年影印版，第 53 頁。

6 張季鸞《新聞報三十年紀念祝詞》稱《新聞報》爲「今日海內第一之大報」，汪漢溪爲「東方泰晤士之主人」。《新聞報三十年紀念辭》也稱讚《新聞報》：「彼時已久與申報相頡頏。而建築外國報館式之屋宇，購置最新捲筒式之機器，爲中國報館先者，均已備具矣。入民國後，任事者均一時名宿，報紙行銷之廣，營業收入之豐，數年以來，遂爲全國冠，已成爲中國之泰晤士矣」。

報外，多不自備印刷機，所以要創辦一種報紙，僅租幾間房子作爲社址即可成立，而印刷部分則可以完全委託其他印刷所代印。可到了 1930 年代，除上海《申報》、《新聞報》、《時報》以及天津《大公報》、《益世報》採用輪轉機外，其他如《中央日報》、《武漢日報》、《東南日報》、《世界日報》、《晨報》、《神州日報》、《新民報》等，或中途改爲輪轉機，或創立時即採用輪轉機。新記《大公報》採取改進印刷技術、健全財務制度等措施，廣告和發行量均增長很快，很快也積聚起巨大資產。「1926 年至 1936 年 10 年間，新記《大公報》已從以 5 萬元起家的小本企業，一躍成爲總資產超過 50 萬元的報業巨頭。1936 年上海版創刊時，職工人數增加到 700 人，是當初的 10 倍，月支出 10 萬元，全國分銷機關達 1300 多處，發行量超過 10 萬份，成爲具有全國影響的大報。」[1]

民國報人吳定九曾對當時新聞業的發展形象地概述道：「新聞事業處於今日之地位，可謂日漸趨近於發達絕頂之境域矣。以組織之人員而言，則內之如編輯、營業及印刷工場三部，多者數百人，少亦數十人。外之如國內外通都大邑之特派員、普通之通信員，多者數十人，少亦數人。以發行額數而言，則每日多者數百萬份，少亦數萬數千份。以每年之營業收入而言，多者數千萬元，少亦數十萬元。以編輯人員之薪金而言，多者有每年數萬元者，少者亦平均每年三四千元。以資本而言，多者數百萬元，少亦數萬元。此種現象，此種趨勢，蓋爲二十世紀未有之大觀，而以新聞事業爲特種之商業矣。」[2]由此可見，這時期中國新聞業無論在發行量、經營規模還是在影響力方面均突破之前的發展狀態從而達到鼎盛期。

二、體制轉型：從「個人時代」到「股份公司時代」

從經營體制來看，民國報業的發展可粗略分爲三個階段：20 世紀一二十年代，是現代企業化經營時期；20 世紀 30 年代，是報業公司制普及的時期；自 20 世紀 30 年代始，出現了托拉斯化趨勢。簡言之，1927～1937 年是報業的經營體制發生轉型的時期，即從獨資制、合夥制向公司制轉變，且公司制逐漸普及，與此同時還出現了集團化傾向。到抗戰前夕報業發展基本保持著穩定、興盛的局面，但同時也潛伏著內在的危機。

1 張潔：《中國近代民營報業經營方略（下）》，見《新聞與寫作》2005 年第 7 期。
2 吳定九：《新聞事業經營法》，現代書局，1930 年版，第 1～2 頁。

（一）股份制的確立與公司觀念的盛行

晚清時期中國報業便是在外報示範下誕生並不斷發展的，超前採用了股份制以籌集資金，然而由於資本主義市場經濟尚處弱勢，報業市場遠未形成，大多數報館依然停留在手工作坊階段。進入民國以後，經濟的發展、相關法律的出臺和報業經營理念的萌芽，爲報業實行現代企業化經營提供了充足的條件。

首先，一戰後民族工業迎來了發展史上的「黃金時代」[1]，資產階級報業也得到迅速發展，由此形成新一輪辦報高潮。雖然經歷了「癸丑報災」及北洋軍閥的專制摧殘，但到 1927 年，據《中外報章類纂》社調查，全國華文報紙每日發行共有 628 種，其中北平 125 種，漢口 36 種，廣州 29 種，天津 28 種，濟南 25 種，上海 23 種。其次，公司法的相繼頒布催生了中國近代股份公司制度的確立，同時爲報業實行公司制提供了示範。1904 年 1 月 21 日，清朝政府公布了《公司商律》，儘管這部公司律還很不完備，也未得到眞正執行，但它標誌著中國近代股份公司制度正式誕生。之後很快掀起了一個設立公司的高潮。辛亥革命後，北洋政府在修訂和完善清末公司法的基礎上又頒發了《公司條例》，自此中國的公司制度逐漸走上現代化的道路。

民國報界對於股份制的認識，既源於企業界的公司實踐，同時也來自對新聞業自身變遷規律的瞭解，即「新聞紙的變遷，由個人時代到政治機關時代，最後到了股份公司時代」。[2]因而 20 世紀前後，中國報業紛紛啓動了股份制改革。《新聞報》1906 年由無限公司改組爲有限公司；《時事新報》1927 年由政治機關報改組爲商業報紙，同時改組爲公司。1889 年《申報》由個人經營改組爲股份有限公司，至 1907 年公司將申報股權售給華人後，又改爲華股公司。1909 年 5 月 31 日史量才與席子佩簽訂了收購《申報》的合同，成立了新的申報公司。[3]這一時期報業的股份制經營大多單純以資金作爲入股資源，技術和勞力排斥於股本之外。1926 年天津新記《大公報》成立，採用了更具

1　據統計，1911 年以前中國歷年所設創辦資本額在萬元以上的企業約爲 953 家，創辦資本額總計約爲 20，381 萬元；而從 1912 年到 1927 年的 16 年間，歷年所設創辦資本額在萬元以上的企業約爲 1984 家，創辦資本總額約爲 45，896 萬元。楊銓：《五十年來中國之工業》，轉引自王處輝《中國近代企業組織形態的變遷》，天津人民出版社，2001 年版，第 157 頁。

2　《上海研究資料》，上海書店，1934 年版，第 379 頁。

3　《新聞事業》，見《上海研究資料》，上海書店，1934 年版，第 379～380 頁。

現代因素的股份有限公司形式，即承認人才和勞力對報館的貢獻，並折合成相應股本進行發送和饋贈。這種私人投資與智力入股相結合的新型投資結構，客觀上能有效調動創辦者的積極性。[1]但總體來看，這時期報業雖然採用公司制，實際上大多並非眞正的公司。

（二）新《公司法》的助推效應

民國以來，隨著報業企業化經營規模的擴大，報業發展出現了複雜化、專業化的趨勢，傳統的報業制度越來越無法適應報業經濟發展的新需要，至30年代報業出現了改組公司註冊社團法人的潮流。1929年12月26日，南京國民政府制訂的《公司法》頒布，1931年7月1日起施行。該《公司法》爲新的歷史條件下近代企業發展提供了一個更爲完善的法律環境，自此中國公司制度進入了一個相對平穩的發展階段。在報界則出現了改組公司的熱潮。趙君豪曾指出當時報業的發展趨向：「最近二三年來之小型報紙，其組織大多效法於公司性質，亦可見其優勢之所在也。」[2]1928年，雷鳴遠創辦的《益世報》在劉濬卿主持下改組爲股份有限公司，以吸納新股、重振報社。1929年福開森無意經營《新聞報》，將股權轉讓給華人，經過股權風波後，《新聞報》改組爲華商股份公司，從原來的私人公司一躍成爲更具現代意義的股份公司。[3]1937年，《新民報》、《申報》和《大公報》等民營大報也都紛紛改組爲股份有限公司。另外，像成舍我的《立報》、張竹平的「四社」等等，均採取公司制形式。

從報業經濟發展的內在邏輯看，公司制普及是報業組織發展到一定規模和實力後的必然趨勢。當時報界對股份公司制大加推崇者不在少數，比如認爲「招股舉債，事事公開，建基礎於社會大眾，分利潤於多數股東，眾擎易舉，永久繼續，此經營報業之最理想化體制也。」[4]這種觀點在當時幾乎成爲主流共識。1937年邵力子在《十年來的中國新聞事業》一文中就談到：「現在

1 新記《大公報》的5萬元啓動經費完全由吳鼎昌籌集，因而吳以資金入股；胡政之、張季鸞則以勞力入股，每屆年終由報館送給相當股額的股票。參見王潤澤：《北洋政府時期的新聞業及其現代化（1916～1928）》，中國人民大學出版社，2010年版，第232頁。

2 趙君豪：《中國近代之報業》，申報館，1938年版。

3 改組後《新聞報》股份共2000股，其中史量才占總股份的50%，其他股份由銀行界人士承購。設立新董事會，館務由原總理主持。

4 趙君豪：《中國近代之報業》，申報館，1938年版，第257頁。

一般從事新聞事業的戰士，非特在事業上為不斷的競爭，而且一部分具有這樣一個念頭——怎樣使他的事業基礎建立起來？現在國內各大報都紛紛地在改進它本身的組織，如過去為私人經營者，目前卻都變更其組織為公司性質。」[1]可見隨著報業經營規模的擴大，尋求「事業基礎」的鞏固成為不少報館轉型為公司組織的內在驅動力。

總體說來，20 世紀 30 年代以來，公司制在報業中的普及對報業發展帶來多方面的促進，主要體現在降低報業的經濟和政治風險，改善報業的治理結構和制度管理，報業經營由此步入漸趨規範的、專業的發展軌道。但由於公司制度的內在缺陷，加之環境的制約和時局的影響，這時期報業的公司化經營亦存在諸多侷限和缺憾。學者沈松華通過對民國報業制度變遷的深度考察，認為這時期民營報業的公司化經營存在的不足，主要表現在資本運營的封閉性、治理結構和管理制度的不完善等方面。[2]此外，1930 年代以來時局動盪，民生多艱且民族危機日益深重，由於缺乏和平穩定的環境，報業難以開展獨立自主的經營活動，報業經濟更是無從談起。可見，制度建設是報業穩定的可持續發展的需要，同時制度建設本身更需要一個長期的、相對穩定的環境，而這「雙重需要」在抗戰時期及其前十年的歷史環境中是無法實現的，由此注定了報業制度建設的崎嶇多艱。

三、組織變革：從「能人時代」到「制度化時代」

20 世紀二三十年代報業組織變革的動因，除了來自報業自身經營規模的增長及其引發的經營體制轉型外，還與當時的外部環境有著直接關係。從外部環境來看，西方科學管理思想的東漸及其運用於本土企業界的先導效應，以及民國報業市場的競爭態勢，都成為這一階段《申報》、《新聞報》等報紙組織變革的主要動因。

（一）泰勒制的引入與報業競爭的壓力

西方科學管理思想的東漸及其運用於中國企業界的先導效應，尤其在文化出版界的試行，給同期中國報業帶來極大的觸動。與此同時，民國報業市場漸趨激烈的競爭壓力也迫使民營報業積極尋求科學管理之道。肇始於 19 世

1　轉引自胡太春：《中國報業經營管理史》，山西教育出版社，1998 年版，第 56 頁。
2　沈松華：《民國報業的公司化進程研究》，見《杭州師範大學學報（社科版）》2009 年第 4 期。

紀末 20 世紀初美國泰勒（F.W.Taylor）首創的「產業之科學管理運動」即泰勒科學管理法，形成於美國資本主義經濟的快速發展時期。不久，全世界迅速掀起科學管理浪潮。泰勒制的根本內容在於如何提高企業生產效率，以期達到「人盡其才事適其人」、「增加效率減低成本」、「勞資合作均擔責任」的目的。[1]20 世紀初，著名企業家穆藕初[2]最早將泰勒的科學管理思想引入到中國。「到 20 世紀 20～30 年代科學管理理念得到中國企業家的廣泛響應，許多企業在科學管理思想的支配下興起了一場頗具規模的科學管理改革，這是中國歷史上第一次大規模主動吸納異域管理思想文明成果。」[3]

1930 年王雲五出任商務印書館總經理之初，曾向董事會提交了 3 萬餘字的「本館採行科學管理」草案。[4]結果該改革計劃遭到館內工會的聯合反對，遂很快被擱淺。「一・二八事變」後政治環境發生了巨變，王雲五藉此在館務中擴大科學管理的範圍，推行泰勒制即明確崗位職責，按崗用人，大力培訓職工。改革後的商務印書館果然面目一新。誠如王雲五所言：「我對於歐美，一國有一國的工商背景，一國亦有一國的社會特點；善學者當師其精神，不必拘於形式。我在商務印書館施行的管理方法，即本此旨。」。[5]可見，引入西方的科學管理思想必須與本土民族文化傳統相結合，才能避免「水土不服」的窘境。

1 泰勒科學管理法包含四個基本原則：（一）科學研究工人的工作及其方法，以取代過去單憑經驗的方法；（二）用科學方法選擇與培訓職工，使之成長；（三）使管理者與職工精誠合作，保證科學方法的實施；（四）管理者與工人幾乎均分職責。王撫洲：《工業組織與管理》，商務印書館，1934 年版，第 2～3 頁。

2 穆藕初（1876～1943），名湘玥，上海人。近代著名企業家、管理學家。1909 年自費赴美留學，1915 年歸國後與胞兄穆湘瑤合資創辦德大紗廠，1916 年再與他人合夥創辦厚生紗廠並出任總經理，1919 年籌建豫豐紗廠，並在上海參與創辦恒大紗廠和維大紡織品股份有限公司。穆藕初是中國近代第一個將西方科學管理理論運用到中國企業的企業家。1916 年穆藕初與董東蘇合譯的《工廠適用學理的管理法》成爲泰勒《科學管理原理》一書的第一個中譯本。

3 徐敦楷：《民國時期科學管理思想在中國的傳播與運用》，《中南財經政法大學學報》2010 年第 2 期。

4 該草案要點爲：強化總經理權力；推行標準化管理；搞好財務預算與成本核定；以切實調查爲前提量化工作；果斷處置勞資糾紛。郭太風：《王雲五在商務印書館推行科學管理的功過是非》，《東華大學學報（社會科學版）》2001 年第 1 期，第 15～19 頁。

5 轉引自鍾祥財：《中國近代民族企業家經濟思想史》，上海社會科學院出版社，1992 年版，第 438 頁。

（二）報業大戰：從「新聞競爭」到「廣告競爭」

南京國民政府成立以來，全國報業市場基本形成了多元化的報業結構。上海作爲當時中國報業重鎮，報業競爭尤爲激烈。創辦於 1872 年的《申報》在相當長的時期內一直遙遙領先於滬上報業市場，而 21 年後才創辦的《新聞報》則作爲市場追隨者，到 1920 年代後期一躍成爲《申報》的競爭勁敵。此外，當時上海報業市場上還有以體育、教育、文化新聞取勝的《時報》，以學術性見長的《時事新報》，它們與《申報》、《新聞報》一起，一度並稱爲頗負盛名的上海「四大報」。由於都以上海本地及附近區域作爲核心受眾市場，這就決定了四大報之間的角逐越發激烈。

1927 年之後，上海民營大報之間的競爭不僅表現在爭奪讀者注意力的新聞上，更突出表現在關乎報紙生存命脈的廣告競爭上。其中尤以《申報》和《新聞報》爲甚。在競爭初期申、新二報各自抓住自身特色，實行差異化競爭策略，從而佔有了各自相對穩定的市場。比如，《《申報》爲了吸引更多的廣告客戶，在汪英賓的主持下特設《本埠增刊》，《新聞報》也不甘落後，很快創辦了《本埠附刊》，贏得了穩定的廣告市場。到 1930 年代初期，申、新二報經過白熱化的競爭已形成勢均力敵的發展勢頭。面對愈來愈激烈的市場競爭壓力，在公司制的推動下，中國報界越來越認識到，「採用科學的管理方法來經營報業，是歐美近代報業得到迅速發展的重要原因之一，並且近代歐美新聞事業的企業化，報紙的商品化，顯然是受泰勒管理運動得到的結果」。[1]可見，組織管理體系的科學化、合理化是報館實行公司化經營的最基本環節。《申報》、《新聞報》等民營大報遂在向公司制改組的同時也逐步實現組織管理體系的變革。關於申、新二報的組織管理變革，詳見本章第三節。

四、民營報業托拉斯道路的破滅

1920 年代後期至 30 年代初，隨著報業企業化經營的積累，在上海報界出現了托拉斯化的傾向。以 1929 年史量才收購《新聞報》股權爲序幕，到 1934 年史氏被刺時《申報》已形成擁有《申報》、《時事新報》、《庸報》與《新聞報》以及若干種刊物的報團雛形。這時期，還產生了另一個報團雛形——張竹平的「四社」，然而好景不長，「四社」終遭解體，而之前史量才收購《新

1　胡道靜：《新聞史上的新時代》，世界書局，1946 年版，第 63～64 頁。

聞報》股權的過程亦頗受頓挫。「因此，中國資產階級報業，終其在大陸存在的歷史，也始終未能形成一個新聞托拉斯體系。」[1]

（一）史量才收購《新聞報》的股權風波

1927 年國民革命成功以後，上海報界尚存 5 家大報，即《申報》、《新聞報》、《時事新報》、《時報》和《民國日報》。就資本實力和經營規模來看，《申報》尤爲其中巨擘。是年，利用《時事新報》改組之機，《申報》通過吸納其股份從而入主該報。1928 年秋冬，福開森鑒於《新聞報》達到鼎盛時期，股值上升，但因他對國民黨政權存有隔閡和疑慮，決定出售屬於他的股份。[2]1929 年史量才以 70 萬元購入福開森的 1300 股，占全部股份的 65%，成爲上海最大的報業資本家。「當時《申報》大有形成上海報業唯一報業托拉斯的趨向。」[3]

史量才收購《新聞報》股權後開始著手改組《新聞報》的董事會，讓董顯光擔任《新聞報》新董事會秘書，[4]先進入《新聞報》，爲將要合作的兩家大報做些工作，但是遭到《新聞報》經理汪伯奇兄弟以及職工的頑強抵制。[5]《新聞報》對於收購行爲一方面出於情感上的義憤，將史氏的收購舉動斥之爲「陰謀」、「骯髒買賣」，另一方面也是因爲當時對報業托拉斯可能帶來的危機——比如「操縱輿論」、「於國於民均屬有害無利」等負面影響，深感憂慮和不安。對於汪氏兄弟來說，情感和道義上的難以接受從而產生牴觸態度，恐怕佔了大半原因。[6]同時認爲「按照會計師核資估計，《新聞報》產值與現在成交的價格，要相差幾倍。」[7]福開森有吃虧之嫌。當然，其中還有一個重要原因在於，

1 新民晚報史編纂委員會主編：《飛入尋常百姓家：新民報——新民晚報七十年史》，文匯出版社，2004 年版，第 98 頁。

2 《新聞報》的資產自 1916 年起以股份公司的形式在美國註冊，核定 2000 股，美國人福開森（John C. Ferguson）擁有 1300 股，占 65%，其餘 700 股分屬幾位華董所有，其中經理汪伯奇兄弟的股份不足五分之一。見謝國明：《汪氏兄弟反對報業托拉斯事件》，《新聞研究資料》，第 35 輯。

3 胡道靜：《上海新聞事業之中的發展》，上海通志館，1935 年版。

4 胡憨珠：《史量才與上海申報》，1968 年第 4 期《傳記文學》，第 131 頁。

5 汪仲韋：《我與〈新聞報〉的關係》，1982 年第 4 期《新聞研究資料》。

6 據汪仲韋坦陳，「說心裏話，我們汪氏父子可說是自始至終把福開森占大多數股本的事業當作自己的事業來辦，數十年殫精竭慮，在道義上講，我們可算對得起他了。」因而認爲福開森「背著我們與局外人私自成交」的行爲並不合乎一般合夥慣例。見汪仲韋：《我與《新聞報》的關係》，《新聞研究資料》，1982 年版（4）。

7 汪仲韋：《我與〈新聞報〉的關係》，《新聞研究資料》1982 年第 4 期。

汪氏兄弟對史氏收購後《新聞報》獨立性喪失的擔憂，這從汪氏兄弟與史量才的交涉中便可看出。

對於史量才收購《新聞報》股權事件，國民黨上海市黨部「恐報紙之獨佔於一二資本家之手，曾有過激烈的反對」。[1]1929 年 1 月 13 日，國民黨上海特別市黨務指導委員會通過《民國日報》發動輿論攻勢，提出要對收買股權的行爲「給他一個嚴厲的制裁！」國民黨中央也表示「遇必要時，中央將予以相當處置，保持輿論獨立精神。」[2]1 月 14 日，國民黨上海特別市黨務指導委員會在《新聞報》上發表公開信，正告《新聞報》「不得將福開森股份售於反對分子」，並明令其「函至二星期內將該項落於反動分子手中之股票悉數收回……若故意違抗，本會自有嚴厲處置。」[3]同日，《民國日報》刊文專評此事，甚至認爲若是「有野心家想操縱上海的輿論，實現其新聞托拉斯的計劃，……簡直是文化的罪人。」[4]隨著事態的擴大，國民黨各黨報上下齊手，遙相呼應，掀起了反對新聞托拉斯的運動，連遠在北平的《華北日報》也對此事進行了連續報導。

在各方壓力的逼迫下，史量才擔心風潮不得平息，遂作出了一定妥協。一是讓出一部分股份使其股份不超過 50%，以示其並無壟斷輿論之意；二是成立新聞報館新董事會。另外史氏擔保不干涉《新聞報》內政，原有職工保持不變，一切仍由汪氏兄弟全權主持。至此，股權風波才得以平息下來。[5]國民黨亦不再干涉，史氏果然信守承諾，自始至終沒有干預過《新聞報》事務。

不可否認，此事之所以得此結局，是雙方妥協的結果。《新聞報》職工在抵制運動中提出「反對壟斷」、「操縱輿論」的訴求，正切合了當時新聞界對新生的報業托拉斯化發展的疑慮，尤其是客觀上給欲鉗制輿論自由的國民黨政權提供了打壓民營報業力量的一個絕好口實。礙於申、新二報在國內外的影響力，且國民黨剛剛執掌政權未久，因此在收購事態的發展上表現出「見好就收」的分寸感。雖然最終史氏擁有《新聞報》的股權未超過 50%，但畢竟在股權上佔有一定優勢，從這個意義上說，史氏組建中國報業托拉斯的嘗

1　胡道靜：《上海新聞事業之中的發展》，上海通志館，1935 年版。
2　《民國日報》1929 年 1 月 13 日。
3　《新聞報》1929 年 1 月 14 日。
4　上海《民國日報》1929 年 1 月 14 日。
5　汪仲韋：《我與〈新聞報〉的關係》，《新聞研究資料》1982 年第 4 期。

試得到了一定程度的實現。然而直至 1934 年被刺，依託《申報》組建完全意義上的報業托拉斯終究成爲史氏未竟的夢想。

（二）張竹平的「四社」被劫奪事件

1932 年張竹平將他所辦的或與他有關的三報一社（《時事新報》、《大陸報》、《大晚報》和申時電訊社）聯合起來，成立了一個聯合辦事機構，簡稱之爲「四社」。「四社」集合了日報、晚報、英文報和通訊社的優勢，在新聞報導、印刷業務和紙張等方面互通有無，相互協作，形成一個新聞報導和經營業務的聯合體，一時間在新聞界產生了很大影響，張竹平也因此成爲「報業大王」。但「四社」的聯合併非資本的聯合，僅止於經營業務的合作，其名下三報一社的產業均分屬各自的董事會，張竹平也並非總業主。因此，「四社」算不得嚴格意義上的報團，只是一種報團的雛形。

由於張竹平和史量才一樣在報紙上宣傳「反對內戰，一致抗日」的愛國立場，其輿論導向公然與蔣介石「攘外必先安內」的國策相悖。隨著報紙發行量逐年上升，張竹平及其所辦報紙的影響力也日益壯大，這愈發激起了國民黨政府的不安乃至忌恨。1933 年下半年，國民黨第十九路軍軍長蔡廷鍇、總指揮陳銘樞等，聯合國民黨內李濟深等勢力聯合反蔣，在福州成立「中華共和國人民革命政府」。之前，福建方面曾與張竹平有過聯繫，商定將「四社」作爲抗日反蔣的輿論宣傳陣地，因此打算向「四社」作巨額投資。至於張竹平爲何願意接受福建方面的政治性投資，據報人張友漁回憶：「『四社』的力量比申、新兩報脆弱得多，經濟上還未完全獨立，當初創辦時接受了張孝若（張謇之子）、顧維鈞、陳霖生（上海地產巨商）的投資，以後連年擴大事業規摸，經濟發生困難，只得到處尋找援助。1931 年，反蔣的『福建人民政府』一度想在上海辦報，擴大輿論影響，便和張竹平談判，以 20 萬元的代價支持他。『福建人民政府』很快失敗，此事也即告吹。國民黨得悉此事，便通過杜月笙向張竹平施加壓力，要張出售《時事新報》。」[1]

估計至 1934 年年底，「四社」的政治傾向才被國民黨情報機構察覺，很快《時事新報》就被冠以「發表違禁文章」的罪名被勒令禁止向租界以外地區郵寄，這實爲對張竹平的一次嚴重警告。同年 11 月 13 日，史量才被國民黨

1 張友漁：《我和〈時事新報〉》，《新聞研究資料》第 10 輯。

特務刺殺在滬杭公路旁。大約就在 1934 年底或 1935 年初，國民黨特務機構向張竹平發出了恐嚇信，以暗殺相威脅。這段鮮爲人知的往事後來被張竹平之子張報安所證實。[1]與此同時，由於國民黨當局的停郵禁令使得《時事新報》等報紙的銷路大受影響，「四社」負債累累，難以維持。蔣介石遂授意孔祥熙乘機劫奪「四社」。在強大的政治和經濟壓力下，張竹平最終拱手讓出全部產權，最後只拿到孔祥熙「贈送」的 5 萬元法幣悵然離去。1935 年 5 月 1 日，張竹平在上海各大報刊刊登啓事：「鄙人一病數月，遵醫生囑，急須遷地休養，所有時事新報、大陸報、大晚報、申時電訊社四公司董事及總經理職務」，「暫請杜月笙先生代理。」[2]同年 5 月 24 日，國民黨政府取消了對《時事新報》郵寄的限制。「四社」被國民黨劫奪後，實際上已被解體。《大晚報》政治態度轉變傾向國民黨，1937 年 11 月國民黨十九路軍撤出上海後，該報雖繼續出版，但一度與漢奸報紙爲伍。後改爲英商企業。《時事新報》則成爲國民黨政府財政部的機關報，上海淪陷後在滬停刊。舊中國又一個欣欣向榮的民營報業聯合體就這樣被扼殺在搖籃裏。

從史氏收購《新聞報》的股權風波到張竹平的「四社」被劫奪，不難發現隨著政治形勢的變化和國民黨統治地位的漸形鞏固，國民黨政府實行新聞統制、打壓新聞托拉斯的手法悄然發生了改變。1929 年對於申、新二報報業資本兼併的行爲，國民黨是通過施加政治壓力的方式加以阻止的。到 1934～1935 年，對「四社」則採用強行收買的經濟手段進行劫奪，致使其終遭瓦解。因爲「此時，國民黨中央統治相對鞏固，更強調實行新聞統制，黨化新聞事業的主張和鼓吹法西斯主義的報刊均已出現。」[3]然則不論採用何種方式和手段，國民黨政府都不會允許獨立於其黨報系統之外的、尤其包括民營報業托拉斯在內的輿論陣地的形成和發展。從這個意義上看，股權風波和「四社」解體是舊中國制度環境下的必然結局。

---

1 據張報安回憶：「在史量才遇刺後不久，父親便收到了一封恐嚇信，信中附有一顆子彈。寫信者威脅說，如果不聽從他們的命令，就將用對付史量才的手段來對付他，他將得到與史量才同樣的下場。父親覺得爲辦報而丟掉性命有點不值得，還是離開這塊是非之地爲好，便很不情願地以極低廉的價格將報業賣給了有著國民黨背景的聞人孔祥熙。」見姚福申：《張報安教授話先父張竹平遺事》，《新聞大學》2008 年第 1 期。

2 姚福申：《張報安教授話先父張竹平遺事》，《新聞大學》2008 年第 1 期。

3 張友漁：《我和〈時事新報〉》，《新聞研究資料》第 10 輯。

第二節　政黨報業

十年內戰時期，中國國民黨依靠其執政黨的地位建立起了規模龐大、分布廣泛、體制完備的新聞事業網絡，形成了一套相當嚴密的管理和控制媒體的制度體系。其中，以《中央日報》爲代表的國民黨黨報新聞來源大多來自中央社，千報一面的黨報雖然數量較多，但影響力比較有限。同期，中國共產黨一方面在國統區秘密建立自己的報刊系統，另一方面在革命根據地創建的報刊有了新的發展。

一、國民黨《中央日報》：從傳統黨報到社長負責制

國民黨訓政的實質是「以訓政名義提高黨權壓制軍權」，這一定位及二三十年代國內外的輿論環境都讓其深刻認識到控制新聞媒介、掌握社會話語權，對於鞏固統治的極端重要性，因此首要任務是建立隸屬於自己的新聞事業。[1]到 1932 年前後，中國國民黨基本建立起一個以《中央日報》爲核心、以各中央直屬黨報爲骨幹、以各級地方黨報和軍隊黨報爲羽翼，包括各傳統黨報在內的龐大的黨報體系。其中尤以《中央日報》的實力最爲雄厚，這時期程滄波主導的《中央日報》改組使報社重煥生機，由此開闢了國民黨黨報經營管理體制改革的新路。[2]

（一）初期《中央日報》的傳統黨報型管理體制

1927 年 3 月 22 日，《中央日報》創刊於武漢，中央宣傳部部長顧孟餘兼任社長，陳啓修任總編輯。作爲武漢國民黨中央的機關報，武漢《中央日報》與南京國民黨中央並無直接關係，並在一開始發表過大量反對蔣介石和南京國民政府的文章（因此武漢《中央日報》後被臺灣新聞史家視爲「非法」）。「寧漢合流」後，國民黨中央決定停刊武漢《中央日報》，另在上海出版《中央日報》。

1927 年 9 月 15 日武漢《中央日報》停刊，上海《中央日報》1928 年 2

1　劉繼忠：《新聞與訓政：國統區新聞事業研究（1927～1937）》（上），載方漢奇主編：《中國新聞史研究輯刊》（二編・第 3 冊），新北市：花木蘭文化出版社，2014 年版，第 157 頁。

2　根據《中央日報》的發行地，可將其分爲武漢時期（1927 年 3 月～1927 年 9 月），上海時期（1928 年 2 月～1928 年 10 月），南京時期（1929 年 2 月～1937 年 12 月），重慶時期（1938 年 9 月～1946 年 5 月），南京復員時期（1945 年 9 月～1949 年 4 月），臺灣時期（1949 年 3 月～至今）六個時期。

月 1 日出版，總編輯彭學沛，總經理陳君樸。創刊初期，該報確實成爲南京國民黨中央及其國民政府的忠實喉舌。但是，隨著國民黨內派系鬥爭紛起，《中央日報》日益表現出與國民黨中央特別是蔣介石個人明顯的分歧甚至離異傾向。爲了克服這種日益嚴重的離心傾向，1928 年 6 月和 9 月，國民黨中央常務委員會通過並頒布了《設置黨報條例》、《指導黨報條例》、《補助黨報條例》三個條例，作爲黨報設置和管理的依據，以「發揚本黨主義使民眾瞭解本黨政策綱領及領導輿論」及「指導本黨輿論統一宣傳」。黨報的管理考核由中央宣傳部特設「指導黨報委員會」負責；黨報享有津貼及採訪消息的特別便利，「中央及各級宣傳部得設置日報、雜誌（即經費統一由中央及各級黨部劃撥）或酌量津貼本黨員所主辦之日報雜誌」；同時也要接受中央及各級宣傳部的指導和審查，宣傳黨的主張和政策以及辟除糾正一切反動誤謬的主義和政策。[1]由此，國民黨中央及其宣傳部就將各級黨報的人事權和言論權牢牢掌控在自己手中，基本沿襲了傳統黨報型的經營管理體制，這對於在複雜混亂的局勢中建立和鞏固國民黨黨報體系、宣揚和確立三民主義都發揮了明顯的作用，但面對新的環境變化，這種管理體制也給黨報發展帶來不少弊端，比如黨報的管理權限被分割，新聞傳播功能弱化，各種業務無法拓展，最終造成千報一面的形象，發行和營業收入受到嚴重影響。

1928 年 10 月國民黨中央常委兼中央宣傳部部長葉楚傖提議，將上海《中央日報》遷南京出版。1928 年 10 月 31 日，上海《中央日報》停刊。1929 年 2 月 21 日南京《中央日報》發行，日出 3 大張 12 版，售洋 3 分 5 釐，版面安排循上海舊例。葉楚傖兼任社長，嚴愼予任總編輯，曾集熙任總經理（後由周邦式、賀壯予接任）。雖然名義上已被確立爲國民黨最高黨報，但南京《中央日報》初期設備簡陋，人員流動頻繁，領導體制極不完備，內容單調空洞，在黨內外的影響力十分有限。

（二）程滄波與《中央日報》社長負責制的確立

南京《中央日報》的疲軟乏力狀態一直持續到程滄波出任社長實行社長負責制爲止。客觀原因是國民黨需要強化黨營媒體，應付抗日救亡輿論；直接動因是蔣介石有意淡化《中央日報》「報閥」色彩以增強其宣傳效果；深層政治原因卻是歷任中宣部部長的戴季陶、丁惟汾、葉楚傖等人並非蔣介石集

1　《設置黨報條例》、《指導黨報條例》，《中央黨務月刊》1928 年 12 月第 3 期，第 8～9 頁。

團的嫡系，不利於蔣氏直接控制該報。蔣氏以「改進宣傳方略案」、「改進中央黨部組織案」的形式，改革《中央日報》的管理體制：由原來隸屬中宣部改爲直屬中常會。[1]

1933 年 3 月，原上海《時事新報》總編輯程滄波[2]被蔣介石委任爲《中央日報》社長，力圖有所革新。程滄波執掌《中央日報》後，提出「經理部要充分營業化，編輯部要充分學術化，整個事業當然要制度化效率化」的口號，著手對《中央日報》進行改組。[3]

第一，在領導體制上，仿《紐約時報》成例確立社長負責制。之前，《中央日報》社長由葉楚傖兼任，副社長則是由中央宣傳部副部長邵元沖兼任。社長不過問業務，由總編輯和總經理負責實際工作。而在日常運作中經理部和編輯部卻各自爲政，互不相謀。對此，程滄波仿照美國《紐約時報》成例實行社長負責制，由社長直接向國民黨中央黨部負責。所謂社長負責制經營管理體制，是指報社仍然作爲黨的言論機關，但形式上已取得獨立的法人資格，在社長領導之下，報社擁有人事自主權和財務獨立核算權。[4]實行社長負責制後，《中央日報》雖然直接向中央宣傳部的「指導黨報委員會」負責，但報社行政相對獨立對業務開展頗有好處。[5]報社內部事權劃一，各項業務漸露生機，報社很快擺脫困境。《中央日報》實行社長負責制，不僅國內不少大報群起效行，而且爲國民黨黨報經營管理體制的改革開闢了一條新路，成爲 1932 年春至 1945 年 8 月抗戰勝利期間中國國民黨黨報所採取的主要經營管理體制。

第二，新聞業務上採取「多登新聞的政策」[6]。此前，報社只設有一名專

1 方漢奇：《中國新聞事業通史》（第 2 卷），中國人民大學出版社，第 365 頁。轉引自劉繼忠：《新聞與訓政：國統區新聞事業研究（1927～1937）》（上），載方漢奇主編：《中國新聞史研究輯刊》（二編・第 3 冊），花木蘭文化出版社，2014 年版，第 164 頁。

2 程滄波（1903～），原名中行，字曉湖，江蘇武進人。1925 年畢業於復旦大學，1930 年赴英國倫敦政治經濟學院留學，次年回國，任《時事新報》總編輯。

3 程滄波：《七年的經驗》，轉引自程其恒編《記者經驗談》，臺北天地出版社，1944 年版，第 56 頁。

4 蔡銘澤：《中國國民黨黨報歷史研究（1927～1949）》，團結出版社，1998 年版，第 93 頁。

5 曾虛白：《中國新聞史》，臺北三民書局，1984 年版，第 370 頁。

6 程滄波：《四十年前的回顧》，轉引自劉繼忠：《新聞與訓政：國統區新聞事業研究（1927～1937）》（上），載方漢奇主編：《中國新聞史研究輯刊》（二編・第 3 冊），花木蘭文化出版社，2014 年版，第 165 頁。

職採訪記者，各地通訊員每月供稿也不過寥寥數篇，版面內容「實在過於貧乏」[1]。程滄波於是提出「人人做外勤，個個要採訪」的口號，並且堅持每天親自跑新聞。同時，他又增闢《讀者之聲》專欄和《中央副刊》。經過此番改革，《中央日報》的版面煥然一新，內容豐富多彩。

第三，在言論方針上，既堅持「黨派性」又標榜「人民性」。此前，《中央日報》公開宣稱「本報為代表本黨之言論機關，一切言論自以本黨之主義政策為依歸」，表現出強烈的「黨派性」，因而遭到相當多民眾的排斥甚至厭棄。改革後，該報雖然仍然表示要繼續堅持這種「黨性」，但也標榜「人民性」。程滄波重視言論，親自撰寫過許多社評，曾在改組社論《敬告讀者》一文中明確提出：「人民利益即黨之利益，為人民利益而言，即為黨之利益而言。故本報為黨之喉舌，即為人民之喉舌。」[2]《中央日報》以「人民的喉舌」自詡，增添了黨報溫情的民間色彩，並且在現實中具有一定的蠱惑力。

第四，在經營管理上，確立並完善各項制度，積極更新設備，擴大發行網絡。《中央日報》創辦初期不重營業，全靠黨部津貼支撐，每月由國民黨中央撥付 8000 元經費。由於經營管理不善，「職工欠薪，煤炭費用等欠款，為數頗巨。」[3]程滄波上任之後立即「確定館內各種會計制度，特別是加強廣告發行單據的管理，使其完全制度化。」[4]他又花 2 萬元購置天津《庸報》印報機一臺，同時爭取國民黨中央財政撥款近 17 萬元，並在南京新街口建起一座現代化的辦公大樓。同時，他還積極改進廣告發行業務，重新修訂了各地分銷處簡章和廣告刊例，並積極催收各地拖欠的廣告費和訂報款。在人事上也做出了重新安排，除了通訊員之外，全部改為專職崗位，從而奠定了進一步發展的根基。1933 年以後，《中央日報》的營業情況很快有所好轉，比如獲得的中央津貼為 8000 元，營業收入為 15000 元，扣除 21000 多元的支出，還略有盈餘，但不難看出中央津貼仍為黨報重要經濟來源。報社的經濟實力增強了，發行量也大大提高了。據記載，該報的發行量由改組前的 9000 份左右增加到 30000 份以上。[5]至 1937 年，國民黨黨報約有 23 萬份的銷路，約占全國

1　程滄波：《廿四年中的一段》，臺灣《中央日報》1952 年 2 月 1 日。
2　程滄波：《敬告讀者》，1932 年 5 月 8 日《中央日報》。
3　程滄波：《廿四年中的一段》，臺灣《中央日報》1952 年 2 月 1 日。
4　程滄波：《廿四年中的一段》，臺灣《中央日報》1952 年 2 月 1 日。
5　許晚成：《全國報館刊社調查錄》，龍文書店，1936 年版，第 37 頁。轉引自蔡銘澤：《中國國民黨黨報歷史研究（1927～1949）》，團結出版社，1998 年版，第 56 頁。

報紙發行量的 6.6%。[1]《中央日報》此時已銷往全國各地，政府單位訂閱居多。

由此可見，改組後的《中央日報》在管理權限、經營形式和政治色彩等方面均不同於之前傳統型黨報。首先，它在形式上擺脫了由國民黨中央直接控制的模式，轉變爲黨中央間接控制、社長直接負責的模式；其次，它由傳統黨報忽略經營轉換爲開始關心並注重經營，以試圖取得經濟獨立；另外，它開始淡化黨報色彩，標榜既是「黨的喉舌」又當「人民的喉舌」。當然，實行社長負責制的《中央日報》「仍屬黨報的範疇，但在傳統黨報的基礎上它已向企業化報紙邁進了一步。這種變化雖然是微小的，非本質的，但畢竟比舊的模式前進了一步。」[2]

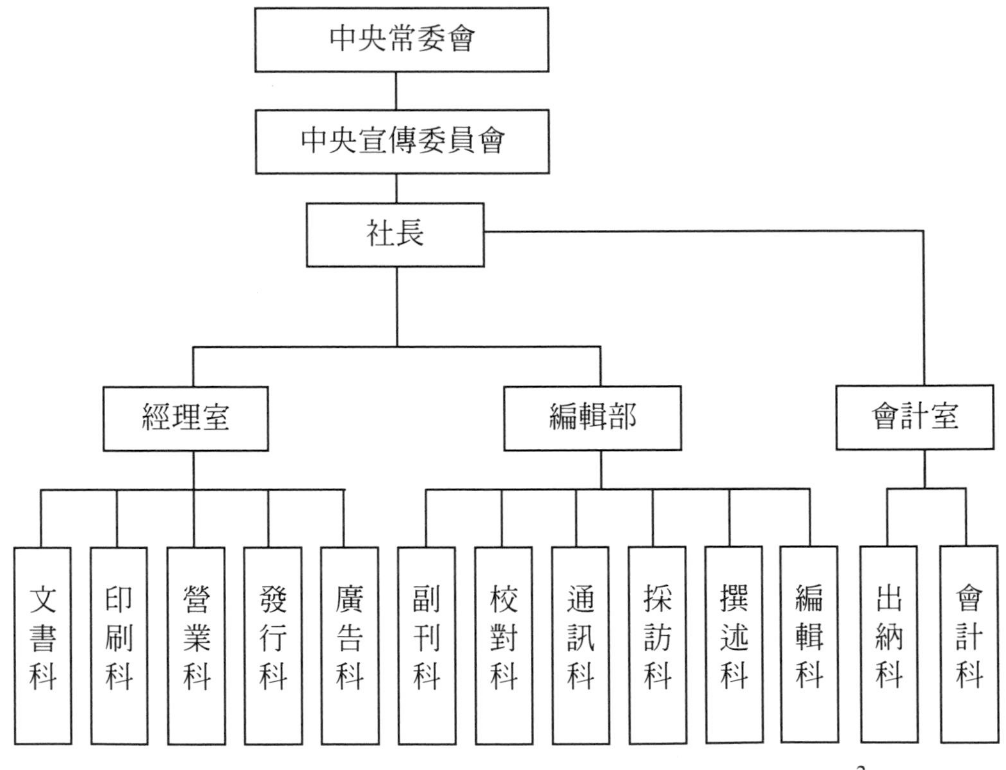

圖 4-1　中央日報社長負責制組織系統圖（1932 年 5 月）[3]

1 伍爾崗・莫爾：《現代中國報業史》，韋正光譯，影印本，第 51～52 頁。轉引自向芬：《國民黨新聞傳播制度研究》，中國社會科學出版社，2012 年版，第 54 頁。

2 蔡銘澤：《中國國民黨黨報歷史研究（1927～1949）》，團結出版社，1998 年版，第 100 頁。

3 轉引自蔡銘澤：《中國國民黨黨報歷史研究（1927～1949）》，團結出版社，1998 年版，第 100 頁。

值得一提的是，《中央日報》的成功改組還得益於國民黨建設黨報的主要措施，即從政治上爲黨報擴展最大可能的政治空間，繼而從經濟上扶植黨報的機器、設備等物質建設，從行政上給予黨報業務特權，從組織上確保黨報人才充足，從而使本黨新聞業成爲實力雄厚的「領導社會輿論」的主要輿論工具。與民營報刊相比，國民黨黨報不僅享有採訪上搜集材料的便利，以及直接劃撥物資和器材的待遇，而且發行上享有公費訂閱，國民黨各黨政機關均被要求公費訂閱黨報、包攬發行、免費贈送等。此外，國民黨黨報的廣告來源還可以享受特權，比如國民黨各級黨政機關將其所有公文、布告均送各級黨部報刊刊載，甚至規定民事、刑事訴訟案件必須交黨報刊登「方爲有效」，否則「必至在法律上失所依據，處於失敗之地位」[1]。

二、中國共產黨報刊：群衆辦報與隱蔽發行

中國共產黨自登上政治舞臺後，就十分重視意識形態鬥爭和政治思想工作，也非常重視報刊宣傳工作。十年內戰時期，中共的報刊宣傳活動十分豐富。在白色恐怖籠罩的國統區，中共著手重建自己的報刊系統，秘密出版了《布爾塞維克》、《紅旗日報》等地下報刊。與此同時，在人民政權下的革命根據地報刊進入新的發展階段，誕生了《紅色中華》、《紅星》等影響較大的報刊。

（一）中共在根據地的報刊：發動群眾辦報

1931 年 9 月，中央紅軍取得了第三次反「圍剿」戰爭的勝利，建立了以瑞金爲中心的中央革命根據地（以下簡稱「根據地」）。自同年 11 月 7 日中華蘇維埃共和國臨時中央政府成立後，根據地的新聞事業出現了空前繁榮的景象。據不完全統計，從 1931 年底到 1934 年 10 月中央紅軍撤離蘇區開始長征，根據地出版的報刊約有 160 餘種，其中大小報紙 34 種。[2]在這些報刊中，既有圖文並茂的鉛印大報，也有傳單式的油印小報。其中影響較大的報刊有：《紅色中華》報、《紅星報》及《青年實話》等。至 1934 年 1 月，《紅色中華》報從 3000 份增到四五萬份以上，《青年實話》發行 28000 份，《鬥爭》僅在江西

1　《本報重要啓事》，《華北日報》1929 年 2 月 8 日。轉引自劉繼忠：《新聞與訓政：國統區新聞事業研究（1927～1937）》（上），載方漢奇主編：《中國新聞史研究輯刊》（二編・第 3 冊），花木蘭文化出版社，2014 年版，第 162 頁。

2　黃瑚：《中國新聞事業發展史》，復旦大學出版社，2006 年版，第 239 頁。

蘇區每期至少要銷 27100 份，《紅星》17300 份，由此可見「群眾文化水平是迅速提高了」。[1]

1931 年 12 月 11 日，「紅中社」[2]編輯出版的《紅色中華》報在江西瑞金創刊，這是「黨在革命根據地創辦的第一張歷史較長的中央級的鉛印報紙」。[3]該報出版週期由初期的週刊改爲 3 日刊，後又調整爲雙日刊。初爲蘇區中央政府機關報，1933 年 2 月 4 日改爲中央蘇區黨、政、工、青中央機關的共同機關報。該報設有社論、要聞、專電、小時評、紅色區域建設、根據地消息以及《黨的生活》、《赤色戰士通訊》、《工農通訊》、《紅色小辭典》、《工農民主法庭》等欄目，還設有不定期出版的文藝副刊《赤焰》。每當紅軍獲勝時，還發號外。內容通俗易懂，生動活潑，深受讀者歡迎，發行數從數千份上升到 40000 份，在根據地產生了巨大的影響。

《紅色中華》報和「紅中社」實行「報社合一」的體制，編輯部成員既編報紙，又編文字廣播稿。初期僅有三五個工作人員，後發展到 10 餘人，創刊不久該報就在黨、政府和群眾團體中發展了 200 多名通訊員，後又建立了通訊部以加強對通訊工作的指導；從第 56 期起還增設了「寫給通訊員」專欄，以加強與通訊員的聯繫。[4]周以栗（中央執行委員、內務人民委員）擔任第一任主筆，後由王觀瀾、楊尚昆、李一氓、河可夫（陳微明）、瞿秋白、任質斌等主持過報紙工作。1934 年紅軍開始長征後，「紅中社」隨軍遷移。《紅色中華》報在瞿秋白領導下繼續出版發行了 4 個月，由於環境惡化，出版週期由每週三期變爲兩期再改成一期，由鉛印改爲用鐵筆手刻蠟紙油印，直至 1935 年 1 月 21 日才被迫停刊。1935 年 11 月 25 日，該報在瓦窯堡復刊，仍爲中華蘇維埃共和國中央政府機關報，陝北時期與「紅中社」仍是報、社一家，直至 1937 年 1 月《紅色中華》更名爲《新中華報》。

《紅星》報於 1931 年 12 月 11 日在瑞金創刊，是中國工農紅軍委員會的機關報，軍委總政治部主辦。初期爲鉛印 4 開 4 版，用毛邊土紙印刷，不定

1 毛澤東：《中華蘇維埃共和國中央執行委員會與人民委員會對第二次全國蘇維埃代表大會的報告》（1934 年 1 月），轉引自黃瑚：《中國新聞事業發展史》，復旦大學出版社，2006 年版，第 239 頁。

2 「紅中社」是紅色中華通訊社的簡稱，是中央革命根據地最早創辦的通訊社，於 1931 年 11 月 7 日在江西瑞金成立。

3 吳廷俊主編：《中國新聞事業史》，武漢大學出版社，2009 年版，第 215 頁。

4 吳廷俊主編：《中國新聞事業史》，武漢大學出版社，2009 年版，第 215 頁。

期出版。每期發行約 17000 份。長征期間繼續出版，因條件極其艱苦，改爲手刻蠟紙油印，每期印七八百份發往連隊。1935 年 8 月 3 日終刊。1933 年 8 月後鄧小平任主編，遵義會議後由陸定一主編。該報的使命是「加強紅軍裏的一切政治工作（黨的、戰鬥員群眾的、地方工農的），提高紅軍的政治水平線、文化水平線。」[1]內容通俗易懂、生動活潑、圖文並茂、豐富多彩。雖然編輯人員很少，但該報卻建立了一支龐大的通訊員隊伍。據統計，當時已有 500 名通訊員，其中骨幹分子 100 餘人。[2]其中既有黨政機關和紅軍隊伍中的各級領導幹部，又有在連隊基層工作的幹部戰士。許多通訊員一邊浴血奮戰在戰場，一邊握筆爲報紙寫稿，他們的稿子鮮活生動，被稱爲「來自火線上的消息」。

綜上所述，中共在根據地創辦的報刊呈現的經營特徵，主要有以下幾點：（1）它是中共以人民政權的名義創辦的報刊，因而既是黨的報刊，又是人民的報刊。這就決定了這些報刊在辦報方針、報導內容、經營策略等方面既要堅持黨性，又要堅持人民性，踐行群眾辦報的方針。群眾辦報的方針不僅有利於提高報紙的質量，而且有助於擴大報紙的發行量和影響力。（2）這是中國報刊「破天荒第一次深入到貧窮落後的農村地區」，這在「國際共產主義運動新聞事業史上都是一個偉大的創舉」。[3]農村條件艱苦，文化落後，這就決定了報紙採編人員有限，新聞報導有賴於龐大的通訊員隊伍；印刷設備簡陋，報紙以鉛印、手刻油印爲主；受眾群體文化水平普遍低下，因此報紙講求通俗易懂、生動活潑、圖文並茂。

（二）中共在國統區的地下報刊：採取隱蔽發行

1927 年大革命失敗後，中共中央機關在「八七會議」後由武漢遷到上海，轉入地下活動。爲了向國統區人民宣傳中共的政治主張，揭露國民黨集團的眞面目，中共在白色恐怖的環境下創刊和復刊了一批黨報黨刊如《布爾塞維克》、《紅旗》週刊、《上海報》、《紅旗日報》、《無產青年》和《中國工人》等。其中影響較大的是《布爾塞維克》和《紅旗日報》。

《嚮導》週報停刊後，1927 年 10 月 24 日，中共中央新的政治理論機關刊物《布爾塞維克》在上海秘密創刊，1932 年 7 月停刊。先後擔任主編的有

1　1931 年 12 月 11 日《紅星》報創刊號發刊詞《見面話》。
2　1934 年 8 月 1 日《紅星》報。
3　黃瑚：《中國新聞事業發展史》，復旦大學出版社，2006 年版，第 244 頁。

瞿秋白、蔡和森、李立三。該刊一創刊，就以全力揭露國民黨叛變革命的罪行，並及時報導「八一」南昌起義、海陸豐農民運動及廣州起義等武裝起義情況。面對越來越嚴重的白色恐怖，該刊自 1929 年起就採用各種隱蔽方式出版發行，或僞裝封面，或不斷改換刊名，曾用的化名就有《少女懷春》、《中央半月刊》、《新時代國語教科書》、《中國文化史》、《金貴銀賤之研究》、《經濟月刊》、《中國古史考》、《平民》、《虹》等等。接著，另一份中共中央政治機關報《紅旗》和中共上海區委的機關報《上海報》也相繼創刊。1930 年 8 月兩報合併，更名爲《紅旗日報》繼續出版，李求實主編。出版不到一月，發行量竟達 12000 多份，還有一些國外訂戶。該報的出版環境極其險惡，屢遭國民黨當局的查禁和迫害，先後由四五十個發行人員被捕，承印的印刷廠多次被封，直至 1931 年 3 月 8 日停刊。

由於國民黨反動派的殘酷鎮壓，以及黨內「左」傾錯誤路線的影響，1932 年後中共在國統區的工作機關幾乎被破壞殆盡，1933 年初中共臨時中央不得不從上海轉移到江西瑞金。中共在國統區創辦的地下報刊也難以爲繼。在殘酷的白色恐怖環境中，雖然這些地下報刊的生存期不長，但還是積累了不少豐富的生存經驗和鬥爭策略，比如僞裝封面，仿照流行的消閒小報，依靠群眾建立印刷、通訊和發行網點等，從而在與黑暗勢力的鬥爭中散發出異樣的光芒。

第三節　民營報業

1927～1937 年民營報業無論在發行量、經營規模還是在影響力方面均突破之前的發展狀態從而達到鼎盛期。尤其是上海《申報》、《新聞報》在組織管理、經營體制等方面的漸進式變革及其成效，對當時的報業市場以及當下的媒體轉型都產生了深遠的影響。

一、《申報》變革：優化結構與科學管理

經過 20 世紀一二十年代的企業化經營，至 1930 年代初《申報》已達到發展的鼎盛期，發行量從史氏接辦時的 7000 份上升到 155900 份，從單純一份《申報》發展到擁有四家報館的「報團」雛形。[1]隨著經營規模和影響力的

1　龐榮棣：《申報魂：中國報業泰斗史量才圖文珍集》，上海遠東出版社，2008 年版，第 135～136 頁。

擴大，《申報》在組織結構和人事管理等方面也啓動了漸進式的變革。

（一）「報團」雛形初現

經過多年的積累和苦心經營，至 1935 年《申報》的發行規模達到前所未有的高峰。1912 年前《申報》發行量未超過 7000 份，到 1917 年升至 20000 份，1920 年超過 30000 份，1935 年據該報自己宣布的數字：全國各地（除東北遼寧、吉林、黑龍江、熱河失陷外）銷數總共達 15.59 萬份，是 1912 年的 27 倍多。其中江浙滬一帶是核心發行區，上海 56050 份，江蘇 34950 份，浙江 14300 份，同時遠銷至雲南、甘肅、西藏等偏遠地區，國外亦有 320 份。[1]不僅如此，《申報》依託自身報紙品牌先後進行了多元化經營，除出版眾多刊物外，還致力於社會文化事業，兼顧出版、教育、圖書館等，不僅爭取了更多的讀者群體，而且極大地提升了報紙的發行量和影響力。《申報》於 1932 年 12 月 1 日創立了申報流通圖書館並對外開放；1933 年 3 月成立申報業餘補習學校，爲職業青年提供進修培訓等職業教育，1933 年 1 月設立申報新聞函授學校，招收學生達 800 餘人；出版《申報叢書》介紹日、蘇、歐美等發達國家的經濟、政治、思潮等，還出版《申報年鑒》（涵蓋上海地區）記錄上海地區歷史。

此外，史量才還將經營的觸角延伸到報業以外的領域，比如投資創辦中南銀行，以及創辦、兼營其他實業，爲《申報》的集團化發展趨勢奠定了堅實的資本後盾。20 年代末 30 年代初《申報》通過並購、整合和多元化經營等手段，逐漸擴展了《申報》的經營規模。1927 年史氏收買《時事新報》，1929 年 1 月又出資 80 萬元收購與其實力相當的《新聞報》的全部股權，後因國民黨的干預，《申報》佔了不到 50%的股份。但擁有三報的絕對股權，同時兼任上海中南銀行常董，集產業資本和金融資本於一身，儼然成了中國的「報業大王」。至 20 世紀 30 年代，《申報》已形成規模不菲的報紙產業，「報團」雛形初現。

（二）結構變革：從直線制到直線參謀制

至 1930 年代，《申報》規模擴張的同時帶來了管理層級的增加，在組織結構上呈現出顯著的科層化趨勢，設置的機構越來越龐大，部門之間的協調越來越難，信息溝通的難度加大，造成信息和管理成本上升。《申報》的組織

1　胡太春：《中國報業經營管理史》，山西教育出版社，1998 年版，第 63 頁。

變革是 1932 年《申報》改革計劃的一部分。[1]

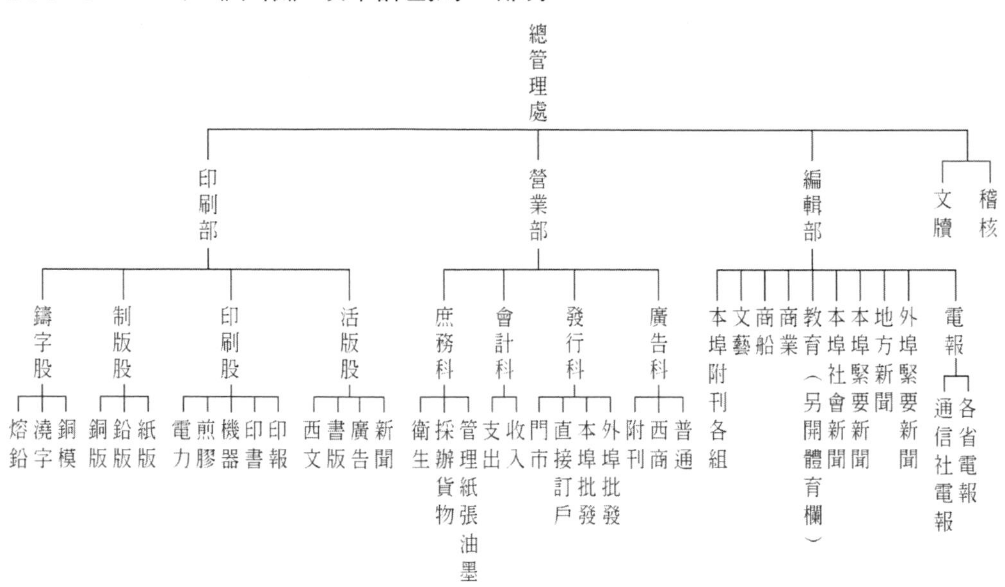

圖 4-2　1930 年申報館組織結構圖[2]

爲了有效地整合、優化管理結構，1932 年 1 月，申報館成立總管理處，作爲總攬全報館事權的最高權力機構，加強報館的統一領導，邀請陶行知爲總管理處顧問，聘請黃炎培爲總管理處設計部主任，主持《申報》改革的設計和策劃，馬蔭良擔任《申報》經理兼總管理處總務部副主任。在《申報組織系統表》中，在「總管理處」下設「營業部」，「營業部」下設「發行處」，該處統管「推廣科」、「零定科」、「外埠科」、「本埠科」四科，分別負責發行促銷、報紙零售、外埠和本地市場的發行工作。另外，作爲主報發行業務的補充，還特設「服務科」和「特種發行科」，分別負責代訂書報雜誌和發行月刊年鑒。（見圖 4-2）胡道靜認爲，「總管理處的設立是這一時期申報館在組織

1　自 1931 年起，史量才與宋慶齡、黃炎培和陶行知等進步人士的密切接觸和交流，使之在政治主張和辦報思想上發生了較大轉變，遂決定著手對《申報》實行全面改革。首先就對原先的組織結構進行了變革，設立了總管理處，作爲總攬報館全局的最高權力機構。接著在報紙內容和版面上進行了一系列革新，其中對副刊《自由談》實行的大刀闊斧的改革，使之面目一新，頗受讀者稱道。爲了進一步充實內容，《申報》還針對不同的讀者群體，增設了各種週刊、專刊。此外，還興辦了各種社會文化事業，爲讀者服務，爲社會服務。總之，1932 年《申報》改革進一步擴大了報紙在讀者和人民群眾中的影響力。

2　黃天鵬：《中國新聞事業》，聯合書店，1930 年版，第 53～56 頁。

系統方面的最大革新，也是《申報》六十週年紀念在內部組織上的新政」。《申報》總主筆張蘊和對總管理處的功能曾有較深入的闡述，認爲總管理處是全報館的「提綱挈領之機關」，是報館制度改革的重要關節。「總管理處之責任不僅圖指揮調撥之靈便，尤須注意於構成全館各部分之情況，不僅總管理處與各部分須意見融洽，尤須使彼此各部分間相互提攜，收切實合作之效。」[1]可見，總管理處的設立在《申報》的組織變革中發揮著至關重要的核心作用，在職能上不僅統攝全局，發揮指揮調撥的功能，而且務必使其下各部門精誠合作、協同發展。

不可否認，總管理處的設立加強了報館內部的專業化管理，堪爲當時民營報業組織結構上的一大進步。1930 年代以前《申報》採取的都是直線制組織結構形式即 U 型結構[2]，隨著總管理處的設立，《申報》的組織結構也隨之產生了較大變化，由此形成了直線——參謀制組織結構[3]。由於公司規模日益擴大，直線經理所擔負的管理事務也越來越繁重，急需專家型人才給予指導、建議和服務，參謀經理便是這樣的專家，其職能是給直線經理提供有效管理所需要的建議和幫助。當然，參謀經理並無決策權，發揮的是「顧問」的作用。比如，《申報》成立總管理處時，就邀請陶行知做顧問。從 1930 年代後《申報》的運營來看，設立總管理處後部門之間的矛盾似乎並不突出，但都存在管理費用提高的問題。但相對於日益擴大的營業規模來說，這部分支出還構不成多大的成本負擔，因而總體上避免了組織變革帶來的內部動盪。

（三）人事管理：從「人治」到「法治」

這一時期《申報》最顯著的進步當推管理變革，尤其是卓有成效的人事管理變革，使之逐步走上科學管理之路。

---

1 胡道靜：《新聞史上的新時代》，世界書局，1946 年版，第 98 頁。

2 U 型結構是公司制最簡單、最古老的結構形式，其特點是直線經理被授予全面的職權，有權直線指揮他的每一個下屬，且必須對本部門所有的問題作出決策。其優點是顯而易見的，比如結構簡單、決策迅速，職責明確，管理成本低。但部門之間缺乏橫向聯繫，容易形成官僚主義作風。結果，除了導致總經理不堪負荷外，還對總經理的能力提出了很高的要求。

3 直線——參謀制結構的優點是減輕直線經理的管理事務負擔，使之將更多的精力和時間投入到更重要的事務中去。並且，公司得以在專家的指導和建言下運轉，有利於公司實行專業化管理。這種結構的缺點是直線部門和參謀部門之間容易產生矛盾，參謀的權力過大或過小都不利於公司長遠的健康發展，另外還容易增加管理成本。

1、人才錄用

從「關係本位」到公開招考制度。民國時期，整個社會處於緩慢的轉型進程中，「以關係為本位」在當時的社會生活中尚居於主流地位。當時報館在人才錄用上基本沿襲傳統的私人薦舉方式，帶有封閉的人情關係色彩。史量才主持《申報》期間，認為「子弟兵能盡忠」，將本家、親友、同鄉延攬入館安置到一些重要崗位上。後來，史氏也採用「打破慣例破格錄用」的辦法，對於表現突出的工人常常破格提升為職員。至1930年代《申報》效法西方報紙向社會公開招考新聞從業人員，通過公平、公正的考試制度使優秀人才脫穎而出，得以進入《申報》，這些人中有不少成為日後《申報》發展的中流砥柱。當然，為了保證錄用人才的質量，《申報》多採用「薦舉加招考」的綜合方式來考核求職者。

練習生是當時報館中較基層的職位，且需求量大。申報館錄用練習生的程序基本分兩步，首先委託一些「辦理完善、成績卓著」的中學或職業學校先行「選拔學行兼優之高中畢業生」，以便予以「職業上之智慧訓練」。《申報》還在指定學校中設立助學金，日後就從這些享受助學金的學生中挑選「服務能力較優之高中學生有志就業者」作為招考的對象。[1]第二步，實行公開招考制度。為此，申報館制訂了《申報館招考練習生簡章》，具體規定了考生的資格、報名程序以及考試、錄取、練習、試用等環節的基本要求。報館十分重視考試的公開性、公平性，專門出臺了《練習生考試辦法》，當時的考試科目分筆試和口試，不僅在考試內容上力求全面、合理，在程序上也頗為嚴格，比如報館專門成立考試委員會，其主要職責就是批改考生試卷並評定成績。[2]這時期報館對技術職工的錄用多採用公開招考（或稱測驗）方式，認為用這些科學的方法測驗而招來的職工，大體必能稱職，只要在管理上再下一番工夫就行了。比如，對於已經雇傭的職工，加以訓練，以增高工作效率。[3]報館對新聞記者的素質要求無疑要高得多，通常對應聘者的品行、學歷、外語水平、口才乃至身體素質均有全面的、較高的要求。

---

1 上海檔案館館藏檔案，檔案號：Q430-1-1。

2 《練習生考試辦法》，上海檔案館館藏檔案，檔案號：Q430-1-1。

3 當時公開招考的測驗內容比較全面，一般包括：（一）一般智力測驗；（二）性癖測驗；（三）特種能力測驗；（四）商業知識及技能測驗；（五）個人興趣測驗；（六）個性測驗。儲玉坤：《現代新聞學概論》，世界書局，1948年版。

2、薪酬福利

激勵機制促進良性的勞資關係。到 1930 年代，隨著報館業務的增加和內部組織結構的調整，《申報》進一步推進薪酬和福利機制的變革，使之發揮良好的激勵效應，充分調動報館職工的工作積極性。比如，採取比其他報紙高的薪金制，具體做法是實行「用人少、工資高」、「送紅包、不相告」的辦法，把三個人的工作分攤給兩人甚至一人去幹。遇到突擊性工作時，加活不加人，以便使大家多拿酬勞。1927 年上海爆發規模較大的「工潮」，受此影響《申報》開始成立工會，與史量才協商制訂了工資制度，規定工人最低工資每月 29 元，每年增加 2 元，春節前發給雙薪，且根據報紙一年來的營業狀況，加發工資若干月作爲獎金（最多一年加發四個月）。1929 年《申報》編輯部同人會向館主要求改良待遇，結果加薪三成了事。[1]由於勞資關係協調得當，《申報》內部沒有發生過罷工風潮。除了工人工資固定外，其他職員的薪資並不固定，沒有一定的標準，即使高級職員也是如此。如總主筆陳景韓每月工資 600 元，與史氏一樣，其餘高級職員均在 200～300 元之間，除年底雙薪和數月工資獎金外，史氏視個人情況均發送款額不等的紅包。此等工資待遇顯然高於當時報館的平均水平。[2]

在福利待遇上，《申報》管理增添了較濃的人性化色彩。比如報館內部經常舉辦做壽儀式，爲年事已高的老職工賀壽；日常工作中供給職員膳宿，不收取住宿費，一日三餐免費供給，以鼓勵大家安心努力工作；還創辦申報職工子弟學校，便利職工子弟升學就業，以減輕報館職工的子女教育負擔。

二、《新聞報》：組織專業化與管理精細化

1924 年 11 月 5 日，汪漢溪因積勞成疾而病故，由其長子汪伯奇接任總理，次子汪仲韋爲協理，汪氏兄弟接手後進一步將《新聞報》辦出了新氣象。之後《新聞報》一直秉承「無黨無偏、完全中立、經濟自主」的辦報方針，在要麼「自懷黨見」要麼「割售零賣」的民國報界，《新聞報》獨能發揮「在商言商之主義」，抓住時機進行了一系列卓有成效的組織管理變革。

（一）組織變革：從科層化到專業化

「不求津貼，不賣言論，不與任何特殊勢力締結關係，惟憑其營業能力，

1　黃天鵬：《中國新聞事業》，上海聯合書店，1930 年版，第 97 頁。
2　胡太春：《中國報業經營管理史》，山西教育出版社，1998 年版，第 64 頁。

步步經營，以成今日海內第一之大報，此誠難能而可貴也。」[1]張季鸞以「在商言商」四字高度概括《新聞報》的辦報思想，可謂精當。進入1920年代後，《新聞報》進入穩定發展期，發行量急劇上升：1921年銷數爲4.5萬份，至1926年底達14.1萬份；1929年銷數達15萬份，[2]1935年達18萬餘份，達到該報的歷史最高水平，也是民國時期報紙發行的最高紀錄。廣告收入也逐年增加，《新聞報》遂得以達到「經濟自立」：「每年廣告刊費收入，自數千元歷年遞增，至今幾及百萬元，除開支暨股東官紅利外，同人亦得花紅之分潤，業務有蒸蒸日上之望。」[3]

1927～1937年《申報》、《新聞報》隨著業務的不斷擴大，機構設置也日益擴張，組織結構日趨完善，呈現出從科層化到專業化發展的趨勢。隨著報紙規模的擴大，中國民營報館的組織機構不斷完善，部門的層級化日益顯著。（參見圖4-3）

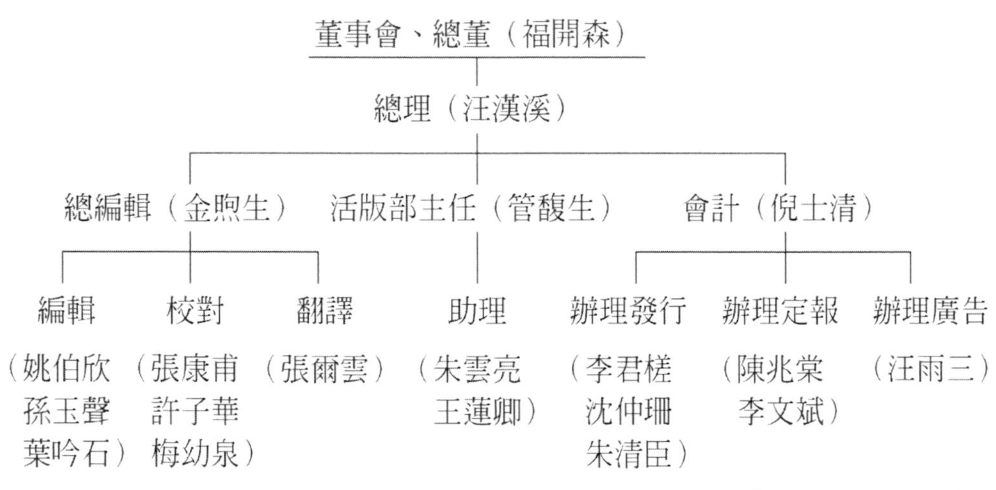

圖4-3　1907年前後新聞報館組織結構圖[4]

到1925年，爲了適應營業規模擴大的需要，同時進一步明確分工，《新聞報》的組織結構從原來的三級變爲四級。其優點在於分工明確，便於層層監督、把關，而且給職員提供了升遷激勵的機制。但另一方面，由於組織層

1 儲玉坤：《現代新聞學概論》，世界書局，1948年版，第79頁。

2 吳廷俊：《中國新聞史新修》，復旦大學出版社，2008年版，第217、218頁。

3 汪漢溪：《新聞事業困難之原因》，見新聞報館編印《新聞報館三十年紀念冊》，1923年版。

4 姚福申：《解放區〈新聞報〉經營策略研究》，《新聞大學》1994年春季號。

次的增多，內部組織的信息交流容易出現障礙，並且權力過於集中到上層，使之難以對環境變化迅速作出反應。隨著報館業務量的擴大，原有的組織結構顯然不能滿足新的市場需要。汪漢溪遂在編輯部和經理部增設了三個科：在發行科之外增設了推廣科；在採訪科之外增設了考核科；在廣告科之外加設準備科。這些新創意的部門是根據報紙採訪、廣告、發行等業務發展的需要而添設的，顯示出這時期報紙在組織結構設計上的靈活性和專業化。概言之，20 世紀 20 年代的《新聞報》組織系統，部門的層級化凸顯，機構設置趨於完善。這一時期的《新聞報》曾被戈公振《中國報學史》選擇作爲同期中國報館組織結構的樣板（參見圖 4-4）。

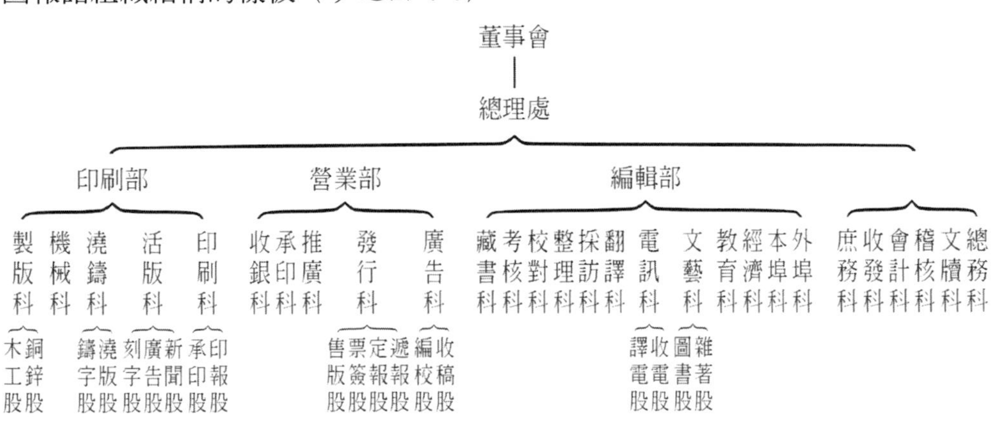

圖 4-4　1920 年代新聞報館組織結構圖[1]

正因爲組織結構的健全、嚴密，1924 年汪漢溪去世後《新聞報》的運營幾乎沒有受到多大影響。在 1924～1934 的十年中，《新聞報》的機構設置日益擴大。基層股一級組織增加最多，1924 年有 19 個，到 1934 年一級組織增加至 28 個，製版科新增的股最多，有印機股、電機股、煎膠股、銅版股、賽銀股，從中反映出印刷工藝的進步和分工的細密[2]（參見圖 4-5）。1920 年代末 30 年代初，隨著運營規模的擴大和組織架構的複雜，經理階層相繼在一些民

1　戈公振：《中國報學史》，生活・讀書・新知三聯書店，2011 年版，第 187 頁。

2　1924～1934 年，《新聞報》的機構設置不斷擴大，具體來説，總理處直轄科室改稱課，由 6 個增至 10 個；新增的部門有準備課、出納課、統計課和設計課；營業部屬下的收銀科與承印科取消，這兩科的工作由出納課與準備課承擔；準備課主要是事先籌劃廣告的版面，通過總理處命令編輯部按劃定的版面安排新聞和文章。編輯部取消整理科；印刷部取消機械科，增設物料科，原機械科工作由製版科承擔。參見姚福申：《解放前〈新聞報〉經營策略研究》，《新聞大學》1994 年春季號。

營大報中湧現且發揮了至關重要的作用，科層化趨勢日益顯著。1927 年《新聞報》逐步形成董事會領導下的總理處負責制，由董事會聘任總經理、總主筆，然後由這些領導人分別聘任下屬機構部門負責人，報董事會備案。總經理掌握經營管理大權，同時領導編輯部、營業部、印刷部。1929 年左右，《新聞報》工作人員設有 14 個等級，即總經理、協理、總編輯、部主任、課科股主任、課員、科員、股員、練習生、技術工友、無技術工友、練習工友、館使、館役。通過建立完備的組織架構和管體制，《新聞報》逐步走上現代化管理之路。

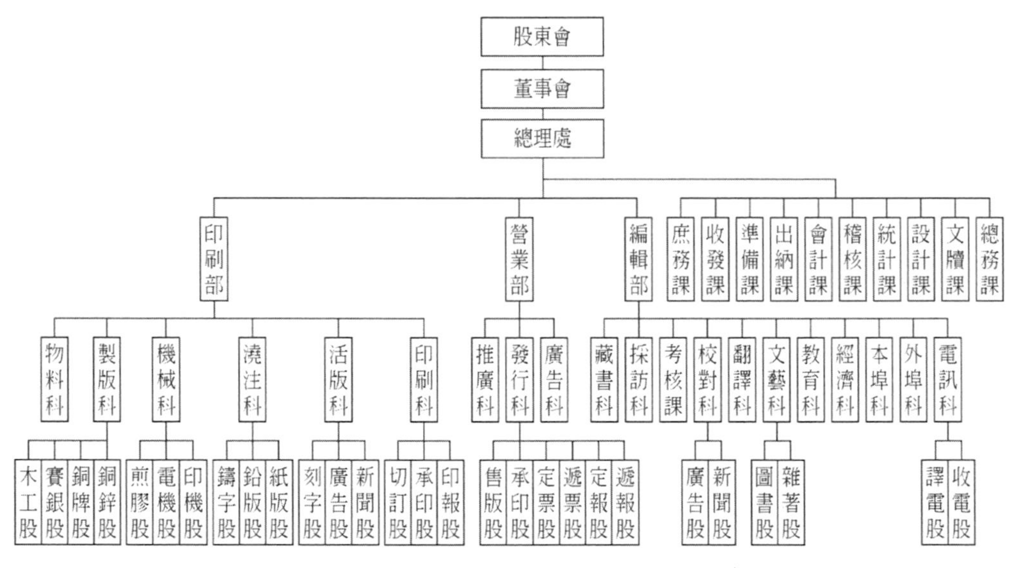

圖 4-5　1930 年新聞報館組織結構圖[1]

當然，《申報》、《新聞報》在組織變革的細節上都存在著不足之處，還不能完全符合現代新聞業的要求。比如，採訪部門在結構設計中尚依附於編輯部，並未獲得眞正的獨立性，這顯然無法滿足報業發展的實際需要。但同時也反映出當時報紙採訪力量的相對弱小。

（三）人事管理：剛性制度與人性化管理相融合

這時期《新聞報》的人事管理變革，漸漸擺脫以前的傳統做法，積極引入公平、公正的公開招考制度選拔人才，進一步完善了人員招聘與任用制度。同時，將業已形成的薪酬與福利制度穩步向前推進，使之更趨於健全、精細。

1　《新聞報》概況，上海檔案館館藏檔案，檔案號：Y8-1-20-3。

1、採用公開招考制度，人才錄用漸趨公平、公正

民初報館在人才任用上帶有濃厚的傳統中國人情社會的痕跡，比如《新聞報》在管理職位的人選上就保留著「父死子繼」的傳統痕跡。1920 年《新聞報》添設協理一職，由汪漢溪的兒子汪伯奇擔任。1924 年 11 月汪漢溪病故，汪伯奇接任總理，主持館務。之後又任其次子汪仲韋爲協理。儘管此舉有酬謝汪漢溪對《新聞報》的貢獻並有激勵同人之意，但不免留有封建家族制的痕跡。

至 20 世紀 30 年代，改組後的《新聞報》採取董事會下的總理處或總經理負責制，在人事錄用和任命上已基本形成較完善的制度。總體來看，《新聞報》對大多數報館需要的人才均採取向社會公開招考的辦法。從現存的檔案記錄中可以得知，至少在 1929 年之後。[1]《新聞報》明確規定，對招錄的任何工作人員均須經過考試的程序，且考試含筆試和口試，考試科目視所需用何種人員而定；對擬錄用人才均要求做嚴格的體格檢驗，並要求保人擔保；招考人員一經錄用，必須經過一到三個月的試用期限（probation period），試用期內薪金職員 30 元，有技術工友 29 元；試用期後薪金職員普通 25 元，福食 12 元，工友工食 29 元。[2]

2、實行將薪酬與績效掛鉤的激勵機制，賞罰分明

《新聞報》對職工的管理分爲「館員」與「非館員」兩大類。[3]據陶菊隱回憶，當時《新聞報》有一套人事制度，仿照海關、郵局的通例，對館內職工論資排輩，逐年提高工資，年終分配紅利，退休有養老金。這種制度具有相當強的激勵效應，易使職工對《新聞報》產生持久的歸屬感，從而把服務該報當作終身職業。因此該報職工隊伍一直穩定，流動較少。《新聞報》實行年終分紅，這在滬上報紙中並非個案，當時「上海各大報年終，對職工尚有花紅之分，視各報之盈餘而定」。[4]但《新聞報》分紅提成的力度較大，「館員分紅提獎，每年收入約等於增發五個月的工資。館員入館時工資起點甚低，每月僅有三五十元，服務時間愈久，工資提高愈多。」[5]

---

1 該檔案記錄未注明具體時間，根據記錄內容可推斷當不早於 1929 年。

2 孫慧：《新聞報創辦經過及其概況》，《檔案與史學》2002 年第 5 期。原載上海檔案館館藏檔案，檔案號：Q430-1-173。

3 館員指在館內服務的經理、編輯兩部職工，包括勤雜人員，各省通訊員則皆不在其列。

4 黃天鵬：《中國新聞事業》，上海聯合書店，1930 年版，第 98 頁。

5 陶菊隱：《記者生活三十年——親歷民國重大事件》，中華書局，2005 年版，第 104 頁。

汪漢溪總理《新聞報》時期，實行將經濟利益與工作績效掛鉤的考核機制。《新聞報》專門設立考核科，每天核查對比上海各報的版面，發現別家刊出的重要新聞爲《新聞報》所漏登的，立即追究脫漏原因，記入考核表，給予應有的處分；凡是《新聞報》獲得的獨家新聞，根據其新聞價值，對有功人員作出不同程度的獎勵。獎勵有統一標準，以體現公平競爭的精神，這種辦法有效地調動了職工積極性。同時根據職工任職之勤勉及有功情況，可依據《升級章程》酌定升級及特別超過規定的加薪；對於工作能力薄弱或不努力者，或擴假、請假逾規定日數及遲到早退者，則分別予以降級、減薪、扣薪等處理辦法。[1]另外，還根據報館盈利狀況或時局變化，對報館職員、工友酌量分級加薪。比如，1936 年 12 月 19 日報館召開常務董事會議，總經理吳蘊齋提議該年份廣告及批報收入均稍增加，而開支方面經努力節約之結果反見減少，念及「在館職員工友勤奮辦公，不無勞績」，故而「按照考績分別酌量加薪，以明賞罰而資鼓勵」。[2]可見，《新聞報》在管理中並不一味地固守原有制度，而是通過靈活的激勵機制使管理更富人性化色彩，激發員工的從業積極性。

3、福利制度更加健全、精細，頗富人性化

相比同期的其他民營報紙，《新聞報》在福利制度上則更爲深入、細緻，關心、體恤到職工生活的方方面面需求和困難。1926 年汪仲韋任職新聞報館期間，曾擬訂了若干條優待職工辦法。該辦法是汪仲韋借鑒當時滬杭甬鐵路局對待員工的福利制度的結果，在此之前汪曾任職該路局。這套被汪視爲「勞資兩利的制度」涵蓋面廣泛，內容包括醫療、保險、撫恤金、退職金和發放花紅等福利，[3]尚有膳食津貼、公共宿舍、浴室等享受，並已訂好計劃，準備

---

1 孫慧：《新聞報創辦經過及其概況》，《檔案與史學》2002 年第 5 期。原載上海檔案館館藏檔案，檔案號：Q430-1-173。

2 上海檔案館館藏檔案，檔案號：Q430-1-261-118。

3 汪仲韋擬訂的優待職工辦法，涵蓋廣泛，主要包括：（一）館內職工，凡工作勤慎，不犯過錯者，每年加薪一次。（二）陽曆年終發雙薪，公司有盈餘時，陰曆年終對股東發官紅利，對職工發花紅（大致相當於三個月薪水）。（三）職工離職時，視其在職年份長短，工作一年發給半個月薪水的退職金（例如工作十年，發給相當最後一個月薪水的 500%）。（四）向華安人壽保險公司投保團體人壽險。保險費由報館負擔。保險人死亡，全部賠款由其家屬具領。超過十五年不出險情者，保險人可領回全部保險費。（五）根據合同，保險人可到華安保險公司醫務室看病，憑醫務室所開病假單給予病假。藥方向報館庶務課領取贖藥摺，憑摺至指定的中西藥房或中藥鋪贖藥，費用由報館總付。（六）職工死亡，家屬除向保險公司領取賠款及報館

購地建造家屬住宅，由於抗日戰事發生而未能實現。就其中各項福利設施而論，今天看來雖談不上如何優待，但在當時上海各家報館中甚至整個出版界，也是首屈一指。[1]

1931年以後，上海一埠百物騰貴，生活程度迅速提高，《新聞報》爲減輕職工生活程度起見，特將關於日用所需和消耗品與各商號接洽，爭取職工購物給予折扣。比如購買書籍、文具等物品，甚至照相等生活支出。通常由報館發放「購物優待券」，職工持券到指定商號消費即可獲得優惠。[2]此外，《新聞報》對於關係職工健康的醫療就診問題也十分關心，經常聘請醫師爲醫藥顧問，職工只需依照規定手續領取診病單，便可前去求醫問診。[3]至於職工家屬凡涉及產、婦、孺科疾病者住院、出診及門診，也可憑《新聞報》證明書到指定醫院就診，便可享受一律照章對折以資優待。這些舉措在當時的報館中應算得上是超前之舉了。對於考核成績優異者，亦以增股方式給予獎勵。另外，還實行退職領取養老金制度，對個別臨時有困難者，給予臨時補助。當然，《新聞報》的出發點乃在激勵人心，希望全體職工全心全意終身爲報館賣力，幫助《新聞報》「立百年不拔之基」。

値得一提的是，《新聞報》的管理變革並非盲目移植西方報業的制度管理經驗，而是將剛性制度約束融入人性化管理中，由此使得管理變革之路更爲順暢，富有成效。

三、成舍我與「世界報系」：「報紙大衆化」理念及其實踐

1924年成舍我[4]在北京創辦《世界晚報》，翌年增出《世界日報》、《世界畫報》，由此形成日報、晚報、畫報系列，「世界報系」遂成中國最早的具有托拉斯色彩的報業集團。1927年成氏在南京創辦《民生報》，1935年在上海

規定的喪葬費外，家屬還可按死者在報館服務年份多少，每月向報館具領死者生前之半薪。如有成年子女，願意來館接替者，報館接受他當學徒。

1 汪仲韋：《我與新聞報的關係》，《新聞研究資料》1982年第2冊。

2 上海檔案館館藏檔案，檔案號：Q430-1-261-126。

3 上海檔案館館藏檔案，檔案號：Q430-1-255。

4 成舍我（1898.8.28～1991.4.1），中國著名報人，在中國新聞史上享有很高聲望與影響。原名成勳，後名成平，舍我爲其筆名。湖南湘鄉籍人，出生於南京下關。從1913年他爲安慶《民岩報》撰稿，到1988年在臺北創辦《臺灣立報》，直至1991年去世，從事新聞業近77年，一生參與創辦媒體、刊物近20家，直接創辦12家，遭遇挫折無數，也是以個人力量從事新聞教育事業最長、影響重大的新聞教育家。

創辦《立報》並獲得成功。抗戰爆發後，「世界」報系和上海《立報》相繼停刊，成舍我於 1938 年在香港復刊《立報》。抗戰勝利後他又回到北平，復刊《世界日報》和《世界晚報》。成舍我是民國新聞界提出「報紙大眾化」主張的第一人，其大眾化、平民化的辦報思想在當時產生了重大影響。

（一）「以報養學，以學強報」

近代新聞教育發端於民國初年，勃興於 1920 年代的北京、上海等地，至 30 年代上海地區的新聞教育規模日益擴大和正規化，給正值壯大的民營報紙輸送了一大批訓練有素的新聞人才。1930 年代後一些民營大報的經營業績和科學管理即得益於新聞教育的發展，比如成舍我就創造性地走出了一條「以報養學，以學強報」的新聞人才培養之道。

1924 年 4 月成舍我在北京創辦《世界晚報》，1925 年 2 月和 10 月分別創辦《世界日報》和《世界畫報》，都是「完成沿用西方資本主義現代報紙的做法創辦起來的報紙。」[1]由此形成了一個報社日、晚、畫三報同時出版的「世界報系」。除了孜孜以求的辦報外，成氏還非常重視新聞人才的培養。1933 年 2 月，成舍我開始創辦北平新聞專科學校，並自任校長。第一年開設了初級職業班，招生 40 名，學制 2 年，以培養「德智兼修，手腦並用」的新聞人才爲辦學方針，注重新聞學理、業務管理和政治法律等社會科學專案之教育，學科教育與實習並重，使學員將來成爲既是能用腦的新聞記者，又是能用手的排字工人的全面發展的人才。學校既是工廠又是報館，學員上午學文化課，下午上技術課，學排字、背字盤，學習兩個月後即爲報社印務服務。1933 年到 1935 年間，新聞專科學校又相繼開設了報業管理夜班、報社經營管理高級班和無線電特班。學員結業後全部到《世界日報》或《民生報》工作。這些學校是成舍我處於事業鼎盛時期根據需要而開辦的，企圖以最短的時間，訓練一批報業管理人員，強化他的「科學管理」，同時一批批訓練有素的學生成了他的新聞事業重要的「人才庫」。[2]這些學員的月薪比從外面聘請有經驗的從業人員低得多。所以總體來看，「學生給報社節約的開支和創造的價值遠遠超過了開辦學校的開支，這不能不說是成舍我的精明之處」。[3]可見，成舍我創辦

1 吳廷俊：《中國新聞史新修》，復旦大學出版社，2008 年版，第 222 頁。
2 周靖波：《成舍我的業績》，見《報海生涯——成舍我百年誕辰紀念文集》，新華出版社，1998 年版。
3 張潔：《中國近代民營報業經營方略（下）》，見《新聞與寫作》2005 年第 7 期。

新聞專科學校不僅爲「成氏報系」節約了成本，而且爲提高報業從業人員的素質做出了貢獻。由於苦心經營，《世界日報》發行量高達 35000 多份，居北京各報之首，雄居北方報界之首。[1]

（二）「報紙大眾化」理念

成舍我大眾化辦報思想的逐步形成，是在 1930 年出國考察之後。歸國之後除了引入歐美報業的新聞教育模式和科學管理方法外，他還進一步懂得歐美報業「大報小型化」的重要意義並付諸實施，在此基礎上提出了「報紙大眾化」理念。

1920 年代末，受西方報紙大眾化浪潮的影響，隨著中國報紙企業化的發展，在中國報界「新聞與大眾的結合成了一種較爲普遍的辦報思想」。[2]囿於北洋軍閥統治下的北方輿論環境險惡，1927 年成舍我南下南京創辦了《民生報》，上市一年，銷量就從 3000 份上升到 3 萬份，超過了南京《中央日報》，冠蓋南京各報。1934 年 9 月《民生報》因得罪時任行政院長的汪精衛被勒令停刊，成舍我於是前往上海。1935 年 9 月在上海與同人集資創辦小型報紙《立報》，由此形成了「成氏報系」。

《立報》創辦後提出「報紙大眾化」和「以日銷百萬爲目的」兩個口號，標誌著成舍我大眾化辦報思想的成熟。主持《立報》期間，成舍我堅持小型化辦報立場，「小型報」（tabloid）具有長話短說、簡明扼要、重視言論、競爭消息、廣用圖片的特點，因而要求新聞迅速、信息量大，排版印刷生動精美，副刊新鮮有趣。成舍我認爲，這是報紙大眾化不可或缺的。[3]基於此，成舍我提出了四項辦報原則：（1）憑良心說話；（2）用眞憑實據報告新聞；（3）除國家幣制及社會經濟有根本變動外，永遠保持「一元錢看三個月」廉價報紙的最低價格，決不另加絲毫以增重讀者的負擔；（4）除環境及不得已原因外，終年爲讀眾服務，無論任何節日，概不許有一天的休刊。[4]雖然《立報》以文字通俗、價格低廉、內容有趣的特質一紙風行，但成舍我認爲大眾化報紙的要義並不僅僅止步於此，而是要承擔起社會使命感。這也是成舍我的「報紙大眾化」理念與西方大眾化辦報思想的絕對差異。對此他曾在《立報》發刊

1　李焱勝：《中國報刊圖史》，湖北人民出版社，2005 年版，第 118 頁。
2　林溪聲《成舍我的大眾化辦報理念與實踐》，見《新聞傳播》2006 年第 10 期。
3　周海波：《成舍我的業績》，《報海生涯一成舍我百年誕辰紀念文集》，新華出版社，1998 年版，第 12 頁。
4　《我們的宣言》，《立報》1935 年 9 月 20 日。

詞《我們的宣言》中有精要的闡釋：「……我們的大眾化，卻要準備為大眾福利而奮鬥，我們要使報館變成一個不具形式的大眾樂園和大眾學校。我們始終認定，大眾利益總應超過於任何個人利益之上。」尤其置身國家危難時刻，他強調辦報應以「立己」「立人」「立國」為宗旨，「以最新姿態，使報紙功能普及全國大眾」，「使全國國民對於報紙皆能讀、愛讀、必讀，使他們覺到讀報和吃飯一樣的需要，看戲一樣的有趣。」[1]

《立報》的大眾化定位使之擁有廣泛的、忠實的讀者群體，並且在重大政治運動和社會事件上立場堅定，言論公正，因而受到了社會各階層人士的歡迎。到 1937 年 11 月上海淪陷宣告停刊時，《立報》發行量最高達 20 萬份，一舉超過老牌大報《申報》和《新聞報》，創造了我國自有日報以來的最高發行紀錄，成舍我的大眾化辦報實踐由此達到了輝煌的頂峰，有評論甚至認為「在中國新聞史上，除了天津《大公報》，《立報》可以說是最成功的」。[2]

（三）率先實行科學管理

這一時期，民營報人相繼走出國門，遊歷歐美考察報業發展，率先將西方報業的科學管理模式引入、推行到報紙管理活動中。其中最為突出的是成舍我的科學管理實踐。1930～1931 年，成舍我考察英、法、德、美等國報業，回國後即效法西方報業的科學管理法，在《世界日報》成立了總管理處，將之作為報館運營軸心，其下設監核、總務、擴充、倉庫四組，以及編輯、營業、會計、印刷四處。在財務方面實行新式簿記會計制度，進行成本會計。除了嚴格內部管理外，還牢牢把握監核環節，因監核是科學管理的核心。比如登報刊出舉報電話，表示歡迎讀者監督檢查。最具特色的是他實行的工作日記制度，即報社人員每人一本工作日記，必須記錄當日工作情況，下班時交至總管理處，然後由成舍我親自批閱，次日一早發還，有問題及時批示，獎罰分明，對報社的人事、資金、出版、經營實行有效管理和領導，堅持企業管理的思路。[3]

1930 年 4 月成舍我歸國後萌發了組建報業集團的設想，並提出了一套成熟的計劃。太平洋戰爭爆發後，成舍我和程滄波等人在重慶合作籌建「中國新聞公司」，投資經營《世界日報》（重慶版），並計劃抗戰勝利後，依然以南

---

1 《我們的宣言》，《立報》1935 年 9 月 20 日。
2 曹聚仁：《我與我的世界》，北嶽文藝出版社，2001 年版。
3 馬達：《成舍我成功的報業經營》，《青年記者》2000 年第 6 期，第 48 頁。

京爲中心，在全國東、南、西、北、中五大地區主要城市，陸續創辦起十家均以《世界日報》命名的大報。[1]同時，還設想仿照美聯社組織方法，籌辦一家專用通訊社，一個新聞研究中心和定期出版的新聞研究刊物、新聞畫報及其他附屬生產事業。[2]遺憾的是，這個寄託著成舍我報業夢想的藍圖最終由於種種原因而夭折。

四、新記《大公報》：商業經營與文人論政的平衡

1902 年 6 月 17 日英斂之在天津創辦《大公報》，1916 年 9 月售與王郅隆，王接辦至 1925 年 11 月 27 日停刊。1926 年吳鼎昌、胡政之、張季鸞三人組成的新記公司接辦《大公報》，於當年 9 月 1 日復刊。吳鼎昌任社長，胡政之任經理兼副總編輯，張季鸞任總編輯兼副經理。《大公報》由此開始進入鼎盛時期。

（一）「四不」方針與經濟獨立

《大公報》在 1926 年續刊之際，就提出了辦報的「四不方針」：「不黨、不賣、不私、不盲」。[3]其旨在於確保報紙的言論自由，不受外界一切干擾，惟奉新聞客觀性爲最高圭臬。以「四不」爲安身立命之準則，新記《大公報》在波詭雲譎的時局中始終堅持「消息確實」的報導，發表「負責任」的言論。言論自由的前提則在於經濟獨立，從這個意義上看，「四不」方針乃是新記《大公報》的「獨立宣言」，兩者一脈相承。

1、恪守新聞的客觀性

續刊之初，新記《大公報》便著力在提高新聞的報導質量上下工夫，因此除了依靠國聞通訊社北京、上海、武漢、瀋陽、哈爾濱五個分社發專電、寫通訊外，1928 年又在南京設立辦事處，而且還不斷培養、拓展自身的採訪力量，逐漸建立起一個覆蓋廣泛、反應迅速的記者、特派員、通訊員網絡。

1　張友鸞等：《世界日報興衰史》，重慶出版社，1982 年版，第 221 頁。

2　胡太春：《中國報業經營管理史》，山西教育出版社，1998 年版，第 97 頁。

3　「四不」方針的全面表述爲：「曰不黨，『純以公民之地位，發表意見，此外無成見，無背景。凡其行爲利於國者，擁護之，其害國者，糾彈之』。曰不賣，『聲明不以言論做交易，不受一切帶有政治性質之金錢補助，且不接受政治方面之入股投資。是以吾人之言論，或不免囿於智識及感情，而斷不爲金錢所左右』。曰不私，『本社同人除願忠於報紙故有之職務外，並無它圖。易言之，對於報紙並無私用。願向全國開放，使爲公眾喉舌』。曰不盲，『夫隨聲附和，是謂盲從。一知半解，是謂盲信，感情所動，不事詳求，是謂盲動，評詆激烈，昧於事實，是謂盲爭。吾人誠不明，而不願陷於盲。』」

正是因爲擁有這樣一支強大的採訪團隊，新記《大公報》才得以能夠一直堅持「消息確實」的報導，且新聞的自採量常常佔據新聞版面的絕大部分。比如地方通訊和本埠新聞完全爲本報記者和通訊員採寫，要聞版的新聞、本報專電和通訊占一半以上。有時甚至完全用自己的專電，不用一條外稿。這在當時以轉載爲新聞紙常態的報界，殊不多見。

新記《大公報》並不認同所謂「不偏不倚」的辦報立場，認爲那種「態度中立」的標榜不過是追求虛幻的公正。張季鸞曾言：「國且不國，吾人安有中立袖手之餘地。」[1]因此主張報紙應發表「負責任」的言論，尤其當重大政治事件和社會運動發生時，應觀點鮮明，表態明確，絕不首鼠兩端，做應景文章。張季鸞多次強調「要求同人盡可能的剖析事實，衡量利害，不畏強權，不媚時尚，期以公正健實之主張，化全國各種感情思想上之歧界」。[2]在言論寫作中，以「四不」方針作爲言論的最高原則，以「立意至公、存心至誠、忠於主張、勇於發表」爲言論信條，新記《大公報》的社評從百姓疾苦到政府腐敗，從時局變化到前方戰事，從國內事變到國際形勢……凡屬值得評價、需要議論之事，幾乎均有涉及。[3]由於報紙所發的言論敢於針砭時弊，一針見血，客觀分析，不屈從不盲動，因此觀點不同流俗，令人耳目一新，形成了自身鮮明的特色。因此贏得了讀者的廣泛好評，「《大公報》的社評，享譽海內外。讀者翻開《大公報》，無不以先讀社評爲快。」[4]

2、高度重視經濟獨立

新記《大公報》續刊之時，最初只有 5 萬元股本，當初吳、胡、張三人決定盡 5 萬元之用，力爭營業收支正達平衡，決心「失敗關門，不招股，不受投資，不要社外任何輔助」。此種決心緣於辦報同人的報業理想即「言論獨立，良心泰然」。在《本社同人的聲明》中，可以明瞭新記《大公報》對於自身價值的定位：「民國以來中國報也有商業化的趨向，但程度還很淺。以本報爲例，假若本報尙有渺小的價值，就在於雖按著商業經營，而仍能保持文人論政的本來面目。」[5]保持商業經營與文人論政的平衡，是新記《大公報》試

1 《本社同人志趣》，天津《大公報》1926 年 9 月 1 日。
2 《今後之大公報》，天津《大公報》1936 年 4 月 1 日。
3 羅國幹：《新記〈大公報〉的經營管理——媒介經營管理研究之三》，《廣西大學學報（哲學社科版）》2006 年第 5 期。
4 賴光臨：《七十年中國報業史》，臺北中央日報社，1981 年版。
5 《本社同人的聲明》，《季鸞文存：下冊》，大公報館，1947 年版，第 127 頁。

圖在津貼本位的新聞界中趟出一條新路的努力方向，其實質還在於經濟獨立。胡政之說：「報社營業若能獨立，始有發展之機」。張季鸞也說：「欲言論獨立，貴經濟自存。」[1]可見，奉經濟獨立爲相當一段時期的鵠的，不能不高度重視報紙經營。

從現代報業所應具備的經營條件看，新記《大公報》不依附黨派、社會團體，活動於法律允許的範圍內，是享有一定自由度；其成員大多受過專門的職業教育，以新聞傳播爲終生志業，擁有較高專業化水準；管理者自身素質很高，高層的管理人在管理過程中不控制社內新聞人的思想和行爲傾向，讓記者「撒手幹」。[2]正是明確的、切實的價值追求和目標定位，使得新記《大公報》同時具備這樣多重身份角色，既是一個獨立完善的經濟實體，又是一個專業化的新聞機構，同時又逐漸成爲具備現代管理意識的媒介組織。「從《大公報》的經營特點看，是典型的民間媒體。」[3]這無疑爲新記《大公報》的現代化經營在精神和物質層面都提供了充分的資源條件。

（二）科學的人力資源管理

新記《大公報》時期，脫穎而出的名記者、名編輯可謂燦若群星，在中國新聞史上留下精彩的一筆。據統計，「列入《中國新聞年鑒》『中國新聞名人介紹』欄的大公報編輯記者，累計達 36 人。被《中國大百科全書新聞出版卷》列爲條目加以介紹的大公報編輯記者達 12 人，占全部人物條目 108 條的 1／9。」[4]其中就有張季鸞、胡政之、王芸生、范長江、楊剛、彭子岡、徐盈、蕭幹等。這得益於報館建立的一整套科學的人力資源管理制度，覆蓋從人才的選拔、任用到管理等一系列環節。

1、人才的挖掘和選拔

新記時期，主管經營的胡政之任人唯才，並且善於挖掘人才，只要是有助於報社發展的可用之才，必定納入《大公報》委以重任。比如，當初王芸生因與張季鸞打筆墨官司，結果被慧眼識中進了報館，日後又擔綱大樑；北京大學學生范長江的文章因經常見諸於平津各報報端，其文才被胡關注，1935

1　周雨：《大公報人憶舊》，中國文史出版社，1991 年版，第 2 頁。

2　王芝芙：《老報人王芸生——回憶我的父親》，載《文史資料選輯：第 33 冊第 97 輯》，中國文史出版社，第 89 頁。

3　賈曉慧：《論〈大公報〉的報業觀：以 30 年代爲例》，見《史學月刊》2002 年第 8 期。

4　吳廷俊：《新記〈大公報〉史稿》，武漢出版社，2002 年版，第 2 頁。

年得《大公報》資助到大西北旅行，其旅行通訊連載後轟動南北，默默無聞的范長江從此享譽全國；起初爲《大公報》採寫校園新聞的張高峰還是武漢大學學生，被聘爲特約記者，後又轉正爲正式員工；還有些編輯記者是從活躍的投稿者中被發現的，比如徐盈、彭子岡、杜文思等。此外，《大公報》還採用公開招考制度，不論是基層的練習生，還是從事新聞業務的編輯、記者，報館都根據事業發展的需要進行招考，並且對應試者的學歷背景、年齡、職業等不設限制，只要是有志於從事新聞事業的人士都可以來應考。比如，曹世瑛、孔昭愷、曾敏之、陳凡、羅承勳、徐鑄成、王文彬等就是通過考試進入報館的，他們中有的後來成爲獨當一面的帥才，有的成爲精幹的骨幹良將，爲報紙發展做出了應有的貢獻。

2、人才的培養與任用

著眼於人才自身和報館的長遠發展，新記《大公報》還專門制訂了《大公報社職員任用及考核規則》。其中規定新進員工經過培訓和實習，必須能夠掌握「寫」、「跑」、「照」、「論」等各方面技能，以兼通經理、編輯兩個部門的業務；通過輪崗制來培養員工的綜合能力，比如先擔任採訪記者，然後從事編輯工作，再外派到各地擔任特派記者，表現優異者還可提拔爲骨幹予以重點培養，如擔任要聞版編輯或編輯主任。這種崗位輪換制度大大提升了報館人才的綜合素質，有助於優秀人才脫穎而出。比如，張琴南、徐鑄成、王文彬、金誠夫、許萱伯等這些後來名動新聞界的人士，都是由普通記者一步步成長起來的。有人將這種培養和磨礪人才的方式概括爲「養用結合」[1]，可謂貼切。

3、人才的「保健」管理

此外，新記時期《大公報》還很注重人才的「保健」管理，對報館員工的薪酬獎勵、勞動福利、工作保障等也形成了一套有效的制度。天津時期，報館員工的薪酬收入比較穩定，高於一般北方報館，一般職員月工資 30 元左右，編輯一般 100 元左右。同時還規定，凡員工父母整壽或喪亡，本人整壽、婚嫁及子女婚嫁，報館都要贈送相當於本人兩個月工資的贈金，其中一個月代報館同仁贈送，免得彼此酬酢造成負擔。每屆年終員工還可以得到兩個月或三個月工資的獎金。有少數得力的編輯、經理、工廠人員，甚至會私下收

1 羅國幹：《新記〈大公報〉的經營管理——媒介經營管理研究之三》，《廣西大學學報（哲學社科版）》2006 年第 5 期。

到報館所發的紅包。員工平時遇到生活困難，只要情況屬實，報館都會借給他們一些錢救急。[1]穩定優厚的待遇、富有溫情的人性管理使《大公報》不斷吸引著優秀人才的加盟，並且凝聚了一支能力出色、富有士氣且忠誠度高的新聞人才隊伍。

（三）狠抓廣告和發行業務

1926 年《大公報》職工不過 70 人，發行量僅 2000 多份，廣告收入 200 元左右，每月虧損達三、四千元。1927 年底發行數已達 1.2 萬餘份，廣告收入達每月 3200 元，開始有了盈利。「1926 年至 1936 年 10 年間，新記《大公報》已從以 5 萬元起家的小本企業，一躍成爲總資產超過 50 萬元的報業巨頭。1936 年上海版創刊時，職工人數增加到 700 人，是當初的 10 倍，月支出 10 萬元，全國分銷機關達 1300 多處，發行量超過 10 萬份，成爲具有全國影響的大報。」[2]廣告收入和發行規模迅猛提高的背後，是報館採取的一系列富有成效的策略和方法。

表 4-1　1927 年 7 月～1936 年 7 月《大公報》日出版數量及廣告情況抽樣統計[3]

日　期	張數	版面數	廣告版面	版面比例	當日廣告量	備　註
1927 年 7 月 1 日	4	8	3.5	44%	89	——
1928 年 7 月 1 日	5	10	5.5	55%	149	中縫有廣告
1929 年 7 月 1 日	8	16	10	63%	255	——
1930 年 7 月 1 日	6	12	9	75%	219	——
1931 年 7 月 1 日	6	12	5.5	46%	154	——
1932 年 7 月 1 日	6	12	7	58%	251	——
1933 年 7 月 1 日	7	14	6.8	49%	211	——
1934 年 7 月 1 日	9	18	9.5	53%	281	——
1935 年 7 月 1 日	7	14	7+	50%	248	——
1936 年 7 月 1 日	7	14	9	64%	231	——

1　羅國幹：《新記〈大公報〉的經營管理——媒介經營管理研究之三》，《廣西大學學報（哲學社科版）》2006 年第 5 期。

2　張潔：《中國近代民營報業經營方略（下）》，《新聞與寫作》2005 年第 7 期。

3　摘引自孫會：《〈大公報〉廣告與近代社會（1902～1936）》，中國傳媒大學出版社，2011 年版，第 63 頁。

爲了盡快提高發行量，新記《大公報》首先採取設立和拓展分銷處的策略。1927 年起，報館開始在天津以外設立分銷處。到 1930 年底，全國共有代銷點 293 個，1936 年，全國的分銷點達到 1300 多處。並且在國外也設有發行點，比如駐倫敦辦事處也分銷報紙。當時向外埠訂戶發報，一般憑押金發報。爲了穩定發行量，報館對信用好的分銷戶網開一面，即使偶而押金短缺也照樣發報。報館還把從外埠訂戶增收來的郵費返還給他們，此舉大大激發了分銷處的積極性，於是紛紛添量。另外，報館還幾乎天天刊登招請分銷處的廣告以促進發行量的提高。

爭取時間是報紙發行的關鍵。爲此報館不斷更新印報設備，提高印報速度，從而提前出報時間。1928 年，報館用一年的盈收購入一臺美國產輪轉機，出報時間大大提前，報紙發行量一舉超過 2 萬份，廣告收入達每月 6000 元。1930 年，報社繼續投入大量資金改進印刷設備，1931 年 5 月，發行量已增至 5 萬份。1933 年，《大公報》又購進一臺德國大型高速輪轉機，成爲當時中國北方設備水平最高的報紙。另外，凡本市訂戶，報館一律採取專差送報上戶。報館還在主要交通線和碼頭、公路、車站等地增設發報站，減輕了報販到報館取報的辛苦奔波，同時通過發報站又銷售了不少報紙。同時，爲便利讀者訂報或送登廣告，各站營業時間延長到晚上 9 點以增加收入。

廣告是報業經營之本。續刊初期，《大公報》廣告很少，每家商戶每月廣告費不過二三十元。隨著發行量的擴大，因「發行量是招攬廣告的依據，所以對廣告商和刊戶，就要誇大發行量以引起他們的興趣」。[1]如此一來，廣告業務也漸漸有了起色。爲了吸引廣告公司，報館還給予廣告公司七折優惠，以吸引他們拉廣告。到 1927 年夏，廣告收入由每月 200 多元增加到 1000 多元，發行量也漲到 6000 多份，由原來每月虧損 4000 多元變爲收支平衡。隨著報紙發行量的不斷擴大，加上「許多廣告創意之獨到，繪畫之精美，令人拍案叫絕。廣告的生動性與大信息量，使讀者在閱讀正文後爭相瀏覽，品評《大公報》『精彩的商品世界』」。[2]《大公報》的廣告大客戶越來越多，廣告刊發量也有了迅猛增長（如表 4-1 所示）。尤其是整版廣告連篇累牘，帶來的收入十

1 陳彤旭：《出奇制勝——舊中國的民間報業經營》，福建人民出版社，1999 年版，第 114 頁。

2 由國慶：《〈大公報〉的老廣告》，載《大公報一百週年報慶叢書》編委會《我與大公報》，復旦大學出版社，2002 年版，第 408 頁。

分豐厚，報館甚至規定以3方寸起碼，對那些不起眼的小廣告已經不以爲意，無暇顧及。

由於措施得力，新記《大公報》廣告和發行量均增長很快，很快積聚起巨大資產。1937 年，新記《大公報》正式成立了大公報社股份有限公司，此舉標誌著《大公報》已由私人合夥公司轉變爲正規的股份有限公司。

第五章　民國南京政府前期的新聞業經營（下）

至 1920 年代末，由於受南京國民政府組織的抵制外報運動的影響，外國在華報業受此打擊轉入發展的低谷。儘管如此，外報的經營理念和運作模式給本土報業樹立了可資借鑒的標杆。隨著中日戰爭的打響，日本在華報業漸漸佔據主角地位，並在東北淪陷區實行報業統制以實現其文化殖民的野心。這時期通訊社出現了企業化發展的勢頭，依賴娛樂節目獲取廣告收入則成爲大多數廣播電臺的生存之道。

第一節　外國在華報業

至 20 世紀初，隨著《申報》、《新聞報》相繼轉手國人，英美等西方商業性報刊的發展勢頭有所減緩，但英商字林報業、美商《大美晚報》等對西方報業經營理念的移植與踐行，無疑對本土報業產生了不可忽視的示範效應。隨著日本在華勢力的增強和政治經濟利益的擴大，到 1937 年「七七」事變之前，日本在華報業呈現出急劇膨脹之勢。[1]作爲日本在華最具影響力的報紙，《順天時報》在中國的抵制外報運動中陷入經營困境導致停刊。與此同時，日本在僞滿洲國建立了殖民新聞統制制度以服務於其殖民統治的需要。

1　據統計，當時僅日本在華創辦、接管的中文報紙就累計有 33 種，試圖影響中國讀者和輿論，干預中國政治，體現出明顯的政治傾向。轉引自易文：《中文外報：一個獨特的研究視野》，《廣西大學學報（哲學社科版）》2008 年第 6 期。

一、英商字林報業：西方報業經營理念的移植

英國在華創辦報刊較早且數量也較多。正如《京津泰晤士報》主管潘納祿所言：「外國的新聞出版，尤其是英國，已經在中國形成了一種來自西方的強大力量。這種力量承擔了引領中國現代化和將中國帶入世界政治經濟秩序的任務。」[1]到 20 世紀二三十年代，較具影響力的報刊主要有《字林西報》（*North China Daily News*）[2]、《京津泰晤士報》[3]等。

（一）《字林西報》的內容經營特色

作爲英商字林洋行創辦的報紙，《字林西報》因其代表英國資產階級的在華「特殊商務利益」而被視爲「英國官報」（Offician British Organ），與英租界及此後的公共租界當局關係密切，經常公布上海租界當局政治、法律、商業等方面的法令通告，新聞出版業務日益興隆。《字林西報》的創辦旨在開發中國市場，即爲了滿足商業活動的信息需求而創辦的。因此，兩報將刊登輪船航班和商情信息奉爲主要使命，長期以來以船期新聞紙和商業新聞著稱於世，大量篇幅刊載商業廣告、船期信息和市價行情，經濟新聞還設有專門負責的編輯。

作爲滬上英語日報，《字林西報》主要面向上海的外國僑民和中國知識界人士，所以非常重視國際新聞的刊登，甚至不惜代價。《字林西報》購買訂閱了英、美、法、德、意等國大通訊社的電訊稿，因此刊登的國際新聞迅速翔實。該報還在上海率先獨家採用路透社電訊且壟斷 30 年，並從 1930 年開始以每月 1000 兩銀子的傭金從美國合眾社購買新聞，以滿足上海公眾對美國新聞日益增長的關注需求。內地通信報導也是該報一大特色。報館廣泛開拓信息源，在全國各埠通商口岸建立龐大的新聞通訊網絡，聘請樂於合作的外僑

1 趙敏恒：《外人在華新聞事業》，王海等譯，暨南大學出版社，2011 年版，第 51 頁。

2 《字林西報》於 1864 年創立於上海，前身是 1850 年創刊的《北華捷報》（*North China Herald*）週刊。隨著報業經營業務的發展，自 1881 年起字林報業由個人經營改組爲有限公司即字林報業有限公司（*North-China Daily News & Herald, Limited.*），由單一的報業經營逐漸轉變爲系統投資，設備更新，資力雄厚，居於外商報業的壟斷地位。後於 1951 年停刊。

3 1930 年 10 月，伍德海德（H. G. W. Woodhead）退出《京津泰晤士報》，該報由潘納祿接管。儘管該報的實際發行量不得而知，但它的影響力無疑遠遠超過了其發行量。在長江以北，它幾乎是無處不見，而且它在華的發行量是近現代時期所有在華英文報紙中最大的。參見趙敏恒：《外人在華新聞事業》，王海等譯，暨南大學出版社，2011 年版，第 52 頁。

爲訪事員。在內地設有教會之處即有《字林西報》的訪事員，傳教士廣收內地新聞供給報社，甚至遠達甘肅、新疆、四川、雲南等地區，大大充實了報紙的內地通信版面。

《字林西報》還刊有專家對於世界時事的分析專欄和體育新聞專欄。以專欄刊登外來信件一度成爲該報的特色，這些來信大多來自記者、員工及其他人士，其中不乏獨到見解。1931 年 2 月，該報日發行量達到 7817 份（不含免費和優惠的），其中上海地區的銷售量估計達到 6663 份。與此同時，《中央日報》的日發行量也不超過 10000 份，相比之下，《字林西報》每天接近 8000 份的發行量幾乎讓人難以置信。[1]

（三）《字林西報》的人才隊伍與物質條件

19 世紀 70 年代，上海的西文報館就細分爲主筆、編輯、助理編輯、翻譯、記者、通訊員和專職管理人員等不同崗位。作爲滬上外報發展的領頭羊，《字林西報》較早就形成了專業化的人才隊伍。在其百年新聞出版經營中，報紙的主筆更迭不計其數。其中不乏中西文化兼備的主筆，他們懂中文，對中國的本土文化有興趣有研究，文風較爲溫和。報館還善於網羅上海乃至遠東優秀的編輯記者，旗下擁有許多名記者，例如以敏捷與機智著稱的記者甘露德（Rodney Yonkers Gilbert），早年任《字林西報》駐北京特派員，曾爲該報發來海參威封港的電信，使《字林西報》成爲首發日俄戰爭確切爆發事件的報紙。名記者的加盟和努力大大提高報紙的聲譽，使報紙的發行量不斷上升。

隨著出版業務的發展，字林西報館的印報機器設備不斷更新，到 1924 年該報已擁有在當時很先進的製版印刷設備，包括賫納鑄排機、照相製版設備和寬幅捲筒紙印刷機等，[2]可謂近代上海英文報紙的魁首。1923 年 6 月報館大樓完工，1924 年 2 月 16 日舉行竣工典禮，英國駐華公使專程來滬參加。該大樓是近代上海最早的 10 層以上建築物，巨石大廈矗立於黃浦江畔，雄踞上海十里洋場。《字林西報》報館大樓與赫赫有名的滙豐銀行並肩而立，在近代上海代表了英商輿論界和金融界兩大勢力，一時在滬上形成「北掌文權，南扼財權」之勢。

1　趙敏恒：《外人在華新聞事業》，王海等譯，暨南大學出版社，2011 年版，第 47 頁。
2　引自《中國印刷近代史》，印刷工業出版社，1995 年版，第 115 頁。

（三）字林報業的規模化經營

基於《字林西報》的成功經營，字林洋行還創辦了一系列華文報紙，包括《字林滬報》（1882）、《上海新報》（1861）、《字林漢報》（1893）、《字林滬報・晚報》（1895）和《消閒報》（1897～1900）等，其中《字林滬報》是上海最早的中文報刊，《字林滬報・晚報》是上海最早的晚報。除了定期出版日報外，字林報業還經營多種出版物，不斷加強經濟實力，實行多樣化經營，出版了十幾種增刊、紀念刊、特刊、附刊以及書籍期刊，由此形成了規模化的報業集團。

字林報業把近代西方商業報紙的經營管理理念移植到中國，以印刷業爲依託經營各種文化事業，凸現報業綜合性的社會和經濟功能。字林報業從一張英文週報起步發展至擁有日刊、週刊、海外版、系列中文報，年刊、月刊、行情紙、船期表的上海「報業大王」，其中《字林西報》持續百年之久，在近代上海外資報紙中影響力最大，存世時間最長，對上海本土報業的誕生與發展發揮著不可忽視的示範作用。

二、美商《大美晚報》：領銜中國晚報界

美國的報紙大都擁有雄厚的財力，因而他們的特派記者和辦事處遍布全球。當時《紐約時報》、《基督教科學箴言報》、《芝加哥論壇報》、《紐約先驅論壇報》就長期在中國派駐記者。單從數量上看，美國報紙在華的影響力僅次於日本。大部分美國報紙在上海和北平都設有辦事處。1928 年北京國民政府倒臺，很多重要的美國報紙撤銷了北平辦事處，轉而在上海設立代理處報導中國新聞。創刊於辛亥革命時期的美國早報《大陸報》（*China Press*）於 1931 年 2 月被一家中國企業收購，報導稱這次收購花費了 260000 兩白銀。[1]

《大美晚報》（*Shanghai Evening Post and Mercury*）的前身是創辦於 1918 年的《新聞晚報》（*Evening News*），由國民政府外交部長陳友仁在武漢創刊，當時名爲《上海公報》（*Shanghai Gazette*）。這份報紙前後多次轉手，1928 年 4 月成爲美國報業公司的財產，1929 年美商在此基礎上更名爲英文版《大美晚報》，是當時上海唯一的英文晚報。1933 年 1 月在上海出版了華文版《大美晚報》，經常發表宣傳抗日文章，一直出版到 1941 年 12 月太平洋戰爭爆發。

1 趙敏恒：《外人在華新聞事業》，王海等譯，暨南大學出版社，2011 年版，第 61～62 頁。

1930 年 9 月薩克雷開始擔任該報編輯，並全權負責報紙的經營。該報奉行的編輯政策是：「報導所見事實眞相，不畏懼、不偏袒，同時也能容忍與本報意見不一的觀點。」「本報理解自己在中國是客人，並以客人的準則行事；不偏離任何原則；不在雞毛蒜皮的小事上反覆糾纏和嘮叨。」[1]該報以旅滬美國僑民爲主要讀者對象，著重報導美國和其他西方僑民在中國的活動。每天刊載大量國內外新聞，態度較爲中立客觀，在當時有一定影響。1931 年美國記者高爾德（Randall Chase Gould）任總編輯，成爲在《大美晚報》供職時間最長的主筆、編輯。同年，有「遠東保險王」之稱的美商友邦保險公司董事長 C.V.史帶任發行人。

初期《大美晚報》日發行量只有 300 份，在新管理層的經營下，報紙銷量快速增長，僅用兩年時間便成爲中國晚報界的領軍報紙。後來，該報又收購了中國歷史最悠久的英語新聞晚報《文匯報》，每日發行量達到 4000 份，1931 年日銷量達 4800 份，1932 年底日銷量 6300 份。上海本地的訂閱費，按照當地的貨幣來算是每年 15 元，外埠是每年 20 元，海外讀者則是每年 40 元。《大美晚報》的讀者有 90%分布在上海市區、公共租界、法租界，以及整個大上海地區，甚至遠銷到南方的香港以及北方的奉天（即瀋陽）。[2]1936 年，《大美晚報》日發行量達 7250 份，位居上海外文報紙發行量前列。1930 年期間，《大美晚報》增加了 104732 欄寸（報紙上刊登廣告的尺寸）的廣告。1931 年 1 月，廣告比去年同期增加了 14502 欄寸。至此，該報成爲上海頗具影響力的英語晚報，上海地區第二大外語報紙。

三、日本《順天時報》：抵制運動下的經營困境

1928 年 12 月張學良宣布東北易幟，南京國民政府統一全中國，與除日本以外的所有國家重新簽訂了關稅條約，基本實現了關稅自主。與此同時，外報就關稅和領事裁判權問題的言論，與國民政府的衝突也日趨激烈。爲了維護國家利益，國民政府迫切需要控制外報言論，掌握輿論主權。一場抵制外報的運動在舉國上下展開了。日本《順天時報》首當其衝，由此陷入經營困境導致最終停刊。

1　趙敏恒：《外人在華新聞事業》，王海等譯，暨南大學出版社，2011 年版，第 59 頁。
2　趙敏恒：《外人在華新聞事業》，王海等譯，暨南大學出版社，2011 年版，第 60 頁。

（一）自上而下的抵制外報運動

南京國民政府成立後，國民黨黨報和新聞主管部門經常同外報發生正面衝突。僅 1929 年 3～4 月，國民黨中央宣傳部就先後處分了《華北明星報》和上海《字林西報》。國民政府對外報還採用了加強審查、控制其郵政發送、鐵路運輸等發行渠道，控制外國通訊員使用電話、電報，逮捕或驅逐外國記者的方式，並頒布一些針對外報的管理條例，如國民黨第三次全國代表大會通過的《確立新聞政策案》中就專門規定了「取締外國報紙及通訊社之反動宣傳」的條款。[1]

郵政是外報發行的主要渠道，中國已經完全收回了郵政自主權，禁郵顯然令外報大受打擊，只得妥協應對。1929 年 2 月，美國人 Dr. Charles J. Fox 主辦的天津《華北明星報》（*North China Star*）被郵政禁止發行。[2]此後 6 月，北京《順天時報》、上海《字林西報》（*North China Daily News*）、天津《華北日報》（*North China Daily Mail*）、哈爾濱俄文報 *NovostiJezni* 相繼被禁發行；8 月法文報《北京新聞》（*Journal de Pekin*）因編輯政策「公開反政府、反國民黨」被禁郵。此後，禁用郵政成爲國民政府控制外報經常採用的方式，各地政府也效而法之。1930 年 2 月，天津宣傳部在郵局沒收所有《京津泰晤士報》，令該報元氣大傷。在這一期內，北京的 6 家外文報紙，就先後有 4 家停刊。1929 年 3 月 29 日，上海《字林西報》的社論因涉嫌「詆毀黨國」，國民黨中央執行委員會就下令禁止該報在中國境內發行，並查禁其出口。1931 年 10 月，日人所辦《上海日日新聞》、《每日新聞》兩報，也因刊載挑釁性質的謠言被淞滬警備司令部一度取消其郵寄。[3]

除了郵政，鐵路運輸、外報通訊員的聯絡手段甚至外國記者都成爲南京政府控制的對象。1929 年 12 月，青島市政當局禁止用鐵路運輸日本報紙，並沒收了所有來自日本或其他地方的日文報紙，而且宣稱要火燒日文報《大連新聞》。受到南京政府干涉的外國記者有《字林西報》的密勒（Thomas Millard），《紐約時報》的亞朋德（HalletAbend），《芝加哥論壇》Charles A. Dailey 等人，後兩人還被要求驅逐出境。南京政府還對重要外報進行收購重組，爲我所用。

1 蔡銘澤：《論三十年代初期中國的輿論環境》，1994 年第 3 期《中國人民大學學報》。

2 雖然該報一向同情國民革命，社長與國民黨領袖還有若干交往，而且曾擔任 1925 年關稅會議有關國際法問題的中國顧問，但也在兩個月後，其請求才得到批准而恢復發行，令京津外報頗爲震驚。

3 胡道靜：《上海新聞事業之中的發展》，上海通志館，1935 年版，第 70 頁。

1929 年 7 月底，河北省政府對《北京導報》（被認爲是親中的外報）進行審查，引起外報輿論譁然。趁此機會，國民政府從美國人柯樂文（Grover Clark）手中收購了該報並對其實行改造，成爲國民黨中宣部在北京直轄的英文報紙《華北日報》。

在國民政府的組織和發動下，中國民眾逐漸認識到外報的弊端所在，因而自發形成對外報的抵制，並採用自行約束、對外報讀者處以罰款、公布名單等各種方式打擊外報。在國民政府和中國民眾的雙重抵制下，外報的生存空間漸趨逼仄，不得不自行退出消亡，大部分京津外報紛紛宣布停刊。

（二）《順天時報》的經營困境及停刊

在國民政府的發動下，民間開始組織起來抵制外報，主要針對的是日本人所辦報紙，其中對《順天時報》的抵制尤甚。《順天時報》是日本外務省機關報，曾在華北地區擁有廣泛的影響力。

1、抵制運動造成經營困境

1928 年 9 月 3 日，北平市黨部散發傳單，指出「順天時報作爲日本帝國主義的喉舌，從事反動挑撥，罪惡顯著，爲了制止此種反動宣傳，從昨日起新聞報夫工會各工友對該報一律停止配送」，並希望宣傳民眾停止閱讀該報。[1]到 9 月 7 日北平市黨部通過決議，號召市內黨員採取組織罷工、禁郵、張貼告示等措施抵制《順天時報》。響應該決議，中華新聞代理工會就拒絕爲《順天時報》發行服務，使其銷量從 14000 份跌至 4000 份，半個月後更是跌至不到 200 份。9 日送往天津的 700 份《順天時報》在前門火車站被付之一炬；16、17、18 日共有約 3800 份將送往各地的該報被扣押；10 月在北京郵局發生了沒收並焚燒該報事件。除了寄往國外的以外，被送往中國各地的《順天時報》都被扣押。《順天時報》社爲發行報紙，不得不組織社內的日本員工採用汽車投送報紙，支出又將增加 5000 元，這樣 10 天內的損失就達上萬元。[2]幾乎所有的中國廣告客戶都撤出了廣告，所有的中國新聞社都拒絕提供服務，至 10 月 1 日該報已經沒有一份來自中方的廣告。[3]這導致該報的收入銳減，從 9 月

1　昭和 3 年 9 月 15 日から昭和 3 年 9 月 21 日，外務省外交史料館（A.1.1），濟南事件／排日及排貨關係第十一卷，B02030066000。
2　昭和 3 年 9 月 15 日から昭和 3 年 9 月 21 日，外務省外交史料館（A.1.1）濟南事件／排日及排貨關係順天時報排斥關係 B02030080300。
3　昭和 3 年 10 月 4 日から昭和 3 年 11 月 8 日，外務省外交史料館（A.1.1）濟南事件／排日及排貨關係係順天時報排斥關係第十一卷，B020300805000。

9 日開始到 20 日，就損失了 5000 余元。

至同年 11 月底，南京政府行政院給北平市政府下達命令：「全民報、民言報、世界晚報及順天報是反動報紙，給予全民報、民言報、世界晚報警告處分，而對於順天時報則予以取締」[1]。隨後相關的抵制措施再次實施，該報從之前 15000 餘份的發行量，一月之間跌至 2000～3001 份，並且沒有廣告，沒有消息源，沒有發行渠道且，這種狀況至少持續了一年以上，經營和聲譽都陷入困境，直至 1930 年 3 月停刊。初期由於該報有自己的送報體系，因而直接訂報的讀者沒有受到影響，因而該報仍持強硬立場，並通過日本領館向南京政府申訴，希望盡快擺脫困境。但隨著抵制運動的加深，南京政府也表示無力干涉愛國行爲，該報走投無路、每況愈下，只能威脅向國際郵聯抗議中國郵政，但均告無力。

在國民政府和民眾的雙重打擊下，日本外務省於 1930 年 3 月 26 日被迫停辦北京的兩份機關報《順天時報》和《華北正報》。對此，已被國民黨收購的《北平導報》次日發表評論：「今天標誌著外國政府可以在華辦報的中國新聞事業萌芽期的結束，是中國報界的一個里程碑……它們的繼續存在只會引起中日兩國的摩擦，妨礙兩國親善友好，爲中華民族所不容。」[2]這段話雖然是針對日本在華報業而言，但從中不難窺見南京政府對外報的整體態度。此後，幸存下來的外報不得不遵守並配合國民政府的相關規定。隨著有關新聞管制法規的逐步完善，京津地區的外報市場再次趨於穩定，直到抗戰爆發。

2、停刊的深層原因分析

關於《順天時報》停刊的深層原因，學界一直存有爭議。聯繫當時的中日局勢和新聞業發展狀況，總括起來，《順天時報》的停刊不外乎以下幾方面原因。

（1）自 1928 年以來中國政府和民眾的雙重抵制，直接造成該報的經營困境，迫使其最終停刊。一般認爲，這場自上而下的抵制運動造成《順天時報》發行量和廣告收入銳減，消息來源被中斷，最終導致該報被迫停刊。雖然 1928 年前，《順天時報》在華「所獲籌報極爲豐富」，但國民軍進駐北平後，「我國民因愛國心驅使，對於該報，多以種種消極抵制之方法，使該報營業，

1 昭和 4 年 9 月 20 日から昭和 5 年 4 月 19 日，外務省外交史料館（A.1.1）濟南事件／排日及排貨關係順天時報排斥關係，B020300800000。

2 《北平導報》，No3686，1930 年 3 月 27 日。

一落千丈，該報用人甚多，支出浩繁，此兩年間，連同華北正報，所累賠者，聞已在十五萬元以上」[1]。值得注意的是，以往的研究僅認爲「濟南慘案」後的抵制《順天時報》運動，是中國人民出於義憤的反抗；近年來有學者研究發現，抵制《順天時報》是在國民黨北平特別市黨部領導下的有組織有計劃有指導思想的長期行爲，而之所以抵制最後取得成功，主要原因是國民黨政府統一後有了很強的動員能力，能夠利用多方資源在各方面打擊《順天時報》，使該報從人員、廣告、發行、新聞採編、讀者等各方面都受到嚴重的損失，最後不得不停刊。[2]

（2）在日本政府的壓力下《順天時報》主動停刊，中國方面的抵制只是次要原因。[3]這種觀點認爲，由於日本國內持續的經濟危機，新上臺的濱口內閣對國內政策進行調整，實行「財政緊縮」政策，因而取消了對《順天時報》、《華北正報》的津貼，是導致兩報停刊的重要原因。當時很多媒體的報導都證實了這一點，兩報「因日本濱口內閣實行緊縮政策之結果」，「因日本政府爲節省補助費用、而自動停辦」。[4]但又學者依據現有的外務省檔案記載，發現《順天時報》的補助金額在遭受抵制之前是每月 2500 日元，在遭遇抵制之後其津貼開始增長，「補助金增額秉請月額三千日元」，後達到每月 4000 日元到 5000 日元，但報紙依然是處在虧損狀態。」[5]可見儘管國內財政困難，但日本政府對該報還是曾予以大力扶持。其次，「幣原外交」[6]政策的實施，是兩報停刊最直接的原因。《順天時報》在華經營多年，頗有實力。雖然自 1928 年以來報紙受中國政府和民眾抵制，曾一度陷入困境，但 1930 年以後營業已經開始好轉，走出低谷。而幣原喜重郎對中日關係的調整政策，使其下令關閉《順天時報》以示對華友好。因此，該報是在日本政府的壓力下決定自動停刊，而非迫於中國抵制運動的被動選擇。但這種觀點遭到一些學者的質疑，認爲

1 《日人在華兩日報停刊》，《北平日報》，1930 年 3 月 27 日，第 2 版。另據《益世報》云，累賠達十七萬之多。

2 涂鳴華：《抵制和遷都：再論〈順天時報〉停刊的深層原因》，《國際新聞界》2010 年第 9 期。

3 王潤澤：《〈順天時報〉停刊深層原因之探析》，《國際新聞界》2008 年第 8 期。

4 《順天時報停刊於濱口對華政策》，《記者週刊》，一九三〇年五月，第一號，第 a 頁。

5 昭和 4 年 9 月 20 日から昭和 5 年 4 月 19 日，外務省外交史料館（A.1.1）濟南事件／排日及排貨關係順天時報排斥關係，B020300800000。

6 幣原喜重郎（Baron Shidehara）（1872～1951），日本第 44 任首相（1945 年 10 月 9 日～1951 年 5 月 22 日），外交家。

目前並沒有直接的一手材料可以證明幣原喜重郎下令關閉《順天時報》以對華友好，並進一步提出，如果幣原喜重郎眞有對華友好的意願，爲何沒有關閉同樣代表日本在華利益，遭到中國民眾抵制的《盛京時報》、《閩報》等報紙，而只是關了《順天時報》這個對日本戰略利益已喪失其重要性的報紙。

（3）北伐勝利後，國民政府遷都導致政治重心轉移，北京地區的新聞價值減弱，日本方面認爲沒有必要在北京維持不受中國人民歡迎的報紙。[1]這種觀點認爲，遷都後北京的政治、新聞價值下降，經濟蕭條，是日方決定停刊《順天時報》的主要原因之一。在抵制尚在醞釀的 1928 年 9 月，《順天時報》社長渡邊哲信給外務省提交了一份名爲《在北京政府改變後的順天時報》的報告，其中提到「北京改名爲北平，不再是首都，諸官衙遷往南方，政治價值喪失，官吏和一般讀者都在減少，報紙的購買者立減。以往最高發行 3 萬 3 千部，去年中減少了 8000 部，平均發行數是 25000 部，而現今只有 1 萬 5 千部。」[2]可見，在抵制之前該報的發行量已呈銳減之勢。其後渡邊哲信又提及一旦南京政權穩固，還在北京的各國公使館都遷往南京，「北平完全沒有了政治的價值後，就不適合作爲報紙的經營地，順天時報直接遷往南京是不可能的事情」[3]，因此該報停刊聲明中就聲稱將設備運回國，不再在中國辦報。[4]

四、僞「滿洲國」的殖民新聞統制

「九・一八」事變後，以長春、瀋陽爲中心的東北地區淪陷在日軍鐵蹄下。1932 年 3 日 1 日，僞「滿洲國」宣布成立，設僞都於長春。東北淪陷 14 年的新聞事業，最突出的特徵就是日本關東軍的直接控制和指揮，是軍治、官治的新聞事業。[5]僞滿成立後，當局立即著手制定和頒布實行殖民新聞統制

1 涂鳴華：《抵制和遷都：再論〈順天時報〉停刊的深層原因》，《國際新聞界》2010 年第 9 期。

2 渡邊哲信：在北京政府改變後的順天時報，北京昭和 3 年 8 月 8 日から昭和 3 年 9 月 15 日，外務省外交史料館（A.1.1）濟南事件胡卜日及排貨關係順天時報排斥關係，B020300802000。

3 渡邊哲信：在北京政府改變後的順天時報，北京昭和 3 年 8 月 8 日から昭和 3 年 9 月 15 日，外務省外交史料館（A.1.1）濟南事件胡卜日及排貨關係順天時報排斥關係，B020300802000。

4 涂鳴華：《抵制和遷都：再論〈順天時報〉停刊的深層原因》，《國際新聞界》2010 年第 9 期。

5 張貴：《東北淪陷 14 年日僞的新聞事業》，《新聞研究資料》1993 年第 1 期，中國社會科學出版社，第 173 頁。

的法律與行政法規。根據1934年僞滿《出版法》[1]的規定，報紙、期刊的創辦必須實行嚴格的登記審核制度即批准制度。關於報刊的禁載事項，《出版法》的全部規定均與維持其漢奸傀儡統治緊密相關。與此同時，僞滿當局還設立實行殖民新聞統制的行政執法機構，建立殖民新聞統制制度，以及一個適應殖民統治需要的新聞通訊網絡。採取的措施主要有：

1、健全官制統治言論機關

1932年，僞滿當局在中央政府中設立資政局弘法處，以作爲其思想輿論的統治機構。1933年，僞滿當局撤銷資政局，另在國務院總務廳內設立情報處以強化其思想輿論統治機構，統管東北地區的新聞、出版、廣播等輿論宣傳媒介，將業務重點放在對內宣傳工作上。

2、建立弘報協會，全面統制報業

1935年10月，僞滿當局在長春建立了滿洲弘報協會作爲東北地區新聞事業的統制機構，將報紙的報導、言論、經營三方面統一起來，實行壟斷性的「官制統治」。這是一家由關東軍決定僞滿、滿鐵和電信電話株式會社投資300萬元僞幣，以「特殊法人」身份出現的報業托拉斯。

（1）弘報協會的組織機構。該會最高權力者爲理事長，最初的理事均爲日本人，後來理事增加了一名中國人。該會有直接指揮各報社、通訊社的權力，直接掌握各社的人事、業務和財務等大權，各報社、通訊社的工作均在弘報協會統一指揮下進行。在組織機構方面，協會的理事會下設通訊局、總務部、事業部。通訊局內又設通信系和調查系。通信系掌管採訪、編輯、公關業務；調查系掌管計劃、資料和滿洲情況調查所。總務部掌管文秘檔案、經理和管理業務，事業部包括出版、攝影及其他營業業務。

（2）弘報協會統制新聞業務的手段。僞「滿洲國通訊社」（簡稱「國通」）在弘報協會中處於核心地位，除東北各地均有支局網點外，在中國內地也設立了多家支局。僞滿各報社和各地廣播電臺的新聞節目稿件，一律採用「國通」社發的稿件。「國通」社發行《時事通訊》，係電訊稿刊物，用中、日、俄文發行；出版《攝影通訊》，向各報提供新聞照片；出版《特別通訊》，主要刊登內參。「國通」社還經營多種雜誌、年鑒，如《斯民》半月刊、《滿洲

1　1932年10月24日，僞滿諮詢參議府制定的《出版法》公布，自同年11月1日起施行。1934年（僞滿康德元年）3月，該《出版法》經修正後重行公布。

國現勢》及滿洲情況介紹所出版的系列叢書。[1]此外，弘報協會還統管僞滿的各報社廣告、發行業務。

1937 年，經過三次報業「整理」，滿洲弘報協會幾乎囊括了東北的所有報紙。同年，爲了進一步控制東北地區的新聞輿論與文化宣傳，日僞當局將情報處擴大爲弘報處，其職能也隨之擴大。

第二節　通訊社及廣播電臺

1927～1937 年十年間，我國新聞通訊事業的發展「雖已發軔，終鮮進步」[2]，其中較顯著的變化是以中央通訊社爲代表的黨營通訊社和以申時電訊社爲代表的民營通訊社出現了企業化發展的勢頭，事業得到進一步的拓展。與此同時，國人自辦廣播電臺在各方面均取得了顯著進步，「以前僅爲一種新奇玩品供一般有閒階級酒後茶餘消遣之工具而已，今則其效能已超乎尋常娛樂之上，進而爲推進文化建設之有力工具。」[3]可以說，初步奠定了中國廣播事業發展的基礎。

一、通訊社的企業化發展與經營成效

前已述及，國人自辦的通訊社大多是私人創辦的民營通訊社，以經營爲目的，因資本不足沒能得到長足的發展。這時期民營通訊社發展稍有起色的有申時電訊社和新聲通訊社。有政黨背景的通訊社旨在爲一黨一派宣傳，事業發展更不及民營通訊社。但國民黨主辦的中央通訊社經過蕭同茲的企業化改組後，面目一新，成爲眞正意義上的全國性通訊社。

（一）申時電訊社開企業化發展之先河

申時電訊社（以下簡稱申時社），1924 年由張竹平成立於上海。起初是《申報》、《時事新報》兩報編輯記者，將兩報所得的中外電訊撮要編譯，供給外埠有關係的報紙採用。所發稿件分電訊和郵訊，每日幾百字，深受各報歡迎，訂閱者日漸增加。1928 年擴充資本，聘請專職人員，釐訂組織章程，成爲獨

1　《滿洲國現勢》，1938 年版（康德五年版），第 517 頁。轉引自張貴《東北淪陷 14 年日僞的新聞事業》，《新聞研究資料》1993 年第 1 期，中國社會科學出版社，1993 年版，第 179～180 頁。

2　張靜廬：《中國的新聞記者與新聞紙》，現代書局，1932 年版，第 710 頁。

3　吳保豐：《十年來的中國廣播事業》，載《十年來的中國》，第 693 頁。

立的通訊機構。之後，申時社聯合了《大陸報》、《大晚報》、《時事新報》成立了「四社」，張竹平任總經理，成爲上海又一個報業托拉斯雛形。抗戰勝利後，申時電訊社被孔祥熙控制，負責人爲孔令侃（孔祥熙之子）。1949 年上海解放前停辦。

申時社以電訊爲主，設有電訊股收譯和編發電訊。爲了與外國通訊社競爭，後又另設郵訊股，負責採寫和編發本埠新聞和國內外長篇通訊，聘有本埠訪員、旅行記者，並在全國 30 餘個重要城市聘有特約通訊記者。此外，還設有攝影股和製版股，除新聞稿外，還向各地報社供應新聞照片。該社還另設有廣告股，代辦介紹廣告一干業務。設立廣告、新聞攝影等部，除向外地報社發電訊外，還提供英文稿件和新聞照片。由於申時電訊社稿件及時、準確、翔實，內容超過外國通訊社，頗獲各方好評，每日拍發電訊達 6 萬多字，與包括香港、馬尼拉、新加坡、爪哇各地華僑報紙在內的 110 餘家國內外報社簽約，爲其供稿。資本增了十幾倍，人員由二三人增加到 30 餘人，專任採訪記者分駐各重要城市不下 30 餘處。設備日益完善，傳播手段也先進多樣，每日發稿由幾百字增加到 5 萬字以上。該社對國內外長篇通訊也很重視，用以補充電訊之不足，主要採訪各地有關國計民生之消息以及突發事件，成爲 20 世紀 30 年代中國政治、經濟、教育、實業、社會等消息之總匯。此外，還添置攝影製版設備，擴展了新聞攝影的報導領域。[1]

1934 年 2 月，申時社在慶祝成立 10 週年前夕成立了股份有限公司，成立董事會，選舉杜月笙、張竹平、米星如、厲樹雄、俞佐廷、張繼先、潘公展、董顯光、蕭同茲等爲董事，杜月笙爲董事長，張竹平爲總經理，米星如爲社長。同年 5 月 26 日取得實業部頒發的執照，並在南京、漢口、天津、香港設立分社，成爲 1930 年代中國最具規模和力量的民營通訊社，[2]開我國通訊社向企業化發展之先河。

（二）中央通訊社的改組與拓展

從 1928 年到 1932 年改組，中央通訊社只不過是一個發布國民黨公告的衙署而已。寧漢分流後，中央通訊社在中央宣傳部部長胡漢民的策劃下於南京改組。當時社內雖有兩部收音機，收聽外國通訊社的廣播，但不抄發電稿，

1　《上海新聞志》，上海社會科學院出版社，2001 年版。
2　王詠梅：《胡政之創辦「國聞通訊社」》，《國際新聞界》2008 年第 5 期。

仍以中央常會以及中央政治會議的新聞爲主，且多爲公報性質。[1]直到 1932 年改組，中央社才獲得較大的發展。

1、中央通訊社的經費來源

1928 年中央社已經開始收取稿費，每月向各省市報館收取補助費 50 元。扣掉免費的直屬分社、中宣部直轄黨報、海外黨部等訂戶，每月只有 500 元的稿費，所以中央社的經費大半仍需黨部補貼。[2]當然，隨著中央社的發展，其經費有時來自中央黨部，有時是教育部，有時是財政部，有時又是蔣介石行營。特別計劃更是由蔣介石親批核發。[3]

概而言之，中央社的經費主要來源於三個方面，一是中央黨部，二是軍事部門，三是行政機關。首先是國民黨中央黨部的經費。作爲國民黨中央宣傳部的「事業」單位之一，中央社的經費自然就由國民黨中央負責擔負了，其各級機構都是由中宣部按編制預算開支的。先由各分社根據自己的業務計劃、人員配備、器材購置等編造預算，報到總社，總社即將各分社的預算匯總起來，再加上總社本身的全部合編爲總的預算，呈報中央黨部核准後，即按月由總社向中央黨部領取。各分社及派出外地人員的經費，則由總社按月領來寄發。

其次，是軍事部門「補助」的經費。由於中央社的許多分社或隨軍記者，都是蔣介石爲了圍攻紅軍配合政治宣傳的需要，屢屢下「手令」委派總社去設立的，而中央社又是按預算開支，經費有限，因此蔣介石就下令各地的「行營」、「行轅」、「公署」等軍事部門從軍費中對中央社進行「補助」。這種「補助」並不需要造預算表，只憑各分社出具領條，按月前往「行營」等軍事部門領取就行了，之後也並不需要什麼「報銷」。

第三，則是行政機關的「補助費」，其情況與軍事部門的「補助」差不多，只是「補助」的數目不一定相同罷了。比如成都分社成立於 1935 年 8 月 20 日，總社只花了少量的開辦費用，開辦之初就由四川省政府按月「補助」1500 元，以後的經費則由「成都行轅」及四川省政府負擔，隨著「法幣」貶值而逐年增加，這筆經費則由四川省政府列入每年的地方行政經費預算內開支，

1 王凌霄：《中國國民黨新聞政策之研究（1928～1945）》，近代中國出版社，1996 年版，第 81 頁。
2 國民黨中央黨史編纂委員會：《中國國民黨年鑒》，1929 年版，第 993 頁。
3 馮志翔：《蕭同茲傳》，臺北傳記文學出版社，1975 年版，第 19 頁。

並經四川省臨時參議會通過。[1]

2、蕭同茲與中央通訊社的改組

1932 年國民黨當局開始認識到國際宣傳的重要性，將中央社和《中央日報》一同改組。國民黨中央委任中宣部秘書蕭同茲負責改組中央通訊社，蕭同茲向國民黨中央提出了三項要求：

> 一是要使本社成爲一個社會事業，必須機構獨立，對外不用「中國國民黨中央執行委員會宣傳部」的帽子；二是自設無線電臺，建立大都市通訊網；三是在不違背國法和黨紀的原則下，能有處理新聞的自由。[2]

作爲國民黨中央的喉舌，蕭同茲提出的將中央社社址遷出中央黨部，自行決斷發布新聞和選擇人才的三項要求，在實際執行中的效果必定會大打折扣，然而卻使中央社在形式上成爲獨立的法人，提高了行政效率，也給國民黨黨營文化事業開啓了獨立自主的風氣，「嗣後各地中央黨報能有自力更生的精神而且趨發展者，實由於此一制度之確立也。」[3]

三項要求獲得同意，中央社進行了人事改組，採取社長制，下設編輯、採訪、事務三組。蕭同茲走馬上任後，著手進行兩個以電訊建設爲中心的《全國七大都市電訊網計劃》和《十年發展計劃》，使中央社在短時間內脫胎換骨。這兩個計劃需要有強大的財力支持，蕭同茲從不同的政府單位化緣，獲得了相當多的支持，在一年之內完成了大家認爲幾乎不可能完成的「全國七大都市電訊網計劃」。

經過第一年的努力，蕭同茲就在南京建立了中央社的總部，裝設了最新式的播音機和收音室，可以迅速收發全國的消息。1934 年，中央社完成了全國新聞網的第一步，在國內辦了 6 個分社：上海（華東）、北平及天津（華北）、漢口（華中）、香港（華南）、西安（西北）。1935 年新聞網更向華西及西南拓展，又成立了南昌（江西）、成都及重慶（四川）、貴陽（貴州）四個分社。同年 9 月 1 日，又在廣東設立第 11 分社。在 11 個分社之外，中央社在別的省會及重要鎮市派有通信員 30 人，甚至在一些偏遠地方如皋蘭（甘肅省會）、

1　左東樞：《我所知道的國民黨中央通訊社》，《新聞研究資料》1982 年第 5 期。

2　蕭同茲：《中央社二十週年紀念會講詞》，見蕭同茲文化基金會籌備委員會編《在茲集》，1974 年版，第 267 頁。

3　李瞻：《中國新聞史》，臺灣學生書局，1979 年版，第 324 頁。

歸綏（綏遠省會）、萬全（察哈爾省會）、昆明（雲南省會）、西寧（青海省會）都有中央社通信員的駐所。中央社供給全國 250 家報紙及新聞，每天發給的電訊自 8000 字至 12000 字。自此，偏遠之地也能得到當天的新聞。1933 年 11 月戈公振以中央社特派記者名義出席日內瓦國際新聞會議。1936 年 1 月蕭同茲聘請原《北平晨報》總編輯陳博生任駐日本東京特派員並籌辦中央社東京分社。1932 年中央社只有 4 個分社，到 1936 年已經增加到 23 個。[1]至 1937 年，中央社在國外設有日內瓦、新德里通訊員辦事處和東京特派員辦事處並逐步開始在世界範圍內擴張。

1931 年 10 月，中央社先後跟路透社、美聯社、哈瓦斯社和塔斯社簽訂新聞交換條約，收回各通訊社在中國發行中文通訊稿的權利。但當時中央社並沒有足夠的設施與配備傳遞交換得來的新聞，更無法翻譯外國通訊社的外文電訊爲中文再供應各地的報紙。所謂的收回，大概僅是法理上的權益，而未進入實際的作業階段。[2]隨著中央社的逐漸完善，收回外國通訊社的發稿權漸成事實。原先在南京創立的哈瓦斯社，在與中央社簽訂交換新聞的合約之後，便將分社取消，並且將該社的外文電訊交由中央社發布。到抗戰爆發之前，合眾社、路透社等通訊社都將發稿權交給中央社。[3]1934 年，路透社及哈瓦斯社均與中央社訂約交換新聞。從這時起，除上海外，國內報紙刊登國際電訊，均冠以「中央社某某日倫敦路透電」「中央社某某日巴黎哈瓦斯電」了。1937 年 2 月 1 日起，上海中文報紙的路透電亦由中央社供給，3 月 1 日起哈瓦斯社亦然。增發英文稿件是蕭同茲致力的又一重點。中央社向外國各大通訊社和國內英文報紙直接提供英文稿件，「不只實現了與外國通訊社交換英文稿的又一目的地，亦打破了外國通訊社對國內外文報紙的新聞壟斷」[4]。1934 年南京總社成立英文編輯部，並在籌備就緒後利用社裏的無線電向上海、北平、天津發稿。

正是在他的努力下，中央通訊社一步步淡化了國民黨宣傳工具的色彩，發展爲全國性的通訊社，基本實現了工作專業化、業務社會化與企業經營化。

1 楊雪梅：《陳銘德、鄧季惺與〈新民報〉》，中華書局，2008 年版，第 71 頁。
2 馮志翔：《蕭同茲傳》，臺北傳記文學出版社，1975 年版，第 155 頁。
3 趙君豪：《中國近代之報業》，沈雲龍編：《近代中國史料叢刊續編》（第 96 輯），臺北文海出版社，1974～1982 年版，第 79 頁。
4 顧訓中：《蕭同茲這個人》，見《溫故之九》，廣西師範大學出版社，2007 年版，第 95 頁。

中央社在蕭同茲的領導下面目一新，同時也因此得到了國民黨黨政機關的通力支持。由於中央社本身的經費、設備有限，臨時添置機構恐有困難，蔣介石遂在下「手令」的同時，就命令當地的行營、省府或某軍等軍政部門，按月補助中央社經費若干，不得有誤。所以短短三、五年間，中央社就在各省市都設立起了它的分支機構。至於它內部的擴充和發展，尤其是電臺的建立、電訊設備的充實和健全，也同樣仰仗了蔣介石的「手令」得到扶持。總社和部分分社的大量電訊器材也常由「軍委會」、「行營」、「行轅」等軍事部門撥發。此外，國民黨中央還幾次劃撥專款，由中央社自行購置電臺設備。其中最大的一次是 1934 年左右劃撥的一筆鉅款，後中央社電務部主任高仲芹親自去歐洲購回了一大批無線電收發報機和器材，由此，中央社的電訊系統才眞正建立起一定的規模來。[1]在黨政合一的訓政體制下，這樣的情況顯得自然合理，中央執行委員會通過的「中央通訊社組織章程」第四條就規定：本社經費以電訊稿收入充之，不足時由中央執行委員會給予津貼。[2]除了經費和設備支持外，國民黨當局的重要文件、決策以及蔣介石發布的重要文告，全部交由中央社發布，這更突顯了它的信息權威地位。

3、中央通訊社的內部組織

中央通訊社的整個組織，是由總社、分社、隨軍小組、特派員、特派記者、特約記者、特約通訊員等構成。

總社，也是中央社的首腦部。設社長一人，由蕭同茲擔任，無副社長設置。下設編輯、採訪、電務、事務等部，以及秘書、編譯、人事等辦公室。秘書室設秘書一人，協助社長處理日常事務，相當於副社長的職位。編譯室由總編輯陳博生負責，編譯人員十餘人，處理外文電訊和文稿的翻譯事務。編輯部設主任一人，副主任二人，編輯、助理編輯和校對、繕寫、油印等人員約二、三十人，主管編發本市新聞和電訊廣播。採訪部設主任一人，副主任二人和記者等約十餘人，主要負責本市新聞採訪，或臨時委派到外地作專程採訪等。電務部設主任一人，副主任二人，以及正副領班、報務員、機務員、練習生、技工人員等約三十人以上，負責收發國內外電訊。事務部設主任一人，副主任二人，以及會計、出納、事務、保管等人員約十餘人，主管會計、出納、總務、收發等工作。

1　左東樞：《我所知道的國民黨中央通訊社》，《新聞研究資料》1982 年第 5 期。

2　《中央通訊社組織規程》，《中央黨務月刊》1933 年第 56 期，第 1341 頁。

分社，中央社除在國內各大城市和各省省會設立分社外，還在西方主要國家的首都或要埠如倫敦、巴黎、紐約以及香港等設有分社。其組織與總社差不多，只是規模較小而已。一般都設主任一人（除了上海、香港等分社設有副主任外），下分編輯室、電務室、事務室，其中編輯室內設編輯、記者、譯電、校對、繕寫、油印等人員若干人，負責編發、採訪新聞稿件等；電務室內設正副領班、報務員、機務員、練習生、技工等人員若干人，負責收發電訊；事務室內設會計、出納、事務等人員若干人，主管文書、人事檔案、會計、出納、總務等工作。根據各分社的業務狀況和工作需要，各分社人數可酌情隨時增加。其中編制最大的分社有上海、北平、香港等分社，均有五、六十人；編制最小的如蘭州、迪化等分社，只有二十餘人；一般的如成都、重慶、貴陽等分社都是三、四十人。各分社不僅自己採訪、編發當地新聞稿，還每天向總社提供電訊稿以及代總社印發「社稿」，因此，分社的地位至關重要。

隨軍小組，一般常設的只有幾個人，除了有採訪戰訊或其他新聞的特派員或記者外，且擁有小型電臺和報務人員。隨軍小組工作地點不固定，時常跟隨部隊轉移地方。其職責是採訪前方戰訊、新聞等及時報導發到總社，還抄收總社發出的「乙種廣播」電訊新聞稿（日均七、八千字），免費發送給當地軍政部門，供軍報或地方報紙刊用。

特派員，是根據工作需要由總社臨時派遣的採訪報導人員（分社不能委任特派員，只能委任特派記者），當然也有長期固定駐紮在一地的。其主要職責是報導新聞、撰寫通訊，寄給總社發表，但不能自行發稿或抄發總社的電訊廣播稿。隨軍特派員有的還配有小型電臺和報務人員，一般特派員則基本不配備。

特派記者或隨軍記者，性質和作用形同特派員，只是「名位」較特派員略低。通常只是一個人，無電臺配備。隨軍的跟隨司令部行動，也有臨時派往某地或參加考察團、慰問團、代表團等。他們只能報導新聞、撰寫通訊稿，不能自行發稿。

上述五項成爲中央社整個「有機體」的組成部分，形成其內部的組織機構。此外還有特約記者和特約通訊員，不一定是中央社的在編人員，經有關人士介紹、由總社或分社聘用，並無固定薪資，通過撰寫通訊稿或報導地方新聞而按稿計酬。

全面抗戰發動後，中央社雖暫與上海等地報館、分社和讀者分離，但事業在內地進行，更見興旺；與上海等地也保持著密切的聯繫。1937 年 9 月 25 日，日機襲擊南京，猛擊中央社和中央廣播電臺，屋舍機件均被毀壞，但 CNA（中央社英文縮寫）電訊仍繼續不斷地向世界發送，使日軍不勝驚詫。[1]

二、廣播電臺的勃興與廣告盈利模式

經過這十年間的發展，中國廣播事業的基礎基本得以奠定，各方面均有顯著進步。廣播設備方面，從極簡陋的機械發展到具有 75 瓦電力的中央廣播電臺，音波可達全國和東亞各地；節目方面，從只播送娛樂性的唱片、商情、廣告等發展到電臺節目種類不下 20 餘種；製造方面，以前收音機和播送材料必須從國外進口，今則出現能自製零件和裝配收音機、播送機的工廠；管理方面，相繼出臺了一批相關法令規則，漸由放任狀態進入統一管理時期。但與同期歐美、日各國相比，尚有相當差距。至 1937 年抗戰爆發前，全國電臺數達 78 座，且多集中在東南沿海一帶；各地收音機總數不及百萬，僅爲總人口的 0.25%。[2]

（一）南京國民政府對廣播事業的管理

自 1927 年國民黨定都南京後，相繼發布了一系列關於廣播事業的政策法規，至 1937 年所有全國性、地方性的廣播電臺管理法規，基本形成了國民黨統治大陸時期的廣播法規體系。

1、實行兩元制管理

1927 年 5 月，南京國民政府交通部正式成立並在上海設立電政總局，管理全國電報電話和無線電等事業。1928 年 8 月，國民政府建設委員會設立無線電管理處，管轄中國境內及國際間包括廣播電臺在內的無線電事業，並公布《中華民國無線電臺管理條例》，規定廣播電臺「得由人民設立」。同年 12 月 13 日，又頒布《中華民國廣播無線電臺條例》，規定機關公眾或私人團體或私人設立廣播電臺，「事前須經國民政府建設委員會無線電管理處之特許，違者由當地負責機關制止其設立。」[3]該條例將廣播無線電臺分爲兩種，一種

1　胡道靜：《報壇逸話》，上海通志館，1935 年版，第 49 頁。

2　吳保豐：《十年來的中國廣播事業》，載《十年來的中國》，第 734，736 頁。

3　《中華民國廣播無線電臺條例》（建設委員會頒布），1928 年 12 月 13 日。轉引自上海檔案館等編《舊中國的上海廣播事業》，檔案出版社、中國廣播電視出版社，1985 年版，第 173 頁。

以營業爲目的，須向本地領有收音機執照的聽眾徵收收聽費，一地只能限設一座這樣的電臺；另一種則是經費完全自給，不再向聽眾徵收收聽費。條例還規定了廣播電臺的業務範圍包括公益演講，新聞、商情、氣象等報告，音樂、歌曲和其他娛樂節目以及商業廣告，其中規定商業廣告「不得逾每日廣播時間十分之一」[1]。

至 1930 年代，國民黨採取兩元制的電臺管理措施。廣播電臺基本分爲公營和民營兩類，公營電臺的經費多有賴國庫支出，民營電臺則端賴廣告以資維持；公營電臺一般隸屬於中央廣播事業管理處、各省市政府及地方各部，民營電臺多隸屬於各地教育機關，也有純粹商辦者。因主管機構不同，兩者的管理方式、內部組織和辦事方針等也有所差異。例如，中央廣播電臺及其分臺，其主要節目多爲宣揚黨義、傳達政情、普及教育等爲主體，娛樂節目則居次要；省市政府電臺則以傳達各該政府政令，及宣傳施政方針爲主；民營電臺則側重教育、娛樂節目。

2、限制民營廣播電臺的發展

《中華民國廣播無線電臺條例》對政府權責範圍的界定較爲籠統，對民營電臺的限制卻較多，比如其中規定「政府如有緊急事件須即廣播者，私家廣播電臺應爲盡先廣播，不得拒絕，但得酌量收費。」「無線電管理處於必要時得收管或停止私家之廣播電臺。」「廣播電臺若兼營租售收音機件之商業，還需按照無線電品營業規則。」[2]當然，該條例在形式上把政府機關和「私人團體」申辦廣播電臺置於同樣地位，在一定程度上體現了時代進步。

1929 年 6 月，國民黨第三屆中央執行委員會第二次全體會議作出決定，建委會管轄的無線電交還交通部。自中央廣播電臺成立後，各地公營和民營電臺的創設日益增多，尤以上海爲盛。截止 1936 年秋，上海民營電臺包括西人所設之電臺共達 40 餘座之多，電力自 7.5 瓦特至 1000 瓦特不等，機械設備簡陋衰敗，節目紛亂雜湊，引起輿論的不滿。1932 年，交通部出臺《限制民營電臺暫行辦法》和《民營廣播電臺暫行取締規則》兩種法規，清理各地的

---

1 《中華民國廣播無線電臺條例》（建設委員會頒布），1928 年 12 月 13 日。轉引自上海檔案館等編《舊中國的上海廣播事業》，檔案出版社、中國廣播電視出版社，1985 年版，第 175 頁。

2 《中華民國廣播無線電臺條例》（建設委員會頒布），1928 年 12 月 13 日。轉引自上海檔案館等編《舊中國的上海廣播事業》，檔案出版社、中國廣播電視出版社，1985 年版，第 175～176 頁。

無線電臺，同時限制外人設立電臺與無線電的自由輸入。[1]其中《民營廣播電臺暫行取締規則》規定，民營電臺的許可證有效期間爲六個月，過期作廢；「交通部得隨時派員檢查廣播電臺之文件、執照及各項有關係之簿籍、圖表，或視察其工作，屆時各廣播電臺不得託故拒絕。」[2]1936 年交通部上海電報局自受命管理廣播電臺以來，對上海民營電臺又有更具體的規定，「舉凡整理電波周率、審查唱詞劇本、調查電臺報告人員，無不積極從事。」[3]國民黨中執委也決議，凡電力滿 100 瓦特的公民營電臺，均須轉播中央廣播電臺的中央紀念週報告及重要新聞兩節目，以廣宣傳。[4]可見，相比對公營電臺的管理，國民政府對民營電臺的管理限制較多。

1937 年，因機械設備簡陋，同時違反規則致被明令弔銷播音執照的民營電臺，有上海同樂、敦本、安定、市音、惠靈、新聲、華光、周協記等八家[5]；因不遵照指導節目辦法，而被命令短時期停止播音的電臺，有上海之華僑、航業、無錫之時和、蕪湖之大有豐等四臺；被命令警告的，除經受短期停播處分的電臺外，有蘇州之百靈、天津之東方、仁昌等三臺。「凡此均足以促令各臺注意改善其機械設備，提高其節目之水準，俾對廣播事業之使命，有明確之認識，指示其正當之途徑，亦即該會整理工作上收效之一端也。」[6]實際上，民營電臺「以資本關係，當不能與國營者之設備相提並論，是設備簡陋一點既無明文規定，似亦未能視爲電臺之咎也。」[7]經過此番整頓，受處分的民營電臺驟失生活所依，而其他各電臺亦岌岌可危，不知適從，生活堪虞。

1 《中央廣播無線電臺管理處組織條例》，《中央黨務月刊》1932 年第 49 期，法規頁第 323 頁。

2 《民營廣播無線電臺暫行取締規則》，1932 年 11 月 25 日。轉引自上海檔案館等編《舊中國的上海廣播事業》，檔案出版社、中國廣播電視出版社，1985 年版，第 186～187 頁。

3 《電報局整理廣播節目　改良社會習慣之先聲》，《新聞報》1936 年 7 月 2 日。轉引自上海檔案館等編《舊中國的上海廣播事業》，檔案出版社、中國廣播電視出版社，1985 年版，第 222 頁。

4 《函國民政府》，《中央黨務月刊》1933 年第 56 期，公文頁第 1332 頁。

5 《電報局對八電臺弔銷播音執照 交部電臺增強電力》，《申報》1937 年 2 月 20 日。轉引自上海檔案館等編《舊中國的上海廣播事業》，檔案出版社、中國廣播電視出版社，1985 年版，第 232 頁。

6 吳保豐：《十年來的中國廣播事業》，載《十年來的中國》，第 697 頁。

7 《播音公會呈請救濟八電臺》，《申報》1937 年 1 月 29 日。轉引自上海檔案館等編《舊中國的上海廣播事業》，檔案出版社、中國廣播電視出版社，1985 年版，第 231 頁。

3、國民黨廣播法規體系的形成

1936年2月爲了統合相關單位管理的權限，中央常務委員會決議設置「中央廣播事業指導委員會」，陳果夫任主任委員，負責承辦「廣播網之計劃與統制事項、廣播電臺之籌設與取締事項、廣播事業法規之訂定事項」等業務，所有全國廣播電臺無論公營民營均須接受其指導。[1]該委員會1936年制定並公布了《指導全國廣播電臺播送節目辦法》，從「編排節目」、「節目內容」、「播送時間」和「附則」等四方面確立了廣播電臺的節目播送準則，明確規定「各廣播電臺播音節目時間內應照交通部之規定，轉播中央廣播電臺播音。」關於播音節目的成分，也要求「關於教育演講及新聞報告方面，公營廣播電臺應占多數，民營廣播電臺亦不得少於 20%，但以轉播中央廣播事業管理處所屬各電臺之節目爲限，其娛樂及廣告節目至多不得超過80%。」[2]抗戰爆發後，國民黨對廣播事業的管理漸趨緊縮。1937年3月通過的《廣播教育實施辦法》中不但禁止私人設立電臺，還要求嚴格審核廣播材料，廣播用語以國語爲準，同時廣播人員還需接受思想訓練。[3]1937年4月12日，委員會又公布《播音節目內容審查標準》，規定了各臺的演說、歌曲、唱詞及廣告等所有節目中不得播放的禁止性內容。同時公布施行的《民營廣播電臺違背〈指導全國廣播電臺播送節目辦法〉之處分簡則》規定了對民營電臺警告、停播、取消執照的處分標準。依據上述法規，各地方政府也陸續出臺了一些針對廣播電臺的管理法規。所有這些全國性、地方性的管理法規，基本形成了國民黨統治大陸時期的廣播法規體系。

綜觀此廣播法規體系，相比北洋政府時期，南京國民政府以立法形式對廣播經營過程加以監管，基本確立了民營電臺及其業務的合法性和實踐標準，在一定程度上推動了民營電臺的發展。但兩頭管控模式也提高了政府的管理成本，加之租界等特殊地帶的存在以及內外交困的複雜局勢，政府對民營電臺的監管並不到位。可以說，民營電臺的繁榮與政府管理理念和方法的粗暴滯後，成爲這時期廣播事業發展中的突出問題。

---

1 《中央廣播事業指導委員會組織大綱》1936年第91期，法規方案，第175頁。

2 《指導全國廣播電臺播送節目辦法》（1936年10月28日交通部令公布），原載《電信法令彙編》上冊第二類，交通部電信總局編印。

3 《廣播教育實施辦法》，《中央黨務月刊》1937年第104期，法規方案第146～148頁。

（二）中央廣播電臺的擴建與革新

自 1928 年國民政府奠都南京，國民黨中央鑒於闡揚主義、宣達政令之重要，於 1928 年秋成立中央廣播電臺，8 月 1 日正式播音，電力僅 500 瓦特，呼號爲 XKM。因電力太小，音波不能達邊遠各省，於是年冬擬定擴充電力計劃，先定 10 千瓦，旋改爲 75 千瓦。儘管經過機件改造後情況有所改善，但在漢口、河南、山東、福建和天津等地，收聽效果仍不理想。1929 年 2 月 18 日，國民黨中央第 198 次常委會通過了戴季陶、陳果夫、葉楚傖提議的《擴充中央廣播無線電臺計劃》，計劃總預算 40 萬銀元，1930 年 2 月向德商得力風根公司訂購全部機器，在南京江東門外建築臺址。1932 年 11 月 12 日正式開幕，呼號爲 XGOA，周率爲 680 千周波，1933 年冬復改定爲 660 千周波。[1] 這座號稱「東亞第一，世界第三」的 75 千瓦強力中波廣播機開播之後，播音範圍遍及陝西、甘肅、四川、青海等偏遠省份，夜間播出時最遠可傳送至緬甸、印度等地。[2]

1、廣播節目的革新與全國聯播制度的推行

中央臺初創時，只有員工十餘人，到 1932 年增加到 70 人，至 1937 年撤離南京前中央臺員工達 136 人，已成爲一個機構龐大的宣傳部門。廣播節目也越來越豐富。自 1932 年起，該臺全面革新節目編排，每天播音時間增加到 11 個小時甚至更多。中央臺設立之初便確立了「施政之喉舌」的定位，所有新聞稿均來源於國民黨中央通訊社，以國民黨中宣部交辦的新聞和教化節目爲主，輔以部分音樂節目，沒有開展廣告業務，全部經費由國庫支撥。

中央廣播電臺的創立，在我國廣播事業史上具有「劃時代之重要性」。以前各地所設的廣播電臺，以唱片、音樂、戲劇等娛樂節目爲主，充當的是廣告工具。中央廣播電臺舉辦各種宣傳、演講和教育等節目，常常敦請名人學者到臺演講，或由各機關派員輪流講播，或由該臺職員自任之；宣傳節目大都關於闡揚主義、報告政治和警策之類，演講節目多涉及常識科學和其他社會問題的講述，教育節目則多屬於有連續性的教材，因此必須逐字逐句地講解。每晚廣播中央通訊社搜集的新聞，新聞節目的內容包括氣象、商情以及時事報告，一周大事等，使國人及時通曉國家大事；爲了溝通邊區民情，還特設蒙語、藏語報告新聞，使邊遠地區的報紙也能較容易獲取新聞來源；爲

1　吳保豐：《十年來的中國廣播事業》，載《十年來的中國》，第 695 頁。
2　《中國國民黨年鑒》，宣傳，（丁），1934 年版，第 139 頁。

了便於散居南洋各地的僑胞收聽祖國消息，開設粵語、閩南語、馬來語報告新聞，由此密切了僑胞和祖國的關係；此外還特設英語報告新聞以正國際視聽。「此後，中央廣播消息，不特遍及邊陲，抑且遠被全球，既便發施政令，又利闡揚主義。」[1]至於戲劇音樂節目所用唱片者，約占 50%；由該臺音樂、話劇兩組演奏者，約占 30%；由其他社團集體莅臺奏唱者，約占 20%。[2]

當然，作爲國民黨中央政府的「施政之喉舌」，該臺在宣傳內容上具有強烈的政治色彩。《中央日報》曾刊登《國民黨中央宣傳部中央廣播無線電臺通告第一號》，其中宣稱：「嗣後所有中央一切重要決議、宣傳大綱以及通令通告，通由本電臺傳播。」可見，國民黨中央臺所擔負的宣傳教化功能相當突出。爲了擴大中央臺的宣傳效果，自 1936 年 4 月 20 日起，國民黨中央廣播事業管理處呈請行政院發布飭令，要求全國各地所有公私營廣播電臺除星期日外，每晚 8 點至 9：05 必須一律轉播中央臺節目，包括簡明新聞、時事述評、名人演講、學術叢談、話劇、音樂等六項。「各臺奉令後，均能遵照辦理頗著成效，此種辦法在使邊遠地方聽眾，可用簡小之收音機藉各臺之轉播，得以收聽中央電臺節目，同時使全國全國人民每日於一定時間內聚精會神，一致收聽中央電臺之節目，對於統一全國意志，集中全國力量，行將藉播音之力，於無形中，完成其重要使命焉。」[3]1936 年 10 月 28 日交通部公布《指導全國廣播電臺播送節目辦法》對編排節目、節目內容和播送時間等均有明文規定，其中規定「各廣播電臺播音節目時間內應照交通部之規定，轉播中央廣播電臺播音。其暫無轉播設備者，得報明停播。」儘管早在 1932 年開始，部分省市的政府廣播電臺已經自覺轉播中央臺中央節目，甚至省政府部門還專門下文要求轉播，但中國廣播電臺全國聯播制度的正式建立卻肇始於此。

2、試辦廣告業務與組織管理的沿革

自 1934 年 10 月 1 日起，國民黨中央臺仿照歐美電臺的運作方式，試辦播音廣告，同時在南京設立中國電聲廣告社，專門辦理中央廣播無線電臺管理處各電臺播音廣告事宜，以服務企業、提倡國貨爲要旨。該廣告社收費低廉，分普通和特種兩個等級，普通級每次 2 分鐘，每次價格最低 4 元，最高 8 元；特種級每次 20 分鐘，音樂或歌劇團則由廣告戶自備，最低價格 12 元，

1 《廣播週報》，1934 年 10 月 20 日第 6 期。
2 胡道靜：《報壇逸話》，上海通志館，1935 年版，第 43 頁。
3 吳保豐：《十年來的中國廣播事業》，載《十年來的中國》，第 704 頁。

最高 24 元，若連續播放，還可有一定折扣。由於該臺收費低廉且影響較大，同時倡導國貨，發展工商業，因此吸引了相當一部分客戶。

中央臺創立之初隸屬於國民黨中央宣傳部，後又改隸中央書記處。1930 年 7 月，爲了應付日趨複雜的電臺事務，「中央廣播電臺」改組爲「中央廣播電臺管理處」，直屬國民黨中央執行委員會，負責人吳保豐、吳道一，「擁有指導審核訓練各地收音工作以及規劃設計各地分臺的權力」。[1]爲了擴大廣播的影響，管理處「先後舉辦了 4 期廣播收音員培訓班，約培訓廣播收音人員 440 名。這些人返回各地後，對於改變當地新聞通訊事業的落後狀況起了重要的作用。他們不僅天天抄收中央廣播電臺和中央通訊社的新聞廣播，供給各地報社，還直接創辦專載廣播新聞的報紙。」[2]1936 年因籌建 35 千瓦強力中央短波廣播電臺，工作日益繁重，又兼各地分臺漸多，爲肩負統籌管理之責，「中央廣播電臺管理處」再改組爲「中央廣播事業管理處」，負責傳播政令、文化教育和新聞報導等任務，並於同年加入國際廣播公會，成爲當時國內最大的廣播機構。這種「處臺合一」的體制相當穩定，一直維持到 1949 年國民黨從大陸撤退。[3]

（三）民營廣播電臺的繁榮與廣告業務

這時期不僅官辦廣播發展迅速，民營廣播電臺也如雨後春筍，紛紛在一些大中城市創辦起來。1936 年 9 月，據國民黨中央廣播事業管理處的調查顯示，全國共有民營電臺（西人電臺除外）65 座，上海占 41 座，約爲民營電臺總數的 66%。可以說，上海是民營廣播電臺的大本營。

1930 年代初期，上海民營電臺的發展呈現出興旺之勢。這主要因爲當時裝置收音機的人家已爲數不少，上海事變[4]中廣播電臺充分發揮出及時報導戰事的功力，另外欲憑藉廣播電臺經營廣告事業者甚眾。[5]據 1932 年底的統計，

1　左東樞：《我所知道的國民黨中央通訊社》，《新聞研究資料》1982 年第 5 期。

2　蔡銘澤：《中國國民黨黨報歷史研究》，團結出版社，2013 年版，第 26 頁。

3　當代中國廣播電視編輯部選編：《中國的廣播電臺》，北京廣播學院出版社，1987 年版，第 318 頁。

4　日本稱一·二八事變爲上海事變或第一次上海事變，國人稱「淞滬抗戰」。在 1932 年中國上海發生，是中日兩國於 1931 年九一八事變後的軍事衝突，時間長達一個多月。

5　胡道靜：《上海廣播無線電臺的發展》，1937 年 3 月 8 日，上海通志館《上海研究資料續集》。轉引自上海市檔案館等合編：《舊中國的上海廣播事業》，檔案出版社、中國廣播電視出版社，1985 年版，第 263 頁。

上海共有廣播電臺 40 座，其中有 6 座是西人設立的。而新建的電臺，還是不斷地在出現。至 1934 年底有 54 座。[1]電力最大者，爲福音廣播電臺，計 1000 瓦，其餘多在 50 瓦特至 500 瓦特之間，最小者僅 7.5 瓦特。當時民營電臺的機械設備多半因陋就簡，播放節目偏重於娛樂方面，電臺運營大半仰賴廣告收入以資維持。[2]

表 1　1934 年上海中國電臺節目類型統計表[3]

節目	檔數	節目	檔數	節目	檔數
彈詞	90	蘇州文書	9	兒童節目	1.5
評話	17	四明文書	7	申曲	26
開篇	7	播音劇、話劇等	9	宣卷	5
歌唱	19	教國語、英語等	13	南方歌劇陶情	4
其他娛樂	10	其他教授	6.5	故事	7.5
講演問答	12	蘇灘	7	新聞	6

爲了招攬廣告，當時各電臺競相播放戲曲、曲藝和評書等娛樂節目，新聞節目極少。這些娛樂節目大致可分爲戲劇與樂曲兩種，而戲劇又分評劇與話劇；樂曲除音樂歌詠之外，則有崑曲、大鼓、彈詞等種類甚多，每日於戲曲節目中輪流播唱。據 1934 年 4 月 5 日《中國無線電》所載節目表，上海中國電臺 28 家（暫停播音者或無詳細節目表者不計）節目所做統計如下。其中娛樂節目的檔數是 217.5，平均每家電臺有 7.75 檔；非娛樂節目只有 39.0，平均每家不過 1.3 檔。比如學術演講，由於方言、題材和技術問題，往往很難受人歡迎。因此「尤其在上海，開了電機一聽，大都是音樂、歌唱、話劇、灘簧、說書之類，間或有教授國文、英文和演講的，至多不過占著十分之一。」[4]此種情形曾引發不少有志之士的憂慮，呼籲「要使收音機不專成娛樂的用品，

1　張靜廬：《中國的新聞紙與新聞記者》，現代書局，1932 年版，第 717 頁。
2　吳保豐：《十年來的中國廣播事業》，載《十年來的中國》，第 709 頁。
3　1934 年 4 月 5 日《中國無線電》所載節目表表中的檔數，每檔約三刻或僅一個鐘頭，每星期五次或六次者作一檔算，不過二三次者作半檔論。其中其他娛樂，指報刊小調、越調、滑稽、大鼓、群芳會唱等；其他教授，包括教新歌、提琴、口琴、京胡、平劇等，也含有若干娛樂的意味。引自《中國無線電》雜誌 1934 年 5 月 5 日第 2 卷第 9 期。
4　獨鶴：《借無線電機灌輸知識》，1935 年 7 月 8 日《新聞夜報》。

同時也可以作爲教育的工具。」[1]

當時名噪一時的天津四大商業電臺[2]，爲了爭奪廣告市場，各臺不惜重金聘請名角支撐門面，每日播出評書、大鼓、相聲等具有地方特色的曲藝節目，深受市民歡迎。憑藉電臺的傳播，天津曲藝界一時名家輩出。1935 年 9 月，陳士和最先在天津中華電臺開講評書《聊齋》，富平安在仁昌電臺說評書《狸貓換太子》，張浩然在東方電臺說《峨眉七劍》，佟浩如在青年會電臺說《兒女英雄傳》。爲了吸引聽眾，各電臺奇招迭出。比如新新公司把電臺播音室設計成透明的玻璃，購物、逛街的顧客可以親眼目睹播音員現場播音的場景，零距離考察電臺內部的工作流程，遂覺十分新奇，一時圍觀者眾，引起轟動。

與同期上海的文化出版和報業收入相比，民營電臺的收入還是很可觀的。「1927 年，各民營電臺節目規模也只每天播出 6 小時左右；1934 年 4 月上海 28 家電臺的統計，其廣播節目以娛樂爲主，並有大力廣告，文娛節目及插播的廣告時間占 80%左右。據此估計每天廣告時間約 1 小時；按每則廣告 1 分鐘計算，每天插播 60 個廣告，若每個廣告每月按 60 元標準收費，則每座電臺一年廣告收入 4.32 萬元，1936 年上海 48 座廣播電臺廣告費合計收入 207.4 萬元。加之其他收入粗略估計約 50 萬元，再扣除人員經費及各項成本粗略估計約 100 萬元，上海廣播業淨所得約 157 萬元。」[3]當然，民營電臺中還有宗教電臺，如上海佛音電臺，以播送佛教節目爲主，福音電臺以播送基督教節目爲主，天津青年會電臺、北平育英電臺，則以播送教育節目爲主。此外，在上海尚有屬於外商經營的電臺，有華美、其美、奇開、法國等 4 座，其中有經交通部登記註冊者，有未經登記註冊者；均以營業爲宗旨，故節目以娛樂爲主體，後被交通部撤銷或收回。

1934 年冬，上海民營電臺還組織成立了上海市民營無線電播音業同業公會，以增進彼此感情聯絡、互通信息。[4]該會規定，凡在上海的華商電臺，經

1 獨鶴：《借無線電機灌輸知識》，1935 年 7 月 8 日《新聞夜報》。

2 1934～1935 年，天津仁昌電臺、中華電臺、青年會電臺和東方電臺相繼在租界成立，由此形成四大商業電臺並立的局面，並迎來天津民營廣播史上的第一個繁榮期。

3 上海廣播電視志編纂委員會編：《上海廣播電視志》，上海社會科學院出版社，1999 年版，第 732、166 頁。轉引自李敦瑞、朱華：《抗戰前夕上海 GDP 及結構探析——以 1936 年爲例》，《史林》2011 年第 3 期。

4 《上海市民營無線電播音業同業公會召開成立大會通告》，《申報》1934 年 11 月 10 日。轉引自上海檔案館等編《舊中國的上海廣播事業》，檔案出版社、中國廣播電視出版社，1985 年版，第 240 頁。

交通部發給執照或登記註冊者，均為該會會員，按其電力大小確定交納會費之多寡。其內部分為總務、組織、調查、會計、研究五科，日常事務除了為各臺解決相互間出現的問題，以及辦理黨政機關與商會委辦事項等，還負責為各臺呈報、收轉中央廣播事業指導委員會交辦的各種表格及播音稿本等。

1935年，上海市宣布該市無線電播音已許可設立90多處，周波已分配完畢，無法准許增設電臺。同年，華泰、東陸、利利、市音、華興、中西、鴻康等十餘家民營臺被分別取締或罰款。1936 年後，經過交通部整理並取締一部分電臺，上海民營電臺的數量大為減少，總電力反而有所增加。

由於民營電臺的營業收入幾乎都仰賴單一的廣告盈利模式，因此發達的工商業、穩定的供電系統和一定規模的聽眾是這時期民營電臺發展的必要條件。由此不難發現，抗戰前民營電臺的發展在地域分布上呈現出顯著的不均衡，在上海、天津、杭州、武漢等工商業較發達的大城市以及東南沿海的開放城市，聚集著為數眾多的民營電臺，民營廣播事業一度呈繁榮之象。而在西藏、新疆、蒙古、寧夏、青海、貴州和陝西等經濟較落後的內陸地區，則難覓民營電臺的蹤跡。

第六章　民國南京政府後期的新聞業經營（上）

1937～1949 年間，中國先後經歷了抗日戰爭和解放戰爭時期。經過八年抗戰烽火的洗禮，國民黨黨營報業在企業化經營上邁開了探索的步子，中國共產黨報業也一步步走向成熟、壯大。隨著國民黨政治上的腐敗和軍事上的節節潰敗，處於發展巔峰的國民黨黨營報業也迅即走向衰落。與此相反，中國共產黨報業則從農村轉向城市，迎來新的發展時機。

第一節　戰火中延續的新聞業經營

自 1937 年抗戰全面爆發始，中國新聞業發生了前所未有的變化。播遷到大後方的報紙、通訊社在戰火中一面堅持抗日宣傳，一面堅持地方版、分社的拓展以謀求規模化發展，由此出現報系或報團組織的發展傾向。這時期，股份制經營也朝著更為成熟、深入的方向發展，在促進新聞業發展的同時也難免暴露出一些內在的不足。

一、地方版（分社）的拓展與新聞業版圖的擴大

抗戰爆發後，東南沿海的新聞業被迫實行戰略轉移，內地新聞業由此得到空前的發展和壯大。血風腥雨的年代，新聞業在相對匱乏、艱苦的物質條件下，卻一直致力於地方版（分社）的拓展，戰後新聞業版圖得到進一步拓展。

整個抗戰時期，在戰火中輾轉播遷的《大公報》從天津到上海、到武漢、到重慶，從上海到香港、到桂林，始終堅持抗日救亡的宣傳，並且在後方艱

苦的鬥爭環境中一直不曾放棄報業經營的探索。1938 年 12 月 1 日《大公報》重慶版正式創刊，在張季鸞的直接領導下，此後 7 年多的時間內，該報成爲當時重慶發行量最大的一張報紙。1945 年 4 月，胡政之利用赴美國舊金山出息聯合國創立大會的機會，在美國訂購了 3 部輪轉印報機和部分通信器材、捲筒紙和辦公用品，爲戰後報館的大發展做好了充分的物質準備。1945 年 11 月 1 日，《大公報》上海版復刊。同年 12 月 1 日天津版復刊。1946 年 1 月在上海成立《大公報》總管理處，統攝上海、天津、重慶三館的工作。1948 年 3 月 15 日香港版復刊，並設立臺灣辦事處負責對上海版航空印行。正如該報所宣稱：「本報是民間組織，營業性質，現在總社在滬、天津、重慶均有分版，臺灣以上海紙版航空遞寄，到臺印行，連同香港本版，一共雖有 5 個單位，事業卻是整體的……言論方針是各報一致的。」[1]

1940 年代後《新民報》不斷擴大事業。1941 年 11 月 1 日開始增出晚刊；1943 年 6 月 18 日，創辦了成都版晚刊；1945 年 2 月 1 日，又增出成都版日刊。到抗戰後期，《新民報》重慶、成都兩地 4 報一天的總發行量最高達到 10 萬份。抗戰勝利後，陳銘德、鄧季惺將《新民報》總管理處遷回南京，發展成爲擁有南京、上海、北平、重慶、成都 5 個分社、報紙（日報、晚報）8 種的報團，報紙日銷總量 12 萬份，成爲大後方發行量最大的一家報紙。戰後《益世報》很快在天津復刊，在政治上標榜「不偏不倚」，以爭取讀者，因此事業發展很快，同時在北平、重慶、西安版（1945 年 4 月創刊）、上海版（1946 年 6 月 15 日創刊）和南京版（1946 年 11 月 12 日創刊）等地出版，日銷量達 8 萬餘份。

抗戰爆發後，國民黨黨報的播遷是從《中央日報》開始的。1937 年 12 月 13 日，南京淪陷。1938 年 1 月 10 日，長沙《中央日報》創刊，編號繼南京版；9 月 1 日，重慶版出版，編號繼長沙版，程滄波任社長兼總主筆；長沙版改爲分版，設分社主任。此後，又相繼增設昆明版、成都版、西康版、貴陽版、屯溪版、桂林版、福建版。「如果說，從抗戰結束到 1946 年底是中國報業的『復興時期』，那麼從 1947 年起中國報業則進入了所謂『擴充時期』。」[2]戰後《中央日報》的陣營進一步擴大，先後恢復、增設了南京、上海、重慶、

1 《大公報港版復刊詞》，1948 年 3 月 15 日《大公報》。
2 蔡銘澤：《中國國民黨黨報歷史研究（1927～1949）》，團結出版社，1998 年版，第 267～268 頁。

貴陽、昆明、桂林、南寧、長沙、福州、廈門、瀋陽、長春等 12 家分版。這些分版的發行量在所在地都佔據首位，按企業化的原則各自獨立經營，但在言論方針、新聞政策上完全由國民黨中央宣傳部統一指揮。

《掃蕩報》是國民黨軍隊的報紙。1935 年 5 月 1 日由南昌遷至漢口出版，同時發行《掃蕩旬刊》、《掃蕩畫報》、《掃蕩叢書》。遷漢口後，該報更新設備，擴充版面，強化反日色彩，頗受讀者歡迎，營業額呈上升之勢。抗戰爆發後，《掃蕩報》武漢版停刊後，重慶版被確定為總社；同時在桂林出版桂林版。1939 年 5 月 6 日至 8 月 12 日重慶版參加「重慶各報聯合版」。1942 年 6 月 1 日至 1943 年 3 月 31 日與《中央日報》出聯合版，1942 年 10 月 1 日又創設昆明版。1944 年 11 月、12 月，桂林版西撤途中又出版了金城江版、獨山版。[1]1944 年 8 月重慶版改組為報業股份有限公司，實施企業化經營管理。

這時期，通訊社事業通過在多地增設分社、支社，通訊業版圖得到空前擴展。國民黨的中央通訊社於 1936 年 1 月總社擴大，分設編輯、採訪、英文編輯、徵集、電務、事務六部。同年 6 月成立東京分社。至 1937 年 6 月，中央社在國內建有上海、北平、天津、西安、武漢、南昌、重慶、成都、貴陽、廣州等分社及牯嶺辦事處，國外有東京分社，並在瑞士、印度設特約通訊員。1947～1948 年間，中央通訊社的國內分社從戰時的 18 家發展到 43 家，其中戰後新創辦的有 25 家，另有分社下設的辦事處 9 家；國外分社和特派員辦事處，從戰時的 12 家發展到 25 家，其中戰後新建的有 13 家；全社工作人員有 2653 人，較戰前增加 1 倍。每日對全國廣播 2 萬餘字。[2]抗戰勝利後，共產黨的新華通訊社也迎來了自身大發展的時期。1945 年 10 月到 1946 年 4 月，新華社在各解放區建立起了總分社，在東北、冀熱遼、華中等新解放區和國統區的重慶、北平、南京三大城市建立了分社，形成了「以解放區新聞為基礎，進而組織全國的新聞網」的基本格局。至 1948 年 11 月，新華社各地總分社和分社發展到 20 多個。

總之，經過戰火的洗禮和磨練，《大公報》、《新民報》等民營報紙通過地方版的擴展，經營規模逐漸強大，發行量和影響力也與日俱增，由此形成報系的雛形。以《中央日報》、中央通訊社為代表的國民黨新聞業和以新華社為核心的中共新聞業，在戰後通過分版（分社）的增設分別構建了一張覆蓋全

1　吳廷俊主編：《中國新聞事業史》，武漢大學出版社，2009 年版，第 195 頁。
2　吳廷俊主編：《中國新聞事業史》，武漢大學出版社，2009 年版，第 339 頁。

國的黨報網和新聞通信網。

二、股份制經營的深入及其侷限性

如果說 1927～1937 年是中國報業從「個人時代」到「股份公司時代」的體制轉型時期，那麼 1937～1945 年則是中國報業股份制經營的深入發展時期。1930 年代股份公司制在報界越來越普及，《大公報》、《新民報》等民營大報紛紛改組爲股份有限公司，法人治理結構逐步規範，公司化經營亦呈現出新的氣象。1937 年，新記《大公報》正式成立了大公報社股份有限公司（以下簡稱新記公司），標誌著新記《大公報》進入規範、成熟的股份制經營時期。1937 年 6 月 20 日《新民報》成立南京新民報股份有限公司。1947 年 5 月國民黨中央黨報《中央日報》改組爲股份有限公司，開始試水股份制經營。客觀來看，股份制經營給報業發展帶來新的生機，同時也暴露出一些侷限性。

（一）股份制經營給報業帶來的促進

抗戰前，股份制在當時報業中所發揮的功能還比較初級、有限，許多報館套上股份制的名義，大多是解決辦報資金不足的問題，因而熱衷於改革或設立股份有限公司以期達到招股集資的目的。至於公司內部的治理結構、股權激勵制度等則沒有得到根本的改善。比如，儘管《新聞報》是股份公司，但實際上福開森握有 65%的股權，牢牢把握著報紙大權，其他董事並沒有多少話事權。《新聞報》改組公司的主要原因就是由於缺乏資金，但福開森並沒有就此擴大招股。可見，儘管《新聞報》是股份公司，但其公司制度並不健全，類似於這一時期國內興起的家族公司。

與抗戰前相比，這時期報業股份制經營無疑較爲深入，在一定程度上充分發揮了股份制經營的優勝之處，股份制對報業帶來多方面的促進。首先降低了報業的經濟風險和政治風險。隨著報業規模的擴大，辦報成本也不斷上升，原來的獨資和合夥辦報越來越無法應付龐大的報業資金支出，這種情形下不得不求助於社會閒散資本。實行股份制企業化經營後，《中央日報》由原先單純依靠黨和政府撥款轉而由黨和政府以法人名義投資入股和公開吸收社會閒散資本，資金來源有所擴大，經濟實力大大增強。而股份制所具有的招股融資功能，爲近代報業的發展提供了更有力的資本支持，尤其是有限責任特徵也降低了辦報的經濟風險，即便報紙銷路不暢或倒閉，報紙創辦者也不至於傾家蕩產。從政治方面看，股份制使報紙的所有權分散，更具社會化色彩，增強了報社的獨立性，對於政治壓力也有了更多的抵抗和疏通的渠道。比如，陳銘德創辦的《新民報》前期依附四川軍閥劉湘、後來則以董事爲政治保護傘。當然，股份制對報業更大的促進體現在完善報業的治理結構和管理制度方面。比如，實行股份制經營後的《大公報》建立了嚴格的財務核算制度，進一步完善了獎懲激勵制度，薪酬福利制度也趨於完備，由此形成了一整套現代企業制度，同時在股份制實踐中逐步建立了科學合理的組織結構體系，因而即使身處動盪的戰爭時期，報館依然士氣高漲，面目一新，輿論影響力和經濟實力均大大增強（詳見本章第四節）。戰後《中央日報》經過企業化改革成立了股份公司，實施企業化經營管理制度後也取得了一定的成效（本章第二節對此有專門闡述）。

（二）股份制經營存在的局限性

由於時局的動盪和環境的制約，當時報業的股份制經營尚存在著諸多缺憾和不足，其治理結構和管理制度還遠未完善，突出表現在以下幾方面。

首先，資本運營相對封閉，缺乏公共性。由於民營報紙在保障言論獨立性方面有著特別訴求，對吸納外股多有疑慮，因而一些實行股份制經營的民營報紙股票並未上市流通，轉讓限制較多。比如《大公報》成立股份有限公司之後，只對內部員工贈股，而不接受外來新股投資。當然胡政之在香港辦港版《大公報》時接受了王寬誠 2 萬美元入股，但也是出於資金困窘不得已而爲之。張季鸞曾說：「大公報的唯一好處，就在股本小，性質簡單。沒有干預言論的股東，也不受社外任何勢力的支配。因此言論獨立，良心泰然。」[1]政黨報紙由於擔負著服務於政黨的政治宣傳職能，因此也存在著類似問題。《中央日報》成立股份公司後，股票形式和股額比例分配採用的是記名股票，並且股票不能自由買賣或轉讓。還有，國民黨中央明確規定「黨股」必須占到75%以上，因而這種公司實質上帶有極大的封閉性、壟斷性。

其次，治理結構不完善，且極易受時局影響造成管理混亂。這一時期中國報業公司的董事會組織普遍弱化，除了《大公報》等少數報紙較爲完備外，多數報紙的董事會流於「橡皮圖章」的狀態，公司管理中存在著濃厚的傳統集權化傾向。除了報業組織自身的治理結構不完善外，高壓政治環境和戰爭也導致當時民營報業管理不善甚至混亂，無法進行常態的報業經營活動。比

1　張季鸞：《本社同人的聲明——關於米蘇里贈獎及今天的慶祝會》，重慶《大公報》1941 年 5 月 15 日。

如《新民報》之所以改組股份有限公司，既是經營規模擴大的需要，更是逃避國民黨政治壓迫的無奈之舉，試圖通過改組公司以降低風險。陳銘德、鄧季惺回憶說：「我們把個人的事業變成公司組織，是經過一番思想鬥爭的。在當時形勢下，既要找些人來擋風擋雨，掩護這個事業；又要合作的人不過分干涉《新民報》的內政（包括人事、財務和版面），好讓我們還有點『自由』。幾經醞釀，這個公司於一九三七年七月一日宣布集資五萬元依法成立，同天在報紙上發表了董事長、董事和監察人名單。」國民黨各派各系，除了原有的幾個股東代表外，其他都是贈股，因此並不干預報政。如董事長蕭同茲，「從未對報社發過任何指示，干預過任何行政」[1]。儘管這樣組建起來的董事會在實際運作中起到了「政治保護傘」的作用，但從制度創新的角度看，類似這樣形同虛設的董事會缺乏制度層面的意義，更遑論促進報業的發展了。抗戰時期的《大公報》幾經輾轉，胡政之、張季鸞各自自理一塊，事實上形成了兩個體系，之後張季鸞去世，重慶版相對穩定時成立了董監會聯合辦事處，兩個體系才重新統一起來。1937 年《申報》改組爲股份公司後，不久上海淪陷，「孤島」時期又被日僞劫持，實際上已經失去發展機會，股份公司制淪爲虛置。

綜上所述，這時期股份制給報業經營帶來多方面的促進，主要體現在降低報業的經濟和政治風險，改善報業的治理結構和制度管理，報業由此步入漸趨規範的、專業的發展軌道。但同時由於公司制度的內在缺陷，加之環境的制約和時局的影響，這時期報業的股份制經營亦存在諸多侷限和缺憾，比如報業治理結構和制度管理尚不完善，資本的開放性不足，報業經營受制於政治壓力因而遠未實現眞正的獨立性。

第二節　國民黨的報刊

抗戰爆發後，國民黨黨營新聞事業隨著政治中心的內遷而轉移到重慶、桂林等大後方，在戰時體制的凝聚下，國民黨報業的實力反倒超過戰前，並出現了集團化傾向。戰後國民黨報團組織得到進一步擴張，並實施了企業化改革，取得了比較顯著的成效。但隨著國民黨大陸統治末日的來臨，剛剛走向巔峰的國民黨黨營報刊迅即走向無可挽回的衰敗命運。

1 陳銘德、鄧季惺：《〈新民報〉春秋》，重慶出版社，1987 年版，第 15～16 頁。

一、《中央日報》：戰時黨報體制與戰後股份制經營

1937年12月13日南京陷落，《中央日報》西遷至長沙的人員銜接南京版出刊。遷移到重慶的《中央日報》於1938年9月1日正式復刊。抗戰勝利後回遷南京，於1945年9月10日在舊址重新出版《中央日報》，由馬星野出任社長。重慶《中央日報》則歸國民黨中央宣傳部直轄，照常出版。1947年，該報成立了中央日報股份有限公司及董事會。1949年該公司遷往臺灣，3月12日在臺北續刊。

（一）戰時經營管理體制的變更與經營狀況

抗戰時期，《中央日報》以重慶為總社，又擁有多個分社，並且在大後方開展西南五省發行網擴展計劃。稍後，《中央日報》在南寧、貴陽、成都、屯溪及福州等地創設分版，完成了報系的初步整頓。

1、經營管理體制的變更

1943年，抗日戰爭進入最艱苦的階段。為了爭取抗戰的早日勝利，國民黨中央和國民政府強化了對全國政治、經濟和文化等方面的統制。同年4月和6月，國民黨中央制訂了《中央宣傳部直轄報社組織規程》、《中央宣傳部直轄報社分社組織規程》、《中央宣傳部直轄報社分社管理規則》三個文件，重新加強了對國民黨黨報的直接控制。依此，《中央日報》重新被置於國民黨的直接監督之下，報社的人事權和財務管理權限都受到限制。相比1932年春確立的社長負責制，《中央日報》戰時經營管理體制在黨報的組織形式、人事管理、財務管理和營業管理等方面均有所變化，並表現出顯著的特點。

第一，關於組織形式。（1）報社由中央宣傳部指揮監督；（2）設社長一人，綜理全社事務，設總主筆一人，均由中央宣傳部任用；設主筆一至三人，由社長呈准中央宣傳部任用；（3）「社長之下分設編輯部、經理部、總務處，編輯部設總編輯一人，經理部設總經理一人，總務處設總務主任一人，執掌各該部處事務，由社長呈准本部任用之」[1]；（4）「經理部於總經理之下設發行、廣告、工務三組，必切要時得設承印組，各組設主任一人」[2]。一般來說，主

1 《中央宣傳部直轄黨報組織規程》，國民黨中央常務委員會，1943年4月10日備案。

2 《中央宣傳部直轄黨報組織規程》，國民黨中央常務委員會，1943年4月10日備案。

導報社言論宣傳方針的是總主筆或主筆，而不是社長。這種組織設置在社長之外平行設立總主筆或主筆以及總務處，雖然有利於戰時黨報及時得到國民黨中央的全面指導，同時保證「正確的解說和傳達中央最高意旨」[1]，但在一定程度上削弱了社長的權力，報社內部的平衡關係被打破，從長遠看不利於黨報的發展。「從前的制度，編經二部職權清楚，根本不會發生摩擦；現在經理部與總務處的可能衝突真的會從職權中產生了。」[2]內部關係的失衡，造成報社經營管理不善，報社利益必然受損。

第二，關於人事管理。（1）「直轄報社及分社之職員技工非本部許可不得兼任社外職務」；（2）「直轄報社及分社之職員有升遷調補時，應按月造送工作人員動態各項有關人事表冊，如係新任工作人員應附工作人員調查表、保證書等呈部憑核」；（3）「直轄報社及分社於每年年度開始，應造具職員名冊、技工名冊、工役名冊呈本部備查」；（4）「直轄報社及分社應將工作人員年度總考成績表，呈部核辦」；（5）「直轄報社及分社應按月呈報小組會議考核月報表及小組會議紀錄以憑考核」。[3]可見，凡報社員工聘用、升遷、考核以及日常會議等事項，均須報呈中央宣傳部審核備查。如此，報社的人事自主權必然受到削減，在一定程度上影響了員工的積極性。

第三，關於財務管理和營業管理。（1）「直轄報社及分社於每年年度開始，應擬具營業計劃書、營業預算書呈送本部核定」；（2）「直轄報社及分社於每年年度終了，應造具營業狀況月份對照表（甲乙兩種）、資產負債各月份比照表、營業損益預算決算對照表財產目錄，呈報本部備查」；（3）「直轄報社及分社於每月月終應依中央頒布黨務機關會計規程規定，造具營業狀況報告（甲乙兩種）、資產負債表、損益計算書、財產增減表、固定負債目錄表、現金結存表，呈部審核」。[4]這些規定實際上取消了報社獨立核算的會計制度，難免影響到報社業務的開展。

1 《革命人物志》第13集，臺灣中華文物供應社，第205頁。轉引自蔡銘澤：《中國國民黨黨報歷史研究（1927～1949）》，團結出版社，1998年版，第240頁。

2 詹文滸：《報業經營與管理》，正中書局，1948年版，第101頁。

3 《中央宣傳部直轄報社及分社管理規則》，國民黨中央黨務委員會，1943年6月28日備案。

4 《中央宣傳部直轄報社及分社管理規則》，國民黨中央黨務委員會，1943年6月28日備案。

表 6-1　1943 年各直轄黨報社收支及盈虧表（單位：元）[1]

報　社	總收入	總支出	盈　虧	備　註
重慶中央日報			1697828	安徽中央日報未報送表格
貴陽中央日報	7650530	4675426	2975104	各直轄報社未列入
成都中央日報	4346886	3462745	884071	
昆明中央日報	10663936	6422588	4241448	
西京日報	5100923	3926345	1174578	
武漢日報	690871	962286	～271415	
中山日報	1174808	1355255	～180447	
福建中央日報	998140	932614	65526	
湖南中央日報	1515922	1525844	～9952	
廣西中央日報	1555031	1364118	190913	
西康國民日報	425852	815348	～389496	中宣部月助藏文版 8000 元
青海民國日報	292222	232528	～30296	內由中宣部月助 4500 元
寧夏民國日報	740380	733829	6551	由寧夏省政府月助 280 元
合計	38588427	29801750	8786677	

如上所述，儘管經營管理體制的變更給《中央日報》帶來了一些消極影響，但客觀上「黨報指揮管理權限的高度統一，便於國民黨中央統一布置各黨報的地點，分配各黨報的經費」[2]。並且，在中央宣傳部的嚴密控制下，各直轄黨報的獨立自主性雖有所削弱，但依然注重經營管理，因此抗戰時期均能保持良好的營業勢頭，其中廣告收入和發行收入增長較快。如上表所示，1943 年是八年抗戰階段經濟最爲困難的時期，各直轄黨報在經營上卻能保持收支平衡，並略有盈餘，實屬可貴。

2、抗戰時期的經營狀況

抗戰期間，《中央日報》雖然並未眞正進入企業化經營軌道，但在艱難困苦的大後方注重廣告經營，實行「平民化」的辦報策略，爲戰後全面改革國民黨黨報經營體制奠定了較堅實的基礎。

1　國民黨中央宣傳部檔案，中國第二歷史檔案館，全宗號：711〔5〕，卷號：259。
2　蔡銘澤：《中國國民黨黨報歷史研究（1927～1949）》，團結出版社，1998 年版，第 240 頁。

（1）一報變多報，規模由大到小

抗戰伊始，國民黨中央宣傳部就發出通令，責成各中央直轄黨報「注意各省邊區偏遠地帶擇其辦報可能性較著中心點的地方籌備分社」[1]。《中央日報》在 1937 年 7 月就在廬山創辦了第一個分版，當時廬山是全國的政治和輿論中心，廬山分版的創辦便是順應了這種形勢變化。1938 年元旦創辦長沙分版，1938 年 9 月創辦重慶分版。《中央日報》創辦分版之初是爲了遷移後報紙的延續，而後來分版的創辦則是貫徹中央宣傳部的指示精神。接著，《中央日報》依託各省黨部又在貴州、昆明、廣西、湖南、福建、安徽等地創設了分版。其中，貴陽《中央日報》創辦了芷江分社，廣州《中山日報》創辦了梅縣分社，福建《中央日報》創辦了漳州分社。

由於戰時物資匱乏和內地經濟、文化相對落後，內遷的國民黨黨報在物質上「普遍的呈現退步的現象」，印刷、紙張質量等均大大遜色於戰前。當時後方的報紙都用土紙印刷，由於缺乏漂白原料，因此各種報紙的紙張五顏六色，「其紙張記有赭、湖、綠、青、藍、薑黃等色，深淺不一，又可別爲十餘種，也是我國新聞史的一種紀念物」。[2]尤其是「戰前篇幅廣大，現在一般的縮小；戰前一般採用白報紙，現在則大部分改用土產紙。」[3]抗戰前，《中央日報》版面都在 3 大張以上，且印刷清晰精美，堪稱國內第一流大張。抗戰後物資短缺，紙張吃緊，該報不得不縮減篇幅，維持在日出 1 大張的水平上。在相當長一段時間內，該報一直維持在這種規模上。以前副刊有 5 種之多各占 1 版，改爲 1 種僅占半版，昆明《中央日報》和寧夏《中央日報》則沒有副刊。以前專刊有 10 種之多，戰後則一律被取消。與此同時，由於內遷報社失去了華東華北的大批讀者，加之內地文化水平相對落後，《中央日報》的發行量也呈下降之勢。戰前，該報的日發行量在 2 至 5 萬份之間，抗戰初期重慶《中央日報》日發行量僅 16000 份。[4]

（2）注重經營，擴大廣告版面

由於發行量銳減和發行收入的普遍減少，特別是物價飛漲，造成國民黨黨報的普遍虧損。據統計，1944 年第一季度 18 家國民黨直轄黨報虧損的有

1 《貴陽中央日報芷江分社創辦經過》，《新聞學季刊》第 1 卷第 3 期。
2 胡道靜：《新聞史上的新時代》，世界書局，1946 年版，第 21 頁。
3 趙炳良：《抗戰以來的新聞事業》，《新聞學季刊》第 1 卷第 1 期。
4 蔡銘澤：《中國國民黨黨報歷史研究（1927～1949）》，團結出版社，1998 年版，第 206 頁。

6 家，其他 12 家也僅能收支相抵，勉強維持。[1]爲了擺脫困境，國民黨第六次全國代表大會提出了將黨報企業化。社長程滄波及其後任何浩若也對自主經營表現積極。《中央日報》的收入來源主要是行政撥款、發行和廣告。在撥款不變和發行下降的情況下，漸漸只能靠廣告來維持生存。雖然報紙總體版面縮減，但發表的廣告數量篇幅卻不減反增，通常有一兩版之多，占全部版面的 25%至 50%，頭版除報頭外其餘均爲廣告，大大高於戰前的比例。客觀來看抗戰時期《中央日報》的廣告經營，其成績是值得肯定的。以 1944 年第一季度的廣告收入爲例，重慶《中央日報》爲 2466166 元，昆明《中央日報》爲 2176026 元，分別大大超出兩報同時期的發行收入（分別是 144100，551780）和撥款（765630，34240）。[2]企業化經營的措施一定程度上緩解了《中央日報》的經營困境，抗戰時期發行量保持在 3 萬份左右，雖然無法匹敵民營大報《申報》、《新聞報》，但亦可謂表現不俗。

（3）接近民眾，辦報「平民化」

身處內地落後的經濟、文化環境中，《中央日報》深知只有適應環境，爲民眾所接受，才能求得生存和發展。尤其是進入抗戰相持階段後，國民黨統治的腐敗和物價飛漲使得大後方民怨沸騰，人心渙散。有鑑於此，國民黨報人中的有識之士提出了辦報「平民化」的問題。所謂辦報「平民化」，包括兩個方面的內容，一是關心群眾的疾苦，反映人民的心聲；二是文字要通俗易懂。[3]這兩個問題在戰前並不爲黨報所重視，但這時期黨報意識到「今日社會，尚在沉屙狀況中也，今日政治，離理想之標準，尚甚遼遠……報紙不批評不監督不責備，更何貴爲報？」[4]基於這種認識，《中央日報》對通貨膨脹、黑市猖獗、貪污腐敗等都進行了無情的揭露和批評。其中一個突出的例子就是 1940 年該報對成都市長楊全宇囤積居奇案的揭露。

在文字的通俗化方面，國民黨報人和黨報則更爲積極地加以推行，提出報紙「應在各個方面力求其平民化，合平民之要求，更合平民之興味」，徹底的做到一個車夫，一個學徒，一個農工，都能朗誦的地步。」[5]爲此，

1　蔡銘澤：《中國國民黨黨報歷史研究（1927～1949）》，團結出版社，1998 年版，第 209 頁。
2　中國第二歷史檔案館檔案，全宗號 711（5），卷號 259。
3　蔡銘澤：《中國國民黨黨報歷史研究（1927～1949）》，團結出版社，1998 年版，第 208 頁。
4　馬星野：《國民精神總動員與新聞界》等篇，《新聞學季刊》第 1 卷第 1 期。
5　馬星野：《國民精神總動員與新聞界》等篇，《新聞學季刊》第 1 卷第 1 期。

國民黨中宣部甚至要求其黨報向中共《新華日報》等學習，力求文字通俗可讀，同時還著手創辦文字淺顯、篇幅短小的「簡報」，以迎合普通民眾通曉信息、方便閱讀的需要。「平民化」的辦報方針和策略，使得以《中央日報》爲代表的國民黨黨報在抗戰大後方能夠在較短時間內深入民心、擴大影響力。

（二）戰後企業化經營管理體制的確立與實施

抗戰勝利後，《中央日報》遷回南京出版，馬星野[1]任社長，給《中央日報》帶來革新氣象。1947 年 5 月該報改組爲股份有限公司，建立起企業化經營管理制度。企業化經營管理體制的確立和實施，使《中央日報》一度重煥生機。但隨著國民黨政權的腐化沒落，作爲中央黨報的《中央日報》的革新氣象也漸漸蕩然無存。

1、企業化經營管理體制的確立及其意義

抗戰勝利後，國民黨的統治方式從「訓政」開始轉變到「憲政」，爲了適應新的政治形勢，國民黨黨報必須在形式上「從訓政時期的國民黨報紙，蛻變爲憲政時期的國民黨報紙」[2]。這是國民黨黨報實施企業化經營管理的根本原因和實質所在。從經濟上來看，戰後國家壟斷資本主義迅速壯大，國民黨黨報經濟實力也得到快速增長。爲了利用所接收的敵僞和民營新聞事業資材，鞏固國營（黨營、公營）新聞事業的陣營，以便在即將到來的民主憲政時代取得輿論領導權，國民黨中央通過報業股份有限公司的形式，既可以合法有效地佔有和使用敵產和民產從而「平息民怨」，又能鞏固業已取得的政治、經濟地位。[3]另外，國民黨報系日益膨脹的發行使得國民黨宣傳經費龐大，爲了減少黨部經費的負擔，同時通過改變靠黨養報的現狀來改善黨報形象，黨報企業化經營的構想應運而生。

1945 年 5 月 17 日，國民黨第六次全國代表大會通過關於宣傳問題之決議案，第二項第四點即表示要「實行黨報企業化，以鞏固本黨新聞事業之基

1 馬星野（1909～1991）曾在美國密蘇里新聞學院深造，逐步形成專業化新聞理念。回國後創辦中央政治學校的新聞系，長期任系主任，另外他還擔任過國民黨中央宣傳部新聞事業處處長。

2 《從中央日報到中興日報》，成都《中興日報》1946 年 7 月 1 日。

3 蔡銘澤：《中國國民黨黨報歷史研究（1927～1949）》，團結出版社，1998 年版，第 286～287 頁。

礎」[1]。6月，召開黨報會議，決定各報一律改變組織設立中國報業公司，爲黨營報紙之總機構。[2]戰後黨報企業化進入具體程序，經過一年多的立法討論後開始實施。1947年初國民黨實行黨報企業化，各地《中央日報》先後成立董監事會。南京《中央日報》是國民黨黨報實施企業化經營管理過程中規模最大、組織最完備者。1947年5月30日，南京中央日報社股份有限公司正式宣告成立。會議討論和通過了《南京中央日報社有限公司章程》，選舉產生了以陳立夫爲董事長，包括于右任、胡健中、陳布雷、馬星野等15人組成的董事會，和以陳誠爲監察長包括戴季陶、程滄波等5人組成的監察會。會議任命馬星野爲南京《中央日報》社社長兼發行人，黎世芬爲總經理。自此，國民黨各大型黨報正式開始實施企業化經營管理。

《中央日報》股份制企業化經營管理體制的確立，具有積極的理論意義。「如果說，1932年春天《中央日報》實施社長負責制在經營管理體制上向企業化民營報業邁進了一步，那麼，1947年國民黨黨報實施企業化經營管理則在經營管理體制上向企業化民營報業邁出了關鍵性的一大步。」[3]這使得報社在組織形式上基本趨同於民營企業化報紙，實現了財產所有權和經營權的分離。改組後，《中央日報》雖然仍然是國民黨的政治宣傳工具，但已被視爲「以經濟自給自足爲最高營業方針」[4]的企業了。其次，組織結構更趨於合理，條理清晰，各負其責，便於相互溝通，相互監督。報社最高權力機構爲股東大會選舉產生之董事會，董事會下設社長，社長之下設主筆室、編輯部、經理部、會計室、稽核室、人事室、設備委員會、社會事務委員會、員工福利委員會，並設主任秘書協助社長工作。組織機構的優化帶來的是精幹的隊伍，能更有效地面對激烈的報業競爭。比如，上海《申報》、《新聞報》、《大公報》採訪部門各有10人，而上海《中央日報》僅6人；翻譯一職，申、新、大公均有2～3人，《中央日報》僅1人。這樣就使報社人員工作飽和，人盡其能，節約開支。經過全社員工的努力，該報由1947年4月每日發行34000份，增

1 《河北半月刊》第1期，1946年2月16日，鉛排本，第35～36頁，國民黨黨史會藏，檔號：6.2/68.3-13。

2 《該部42、45、46年度工作檢討和政績比較表》，鋼筆原件，第35頁，國民黨中央宣傳部檔案，第二檔案館藏，檔號：718：123。

3 蔡銘澤：《中國國民黨黨報歷史研究（1927～1949）》，團結出版社，1998年版，第288頁。

4 黎世芬：《我們的營業作風》，南京《中央日報》1946年9月10日。

加到 1947 年 12 月每日發行 51700 份，其發行量位居上海申、新、大公之後，且與第 3 位相差無幾，超過第 5 位的一倍以上。[1]

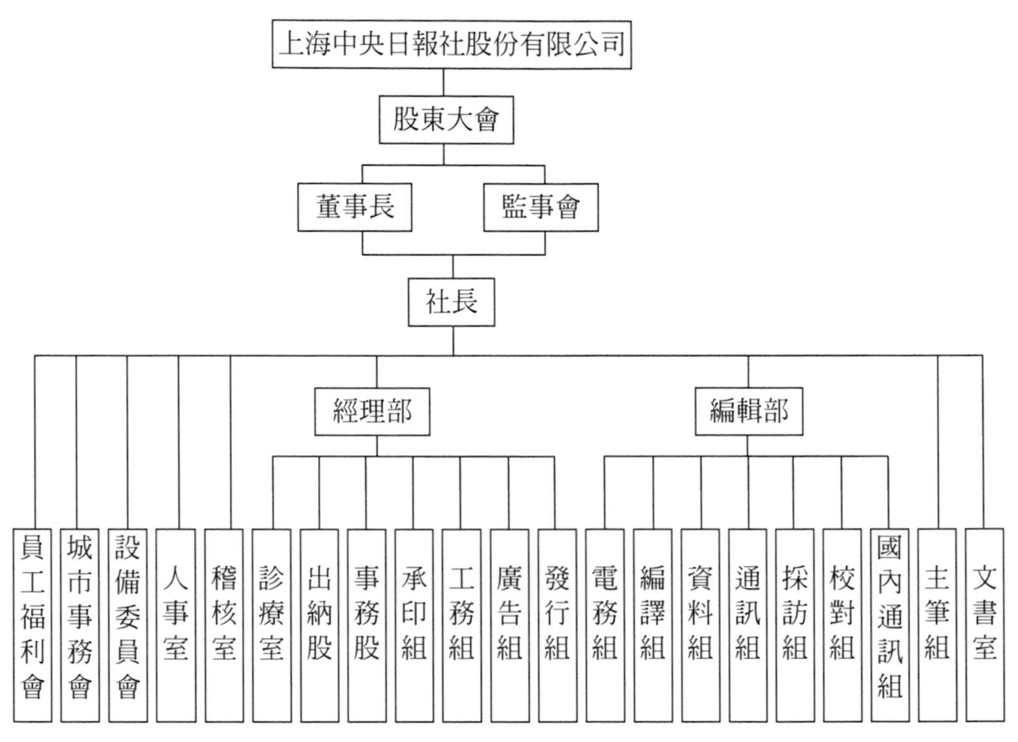

圖 6-1　上海中央日報社企業經營組成系統表（1947 年 5 月制定）[2]

再者，實行股份制企業化經營後，《中央日報》由原先單純依靠黨和政府撥款轉而由黨和政府以法人名義投資入股和公開吸收社會閒散資本，資金來源有所擴大，經濟實力大大增強。比如上海《中央日報》試行企業化經營管理前，1946 年 1 月資本總額僅 7 億元；1947 年 5 月正式成立股份公司後，其資本總額迅速增加到 16.8 億元。[3]

當然，應該看到這種體制也存在不健全、不合理的地方。比如，股票形式和股額比例分配採用的是記名股票，並且股票不能自由買賣或轉讓。還有，

1 《上海中央日報社業務報告及檢討事項》（1947 年），第 55 頁，上海市檔案館檔案，全宗號 006，卷號 22。

2 《上海中央日報社業務報告及檢討事項》（1947 年），第 58 頁。轉引自蔡銘澤：《中國國民黨黨報歷史研究（1927～1949）》，團結出版社，1998 年版，第 290 頁。

3 《上海中央日報社業務報告及檢討事項》（1947 年），第 55 頁，上海市檔案館檔案，全宗號 006，卷號 22。

國民黨中央明確規定「黨股」必須占到 75%以上，因而這種公司實質上帶有極大的壟斷性。此外，總體來說，戰後黨報的企業化經營是一種自上而下的人爲改制，宣示意味大於改制實質。[1]

2、企業化經營管理體制的實施及其成效

實施企業化經營管理後，《中央日報》規模有所擴大，業務有所發展，面貌也有所改觀。首先，基礎設施進一步得到完善。憑藉雄厚的經濟實力和各種特權，《中央日報》積極擴張基建，購置現代化印刷機器。1946 年先後投入資金建築職工宿舍、職員眷屬宿舍和能容納 200 噸捲筒紙的倉庫一座，又投資法幣興建一幢鋼筋水泥三層大廈和一所四層大廈印刷廠。總經理黎世芬將這一年稱爲「開始生產建設和員工福利的一年」[2]。1948 年 10 月又動用外匯 148558.69 美元經上海商業投資公司向美國購進最新流線型四單位高速高斯（Gross）印報機一臺。基礎設施的擴建、完善和印刷技術設備的更新，爲該報業務的全面拓展奠定了堅實的基礎。

其次，在廣告、發行業務方面繼續依託黨政軍實力「力求自給自足以報養報，發行改革過去機關報作風，而置重心於發行廣告方面之爭取」[3]，同時著手建立全國性發行網絡。先後由津浦、隴海鐵路向北、西北發展，由長江航道向西、西南發展，由京滬、浙贛、京蕪鐵路向華東、中南、華南地區發展。僅浙贛一線就增設了 42 個分銷處，增銷了 8100 餘份報紙。該報的銷數也隨之直線上升，由 1946 年 1 月的 35000 份增加到同年 11 月的 99200 餘份再增加到 1948 年 8 月的 150000 份（此數據存疑）[4]。在廣告方面，《中央日報》比照當時上海申、新、大公三報標準，同時依據市場的具體變化，主動調整廣告價格。除了增加廣告版面外，還提高了同樣版面的廣告價格。因此，廣告營業額大幅度增加：1946 年 1 月廣告所佔篇幅爲 1 版半，到同年 12 月即增加到 3 版半；廣告收入則由 14096892 元上升到 218469920 元，到 1948 年 9

1 向芬：《國民黨新聞傳播制度研究》，中國社會科學出版社，2012 年版，第 72 頁。

2 黎世芬：《邁步走上第四年程——告關心本報的讀者》，《中央日報》（南京）1948 年 9 月 10 日，第 7 版。

3 《南京中央日報社股份有限公司業務報告書》（1948 年），第 10，7 頁，南京中國第二歷史檔案館檔案，全宗號 656（4），卷號 5613。

4 《本報三十五年度工作報告書》第 32 頁及《報學雜誌》創刊號廣告。轉引自蔡銘澤：《中國國民黨黨報歷史研究（1927～1949）》，團結出版社，1998 年版，第 295 頁。

月「廣告營業在本市得以獨佔」[1]。

第三，在新聞業務方面，馬星野希望「黨報」擺脫「傳單」與「官報」的陋習，朝著「眞眞實實地報導新聞」、「公公正正地伸張正義」、「誠誠懇懇地為讀者服務」三方向發展，[2]從而改變形象，吸引讀者。一方面擴大報導範圍，充實報紙版面，實行「報紙雜誌化」的方針，相繼開設了《中央副刊》、《泱泱》副刊、《地圖週刊》、《婦女週刊》、《兒童週刊》等專刊，滿足了不同層次的讀者群體的閱讀需求，另一方面在社論中密切關注物價、房荒、貧富分化等民生問題，猛烈抨擊貪污腐化、行政效率低下等不良現象，直面甚至迎合民眾革新政治的強烈訴求，以弱化之前相對僵化的意識形態宣傳色彩。

表 6-2　南京《中央日報》公司制改革前後的營業情況（單位：百萬元）[3]

時間	發行	廣告	印刷	副業	總收入	總支出	收益
1945 年 9～12 月	6.40	8.79	24.07		39.26	61.46	～22.2
1946 年 1～6 月	271.47	298.17	13.70	0.80	584.14	476.31	107.79
1946 年 7～12 月	820.69	1157.97	25.00	51.66	2055.32	1970.25	85.07
1947 年 1～4 月	1184.93	993.33	22.37	123.70	2324.33	1852.90	471.43

從賬面來看，轉變為股份制的南京《中央日報》營業收入大增。該報甚至宣稱，若按報紙的生存依賴於其營業收入來定義民營報的話，「本報是百分之百的民營報」，「一點沒有『官報』或是『機關報』的作風，更沒有所謂黨報之依賴性」[4]。實際上，自該報開始企業化改革後，國民黨中央便在經濟、政策上給予了一系列的支持。比如，1946 年底，國民黨中央出資為該報購置了 1.6 億的各類資產[5]；在陳果夫、陳立夫和陳布雷的安排下，中央銀行批准

1　《南京中央日報社股份有限公司業務報告書》（1948 年），第 10，7 頁，南京中國第二歷史檔案館檔案，全宗號 656（4），卷號 5613。

2　馬星野：《四點信念》，《中央日報復刊三週年紀念特刊》，1948 年 9 月 10 日。

3　數據來源於日本中央大學人文科學研究所編：《民國後期中國國民黨政權の研究》，第 178 頁。1945 年印刷與副業為合併統計數字。轉引自江沛、馬瑞潔：《戰後國民黨黨媒企業化變革述論（1945～1949）》，《安徽史學》2014 年第 2 期。

4　黎世芬：《邁步走上第四年程——告關心本報的讀者》，《中央日報》（南京）1948 年 9 月 10 日，第 7 版。

5　《本報三十五年度工作報告》，中國第二歷史檔案館藏，全宗號 656（4），卷號 5612。

該報結購外匯 30 萬美元「更新設備，預儲白紙」[1]。此外，還在配備紙張、貸款等方面予以不少優惠政策。即便在廣告、發行經營方面，改革後的《中央日報》也得到國民黨中央的額外關照。比如，國民黨中宣部規定黨部和政府廣告、公告必須刊載於直轄黨報上，並且要求「政府也必須付費才購閱本報和其他出版品，或刊登廣告」；而該報的發行是「隨國軍之進展而迅速完成的」[2]，顯然其中存在大量「行政發行」。由此可見，《中央日報》通過企業化改革成立了股份公司並取得了經濟獨立，但這些成績的獲得離不開國民黨政策的扶持。換句話說，在國民黨黨報企業化運營的背後，確實存在著無關乎企業與市場的黨政干預。

二、國民黨地方黨報和軍報：兼顧政治宣傳與經營之道

國民黨中央直轄黨報一般都建立在江海沿線的通商大邑，其輻射能力難免受到限制和束縛。而在廣大的內陸地區尤其是農村和邊疆地區，報業剛剛起步或尚屬空白。於是，國民黨地方黨報便利用這個生存空間逐步建立和發展起來。此外由於戰爭的需要，國民黨還大力發展軍隊報刊。戰時黨報和軍報幾乎佔了全國報業的 2／3 以上。1943 年，黨辦報紙在中央省市縣合計有 400 家，軍隊政治部辦報約 270 家，私人辦報約 300 家。[3]地方黨報[4]則享有主管黨部分發的津貼。

（一）國民黨地方黨報：《東南日報》率先企業化經營

國民黨地方黨報數量龐大，結構複雜，分布廣泛，到 1935 年底基本建立起一個遍布東南西北的地方黨報網絡。到 1936 年 6 月，國民黨黨報總數在 600 家以上，占全國報刊總數的 40%，而地方黨報有 590 多家，占國民黨黨報總數的 98%。[5]抗戰時期國民黨地方黨報得到鞏固和發展，至 1944 年，國民黨統

1　陳立夫：《創造在艱困之中》，胡有瑞主編：《六十年來的中央日報》，第 28 頁。

2　黨營文化事業專輯編撰委員會編纂：《黨營文化事業專輯之二：中央日報》，國民黨中央委員會文化工作會，1972 年版，第 17 頁。

3　中國國民黨中央執行委員會宣傳部編：《抗戰六年之黨務》，1943 年版，第 10～11 頁。

4　地方黨報分爲中央宣傳部所主辦的各地《中央日報》、各省三民主義青年團所刊行的《青年日報》、各省政府和黨部所支持的《國民日報》三個系統。參見袁昶超：《中國報業小史》，新聞天地社，1957 年版，第 67 頁。轉引自向芬：《國民黨新聞傳播制度研究》，中國社會科學出版社，2012 年版，第 62 頁。

5　許晚成編著：《全國報館刊社調查錄》，龍文書店，1926 年版。

治區有地方黨報 412 種，其中省市級黨報 16 家，其餘均爲縣級黨報或「簡報」。[1]其中《東南日報》是國民黨黨報中最早實施企業化經營管理的報紙，比其他實施企業化經營的國民黨黨報至少早 10 年，[2]並且在經營上表現出色。

1、國民黨地方黨報的不平衡發展

由於當時社會的動盪不安和各級黨部宣傳管理體制的不健全，國民黨地方黨報的建立和發展極不平衡，情形十分複雜。在地域分布上，國民黨地方黨報主要集中在東部省份如江蘇、湖南、山東、浙江、江西、廣東等，總數達 475 家，幾乎占國民黨全國黨報的 80%；而在西南、中原和西北地區，地方黨報總數不僅 100 家，僅占全國黨報總數的 20%左右。[3]

從發展實力來看，眞正在一方具有輿論影響力的國民黨地方黨報主要分布在「那些既受到資本主義商品經濟衝擊又相對閉塞的內陸省份，如湘、贛、豫、浙西南等地」[4]。這些地區交通相對發達，開始受到資本主義商品經濟的影響但仍停留在自然經濟狀態，人際交往頻繁且關係緊張，政治衝突不斷。處於這種變動不居的環境中，民眾對能夠維持自身生存的政令宣達和政治宣傳表現出較強的信息需求，國民黨地方黨報由此找到了自己的傳播空間。從中亦可總結出國民黨地方黨報的性質，即它是一種新舊交替時期的特殊傳播工具，擔負著灌輸主義、宣達政令的教化功能，而不是傳播新聞。

儘管如此，要在激烈的競爭環境中求生存，國民黨地方黨報在保障政治宣傳的前提下必須注重經營之道。況且國民黨黨報原本就有重視經營管理的傳統。1932 年 6 月，國民黨中央通過《中央宣傳委員會直轄報社組織通則》，其中明文規定各級黨報都要設立經理部，派專人掌管營業、廣告、印刷、發行等事宜。此後，各地國民黨黨報開始普遍整頓報紙的發行和廣告業務。

---

1 《抗戰時期國民黨各省黨報統計表（1944 年止）》，參見國民黨中央宣傳部檔案，藏中國第二歷史檔案館，全宗號 711（5），卷號 259。

2 爲了擺脫經濟困境，從 1946 年 7 月開始國民黨黨報著手實施企業化經營管理。到 1947 年春國民黨黨報才開始組建股份制有限公司。最早實施企業化經營管理的國民黨中央直轄黨報是成都《中央日報》，1946 年 7 月 1 日，該報改名《中興日報》並刊登啓事稱：「期以獨立之精神，發揮企業化之功用。」而《東南日報》早在 1934 年 6 月 16 日就成立了「東南日報股份有限公司」，比其他實施企業化經營的國民黨黨報至少早 10 年。參見何揚鳴《論〈東南日報〉的企業化經營》，1997 年第 2 期《新聞大學》。

3 許晚成編著：《全國報館刊社調查錄》，龍文書店，1926 年版。

4 蔡銘澤：《中國國民黨黨報歷史研究（1927～1949）》，團結出版社，1998 年版，第 79～80 頁。

2、《東南日報》的「以報養報」實踐

《東南日報》是中國國民黨浙江省黨部機關報。前身是 1927 年 3 月創刊的《杭州民國日報》，1934 年 6 月 16 日改名《東南日報》，陳果夫任董事長，胡健中[1]任社長，劉湘女任總編輯。並成立「東南日報股份有限公司」，爲黨部與黨員公私合營，邁出了由地方性報紙發展爲全國性報紙的第一步。[2]概括起來，《東南日報》率先實行企業化經營並取得出色成效，主要得益於以下幾方面。

（1）合理的組織制度

在組織制度上，《東南日報》「設置總經理一人，由董事長提請董事會議過半數董事之同意聘任之」，同時「設副總經理一人或二人，由總經理薦請董事長聘任之」，「總經理秉承董事長總理公司全盤業務，副總經理襄助總經理處理業務上一切事宜」[3]。總經理一般由董事長或社長聘任，是經理部的行政首長，負責參與制定並組織實施報社的經營方針和策略，監督經營活動的運作過程，做出一般性的決策。這與當時中國報界大多採用的「主筆制」或「總編輯制」不同，《東南日報》採用的是「發行人制」，即「經理制」，發行人即爲報社社長，類似總經理。這種制度安排可使社長專注於報館的宏觀發展，不必全身投入編輯和行政事務。

不同於民國時期其他報社，《東南日報》的主筆室或評論課隸屬於編輯部，編輯部一切大權則集中於總編輯，總編輯不必參與實際編務，主要職責

1　《東南日報》經營管理的成功與該報社長胡健中的關係十分密切。胡健中，生於 1902 年，卒於 1993 年。原籍安徽和縣。畢業於復旦大學英語系，擅長詩詞，口才和文章極好。1928 年任《杭州民國日報》總編輯，兩年後任該報社長。1934 年，該報改組爲《東南日報》，他仍任社長，直至 1949 年該報終刊。辦報 20 年，注重報社的採編、印刷和版面，在發行、廣告、會計和財務等經營管理方面也頗有策略，在當時的新聞界，胡健中與《大公報》總經理胡政之有「南北二胡」之稱。參見穆逸群：《東南日報的變遷》，載《新聞研究資料》第 33 輯，第 190 頁，中國社會科學院新聞研究所編，中國社會科學出版社，1985 年 11 月。

2　1934 年《東南日報》初創時陳果夫任董事長，胡健中任社長，劉湘女任總編輯。該報曾行銷浙江、蘇南、閩北、皖南、贛東等地區，一度影響較大。1937 年 2 月 1 日，《東南日報》新館在杭州眾安橋畔建成使用。1937 年 12 月日軍攻佔杭州，報社遷至浙江省金華縣。1942 年受戰局影響，金華版停刊。同年 5 月，分別出浙江麗水版和福建南平版。1944 年麗水版遷至浙江省雲和縣。抗日戰爭勝利後，南平版停刊，雲和版遷杭州。1946 年 6 月發刊上海版，1949 年 4 月，杭州版和上海版均停刊。

3　《東南新聞事業股份有限公司章程》，浙江省檔案館檔案，全宗號 L051，卷號 0201。

在行政事務上，副總編輯則負責具體編務。而當時很多報社採用的都是主筆和總編輯並立的組織結構，結果在運營中容易形成彼此對立的局面。因此，《東南日報》編輯部人手不多，工作效率卻很高。1935 年，《東南日報》採訪部只有 1 位主任，3 名記者。到 1947 年該報編輯部，8 名採編人員加上副刊編輯成員和其他人員，整個編輯部不超過 15 人，但卻支撐起一張大報的採編運營。

（2）靈活的廣告經營理念

《東南日報》歷來重視廣告經營，在 1920～30 年代的浙江報紙中，「刊登廣告最多的《東南日報》」[1]。《東南日報》的全部經濟收入中，廣告收入所佔比例最大。以 1946 年爲例，該報當年總收入 891.427.181 元，其中廣告收入 404.553.495 元，占各項收入的 45.39%[2]。這與其靈活的廣告經營理念是分不開的。首先盡可能降低廣告經營風險。廣告代理商若要與《東南日報》發生廣告業務聯繫，必須與該報簽訂保證書。「各廣告公司應於杭州覓具殷實鋪保一家，作爲信用保證，如有拖欠刊費情事，概由保證商號負責」[3]；廣告刊戶在《東南日報》上刊登廣告，若涉及「人事法律有關廣告，如離婚、解約、呼籲、質問等廣告，除由當事人簽名蓋章外，須具體報所在地之殷實鋪保，方予刊登」[4]。此外明確廣告分類，依據類別制定廣告價格；爲了確保報紙聲譽，不濫刊廣告。

在廣告經營手段上，主要通過給予大量折扣吸引廣告刊戶。在該報各項廣告章程中，規定折扣多少與各廣告刊登時間的長短及所刊登版面位置密切相關。除了對廣告代理商所承攬的廣告給予特別優惠的折扣外，還給予各廣告代理商豐厚的傭金。當然，作爲國民黨黨報，該報充分利用黨報的威信和地位，也壟斷了不少行政廣告。

（3）多樣化的發行經營手段

《東南日報》最初僅在浙江省內發行，逐漸擴展至江、皖、閩、湘、贛、鄂等東南各省，甚至遠至歐美國家，「即歐美日本亦有經常訂戶」[5]。1937 年該報最高發行數曾達 35000 餘份，抗戰勝利後該報發行量更是逐年上升。《東

1 任振泰主編：《杭州市志》第六卷《新聞篇》，杭州市地方志編纂委員會，中華書局，1998 年版，第 502 頁。
2 浙江省檔案館檔案：全宗號 L051，卷號 0053。
3 《東南日報特約廣告公司優待辦法》：浙江省檔案館檔案，全宗號 L051，卷號 0064。
4 《東南日報廣告刊例》：浙江省檔案館檔案，全宗號 L051，卷號 0064。
5 《東南日報社社務概況》：浙江省檔案館檔案，全宗號 L051，案卷號 0202。

南日報》將委託發行和自辦發行相結合[1]，一方面廣泛設置分銷處代爲發行報紙，另一方面選擇發行數量大、重要地點建立辦事處自辦發行。自創刊始該報就開始建立報紙的發行網絡，到抗戰結束時，該報的分銷處已遍布浙江省全境。並在國內其他各大城市如南昌、寧都、上饒、屯溪、徐州、北平、西安、蘭州、重慶、武漢、長沙、曲江、廣州、桂林、昆明等地設立分銷處，甚至遠達臺灣、南洋、印度支那半島等地[2]。

採用多樣化的發行手段，是《東南日報》擴大發行量的關鍵。在多年經營中不斷更新印刷設備，提高發行效率。1934 年成立股份有限公司後，該報的印刷設備全部由德國進口，在國內新聞同業中率先使用輪轉機印報，印刷質量可與當時著名大報《申報》、《新聞報》媲美。爲了彌補黨報正版新聞的不足，吸引讀者，該報對報紙內容做了多方面革新，尤其重視通訊特寫的採寫。爲了使報紙盡快到達讀者手中，《東南日報》採取了車運、船運、航運、郵遞等多種遞送方式，將報紙包封盡快送達各分銷點。經過多年努力，到 1946 年至 1948 年達到鼎盛時期，「銷數已排在全國報紙前 5 名之列」[3]，在浙江省內名列第一。

值得一提的是，作爲黨部與黨員合辦的報紙，《東南日報》屬於以「民營面目」出現的本黨報，以「黨的立場，自由色彩」爲辦報方針，這就在客觀上淡化了黨報色彩，在一定程度上可以對黨政當局採取較中立的批評態度，所以易爲一般讀者所接受，有助於該報發行。

（二）國民黨軍報：《掃蕩報》的經營策略

作爲國民黨黨報中的一種特殊形態，軍報以政治動員、報導軍事新聞爲主，以部隊官兵爲讀者對象，是「全國軍人的喉舌」[4]。國民黨軍報的創辦較早可追溯至 1925 年初《中國軍人》在廣州創刊。較具影響力的軍報當數 1932 年 6 月 23 日在南昌出版的《掃蕩日報》，1935 年 5 月 1 日該報遷至武漢出版，改名爲《掃蕩報》，袁守謙出任社長，社務則受當時鄂豫皖三省「剿匪」總司

1 概括起來，報紙的發行方式有委託發行與自辦發行兩大類。委託發行，就是報社把發行任務委託給報社以外的部門或機構去辦理。自辦發行，就是由報社自己組建網絡發行報紙。

2 《東南日報各地分銷處每日匯款數額表》，浙江省檔案館檔案，全宗號 L051，卷號 0063。

3 何揚鳴主編：《老報人憶〈東南日報〉》，浙江人民出版社，1997 年 10 月，第 113 頁。

4 《掃蕩二十年——掃蕩報的歷史記錄》，臺灣中華文化基金會，1978 年版，第 68 頁。

令部政治訓練處處長賀衷寒指揮。

面對武漢報館林立、競爭激烈的局面，《掃蕩報》在經營上採取了不少改進策略。第一，拓寬報導領域，擴充報紙版面。在報導內容上，由過去的政治、軍事新聞擴展到經濟、社會、體育、教育、文化等新聞報導，尤其重視青年問題的討論；在報紙版面上，由原來日出對開 4 版擴大到日出對開兩大張 8 版，之後又擴大到日出對開 3 大張 12 版，並附出《戰鬥畫刊》。報導內容的豐富自然吸引了社會各界人士的閱讀興趣。第二，更新技術設備，改善廣告經營。南昌時期，該報的設備就在當地乃至全國遙遙領先，但因經營無方，實力並不雄厚。遷到武漢後，面對幾家設備精良且善於經營的大報，《掃蕩報》感到了壓力。於是，該報請求軍方增加經費，鼓勵員工集資，購進了由於經營不善而停刊的《大光報》全套設備。印刷機由對開印機和圓盤印機改為上海明晶機器廠製造的捲筒印刷機和日本生產的捲筒印刷機，同時還配備了電氣鑄字爐、製版壓版機、無線電臺和柴油發電機等。與此同時，在廣告經營上一改過去只登軍事、政治公告和文化廣告的成例，廣泛招攬商業和人事廣告。經過這些措施的改進，該報的日發行由遷漢時的不足 1000 份增加到日發行 6000 多份，之後又增加到 20000 份以上。[1]隨著發行量的增加，廣告收入也非常可觀，「合印刷營業所得，盡可自給自足。」[2]此外，為了改變該報在市民中的極端反共形象，《掃蕩報》有意強化了抗日愛國色彩，對日本侵略者時有抨擊、討伐的報導和言論，由此增添了人們的好感，在一定程度上擴大了報紙的影響力。

第三節　共產黨的報刊

抗戰時期，中國共產黨的新聞事業不斷成熟、壯大。在黨中央的領導下，共產黨人一方面努力在國統區出版報刊，另一方面積極在革命根據地辦好報刊，中共報刊系統得以重建。通過長期豐富的新聞宣傳活動，中國共產黨不僅基本確立了黨的新聞工作的基本理論與模式，而且在報刊的經營管理方面摸索出一套行之有效的策略和方法。隨著解放戰爭的推進，中共新聞事業也由農村轉移到城市，走向全面勝利。

1 據許晚成編著《中國報館刊社調查錄》記載，另據《掃蕩二十年》一書稱達 7 萬份。
2 《掃蕩二十年——掃蕩報的歷史記錄》，臺灣中華文化基金會，1978 年版，第 79 頁。

一、《新華日報》：特殊環境下的群衆辦報實踐

1938 年 1 月 11 日《新華日報》在漢口創刊，是中國共產黨創辦的第一張向全國發行的報紙。到 1947 年 2 月 28 日被國民黨政府查封，該報共存在了 9 年多時間，出版報紙 3231 期。這段時期正值抗日戰爭初期到解放戰爭初期，置身國統區特殊的環境中，《新華日報》以「自己一套特殊的工作方法和不同於一般報紙的特殊風格」[1]贏得了無數熱心讀者的愛戴，它的成功與其獨到的經營之道有著十分密切的關係。

（一）重視讀者，組織讀者會

《新華日報》開辦初期，職工只有五六十人，初具規模。《新華日報館章程》規定董事會是報館的最高權力機構，下設三部一室：編輯部、營業部、印刷部、經理室。各部（室）以下分別設立採訪課（科）、編輯課、校對課、發行課、廣告課、排字課、材料課、印刷課，發行課下又設日報股、週刊股、叢書股等等。另外還有一個特種委員會，相當於不管部性質。章程表明：「本報以報導新聞、發揚文化、鞏固抗日民族統一戰線為宗旨」，「本報系獨資經營，資本暫定為十萬元」[2]。同時還規定在發行千份以上地區設立分館，在發行十份以上的社會團體、機關、學校設立分銷處。新華日報館的組織設置仿照蘇聯報館建立了編輯委員會，最早建立的編委會是由潘梓年、華崗、章漢夫、吳敏、樓適夷、陸詒等組成，潘梓年任社長，熊瑾玎任總經理，華崗任總編輯，章漢夫任編輯主任。負責採訪的記者實際上只有兩個半。[3]建立編委會旨在實行民主發揮編輯部的集體智慧以辦好報紙，這是共產黨報紙的特點，後來成為黨報的傳統。

創刊初期，由於印刷設備差，排印速度慢，因此出報時間較晚，版面、標題時有錯字。儘管如此，由於政治影響大，消息靈通，尤其是議論精闢，所以銷路順暢，「讀者遠在 5 萬人以上」[4]。同時還與該報密切聯繫讀者、聽取

1　韓辛茹：《解放日報史（1938～1947）》（上），中國展望出版社，1987 年版，第 1 頁。

2　「資本暫定為十萬元」並非當時真實狀況，而是為了應付國民黨註冊報紙和報館對外業務上交往的需要而提出的策略性應變措詞。

3　當時採訪科有陸詒、揚慧琳，張企程只有一半時間參加採訪活動，另一半時間則幫助樓適夷編輯副刊。因此才有「兩個半記者」之說。

4　此處沿用的是路透社報導中的數據，引自韓辛茹：《解放日報史（1938～1947）》（上），中國展望出版社，1987 年版，第 9 頁。

群眾呼聲有很大關係。《新華日報》實行明確的群眾路線的辦報方針，十分重視讀者的作用。創刊之初就設立《讀者信箱》專欄，登載讀者來信，解答讀者的問題。吳敏在創刊號上發表《我們的信箱》一文，大膽提出：「凡是看本報的人，都是給本報寫文章的人。」這在讀者中產生了廣泛的號召力，不少工人、學生、教師、機關職員等都給報館寄信和投稿，暢所欲言，提出問題請求解答。編者的答覆既及時又不乏獨到見解，這在過去國統區報紙中是極少見的，因此《讀者信箱》成爲廣大讀者十分喜愛的專欄。1940 年 1 月 11 日，《新華日報》利用創刊二週年之際公開徵求讀者意見，請大家提出批評和建議幫助改進報紙。結果一個月內就收到 300 多封信，其中選用了 31 封信在報上陸續發表，並針對讀者提出的意見制定了改進報紙的方案。總之，這次吸取讀者意見制定的改進方案，很快得以付諸實施，並取得了顯著的成效，不僅進一步摸清了讀者的成分[1]，瞭解了讀者對報紙的要求，而且有助於全體人員在思想、政治和業務上的提高。

該報創辦一個多月，就先後在鄭州、武漢召開讀者座談會，請讀者提意見以改進報紙工作。根據「讀者意見表」的調查結果，該報的讀者群體中學生占 24%，工人占 19%，機關職員占 17%，店員和救亡團體工作者占 11%，軍人和自由職業者占 5%，外籍讀者占 2%，可見《新華日報》在學生和工人中的影響較大。在此基礎上，該報還倡議廣泛建立讀者會，以便與報社建立經常性的穩定的聯繫。「讀者會可以討論如何利用本報的材料開展救亡工作，討論如何響應和參加本報所組織的各種運動，隨時向本報提出各種工作上和生活上的問題以求得解答，並且擴大本報的傳佈，供給本報通訊等等。」[2]同時指導各地讀者組織讀者會，並說明讀者會是各業群眾業餘集體進行自我教育和幫助報社改進工作的組織。讀者會由全體會員選舉幹事會，下設研究、通訊、圖書、推廣四個組，每兩周開一次會。在一個城市或地區，可以有許多各自獨立的讀者會存在，必要時可以舉行全市或地區讀者座談會，並成立全市或地區的讀者會組織。開展讀書會的設想與中共開展黨的組織建設不無關係，同時也有藉此推廣報紙和擴大影響力的目的。《新華日報》在社論中曾向一切讀者及地方組織提出幾點要求，其中就是要求推銷報紙和擔任通訊

1 創刊二週年之際的讀者調查結果表明，至 1940 年 1 月《新華日報》的讀者群體中 70%是工人，30%是教師、學生、公務員等各階層人士。參見韓辛茹：《解放日報史（1938～1947）》（上），中國展望出版社，1987 年版，第 160 頁。

2 新華日報編輯部：《答覆讀者意見的一封公開信》，1938 年 4 月 5 日《新華日報》。

員。[1]響應這個倡議，長沙、成都、武漢等地都出現了《新華日報》讀者會。但是，由於國民黨中一些反動勢力的干擾，各地讀者會並沒有發展起來，已經建立的也沒有持續堅持下去。

爲了保持與讀者和其他社會人士的密切聯繫，《新華日報》還設立了社會調查部，它是通過接待讀者來訪、處理讀者來信、聯繫群眾的機構。[2]除此之外，該報還根據讀者的建議建立了讀者服務部，經常向讀者推薦和代購書刊。報館營業部經銷的書刊，除了本館編印的新群叢書外，還有延安出版的《解放》雜誌以及一些進步出版社出版的書刊。《新華日報》上也經常刊登這些書刊的出版廣告，吸引了不少外地讀者請求報館代購。讀者服務部的設立和發展既傳播了進步思想和革命火種，又增加了報館的營業收入。

（二）整頓人事，改善經營管理

《新華日報》創辦初期，全館有職工 50 多人，兩個月後增加到 150 多人。初期進館的職工多是通過人情關係介紹的，成份複雜，採購人員中有貪污分子；工人中有反共傾向者，與外界反共勢力相勾結，企圖挑起罷工工潮。而當時全館黨員只有 12 人，還不能充分發揮核心作用。在此情形下，報館工作效率不高，人心渙散。1938 年 5 月間，報館先從人事整頓入手，開除了 14 個有不良記錄的人員，並規定以後進人必須經過組織嚴格審查。人的因素對報館的經營管理有著至關重要的作用，經過人事整頓報館面目有所改觀，士氣有所提升。

在發行方面，該報通過設立分館和分銷處來推廣報紙。1938 年 2～8 月報館先後設立了山西、廣州、重慶和西安 4 處分館，同時分布在後方各地的分銷處、代銷處也開始積極展開活動，各地讀者會也在幫助推銷報紙，報紙發行情況漸漸有所起色。同年 7 月，發行量已突破 2 萬大關。8 月正值報館備戰遷移時期，大部分人員陸續被派往重慶和西安，只留下三分之一的人員留守下來，工作量驟然增加。但是戰爭的逼近反而增強了人的鬥志，客觀上產生了較強的激勵效應。先是出報時間大大提前，以前要等到八、九點才出報，現在提前到七點，不久又提前到六點半。出報時間的提前大大滿足了戰爭時期讀者對前線新聞的迫切渴求，特別是此時其他報館忙於逃難勉強維持出版，《新華日報》反而比平時提前出報，無疑贏得了讀者的好感。出報時間的

1　新華日報社論：《本報的期望》，1938 年 5 月 11 日《新華日報》。
2　張友漁：《報人生涯三十年》，重慶出版社，1982 年版，第 69 頁。

提前直接帶來了本市發行的上漲。六七兩月武漢三鎮每月發行 2000 份左右，九月一下上升到 3500 份，到武漢失守前一周猛增到 10000 份。[1]該報由此得出吸取經驗，提出「編得好、出得早、銷得多」的口號，自此，這九字口號便成了《新華日報》工作人員的座右銘。

在廣告方面，該報吸收教訓停止免費贈報和刊登義務廣告，開始重視經濟核算。初期，該報免費贈閱報紙的數量很大，發行 1 萬多份，贈閱量就佔了 3000 多份，贈閱對象包括邊區政府各部門、中共各級黨部、國統區各地圖書館、民眾教育館，還有各種救亡團體、傷兵醫院和難民收容所等。不僅如此，還規定凡救亡團體刊登啓事和廣告概不收費。結果這類義務廣告很快紛至沓來，佔用了幾乎全部廣告版面。另一方面，由於白報紙和油墨等材料漲價帶來印刷成本的高昂，每賣一張報紙就賠本 5 釐到 1 分，大量的免費贈閱報紙只能帶來發行上的大虧損，並且虧損部分又無法通過廣告收入來彌補。儘管《新華日報》不久停止了救亡團體義務廣告，但仍有一部分廣告啓事是免費刊登的。同時還拒登迷信、有傷風化以及有反動政治傾向的廣告，因此廣告收入微薄。這種局面給中共黨組織和報館一個深刻的教訓，即辦報不只從政治上考量，還必須重視經濟核算問題。同年 5 月，深諳經營管理之道的熊瑾玎主持經理部，雖然在短期內難以扭轉虧損局面，但武漢後期已開始逐步改善經營方法。該報遷移到重慶後，將免費贈閱的報紙減至 300 份甚至更少，廣告收入每月由六七百元增至一千七八百元，並且還通過編印新群叢書等措施增加營收。

（三）籌辦紙廠，衝破障礙發行報紙

《新華日報》遷到重慶後，紙張供應成爲大難題。當時國難當頭，國土淪陷，工業生產銳減，紙張非常短缺。《新華日報》只能通過註冊向政府申請分配報紙，但政府掌握的紙張有限，況且重慶有十多家報館，可謂僧多粥少，加之國民黨對《新華日報》借機刁難，因此這個紙張來源殊爲不易。無奈，該報只得通過在市場上零星收購紙張，苦撐局面。

爲了進一步開闢紙源，熊瑾玎派遣報館職工蘇芸到四川梁山一帶籌辦紙廠，因梁山一帶擁有可作原料生產土紙的大片竹林以及造紙傳統。第一家籌辦的紙廠是梁山川東紙廠，以蘇芸名義和當地商人王熾森合股經營，投資 10

1 韓辛茹：《解放日報史（1938～1947）》（上），中國展望出版社，1987 年版，第 47 頁。

萬元，其中蘇芸占 80%，王熾森占 10%，其餘 10%的股份留給地方上的實力人物。[1]紙廠的黨員工人鑽研技術，改進管理，造出的土紙吸油墨性能好，質地堅韌，印字清晰，優於當時市面上的殘次紙品。通過自辦紙廠不僅能保證自己的日常印報紙和書刊的紙張用量，《新華日報》還將富餘的紙張供給生活、讀書、新知三家進步書店以及其他報館。然而好景不長，川東紙廠很快遭到國民黨特務的破壞。之後，只得更名爲「文華紙廠」繼續供應《新華日報》的用紙。爲了保證紙源供應的穩定性，報館認識到必須設法多處籌辦紙廠。之後，經過籌劃又同其他商人合作在梁山開辦了「正大紙廠」和「正大紙號」；在大竹縣石橋鋪開辦了「正升紙號」；在岳池縣開辦了一個小型紙廠。如此，大大豐富了《新華日報》的紙源供應。

抗戰時期，《新華日報》在西安、桂林、成都分別設立了分館、營業處和分銷處。作爲西北地區的最大城市，西安是該報全國發行工作的重點。1938 年 5 月前，該報在全國發行量爲 13000 份左右，至 10 月最多達到 30000 份，其中西北地區占 5000 份。[2]桂林是戰時西南大後方的文化城，八路軍在此設有辦事處，《新華日報》在桂林發行量達 4000 份，擁有很多讀者。成都分館同時又是川西北分銷處，在下面各縣鎮又設有不少分銷處、代銷處。起初成都銷售的報紙都是由重慶寄到成都，然後分送川西北各縣，發行量 1000 多份。1939 年 11 月改由重慶寄紙型委託《華西日報》印刷廠翻印，自此成都讀者可以看到當天出版的《新華日報》，發行量由 1000 多份猛增到五六千份。這三處分館由新華日報館直接管理，其餘地方的分銷處或代銷處則均爲商業關係。

隨著《新華日報》在國統區的影響力越來越大，國民黨頑固派無法坐視該報產生的革命影響，於是想方設法地採用種種手段破壞報紙的印刷和發行。破壞的手段除了查封、綁架，還指使郵局扣押報紙，並爲此施行「限制異黨活動辦法」。1939 年 1 月 25 日，廣西省政府下令禁止《新華日報》在桂林發行；國民黨陝西省黨部查封西安分館的同時，還指使郵局扣押報紙 20 天後再發送，企圖迫使讀者退訂報紙；成都分館遭受的迫害次數最多也最嚴重，報館被搜查，經理被綁架，無所不用其極，甚至耍出了陰謀手段「准印不准賣」。面對反動勢力設置的重重障礙和險惡局勢，中共黨組織和新華日報館進

1　韓辛茹：《解放日報史（1938～1947）》（上），中國展望出版社，1987 年版，第 134 頁。

2　韓辛茹：《解放日報史（1938～1947）》（上），中國展望出版社，1987 年版，第 136 頁。

行了「有理、有利、有節」的鬥爭。當時承擔著發行任務的新華日報分銷處散佈在國統區大小縣鎮上，這些經銷者中有不少與當地中共地下組織保持密切聯繫，有一些是中共的支持者和同情者，他們受到新華日報的革命影響，不惜冒著生命危險推銷報紙，在發行過程中表現機智勇敢，不畏強權，衝破重重障礙將《新華日報》發行到國統區人民手中，其間湧現出許多可歌可泣的故事。

二、延安《解放日報》：從「三位一體」到「全黨辦報」

自 1935 年 10 月紅軍到達陝北到 1949 年的 14 年中，陝甘寧革命根據地形成了從中央到西北局、分區、縣甚至到鄉村、連隊的多層次的報刊和新聞機構，構成了一個覆蓋整個陝甘寧邊區的普及化、大眾化的新聞宣傳網絡。據不完全統計，陝甘寧革命根據地創辦和建立了近百種報刊、新聞機構及新聞研究機構。其中中央級 17 家，西北局 1 家，陝甘寧邊區 10 家，分區級報刊 7 家，縣級報刊 11 家，此外還有軍隊報刊 39 家。[1]其中延安《解放日報》是中國共產黨在革命根據地創辦的第一張大型日報，1941 年 5 月 16 日創刊，1947 年 3 月 27 日停刊，其出版年代正值抗日戰爭和解放戰爭時期，也是中國革命事業迅速發展的時期。

（一）組織機構設置與改組

解放日報社社址建在延安清涼山的半坡和岩底，鑿十孔窯洞作爲編輯部。延安中央印刷廠的排字房就設在清涼山上的萬佛洞裏，《解放日報》等報紙、刊物、文件就在此排版印刷，以此爲排字房稱得上是巧奪天工的防空洞，難怪謝覺哉曾贊道：「馬蘭紙雖粗，印出馬列篇。清涼萬佛洞，印刷很安全。」

初創時期，解放日報社的機構設置十分簡單，人員不固定，常常依據編輯業務和出版狀況的需要進行調整。報社人員大致由三部分人組成：一是原《新中華報》的工作人員大部分轉過來的；二是原新華社通訊科及其所屬人員併入報社採訪通訊科；三是從文協、青委、魯藝、馬列學院等單位陸續抽調來的。報社份編輯部和經理部兩個大部，編輯部內實行各版主編制，又設採訪通訊科、材料室（後稱資料室）、校對科和編輯部辦公室，經理部內設總

1 李文《試論陝甘寧根據地新聞事業的群眾性》，《新聞研究資料》1993 年第 1 期，中國社會科學出版社，1993 年版，第 151 頁。

務科、會計科、發行科和廣告科。直接領導報社的是中央黨報委員會，主持社務工作的是編委會。編委會成員由報社、新華社的領導和報紙各版主要負責人組成，其成員有博古、楊松、吳敏、曹若茗、向仲華、餘光生。

值得一提的是，當時黨中央機關報、通訊社和廣播構成黨的新聞事業即「三位一體」，其中以黨報爲主。從報紙創刊之日起到解放戰爭全面爆發以前，報、社兩家領導合一，業務各自獨立又相互聯繫，統一由以博古爲首的編委會領導。兩個單位同住清涼山，生活供應同屬一個建制。當時《解放日報》刊登的國內外重要新聞，都是由新華社供給的，當時新華社每天能發三、四千字的中文稿[1]。報社採訪通訊科採訪、編輯的稿件主要發邊區版。初期《解放日報》宣傳報導的重點是國際問題，基本占報紙一半的版面。

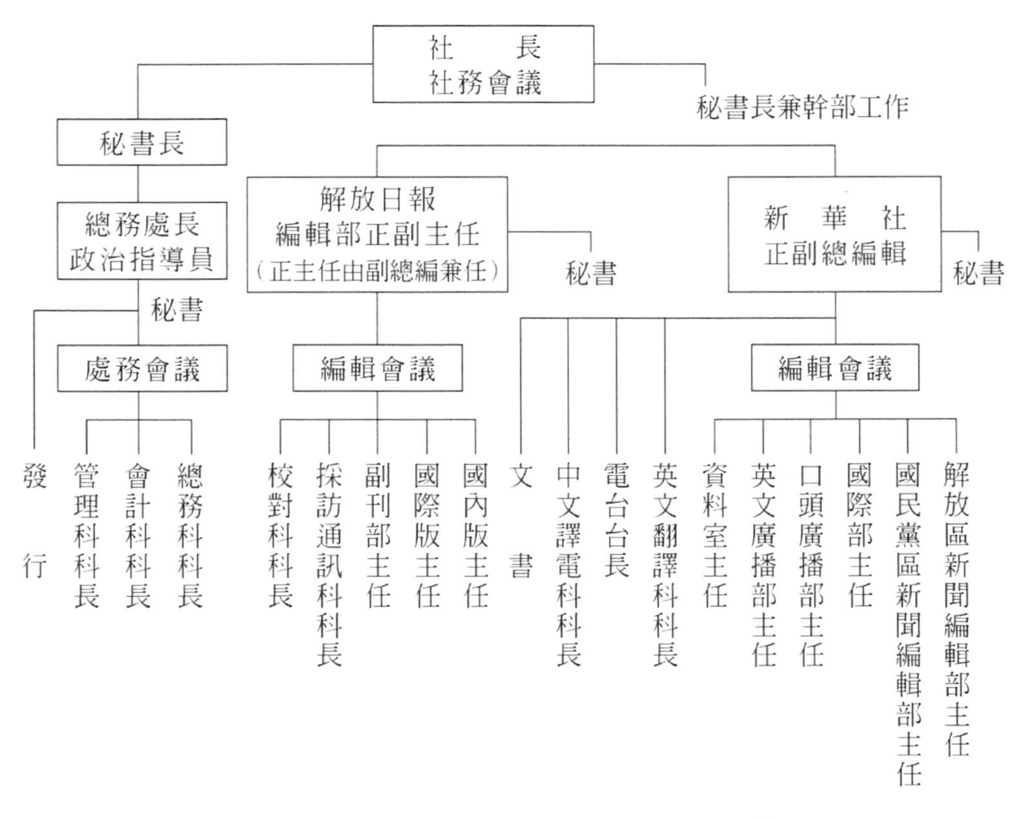

圖 6-2　新華社、解放日報社組織系統圖[2]

1　吳文燾：《清涼山懷舊——紀念新華通訊社建社五十週年》，1981 年 11 月 5 日《人民日報》。

2　王敬主編：《延安〈解放日報〉史》，新華出版社，1998 年版，第 90 頁。

抗戰勝利後，爲了適應新形勢，貫徹黨中央「全黨辦社」的方針，1946年初夏，解放日報、新華社進行了機構大改組。黨中央批准的《新華社、解放日報暫行管理規則》規定，新華社及《解放日報》爲中央之機關通訊社與機關報；兩社隸屬於中央宣傳部，並在重大問題上受中央書記處之直接指揮；中央特設黨報委員會討論與確定每一時期新華社及解放日報宣傳方針並檢查其執行程度。在內部組織機構上，規定新華社與解放日報社合設社長一人，總編輯一人，副總編輯二人；社長在中央指導下，負責領導全社事務；兩社合設秘書長一人，負責全社經理及行政工作；爲籌劃及討論全社社務，應按期舉行社務會議。此外，黨務、行政和電務三者統一管理，下設黨務、行政和電務三個辦公室，由秘書長統一領導。（參見圖 6-2）[1]這次機構大改組經歷了整整一個月的時間，完成了中央關於「全黨辦通訊社」的戰略部署，爲迎接中國革命高潮的到來打下了可靠的基礎。

（二）特殊的廣告經營理念及出版發行業務

1944 年 4 月 22 日，《解放日報》副刊第一次出現介紹邊區產品的廣告，被冠以《邊產聯合廣告》。例如，該日刊登了該報文化供應部設計的《豐足牌》黑頭火柴和《曙光牌》香煙，還有延安新華煙草工廠出品的《生產牌》上等香煙，對香煙的特點、出廠廠家和價格均有介紹。此後，不定期地刊登商品廣告，對促進邊區的商品流通、銷售以及大生產運動發揮了應有作用。概言之，延安《解放日報》廣告的發展歷程可以分爲：1941～1942 年爲起步階段；1943～1944 年出現了一個小的發展高潮；1946 年後進入萎縮階段。

作爲黨中央的機關報，延安《解放日報》的辦報宗旨是傳播黨中央的聲音，溝通工作，聯繫群眾，因此它的廣告經營從一開始就承擔了超越其商業屬性的社會功能。商品經濟基礎的不足、黨報性質的規定性以及社會信息傳播的需要，最終促使延安《解放日報》形成了自己特殊的廣告經營理念。

首先，注重社會效益，對廣告刊登嚴格把關。延安《解放日報》在經營上，制訂了一系列的廣告發布規則，有一整套嚴格的審批程序。從創刊始就設立了專門負責廣告發布的機構——廣告科，還規定了詳細的廣告價目。此後，又多次改進廣告刊登規則，對於廣告發布的管理越來越嚴格、強化細化。1942 年 12 月 29 日，《解放日報》再次刊出啓事，進一步要求廣告「要有機關

---

1 王敬主編：《延安〈解放日報〉史》，新華出版社，1998 年版，第 90 頁。

或商店介紹信」，方可刊登。此後，在 1943 年、1944 年又多次聲明這一點，強調「刊登廣告時須持有機關、商號之介紹信，否則概不接洽」。可見《解放日報》對於廣告刊登的把關非常嚴格，強調有選擇性地刊登廣告信息，而非來者不拒。其次，以政治大局爲重，優先考慮新聞需求。該報的廣告版面曾多次調整，每次都是縮減廣告版面，儘量刊登新聞，這種廣告版面讓位於新聞的舉動無疑降低了廣告的地位和吸引力，但說明了《解放日報》不同於當時民營商業報紙，承擔著更多的社會功能。

在廣告刊發內容上，延安《解放日報》廣告大致可劃分爲商品促銷、銀行儲蓄、邊區企業招股分紅、文化公益以及政府公文性質的通告、啓事、聲明等類別，其中公告公文性質的廣告居多，具有鮮明的政治色彩和解放區特色；在呈現形式上，大多是簡單的格式體、簡介體，廣告藝術水平尙無從談起。1945 年該報才有了專門代理廣告業務的解放合作社，但由於該合作社經營多項實業，並未能承擔起爲刊戶設計製作廣告的任務，因此延安《解放日報》的廣告製作水平終究沒能取得根本性的突破。

《解放日報》刊登的廣告分爲甲、乙兩類，甲類爲長期廣告（刊登一個月以上者），乙類爲短期廣告（刊登一天以上者）。刊登廣告的位置在一版報頭兩側和第二版最末半欄，前者每側收費 30 元，後者每 10 行每天收費 4 元。廣告內容由刊戶自擬，刊登日期由廣告科決定。由於條件所限，每日下午 4 時才能出報。到出報時間，各中央首長和中央機關的通訊員到清涼山下中央印刷廠的收發室領取。晚上 7 時左右，報紙送達延安各單位。

初創時期，發行科的業務尙未開展起來，暫時委託新華書店辦理外埠郵購業務。《解放日報》用馬蘭草紙印刷，中張兩版時每份零售國幣 1 角，每月 3 元，全年 30 元。擴充爲 4 個版後，價格相應提高 1 倍。創刊時爲酬謝各單位的大力支持，贈閱 3 天；各批售戶試銷 3 天。爲方便往來商賈和旅客閱讀報紙，報社在新市場口和文化溝兩處特設「賣報員」，每日下午 5 時左右在此叫賣零售。[1]

陝甘寧地區是全國較爲落後的地區，群眾的文化水平太低。爲了普及群眾文化，擴大報紙的發行量和影響力，黨中央、邊區政府及各個報紙在各個村莊組織起了讀報小組。據 1944 年 11 月 16 日《陝甘寧文教大會關於發展群眾讀報辦報與通訊工作的決議》統計，「近一年來，全邊區有一萬多群眾加入

1　王敬主編：《延安〈解放日報〉史》，新華出版社，1998 年版，第 19 頁。

讀報組」，並要求各地「在可能的條件下，均應組織讀報」。在陝甘寧革命根據地，報紙的受眾人數是無法用報紙的發行數量來計算的。[1]抗戰勝利後，作爲中央機關報的《解放日報》雖然只有6000份的發行量，[2]但其眞正的受眾人數實際上遠遠超過這個賬面數據。

（三）改版後「全黨辦報」實踐與理論完善

《解放日報》改版從1942年4月1日發表改版社論《致讀者》開始，到1944年2月16日發表社論《本報創刊一千期》止，歷時1年零10個月。經過改版，該報從「沒有完成眞正的戰鬥的黨的機關報的責任」[3]逐步成爲具有黨性、群眾性、戰鬥性和組織性的黨的喉舌——一張眞正的黨報。在這一時期內，《解放日報》在辦報方針、辦報制度和新聞隊伍的建設、培養方面，都取得了成功的經驗，在中共黨報史上留下了光輝的一頁。

1、全黨辦報的興起

爲了「務使我們的宣傳增強黨性」[4]，同時解決報紙的稿源問題，全黨辦報、群眾辦報成爲《解放日報》改版的重要內容之一。全黨辦報包括兩方面內容：一、從中央起到各級黨委、黨的領導機關，都高度重視對報紙的領導，充分利用報紙推動工作，並爲報紙撰寫稿件；二、動員全黨辦好黨報，發動黨員和基層群眾爲黨報寫稿。[5]

作爲全黨辦報的倡導者和帶頭人，黨中央、毛澤東對《解放日報》十分重視。毛澤東、朱德、劉少奇、周恩來、任弼時等中央領導同志，都爲該報撰寫社論、代論和文章，特別是毛澤東同志在國內外、黨內外的許多重大問題上，都親自動筆，撰寫社論。1942年9月中央西北局作出《關於〈解放日報〉工作問題的決定》，特別規定各分區黨委及縣委的宣傳部長均應擔任該報的通訊員，負責組織其所管地區內的通訊員工作，組織同級黨政負責幹部及黨外人士寫稿，發展通訊員。

---

1 李文：《試論陝甘寧根據地新聞事業的群眾性》，《新聞研究資料》1993年第1期，中國社會科學出版社，1993年版，第158頁。

2 1946年5月28日解放日報社擴大社務會上，代理社長兼總編輯餘光生在發言中提到當時《解放日報》的發行量是6000份。參見王敬主編：《延安〈解放日報〉史》，新華出版社，1998年版，第94頁。

3 1942年4月1日《解放日報》社論《致讀者》。

4 《毛澤東新聞工作文選》，1983年版，第96頁。

5 王敬主編：《延安〈解放日報〉史》，新華出版社，1998年版，第42～43頁。

當時陝甘寧革命根據地的新聞隊伍力量與根據地對新聞事業的需要差距較大。《延安青記分會今後工作的方針》一文中談到：中國青年記者學會延安分會 1938 年 11 月成立時職業新聞工作者僅有 70 餘人，經過一年多的發展，到 1940 年 9 月才增加到 170 餘人。所以，要解決新聞隊伍人員不足的根本出路還在於大規模發展工農通訊員隊伍。[1]從 1939 年到 1944 年，從中央到邊區，各級黨政機關都給予報紙通訊工作以足夠的重視和具體細緻的指示，從而推動了陝甘寧邊區通訊員隊伍的發展壯大。《解放日報》乘此大力加強通訊員工作，發表社論《開展通訊員工作》，強調報紙不僅需要有能幹的編輯與優秀的記者，而且尤其需要有生活在廣大人民中間的、參加各項實際工作裏的群眾通訊員。加強設在各個專區和延安市的該報通訊處，通訊處由各地委和報社雙重領導。各通訊社派駐一名特派記者，其任務是採寫與培養通訊員並重。經過一段時間的努力，各分區的通訊處發展成通訊網。爲了培養和提高通訊員的業務水平，報社在報紙第四版公開發表《新聞通訊》專刊，旨在幫助、聯繫通訊員；此外，召開通訊員會，評選優秀通訊員和模範通訊小組，通過這些方法培養、提高和激勵通訊員。

通過這些艱苦細緻的工作，通訊員來稿數量增加，質量提高。通訊員的組成包含了地、縣、鄉幹部，小學教員和普通群眾。《解放日報》由「清涼山人」辦報變成了全黨辦報，以前嚴重的缺稿問題也得到解決。工農通訊員的數量到 1944 年 11 月已發展到了 1000 多人，1945 年在陝甘寧邊區，《解放日報》的骨幹通訊員就達 400 多名。這些通訊員的稿件佔據了報紙的大部分版面。[2]

2、無產階級黨報理論的完善

1944 年 2 月 16 日，延安《解放日報》因創刊 1000 期而發表社論，全面回顧和總結了改版以來的工作：「這一年又十個月中間，我們的重要經驗，一言而蔽之，就是『全黨辦報』四個字。由於實行了這個方針，報紙的脈搏就能與黨的脈搏呼吸相關了，報紙就起了集體宣傳與集體組織者的作用。」毛澤東對「全黨辦報」有著鮮明、具體的闡述：「這樣來辦報紙，那麼全邊區可以有千把種報紙，這叫做全黨辦報。一個機關也可以辦報，黨員非黨員都可

1　李文：《試論陝甘寧根據地新聞事業的群眾性》，《新聞研究資料》1993 年第 1 期，中國社會科學出版社，1993 年版，第 154 頁。

2　李文：《試論陝甘寧根據地新聞事業的群眾性》，《新聞研究資料》1993 年第 1 期，中國社會科學出版社，1993 年版，第 155 頁。

以參加，這叫做黨與非黨聯盟。這樣一來，我們的報紙可以起很大的作用。過去在這一點上注意不夠，現在要各機關首長負責，把報紙當作自己很好的工作方式。」這裡「全黨辦報」的實際內涵，就是各級黨委都要關心報紙，不僅要領導報紙，而且還應親自參與辦報；把報紙工作列為黨委工作的重要議事日程，以便更直接地掌控報紙。

1948 年 4 月 2 日，毛澤東在《對晉綏日報編輯人員的談話》中談到辦報的路線與方針時指出：「我們的報紙也要靠大家來辦，靠全體人民群眾來辦，靠全黨來辦，二不能只靠少數人關起門來辦。」這是毛澤東第一次完整地闡述了黨的辦報路線即全民辦報、全黨辦報，進一步豐富了無產階級的黨報理論。

不難發現，兩次講話的重點完全不一樣。1944 年的講話，主要是說明報紙對於安排、組織工作的重要性。「所以報紙也可以當作工作方式」，「成為組織各機關工作的一種工作方式」。其重點是「辦」，是強調各級黨組織「辦」報，要親手「辦」，直接「辦」和層層「辦」。1948 年講話的重點在於如何辦報，強調「全黨」來辦，要求依靠全黨和全體人民群眾來辦，即大家動手，反對只依靠少數人發號施令。可見，「全黨辦報」既是黨的新聞工作的方針和路線，同樣也是中國共產黨構建自己辦報體制的方針和路線。「假若缺少後者，所謂的依靠全黨辦報，即黨的新聞工作的方針和路線也就落不到實處。層層創辦黨報，才有全黨參與辦報的必要和基礎；全黨參與辦報，又為各級組織創辦自己的報刊提供了條件。二者相互作用，互為依賴，並構成一種合力。」[1]如果說延安《解放日報》改版時期第一次確立了無產階級黨報理論即「全黨辦報」，那麼解放戰爭時期毛澤東的完整闡述則進一步完善了「全黨辦報」思想，成為指導無產階級黨報實踐的頗具生命力的經典理論。

3、新聞隊伍的建立和壯大

從創刊到改版，《解放日報》編輯部的人員有一部分來自《新中華報》、《今日新聞》和《解放週刊》，還有許多來自全國各地的愛國青年知識分子和魯迅藝術學院的畢業生都先後參加過改版時期的工作。他們年輕、有朝氣，多數是來自國統區的知識分子，但經歷不同，思想複雜多樣。編委會分析編輯部隊伍中各種思想，認為只有結合整風，才能改造好辦報人的思想，才能完成

1　黃旦：《全黨辦報與「手工業」工作方式：「全黨辦報」的歷史學詮釋》，2004 年第 8 期《新聞大學》。

改造黨報的任務。

《解放日報》編委會先從樹立無產階級新聞觀的問題抓起，進行一系列反覆的教育。樹立唯物主義新聞觀，闡明新聞眞實的重要性和必要性，提倡調查研究，反對唯心論的新聞觀，反對「聽了就寫，寫了就寄，寄來就登」，道聽途說的主觀主義作風；明確黨報的編輯、記者是黨和人民的公僕，不是「無冕之王」，要增強黨性；擺正技術與政治的關係，樹立在「政治第一」的前提下提高業務技術水平的思想；大力倡導調查研究之風，提出「到群眾中去，到實際中去」的口號，主張記者應採取「上天入地一線穿」的工作方法；編委會在培養教育幹部中，「嚴」字當頭，使編輯記者的思想業務水平不斷提高，從而促進報紙的水平不斷提高。通過這一系列的教育和錘鍊，幫助編輯記者從根本上解決了新聞觀等基本問題，打造出一支思想過硬、業務精通的新聞隊伍。

第七章　民國南京政府後期的新聞業經營（下）

戰後民營報業繼續深化股份制經營且取得顯著成效，但在國民黨日益嚴酷的新聞統制下，民營報業的發展日趨萎縮。「七七事變」後，實行「弘報新體制」的僞滿報業發展日益走上整合、壟斷的軌道，但終難逃脫覆滅的命運。這時期國民黨黨營通訊社和廣播電臺紛紛實行企業化改組，但收效並不理想；中國共產黨黨營通訊社和廣播電臺以「全黨辦通訊社」、「大家辦廣播」爲方針，事業漸形鞏固、壯大；民營廣播電臺沿襲單一的廣告盈利模式，經歷短暫復興後日顯頹勢。

第一節　民營報業

抗戰時期，內遷到後方的民營報紙在戰火中堅持抗日宣傳的同時，一直致力於報紙地方版的拓展以壯大自身的經濟實力。戰後，民營報業繼續推進股份制經營，尤其是《大公報》、《新民報》和天津《益世報》等民營報紙，在現代企業管理制度、組織結構等方面取得較突出的成效。但在國民黨新聞統制政策和幣制改革的重壓下，民營報業的生存愈發艱難，日漸落寞。[1]

1　戰後國民黨對紙張進口實行限額，由國家統籌分配，民營報紙立場只要與當局不合，在配額上就會給予處分。受此影響，民營報紙不得不再三縮減版面，但仍入不敷出。1948 年 10 月幣制改革宣告失敗後，原料價格飛漲，民營報業受限價影響仍無法適時調整售價，大多不堪重負。參見曾虛白：《中國新聞史》（下冊），臺灣政治大學新聞研究所，1966 年版，第 455～501 頁。

一、新記《大公報》：股份制經營與現代企業制度的建立

1937 年新記《大公報》正式成立了大公報社股份有限公司（以下簡稱新記公司），胡政之任公司總經理。此舉標誌著新記《大公報》由此進入規範、成熟的股份制經營時期。抗戰時期儘管辦報條件更加艱苦，但《大公報》各地方版的日、晚刊發行量均位居當地報紙之冠，尤其是重慶版在大後方發行量高達 9 萬餘份。這與新記公司致力於現代企業制度的完備和組織結構的健全是分不開的。

（一）完備的現代企業制度

這時期新記公司基於國內外報業經營管理經驗和自身實際，制定了一系列的規章制度，比如《大公報同人公約》、《大公報社職員任用及考核規則》、《大公報社職員薪給規則》、《大公報社人事管理暫行辦法》、《大公報社職員福利金支給暫行規則》、《大公報社工友請假規則》等。規章制度的保障使報社事務井然有序，團隊穩定，士氣高漲，整體面目煥然一新。

1、嚴格的財務核算制度

新記《大公報》一直採取嚴格的財務核算制度，接辦之時起就使用當時新式簿記，帳目公開明晰。1941 年 9 月，新記公司董監聯合辦事處成立並制定了《辦事處規程》，其中規定了董監聯合辦事處的任務之一是「統籌本公司各報之經濟事宜調整業務，辦理總預算、總決算」，「稽核本公司各報之帳目及現金」，等等。1942 年 4 月又公布了《大公報社各館組織規則》和《大公報各館採購材料規則》。其中，《大公報社各館組織規則》強調了經理部的重要和具體建制，並規定了二級財務核算制度，而《大公報各館採購材料規則》的出臺表明，報社十分重視開源節流，並把嚴格開支、杜絕浪費作爲強化經營管理手段之一。從以上規則可以看出，新記《大公報》內部開支由材料課、庶務課和出納課三環相接，互相制約，財務制度較爲嚴密。

2、明確的職員獎懲制度

新記《大公報》對於有益於報社事業發展的行爲有宏觀的獎勵制度，也有微觀的工作獎勵細則。比如 1943 年 2 月，就專門頒行了《大公報館校對員工獎勵暫行規則》，在校對工作中實行計分制，每日算出獎勵或處分金額。反之，對不利於報社發展的行爲也有明確的處罰規定。比如《大公報社職員任用及考核規則》規定：「如操守不良，擅離職守，辦事疏忽，言行失檢，洩漏

秘密，禮貌不周，及其他對社務發生不良影響或使受有損害者，得酌予警告，記過，罰薪，降級，或其他之處分；職員有假借本社名義在外招搖或其他一切妨害社譽之行爲者，一經查出，立予辭退。」[1]這些明確的獎懲制度極大地調動了職員的工作積極性，即使身處環境惡劣的大後方，報社同人依然對新記《大公報》事業保持著飽滿熱情。

3、完善的薪酬福利制度

除此之外，新記公司還非常重視對員工利益的保護和提高，建立並完善了一整套薪酬福利制度，以激發員工終身服務於《大公報》事業。1941 年 10 月，報社制定了《大公報社職員薪給規則》，規定了職員的月薪等級、特別費核給、年終酬勞金、生活補貼、年資薪的標準。考核範圍除一般工作分量、工作能力和工作成績外，特別有一項「服務年資」，依照員工在報社工作年限長短核定年資薪等級，規定服務年限越長，應得年資薪也就越高。爲了改善和充實員工的生活，1943 年報社成立了福利委員會，全面負責員工的福利事業，並同時頒布了《大公報社職員福利金支給暫行規則》。職員福利金主要包括恤養金、子女教育補助費、醫藥補助費和婚喪補助費四個部分，其中恤養金又分爲終身恤金、一次恤金、退職贍養金和退職贈予金，主要用於職員因公負傷、在職身故或衰老退職。另外，凡在報館工作 5 年以上的課副主任子女在初中以上學校學習者，均可領得子女教育補助費。報館職工自身和家屬生病、亡故、婚嫁，都可按相應規定享受醫藥補助費和婚喪補助費等。報館還專門聘有醫生免費爲職員及家屬治療一些小病。值得一提的是，新記公司分別於 1931 年、1936 年、1946 年和 1948 年，先後 4 次向 27 名有特殊貢獻的員工贈予公司的勞績股權。

綜上所述，抗戰期間新記公司進一步加強了內部的各項管理制度，重點是財務制度、獎懲制度和薪酬福利制度的建設和完善。據計算，大公報社股份有限公司從 1936 年的法幣 50 萬元資本，到 1946 年資本已達法幣 6 億元。豐厚的資金積累無疑爲日後事業的進一步壯大提供了物質條件。

（二）合理的組織結構系統

抗戰時期，新記公司的組織結構基本沿襲了天津時期。當時，報館在總經理和總編輯下設經理部和編輯部兩個部門，各司其職，以編輯部爲重。經

1　《新聞界人物》編輯委員會：《新聞人物（四）》，新華出版社，1984 年版，第 147～148 頁。

理部管理工廠、材料課、庶務課、廣告課、發行課、會計課和出納，編輯部則主要負責報紙的採、寫、編。報館自總經理、經理直至各課、工廠，職權分明，各部門能積極主動地完成各自的各項任務。後來的上海版、漢口版、重慶版、桂林版、香港版，均依照該組織機構獨立行使各自職能。

1941 年，由於重慶、香港、桂林三館同時運行，爲便於「集體領導」，新記公司遂在重慶成立董事會，設立董監辦事處，並設置了總稽核一職。後來因重慶版的業務繁忙，加之工作地點分散，又增設了營業處和總務處。抗戰勝利後，《大公報》財力增強，組織系統更爲複雜龐大，由此進入股份制經營管理的後期。1946 年 7 月，經董事會決定成立大公報社總管理處，下設秘書、總稽核、業務研究機構等，並通過《大公報社總理處規程》。總管理處運行一年，管理績效顯著，內部組織機構更顯精細周密。1946 年後新記公司的組織結構更趨合理完善，總管理處的設立增強了報社的宏觀調控機能，各部門既能各司其職又相互配合制約，使整個報社形成了一個反應快捷、調度從容的有機系統。

二、《新民報》：現代化管理與「五社八版」的形成

《新民報》於 1929 年 9 月創刊於南京，陳銘德任社長。該報早期曾得到四川軍閥劉湘的資助，後因積極宣傳抗日，影響漸大，發行量達到 20000 份。抗戰後期，該報在重慶、成都兩地的四報總發行量高達 10 萬份，是當時大後方發行量最大的報紙，其形成的「五社八版」成爲舊中國規模最大的民營報業集團。[1]

（一）初具現代化管理的雛形

《新民報》是文人辦報、同人辦報，初期並沒有嚴格的管理制度。「一切因陋就簡，財務混亂，帳目不清，都是陳銘德說了算」。[2]是鄧季惺將報社推向現代資本主義管理方式。1937 年初，鄧季惺對報社各部門進行了全面整頓。首先建立了一套嚴格的財務制度，出納有法，收支有度，杜絕濫支濫用；其次，精簡機構，提高工作效率。以編輯部爲例，共有編輯記者十多人，規定每個編輯負責一個版面，若休息告假，須自請人來代替。總編輯除了總攬版

1 李焱勝：《中國報刊圖史》，湖北人民出版社，2005 年版，第 126 頁。
2 新民晚報史編纂委員會主編：《飛入尋常百姓家：新民報——新民晚報七十年史》，文匯出版社，2004 年版，第 27 頁。

面全局外，還須每天負責一個版面的編輯。編輯部專設一名練習生，兼任勤工、收發、送稿、接電話、開飯、提水、泡茶、做清潔和接待來客等等，身兼多職。練習生若刻苦學習，文化水平提高，業務嫺熟，也可升任校對、編輯甚至做總編輯。比如後來擔任南京、成都社總編輯的趙純繼，就是張友鸞手下的練習生出身。此外，報社在廣羅人才上不遺餘力，實行「明星制」。抗戰時期《新民報》聘請著名文化人擔任「主筆」的就有二三十人之多，不少膾炙人口的專欄、言論和小品文等均出自這些名家之手。經此改革，《新民報》從版面內容到內部管理都頗有起色，發行量不斷增長。頭兩年發行量不過一二千份，到 1935 年達到 15000 份。[1]1936 年《新民報》的發行額迅速增長到 16000 份左右，廣告收入占到營業總額的 50%以上。[2]

據國民黨中央宣傳部的統計，1935 年，南京一地有報紙 38 家，僅次於上海的 41 家。[3]可見，當時南京的報業競爭十分激烈。《新民報》開辦不久即取得如此業績，實屬不易。隨著發行量的激增，原有的平版機已經不能適應印刷需要，陳銘德夫婦還特意去日本購回一部《讀賣新聞》的舊輪轉印報機，使得印刷質量提高，出報時間也提前了不少，到 1937 年發行量很快上升到 20000 份。報社自此達到收支平衡，還略有盈餘。就在此時，《新民報》險遭封殺一事給了陳銘德夫婦沉重的一擊。[4]這次風波給了陳銘德一個嚴重警告，僅僅經濟獨立是不夠的，民營報紙若要長遠發展，必須尋求政治「保護傘」。

（二）股份有限公司的成立

1937 年 7 月 1 日南京《新民報》股份有限公司成立，資金 5 萬元，標誌著報社開始建立起現代化的經營管理模式，爲後來的大發展奠定了堅實的基

1 新民晚報史編纂委員會主編：《飛入尋常百姓家：新民報——新民晚報七十年史》，文匯出版社，2004 年版，第 28 頁。

2 楊雪梅：《陳銘德、鄧季惺與〈新民報〉》，中華書局，2008 年版，第 24 頁。

3 楊雪梅：《陳銘德、鄧季惺與〈新民報〉》，中華書局，2008 年版，第 63 頁。

4 1937 年 2 月，《新民報》總編輯曹仲英離職回川，在成都也創辦了一個《新民報》，其資金和背景是四川軍閥劉湘，因常常刊登反蔣言論，早爲南京政府所忌。儘管該報曾與陳銘德相約，兩報同名但各自獨立，經濟、人事互不相干，當然遇事可相互聲援，但南京《新民報》還是終遭牽連。繼曹仲英任南京版總編輯的謝崇周出於個人野心，竟向蔣介石告密，說南京《新民報》是劉湘在南京的諜報機關，經常向成都《新民報》提供反蔣材料等等。於是蔣介石立即下令查封南京《新民報》。陳銘德夫婦四處奔走據理力爭，並在報上連登三日啓事，聲明與成都《新民報》同名異主，這才免遭封殺。參見新民晚報史編纂委員會主編：《飛入尋常百姓家：新民報——新民晚報七十年史》，文匯出版社，2004 年版，第 28～29 頁。

礎。「然而成立股份公司的意義遠不止於經營管理上的飛躍」。[1]《新民報》董事長、董事和監察人的名單包括了國民黨統治集團的各派各系，其中董事長就是選擇蔣介石極爲器重的紅人——時任國民黨中央通訊社社長的蕭同茲，常務董事之一的彭革陳是國民黨中宣部新聞事業處處長，董事之一的盧作孚是四川民族資本家的傑出代表，請盧擔任董事，可以利用他崇高的聲望吸引更多的實業家投資《新民報》。後來在盧的引薦下，四川不少民族資本家都對《新民報》有大大小小的投資。值得一提的是，這份名單中代表四川地方勢力的劉湘等，出過錢但不出面，而由家屬代表。其餘董監都是贈送的乾股，沒有多少發言權，因而也不便干預報社事務。這樣的安排其實是經過了一番深謀遠慮的，實際上在後來的公司運作中也得到了預期的效果，既培植了爲報紙遮風擋雨的政治力量，又避免了這些力量對報社內政的干預，爲報紙的進一步發展爭取自由的空間。

成立公司後的《新民報》走上了現代企業化經營的道路，建立並健全了財務會計、廣告發行、印刷等方面的制度。在廣告業務管理上，以前每天刊登的廣告基本不登記，廣告費的收集頁缺乏嚴格的準則，現在每天刊登的廣告必須要做報表，財務科以此報表來收費。現金支付的全部入帳，廣告拖欠的就記債權債務。發行業務管理也是如此，每天都要有日報表，現金回籠是每天必做的功課。依此建立起來的嚴格的財務制度，爲後來五社八版的拓展時期也打下了穩定紮實的制度基礎。

（三）「五社八版」的拓展

抗日戰爭的爆發打斷了《新民報》在南京的發展計劃，報社不得不西遷重慶，但也由此迎來了新的輝煌。以此爲契機，抗戰結束後《新民報》著手進行了「五社八版」的拓展。

1、重慶時期，鄧季惺進一步加強了對廣告和發行業務的開拓

首先是凡有車船到達的地方儘量設立分銷處，先從重慶周邊的鄰縣如長壽、涪陵、江津等入手，再沿長江上下游、嘉陵江上游、成渝公里等水陸交通線向外發展，後來推廣到雅安、西昌、貴陽、昆明等地，幾乎覆蓋西南區域。同時加強發行業務管理，專門建立訂戶卡片制度，及時掌握發行動態，在發展新讀者的同時注重鞏固老訂戶的穩定性，細化到每月中期和末期登報

1 楊雪梅：《陳銘德、鄧季惺與〈新民報〉》，中華書局，2008年版，第70頁。

通知訂戶到期以提醒其續訂。

發行量的上升帶來的是廣告量的增長。重慶時期《新民報》的廣告收入經常占總收入的 40%左右，廣告在版面上的比例堪與新聞、副刊平分秋色，有時連新聞、副刊也被擠掉，後來甚至連報眼等醒目位置也被廣告佔據。1938年報社在重慶舉行了一次抗日義賣獻金活動，活動當天《新民報》發行「榮譽報」，刊登「榮譽廣告」，還出版義賣特刊。由於準備充分，宣傳得力，這次義賣共收入現金上萬元，按一份報紙兩分五釐計算，相當於賣出了 40 萬份報紙。這與當時舉辦過類似義賣活動的其他十多家報社相比（最多日銷上萬份，很多只有千份），可以說獲得了相當大的成功。重要的是，《新民報》大大提升了在重慶的輿論影響力。除了以報養報外，報社還開展了承印書刊的業務，印刷副業的收入最高時曾達到過營業額的 30%。[1]

2、抗戰勝利後，《新民報》通過多辦地方版謀求自成報系的發展

抗戰時期辦報環境惡劣自不待言，但《新民報》卻抓住時機反而獲得跳躍式發展。因日軍的頻繁轟炸，重慶各大報不得不出版聯合版。為了打開局面《新民報》只好出版晚刊，結果又獲好評。後來又是一個偶然的機會使報紙版圖擴展到成都。但《新民報》眞正形成規模經營的是在抗戰結束後。抗戰勝利，大後方的內遷各報都紛紛重振旗鼓，期待復員後在京滬平津復興報業。此時的《新民報》爲恢復南京版、創建北平版和上海版，在資金、人才等方面早已有了深謀遠慮的籌劃和布局。

早在 1944 年 5 月南京新民報股份有限公司就增資爲 1200 萬元；1945 年 3 月抗戰勝利在望，又一次增資 2000 萬元爲南京版復刊做準備；1945 年 6 月間另組「重慶新聞公司」，集資 3000 萬元，用以創辦上海《新民報》日晚兩刊。這時陳銘德麾下人才濟濟，有享譽新聞界的張恨水、張友鸞、張慧劍和趙超構，有重慶新聞界「四大名旦」之一的浦熙修，還有主筆總編輯級的程大千、姚蘇風、秦瘦鷗、趙純繼和一大批年輕有爲的編輯記者。經過考慮，最終兵分四路：鄧季惺、張友鸞、程大千等去南京復刊；張恨水、方奈何、鄒震等去北平創辦北平版；趙超構、趙敏恒等赴上海創辦上海版；羅承烈、趙純繼等則留守重慶、成都主持工作。調度完畢，總管理處也隨之遷往南京。

《新民報》拓展到五社八版，擁有 300 多名職工，其中經營管理人員約占一半，但帳目清晰，極少出現貪污瀆職等經濟問題。這自然得益於此時期

1　楊雪梅：《陳銘德、鄧季惺與〈新民報〉》，中華書局，2008 年版，第 30 頁。

更加科學嚴密的管理機制。在經營管理上總管理處統轄五個分社，並向各分社派出常駐稽核，規定常駐稽核每屆月終將下列事項的審查結果按規定表式填報經理、轉送總務備查：會計報表、庫存現金、庫存材料、廣告發行業務、副業方面、印刷方面以及辦事手續等。各分社連報銷單據都要按月寄到南京總管理處以備查考的，且各分社職工任免、薪金和報銷費用等都有明細條文。[1]精細化的管理使《新民報》各項工作均有章可循，井井有條，避免了無謂的人事內耗。

三、天津《益世報》：人才延攬與廣告經營優化策略

《益世報》創刊於1915年10月10日，創辦人是比利時籍天主教傳教士雷鳴遠。[2]初期雷鳴遠任董事長，劉濬卿[3]任總經理，全權負責報館的日常經營活動。「五四」運動期間，該報因支持學生運動享譽一時，一舉成爲名報。1925年到1928年間，《益世報》淪爲奉系的傳聲筒。天津淪陷後，《益世報》一度被迫停刊。抗戰期間，《益世報》先後在昆明、重慶出版。1945年12月1日，《益世報》重新在津發行。王研石[4]擔任最後一任總編輯，使該報盡快走出了戰爭陰影並產生了較大的影響力。1949年6月《益世報》最終停刊。

1、延攬人才，擴充報人陣容

劉濬卿出任《益世報》總經理近20年，先期借廣泛的人際關係和出色的管理能力，爲《益世報》打開銷路。1928 年奉系敗退撤出天津之後，劉濬卿重新出山接掌《益世報》。面對報社資金、人才短缺以及報業競爭激烈等局面，他與雷鳴遠商議將《益世報》由獨資經營改爲股份有限公司形式，一舉解決了資金短缺的燃眉之急。

1 楊雪梅：《陳銘德、鄧季惺與〈新民報〉》，中華書局，2008年版，第26～27頁。

2 《益世報》雖有宗教背景，但傳教色彩並不濃，而是一份內容宏福、獨具自身風格和特色的公共性報紙，因此本書從類別上將其歸入民營報紙。

3 劉濬卿（1880～1934），薊縣人，民國時期移居天津望海樓天主教堂附近，得以結識雷鳴遠。因辦事幹練和口才出眾，劉濬卿很快博得雷鳴遠的賞識並被引爲知己。除了1925年到1928年奉系強佔報紙外，他一直主持該報，直到1934年去世。

4 王研石（1904～1969），字公磊，筆名「公敢」、「大槳」，黑龍江省安達縣人（今哈爾濱人）。曾在《國際協報》、《申報》、《新聞報》以及《益世報》等著名新聞媒體任職，著有新聞學著作《實踐新聞採訪學》，並撰有《被日寇囚繫半載記》、章回小說《長相思》、中篇小說《人海四怪》和一些短篇小說，一些東北現代文學史學者將其定性爲「鴛鴦蝴蝶派」文人。曾兩次任職於《益世報》，並擔任最後一任總編輯（1947年6月至1949年1月）。

1928 年劉豁軒（劉濬卿的族弟）從南開大學畢業後，出任《益世報》總編輯。劉豁軒擔任總編輯之後，首先擴充報館的編輯、記者陣容。他先後盛邀南開大學的同學汪心濤、趙莫野、唐際清等人加盟。這些年輕人雖無新聞工作經驗，但是憑著良好的素質和一股幹勁，很快就成爲《益世報》中堅力量。劉豁軒又在北平、上海等十餘座大城市增設特派記者，在河北、山東、遼寧等省的重要市縣聘請通訊員，廣開新聞來源，在新聞報導方面逐漸具備了競爭能力。「九一八」事變後，該報先後聘請羅隆基、錢端升（時任清華大學教授）擔任主筆，發表了大量深刻、犀利的抗日救亡言論，受到廣大讀者的歡迎，「其影響一度超過《大公報》」。[1]經劉豁軒的精心調整、充實，《益世報》再度鵲起於津門報界。1931 年，《益世報》日銷量達 3.5 萬份，與《大公報》持平，其註冊資金則一度超過《大公報》。[2]可以說，《益世報》之所以聲名鵲起於津門，與其擁有一支兼具宗教人文關懷與報業經營能力的報人團隊是分不開的。

2、廣告經營，以小博大

廣告一直是《益世報》著力經營的重要部分。據統計，1930 年代，天津《益世報》全張面積 4864 英寸，新聞面積占 955 英寸，廣告面積占 3616 英寸，廣告面積幾乎是新聞面積的 4 倍多。其中又以商務類爲最多，占 2539 英寸；社會類次之，占 359 英寸；文化類又次之，占 80 英寸；交通類又次之，占 12 英寸；雜項占 26 英寸。其中以醫藥類廣告爲最大，占 1426 英寸，可見醫藥廣告是該報廣告收入的大宗。[3]

到 1947 年 6 月王研石主編後，《益世報》十分重視頭版新聞信息量，甚至不惜縮小報頭，儘量刊登戰時民眾關心的硬新聞。但從 1948 年 3 月 5 日開始，《益世報》的版面又發生了很大的變化，原本被新聞和評論占滿的頭版開始全部變成廣告，每個版面上的新聞都進行了集納，並且進行了明確的分類。儘管《益世報》的頭版廣告一度從原來的 1／4 版左右減少到了 1／30 版左右，數量上大大縮水。但是改變了頭版廣告的位置。原來頭版廣告處於版面位置最弱的最下方，並且放置至少 8 條廣告左右。王研石時期，將廣告位置調整爲報頭正下方，也就是相當於今天的「報眼」位置，這是僅次於報頭的好位

1　馬藝：《天津新聞傳播史綱要》，新華出版社，2005 年版，第 136 頁。
2　劉桂芳：《〈益世報〉：曾與〈大公報〉比肩》，《中華新聞報》2005 年 6 月 22 日。
3　黄天鵬：《中國新聞事業》，上海聯合書店，1930 年版，第 71～72 頁。

置；而且頭版每天只放置一條廣告。這種稀缺性必然帶來廣告客戶的競爭，導致廣告價格的攀升，最終以最小的版面博取最大的經濟效益，可謂「以小博大」，如此既保證了頭版新聞信息量又使經濟效益最大化。有研究者由此認爲，這時期的《益世報》在頭版廣告的經營中追求信息量和報紙經濟效益同時最大化，力爭建立報業經營「雙優模式」。[1]

自 1948 年 3 月 5 日開始，除了留有報頭，頭版幾乎全部被廣告佔據。這與當時辦報環境的惡化有關，尤其是天津受戰火影響更甚，生存愈發艱難。這種因時而動、注重廣告的辦報思維幫助《益世報》維持了在特殊時期的生存和發展。當然，有必要提及的是，《益世報》後期由於多次改版導致版面風格突變，從而造成讀者量的流失，這種顯著的弊端在報業經營中當引以爲訓。

第二節　日僞報業

抗日戰爭時期，日本在華報業成了外報的主角。據統計，1937 年抗戰爆發到 1940 年，日僞在我國 19 個省（不包括東北地區）的大、中城市中創辦的新聞媒介，最多時達 600～700 種，其中稍具規模的大約有 200 多種。[2]僞滿在東北淪陷區實行的「弘報新體制」對報業進行了新一輪的整合、壟斷，以達到公開服務於戰爭的目的；汪僞政權通過強化其計劃新聞制度，以實現日僞新聞事業的一體化。抗戰勝利後，日本在華報業隨著軍事的潰敗而自然遭遇覆亡的命運。

一、僞滿「弘報新體制」與報業整合、壟斷

1937 年「七・七」事變後，特別是太平洋戰爭爆發後，日本帝國主義全力投入了戰爭，作爲傀儡政權的僞「滿洲國」也被拖入這場戰爭中來。

從官制統治新聞來說，由於弘報處的職能得到突出強化，工作重點轉入對新聞的指導監督上，僞滿當局決定確定所謂的「弘報新體制」，撤銷弘報協會。1940 年 1 月設立了滿洲新聞協會，其職能是在新聞紙供應上給予各報

1　吳婷婷：《〈益世報〉總編輯王研石辦報思想研究》，暨南大學碩士學位論文，2010 年。

2　黃瑚：《中國新聞事業發展史》，復旦大學出版社，2006 年版，第 218 頁。

社以協調，同時推動各新聞單位之間的業務活動。[1]到 1940 年 9 月，僞「滿洲國」、滿鐵和滿洲電信電話株式會社又向弘報協會投資 500 萬元僞幣，以增強其經濟實力。1940 年 9 月又把「國通」社作爲單獨機構從弘報協會中分離出來，並出資強制贖買、兼併和新辦了一些報社，使整個報業完全置於弘報協會的控制之下。隨著國際形勢的緊張惡化，1940 年 12 月，僞滿當局決定由政府對新聞事業的統制部門——弘報處出面包攬新聞輿論與文化宣傳的一切統制事宜，確立了文化行政一元化的體制，並修訂了弘報處官制，充實了新聞管理、監督和檢查人員。僞滿當局採取的兼併政策，實則是對報紙進行高度的集中和壟斷，使報紙完全服務於擴大侵略戰爭的需要上去。1941 年 8 月 25 日，僞滿爲進一步強化對新聞、通訊的統治，頒布了《通訊社法》、《記者法》和《新聞社法》，即所謂的「弘報三法」，將通訊社和新聞社（即報社）依據法律定爲特殊法人，使新聞社、通訊社以及新聞記者的一切活動，都處於僞滿當局的嚴格管制之下。根據「弘報三法」的規定，僞滿的通訊社、新聞社均由僞政府直接管制；新聞社理事長、監事由國務總理大臣任命，理事由理事長推薦並由國務總理大臣任命；僞滿通訊社、新聞社之業務，國務總理大臣可作監督上及公益上的命令；新聞記者須申請登記，由國務總理大臣許可。

與此同時，僞滿當局又對報業進行了一次大規模整頓，將所有的日文報紙由滿洲新聞社和滿洲日日新聞社統管，並在政府投資下設立了康德新聞社，絕大多數中文報紙歸屬康德新聞社。發行中文報紙的康德新聞社總社設在新京（即長春），理事長爲染谷保藏，合併了《大同報》、《大北新報》、《安東時報》、《三江報》、《黑龍江民報》和《盛京時報》等 13 家報紙；發行日文報紙的滿洲日日新聞社總社設在奉天（即瀋陽），理事長爲松本豐三，合併了《安東新聞》、《錦州新報》、《熱河日日新聞》等 7 家報社；發行日文報紙的滿洲新聞社合併了《哈爾濱日日新聞》等 7 家報紙，其中有一家俄文報紙。從 1934 年到 1940 年，通過對報業的高度集中和壟斷，僞滿已由原來的 27 家中文報紙、20 家日文報紙、7 家俄文報紙、1 家英文報紙變爲 11 家日文報紙、15 家中文報紙、1 家俄文報紙、1 家英文報紙和 1 家蒙文報紙、1 家朝鮮文報

1　《滿洲國現勢》，1943 年版（康德十年版），第 588 頁。轉引自張貴《東北淪陷 14 年日僞的新聞事業》，《新聞研究資料》1993 年第 1 期，中國社會科學出版社，1993 年版，第 182～183 頁。

紙。[1]到1943年太平洋戰爭不斷升級，由於紙張、油墨等材料緊缺，僞滿不得不於1943年9月和11月兩次減少報紙版面，到11月中央級報紙也由兩大張改爲一張，各地報紙也都大幅度減頁。1944年5月1日，僞「滿洲國」又將滿洲日日新聞社和滿洲新聞社兩家報社合併，改報名爲《滿洲日報》，本社設在新京（即長春），理事長爲松本豐三，由此對全滿洲的報紙言論統一控制，實現所謂的「弘報體系一元化」。

日本侵略者在東北淪陷區進行殖民統治的14年期間，始終把新聞作爲重要的侵略手段來利用，將辦報紙辦通訊社視爲「佔據滿蒙的無尙勁旅」，是「實施國策的先頭部隊」[2]。1945年8月光復後，東北的通訊社、報館和廣播事業走向了新的時期。

二、汪僞政權報業與「計劃新聞制度」

1940年以汪精衛爲核心的僞「中華民國國民政府」成立後，爲了加強宣傳活動，在行政院內特增設宣傳部，對所有宣傳活動實行統一管制。汪僞「國民黨中央」的宣傳部與僞行政院宣傳部合署辦公。汪僞政府宣傳部通過頒行一系列新聞宣傳統制法規，建立一系列與上述法規相關聯的新聞宣傳統制機構，逐步形成了一個所謂的「代表國家的計劃新聞制度」[3]。所謂「計劃新聞制度」，本質上只是汪僞政府掩蓋其法西斯新聞統制性質的一種美稱，「計劃」實質上就是「統制」。[4]1941年5月，汪僞政府宣傳部頒布《宣傳部直屬報社管理規則》，之後又相繼頒布《宣傳部直屬報社分區改進委員會通則》、《直屬報社組織通則》，確立了由汪僞政府宣傳部直接管轄的直屬報社分區分級管理制度。

1943年6月10日，汪僞政府最高國防會議通過並公布實施《戰時文化宣傳政策基本綱要》，開始建立戰時新聞體制，實行日僞新聞事業的一體化，進一步強化其計劃新聞制度。1944年9月，僞中國新聞協會成立，取代中央報

1 《滿洲國現勢》，1938年版（康德五年版），第517頁。轉引自張貴《東北淪陷14年日僞的新聞事業》，《新聞研究資料》1993年第1期，中國社會科學出版社，1993年版，第182頁。

2 轉引自張貴《東北淪陷14年日僞的新聞事業》，《新聞研究資料》1993年第1期，中國社會科學出版社，1993年版，第215頁。

3 《報業旬刊》第1卷第1號，汪僞政府宣傳部中央報業經理處發刊，1941年10月20日出版。

4 黃瑚：《中國新聞事業發展史》，復旦大學出版社，2006年版，第230頁。

業經理處執掌報業的經營管理職權。該協會成員不僅包括漢奸主辦的報刊，而且包括日本人在華主辦的報刊，因此該協會的成立標誌著日偽報業一體化的完成。概括起來，「計劃新聞制度」主要包含以下內容。

1、新聞宣傳事業的雙重管理制度

依據相關法規的規定，汪偽統制下的新聞宣傳事業必須接受汪偽中央政府宣傳部及地方宣傳處或科的雙重管理與指導。汪偽政府行政院設宣傳部，「管理國內國外宣傳事宜」。偽宣傳部下設宣傳指導司、宣傳事業司、特種宣傳司、國際宣傳局等部門。在地方，汪偽政府將原偽「維新政府」時期的宣傳委員會改組為直屬於省市政府的宣傳處，主管「不直屬宣傳部之省市宣傳事宜」。

2、直屬報社及其管理制度

依據相關法規的規定，直屬報社統歸汪偽政府宣傳部管理，其負責人及總編輯由偽宣傳部任命，辦事規則、營業規則等須由偽宣傳部核定，在業務上根據偽宣傳部的宣傳計劃編排新聞、撰發社論，並且報紙直接送偽宣傳部審查。直屬報社「視篇幅之大小，經費及發行額之多寡，所在地之重要性如何」，分為甲乙丙三級。甲級分為甲級中央報、甲級地方報，甲級中央報是代表汪偽中央政府的宣傳指導報，在汪偽政府首都南京及上海出版，如《中華日報》、《南京新報》；甲級地方報在偽省政府所在地出版，如《杭州新報》、《蘇州新報》等。乙級報在上述甲級報出版地點以外的主要都市出版，以產業中心或交通要道所在地為主。丙級報一般在縣政府所在地出版。

3、統一的報業經營制和時報發行制

1940 年間，汪偽政府建立偽中央報業經理處、中央書報發行所，頒布了《中央報業經理處組織章程》、《中央書報發行所組織章程》等有關法規，以便加強對直屬報社的管理與控制。偽中央報業經理處具體負責對偽宣傳部直屬報社的管理指導業務；對淪陷區內有關報紙的用紙、器材等報業物資和廣告業務實行統一經營制；偽中央書報發行所對書報的流通實行書報發行制；偽宣傳部還實行分區管理制度，在南京、蘇州、杭州、上海等地設立直屬報社分區改進委員會，負責督導分區內各直屬報社的業務活動。

總之，淪陷時期，汪偽政府雖然頒行了一系列新聞統制法規，建立起不少新聞統制機構，但實際上仍處於日本侵略者的嚴密監控和全面掌控下，帶有極強的傀儡性質。其次，汪偽政府通過報業整頓，強化對直屬報社的管理，建立起「代表國家的計劃新聞制度」。1943 年後又將報業納入戰時軌道，推出了除中央地點外的一地一報、全國性雜誌一事一刊等措施，進一步強化汪僞政府對報業的壟斷。

第三節　通訊社及廣播電臺

1937～1949 年，以中央通訊社、中央廣播電臺爲核心的國民黨官辦通訊社和電臺成爲抗戰時期規模最大、實力最強的電子傳播媒介，並先後進行了企業化改組，但收效並不理想。經過八年抗日戰火的洗禮和磨礪，以新華社、延安新華廣播電臺爲代表的中國共產黨通訊社和廣播事業逐步走向成熟和壯大，組織機構的調整、通訊網（廣播網）的擴建和管理體制的完善爲奪取解放戰爭的全面勝利提供了強大的輿論準備。民營廣播電臺在抗戰宣傳中發揮了很大作用，但戰後在國民黨的管制和重壓下，最終和民營通訊社一樣江河日下，風光難再。

一、通訊社：「經營企業化」與「全黨辦通訊社」

抗戰時期，蕭同茲主導並推進的中央社企業化經營，成爲中國新聞通訊事業發展中引入注目的現象之一。1947～1948 年間，國民黨的新聞通訊事業進入鼎盛時期。但隨著國民黨在戰場的步步潰敗，其新聞通訊事業迅即走向崩潰和瓦解，中央社也風光不再。這時期新華社走上獨立發展的道路，標誌著中共通訊社事業走向成熟。抗戰勝利後，新華社又迎來了自身大發展的時期。

（一）中央通訊社企業化改組的努力與成效

「經營企業化」是蕭同茲擔任中央社社長之初的既定目標。[1]爲此，蕭同茲積極推進中央社的企業化改組。但高昂的經營成本使中央社企業化改革的具體成果並不顯著。「中央社改組的重大困難，在稿費收入太微，業務開支太大，經營來源無著，事業無法獨立。」[2]最終中央社不得不退回到改革前的老

1　蕭同茲曾這樣自述他的「經營企業化」理念：「報社企業化，增加報紙獨立經營的地位，擺脱外來的干預和影響，非但絲毫不貶損文章報國的心願，獨立自由，放手辦報，只有更增加文章報國的勇氣。相反的，如果不善經營，不按企業化經營，自由競爭立不住足，報社倒閉了，縱有文章報國的雄心萬丈，也就失去倚託。」參見蕭同茲：《新聞事業、新聞記者與新聞教育》，《常寧文史資料》（第四輯），常寧縣政協文史資料研究委員會，1988 年。

2　蕭同茲：《追念陳布雷先生》，載《新聞學論集》，中華文化出版事業委員會，1955 年版，第 214 頁。

路，依舊依賴國民黨的津貼維持業務。

1、戰時新聞業務的擴大

1937 年 9 月到 1938 年底，中央社總社從南京到漢口，社址最終落定陪都重慶鐵板街。抗戰時期，得益於國民黨當局的刻意扶持，全國各報使用中央通訊社的稿件可以享受種種便利，比如 1939 年後爲配合鄉村及戰地新聞的需要，中央社設計了一種簡明新聞，不但是明碼，可以免費抄收，如果報社規模太小，沒有收報機，還可委託各地黨政軍事機關或部隊電臺代爲收轉。[1]中央社在重慶立足之後，分社在各地逐漸開設，增設的國內分社有長沙、蘭州、桂林等 12 處，增設的國外分社計有新加坡、紐約、倫敦等處，並在仰光、里斯本、華盛頓、莫斯科、巴黎、柏林等地設特派員或通訊員。戰時國內新聞媒體基本遷至大後方，前線戰事唯有依靠中央社隨軍組的報導。據統計，當時中央社總社和分社先後派遣的隨軍組達三十多個，這些專業的記者團隊成爲國內戰事新聞的主要來源。戰時中央社的新聞稿從未中斷，甚至北平、天津、上海分社仍在秘密工作，傳達敵佔區的新聞消息。同時，蕭同茲還派遣大批戰地記者，攜帶小型無線電收發報機分赴各戰區採訪戰地新聞。可以說，抗戰時期中央社的新聞業務範圍不僅沒有萎縮反而得到擴張。

中央社國內分社每天上午 10 點專機抄收總社的甲種廣播電訊到午夜截止，另設收、發報機與總社保持直接通報。各分社記者還會自行採訪和撰寫「連載性質的專訪和特稿，供本地使用」。分社還負責翻譯國外新聞然後分發給各地報社，各報社編輯拿到經過整理的新聞成稿且無須修訂，從而極大地減輕了報社編輯的工作量。即使沒有設立分社的地方，報紙只需聘用三、四個報務員和兩三個電務員，購置一架收報機即可每天接收 1.5 萬字的甲乙種廣播，辦報的人力和開支成本可節省一半。除了爲地方報紙提供新聞外，中央社還設立採訪部將全國各地方新聞稿件進行匯總、整理和編排，視其價值供全國使用甚至轉發國外媒體。當時有報人認爲，「中央社的消息既眞實而且迅速，密碼取費也不貴，於是索性將自己的通訊部裁去，專用中央社的稿件，內地報館也因方便之故，踴躍購取，中央社的經營遂蒸蒸日上，差不多整幅報紙上的電訊，不論國際國內幾乎都是中央社的電稿」[2]。

抗戰期間國內外分社的設立和新聞業務的擴大奠定了中央社發展成爲現

1　《中央社廣播新聞》，《戰時記者》1939 年 8 月第 12 期，第 11 頁。
2　馮志翔：《蕭同茲傳》，傳記文學出版社，1974 年版，第 128 頁。

代化通訊社的堅實基礎。1943 年訪華的美國共和黨領袖威爾基在《天下一家》中曾寫道，「中央通訊社以職業的方式，收集並分發新聞稿件，頗堪和我們自己的通訊社及英國的路透社相媲美。」[1]

2、戰時經營業務的擴展

蔣介石高度重視戰時新聞宣傳，曾明確提出，「今當我國努力抗戰之時，我新聞界爲國奮鬥責任之重大，實不亞於前線衝鋒陷陣之戰士。如何宣揚國策，同一國論，提振人心，一致邁進，達到驅逐敵寇、復興民族之目的，而完成三民主義國家之建設，實唯新聞界積極奮鬥是賴。」[2]在此政策導向下，中央社一方面積極擴大新聞業務，另一方面也繼續擴展經營業務。

從組織規模來看，中央社從戰前的編輯、採訪、英文編輯、電務、事務共五個部門和一個徵集室，到抗戰結束又新添了攝影部、編輯室、人事室、會計室、編譯部，形成七部四室的組織架構，基本具備現代化通訊社應有的組織規模。隨著規模的擴大，蕭同茲於 1939 年 1 月再次改組以規範業務和組織管理。他將採編業務與社務管理分離，任命陳博生爲第一任總編輯，採編業務由總編輯負責，社長只管理社務。從分支機構來看，新增長沙（後遷至沅陵）、蘭州、桂林、昆明、洛陽、福州、迪化（今烏魯木齊）、寧夏等 8 個分社，加上原有的漢口分社遷至恩施、廣州分社遷至連縣、上海分社遷至屯溪、南昌分社遷至贛州，國內增設分社達到 12 處。新建的國外分社更是迅速，前已述及。

從通信技術的更新來看，蕭同茲提出「建立全國的無線電通訊網」，擁有了自行架設電臺進行無線電通訊的權利，隨後中央社即接收了路透社在南京和上海兩地的無線電臺和電訊技術人員，「到抗戰前電務人員已經達到 1 千人左右」[3]。除引進設備外，中央社技術人員還自主研發國產發報機。「購買器材，在南京金陵大學農場附近建立發報臺，成立小型無線電發報機製造廠」[4]，中央社還致力於「如何使中國文字通訊機械化，改革數字代表的中

1 中央通訊社編印：《七十年來中華民國新聞通訊事業》，中央通訊社，1981 年版，第 115 頁。

2 蔣介石：《今日新聞界之責任》，《新聞學季刊》第 1 卷第 3 期。

3 高仲芹：《蕭先生和中央社無線電通訊網》，參見《蕭同茲與中央通訊社》，載《常寧文史資料》（第 4 輯），政協湖南省常寧縣文史委，1988 年版，第 21 頁。

4 高仲芹：《蕭先生和中央社無線電通訊網》，參見《蕭同茲與中央通訊社》，載《常寧文史資料》（第 4 輯），政協湖南省常寧縣文史委，1988 年版，第 21 頁。

文的電碼，用中文電報機來加強中央社的通訊」，該社派高仲芹遠赴歐洲考察，他們「在英國馬可尼工場實習和研究，對中文電報機的研製獲得許多參考資料」。抗戰前中央社不但加造發報機，還增購一大批 32 型收報機，並在重慶、貴陽、沅陵準備電臺以備不測之需。抗戰爆發之後，日本軍機隨即炸毀南京壽康里收報臺，但中央社廣播電報僅中斷六個小時即恢復播出。

20 世紀 30～40 年代，中央社僅用十餘年時間，就從慘淡經營的無名之輩，迅速發展成爲世界知名通訊社，當時美軍公共關係處將中央社列爲「世界五大通訊社」。這主要得益於蕭同茲的領導。蕭同茲曾被稱爲「中央社先生」，「現代通訊事業之父」，獨具新聞事業經營思想。同時，中央社也得益於蔣介石政府的全力扶持。中央社的發展計劃是由蔣介石親自審批[1]，其經費和設備由國民黨中央黨部、國民政府教育部和財政部劃撥。

3、戰後新一輪的擴張與衰落

抗戰勝利後，中央社一方面恢復戰前在國內各地區的分社業務，另一方面接收了許多日僞通訊社如日本同盟社、僞中華通訊社、僞滿通訊社等，到 1947 年到達全盛時期。由南京總社直轄國內分社、通訊員辦事處共 52 處，國外分支機構共 25 處，海內外員工共 2653 人，壟斷全國 560 餘家報社的新聞稿。[2]中央社的國際影響力逐步提升，成爲國內新聞界的翹楚、外國瞭解中國的窗口。

戰後，蕭同茲深感技術設備對於改善新聞業務的重要性，遂利用歷年結餘的外匯「先後向美國訂購中型軍用三百瓦發報機三十架，交流電收報機七十餘架、二十千瓦巨型短波發報機兩架、自備發電設備三套、二點五千瓦短波發報機十架，以及其他電訊設備，於三十五年四月總社遷回南京後陸續運到使用。」[3]通訊設備的改善使中央社業務遞增。從 1946 年開始，中央社的人工廣播全部改用自動發報機，對全國播發的甲種廣播 CAP 從之前的 12000 字增至 20000 字。中央社的擴張也促進了東南亞地區中文僑報的繁榮，爲便於海外華人及時知曉國內信息，從 1947 年開始中央社增設海外中文僑報的專

1　高仲芹：《蕭先生和中央社無線電通訊網》，參見《蕭同茲與中央通訊社》，載《常寧文史資料》（第 4 輯），政協湖南省常寧縣文史委，1988 年版，第 21 頁。

2　何明：《五十一位中國國民黨中常委的最後結局》，中共黨史出版社，2008 年版，第 275 頁。

3　中央通訊社編印：《七十年來中華民國新聞通訊事業》，中央通訊社，1981 年版，第 118 頁。

播，由曼谷、新加波分社抄收發稿給當地報社，以便海外僑胞及時知曉祖國信息。

爲便於向世界傳遞國內聲音，1947 年 5 月中央社在南京燕子磯附近的吉祥村購得 120 畝空地興建國際發報臺，裝置了對歐美、東南亞、南美等地的定向與不定向天線。從 1948 年起，中央社開始對歐美等地播發英文新聞，對華僑報紙播發中文 CFP，對美國發送中文廣播 CKP，並對日本發送當時的最新發明條式文字傳眞（Tape Fax）。隨著硬件設備的改善，中央社的軟件條件也有明顯的提升。編輯部與採訪部、編譯部、電務部的聯繫進一步加強，新聞稿件在質量和速度等方面都有所突破。與此同時，蕭同茲還在南京中山東路上乘庵著手籌建中央社總社辦公大樓。按照設想，這座規劃七層的辦公大樓不僅供中央社辦公使用，還將是中外記者的彙集地。1948 年 1 月該工程破土動工，1949 年 1 月全部鋼筋水泥架構和牆壁工程業以竣工時卻被迫擱淺，此時中央社卻不得不隨著軍事潰敗的國民政府遷往臺灣。至此，結束了它一個時代的輝煌。

袁昶超曾在《中國報業小史》中說，「在中國報業史上，恐怕沒有一個新聞機構，其組織、規模與貢獻，能夠勝過中央社的。如果繼續有安定的環境，中央社將不難發展成爲一個國際通訊社，與英美各通訊社並駕齊驅」[1]，但歷史的發展無法假設。抗戰勝利時中央社達到了頂峰，但僅過了四年時間就隨著國民黨的崩潰迅速走向衰落，其結果令人扼腕。

（二）新華通訊社的建立與大發展

1937 年 1 月，紅色中華通訊社[2]隨中共中央領導機關遷駐延安。爲適應新形勢的發展，改名爲新中華社，簡稱新華社。經過抗戰烽火的淬煉，新華社逐漸發展壯大爲一個粗具規模的通訊社。隨著解放戰爭的推進，新華社進入了大發展的歷史時期。至新中國成立前夕，新華社先後在境外創建了一批分社和出稿站，從而邁出了走向世界的步伐。

1、抗日戰爭時期的考驗與壯大

抗戰時期，新華社的組織和業務獲得迅速發展，抄收世界上重要國家通訊社的電訊廣播，對國內文字廣播的數量也不斷增加；還相繼辦起了口語廣

1 袁昶超：《中國報業小史》，新聞天地社，1957 年版，第 91 頁。

2 1931 年 11 月 7 日，中華蘇維埃第一次全國代表大會在江西瑞金隆重開幕。爲了適應宣傳需要，同日成立了紅色中華通訊社，簡稱「紅中社」。

播電臺（延安新華廣播電臺）和對外英文廣播，逐步統一了各抗日根據地的新聞廣播，同時在各抗日根據地建立起一系列分支機構。至抗戰勝利時，新華社事業已具有相當規模，延安總社人員達 100 餘人，加上各分社、支社組織，在根據地形成了強大的通訊網。[1]

（1）社報體制的變化與組織機構的調整

自 1937 年 1 月中旬紅中社遷駐延安並改名爲新華社後，新華社與《新中華報》仍保留著一個機構、原班人馬的運作模式。至 1939 年 2 月，爲了適應新的宣傳工作需要，根據黨中央的指示，新華社與《新中華報》分開，成爲獨立的新聞通訊機構，直接歸中央黨報委員會領導，由此終結「報、社一家」的歷史。向仲華任新華社社長。同年 6 月，新華社進一步調整組織機構與充實人員，《參考消息》改名爲《今日新聞》出版，內設編輯科、通訊科、譯電科和新聞科。此時的新華社不僅擁有自己的翻譯部門、編輯採訪部門，而且具備通訊網、分社組織以及印刷機構，可以說組織已略具雛形。

《今日新聞》是《解放日報》創刊前延安唯一每天提供新聞信息的日報，由新華書店負責發行。當時新華書店是延安出版發行部門的門市機構，主要承擔公開報刊、圖書的發行工作。《今日新聞》改爲鉛印後，因價格降低等因素，「故訂戶增加甚多」[2]。爲了提高發行速度，新華書店改變原有的發行辦法，給每個訂戶發一張「自取證」，訂戶可憑證逐天下午到北門外中央通訊站領取報紙，對於不能自取的訂戶則可通過郵寄的辦法。1940 年 4 月 15 日起又規定，延安本市訂戶統由新華書店的通訊員專送，凡地區較遠、投遞不便之處，則由該機關、學校通訊員按日到北門外新華書店收發科憑證取報。[3]

《今日新聞》發行量約爲 500 份，開始定價爲每份 4 分，八開兩版，1940 年 10 月改爲每份 8 分，版面增至三版，1941 年 1 月又改爲四開四版。該報還多次刊登廣告和啓事。比如 1940 年 2 月 16 日刊登女大合作社廣告：「本社特自本月十六日起，大減價三天，凡物品一律九折，希各界惠臨。」[4]1941 年 3 月 18 日又刊登該報廣告科啓事：「《今日新聞》登載廣告或啓事，每條規定以二百字爲限，並酌收廣告費，每天一元，稿件與廣告費須在三天前直寄本社，

1　新華通訊社史編寫組：《新華通訊社史》（第 1 卷），新華出版社，2010 年版，第 113 頁。

2　《新華書店代理經售〈今日新聞〉啓事》，1940 年 3 月 16 日《今日新聞》。

3　《新華書店緊急啓事》，1940 年 4 月 17 日《今日新聞》。

4　1940 年 2 月 16 日《今日新聞》。

否則本社概不負責。」[1]可見改爲鉛印後的《今日新聞》內容豐富，深受延安群眾歡迎。該報鉛印版自 1940 年 3 月 10 日到 1941 年 3 月 30 日停刊，共出版了 373 期。

《解放日報》創刊後，新華社與《解放日報》一起統歸以博古爲首的編委會管理，兩社行政後勤機構也是合一的。新華社機構又進行了一些調整，設廣播科和翻譯科。1940 年 12 月 30 日，延安新華廣播電臺開始播音，新華社由此開創了口語廣播事業；1944 年 9 月 1 日新華社對外英文文字廣播正式播出，這是中共領導的新聞機構第一次使用無線電通信技術向國外播發英文新聞。與此同時，幹部隊伍不斷壯大，爲以後的發展奠定了基礎。

（2）通訊網的建設和分社管理的加強

1939 年 6 月，新華社機構調整後成立了通訊科，其主要任務是組織延安機關、學校、工廠、部隊和陝甘寧邊區各縣通訊員爲《新中華報》和新華社寫稿，定期召開通訊員小組座談會，以及向重慶《新華日報》、《國民公報》副刊和香港進步報紙寄發特稿，選譯莫斯科蘇聯新聞處寄來的英文專稿等。爲了加強對通訊員的業務指導，1939 年 12 月 1 日新華社通訊科創辦了新聞業務刊物《通訊》，以陝甘寧邊區的通訊員爲讀者對象，是一份「新華通訊社用以教育通訊員與推動邊區通訊工作的社刊」[2]。從 1940 年 3 月第 4 期開始，該刊改由新華社和中國青年新聞記者學會延安分會合辦，宣稱「它是邊區以至華北敵後新聞事業的推動機」[3]。此後，通訊員工作得到進一步加強。新華社各地分社也積極發展通訊員隊伍。到抗戰結束，遍布各解放區的新聞通訊網已初步形成，爲中共新聞事業的進一步發展奠定了堅實的基礎。

抗戰開始後，新華社的發稿範圍逐漸擴大。1938 年初，新華社在幾個抗日民主根據地建立了分社。抗戰中期，黨中央決定大力改進宣傳工作，加強黨的領導和統一集中。1941 年 5 月 15 日黨中央的通知和 5 月 25 日的指示中，要求各地黨組織要經常接收新華社的廣播；要求各地報紙應經常刊登新華社的報導；電臺廣播內容與廣播辦法，應受新華社直接領導；各地報紙、通訊社一律改爲新華社的分社，直接與新華社總社建立工作關係，並直接加強對各分社的領導，同時將各地具有全黨、全軍、全國性質的新聞發稿權集中到

1 1941 年 3 月 18 日《今日新聞》。
2 1940 年 3 月第 4 期《通訊》。
3 1940 年 3 月第 4 期《通訊》。

總社，這樣不僅使黨中央的方針政策能夠得到正確及時的貫徹，也可確保全黨對外的宣傳口徑保持一致，防止出現不應有的紕漏。[1]爲此，新華總社還於1941 年 7 月建成通報臺，負責總社與分社之間的通訊聯絡。最初通報臺只有一臺，報務員兩人，到 1945 年 8 月通報臺發展到 4 臺，報務員 10 餘人。通報臺的成立爲加強總社與分社的聯繫，指導分社業務，建立統一的發稿網絡奠定了基礎。[2]

可以說，正是在抗戰中新華社履行黨和人民「耳目喉舌」的職能逐漸受到全黨和全國人民的重視，由此確立了在全國新聞宣傳戰線上的權威地位。誕生之初，紅中社主要抄收中央社電訊及少量英文外電，每天只用中文廣播發稿 1000 多字。到 1945 年，新華社可抄收 14 家通訊社的電訊，除英文外又增加了日文和俄文；開辦了中、英、日語口語廣播，中文發稿每天 12000 字，新增英文每天 2000 字；特別在通訊技術方面，同各根據地的分社建立起了電訊聯絡，還在陝甘寧邊區等建立了若干通訊員網。到抗戰勝利時，新華社的聲音已擴大到包括敵佔區的全國廣大地區，在國外已擴大到北美、蘇歐和東南亞，已成爲初具規模的全國性通訊社，地位和影響已大大上升。

2、解放戰爭時期的大發展

解放戰爭時期，新華社承擔著艱巨的宣傳報導任務，尤其自 1947 年 3 月黨中央撤出延安後，新華社肩負起通訊社、中央機關報和廣播電臺「三位一體」的重任，組織隊伍建設和業務建設都得到了迅速發展。這時期，新華社總社經歷了三次大轉移即延安—涉縣—平山縣—北平，工作人員由延安時期的一兩百人發展到七八百人，加上各個總分社和分社，新華社已成爲一個一千多人的通訊機構。

（1）整頓、建立分社和特派記者機制

抗戰勝利後，新華社的宣傳任務和工作重心也發生了新的變化，即由過去主要面向解放區轉而面向全國，因此除了擴大和充實總社的編輯力量，還整頓和新建了一批分社和總分社。

首先在各解放區，新華社採取各種措施發展和健全分支機構，先後設立了晉察冀、山東、晉綏、華東、東北、西滿、冀熱遼、晉冀魯豫等總分社或

1　《中國共產黨新聞工作文件彙編》，新華出版社，1980 年版，第 98～99 頁。
2　新華通訊社史編寫組：《新華通訊社史》（第 1 卷），新華出版社，2010 年版，第 210～211 頁。

分社。在國統區，新華社開始向一些大城市派出記者建立分社，相繼在重慶、北平和南京成立了分社，從而突破了國民黨的新聞封鎖，加強了新華社與國統區人民的聯繫。1946 年 2 月，重慶新華分社成立不久，又成立北平新華分社作爲重點分社之一。解放戰爭全面展開以後，各地總分社和分社紛紛向部隊增派記者，組成隨軍記者組或記者團。不久，在戰火中誕生了第一批軍事分社。1948 年 6 月，中央軍委和中央宣傳部聯合通知，規定所有各野戰兵團均成立新華分社，形成一個強大的軍事報導網。同時，新華社開始向布拉格、倫敦派出記者，著手籌建國外分社，進一步加強了對外宣傳。至 1948 年 11 月，新華社各地總分社和分社發展到 20 多個，[1]記者隊伍迅速擴大。

1946 年 4 月 5 日，解放日報社、新華社編委會通過了《關於編輯、記者任用、培養、提拔暫行辦法》，其中規定根據現有幹部及新來幹部對宣傳政策、新聞業務熟練程度和歷史貢獻，將編輯分爲編輯、助理編輯、實習編輯，將記者分爲特派記者、記者、實習記者。爲了適應全國新形勢的需要，9 月 14 日總社公布了《新華社特派記者工作條例》（草案），其中規定「特派記者負責採寫一定地區具有全國宣傳意義和教育意義之新聞及其他總社委託事宜」，總社特派記者在外工作以半年爲期，政治上受當地黨委領導，業務由總社直接管理。9 月總社任命的第一批特派記者分赴各地採訪，到 11 月這批特派記者的工作就初見成效。以後又根據解放戰爭的需要，陸續派出特派記者擔負主要戰線的報導任務，例如我軍南下時派穆青等同志爲特派記者隨軍南下，完成了重大的報導任務。

（2）重大改組與組織機構調整

1946 年春，內戰的烏雲籠罩全國。爲了適應新的戰爭形勢和宣傳需要，中共中央提出了「全黨辦通訊社」的決策和精神。1946 年夏黨中央對新華社和延安《解放日報》進行了一次重大改組，將延安《解放日報》的一大批採編人員調入新華社，大大加強了新華社的業務力量。並制訂和通過了《新華社、延安〈解放日報〉暫行管理規則》，第一次明確規定了新華社的性質、隸屬及組織機構，規定新華社和延安《解放日報》分別爲中央機關通訊社與機關報，隸屬於中央宣傳部，並在重大問題上受中央書記處直接領導。

在內部組織機構上，新華社與解放日報社合設社長一人，總編輯一人，副總編輯二人。社長在中央指導下負責領導兩社工作；正副總編輯在社長指

1 吳廷俊主編：《中國新聞事業史》，武漢大學出版社，2009 年版，第 344 頁。

導下負責領導兩社編輯事務；兩社合設秘書長一人。經過這次改組，編委會的領導重心和主要編輯力量由延安《解放日報》轉移到新華社，報社只留下少數編輯管版面，報紙或廣播的一切新聞稿件統由新華社編發（只有陝甘寧邊區和延安的稿件由報社採訪通訊部供給）。這次重大改組還對新華社的行政管理體制進行了改革，把新華社黨務、幹部、行政、電務統在一起，分黨務、行政、電務辦公室，組織上採取秘書長負責制，由總務處長處理新華社的生活問題。[1]這是新華社歷史上的重大改革之一，確保新華社能夠出色完成解放戰爭時期的新聞報導任務。

1948 年 7 月，在一次中宣部會議上新華社工作被指存在經驗主義的問題。接著新華社便對總社的組織機構作了一次較大的調整：口語廣播部和英語廣播合併為廣播管理部，建立資料研究室，設立社務辦公室，將社委會擴大成為管理委員會。編輯室共設八個編輯組和譯電組，即軍事組、城市組、農村組、國際組、蔣管區組、英譯組、中譯組、《參考消息》編輯組；資料研究室下設三組一室，即解放區組、蔣管區組、國際組和圖書室；廣播管理部下設口播編輯部、英播編輯部；電務處下設文字廣播發報臺、新聞臺、聯絡臺、廣播員組等。10 月 14 日，總社管委會在西柏坡胡喬木同志住處舉行會議，作出設立編委會及其下設第一、二編委會等的重要決議。據 1948 年 10 月統計，新華總社共有工作人員 754 名，其中編輯部 129 人，電務 215 人，行政和印刷廠 399 人。[2]

（3）通信技術事業初具規模

延安時期，新華社的新聞臺設在清涼山，4 個通報臺則分散設臺。這種機構分散、管理多頭的局面十分不利於迅速發展的新形勢要求。1946 年 6 月，新華總社電務處成立，成為新華社通信技術事業發展的轉折點。新華社電務處成立後，集中管理新聞臺、通報臺、文字廣播臺和口語廣播臺，電務處下設 4 個科即譯電科、收訊科、通報科、文字廣播科，後來又增加了機務動力科；同時又調整和改善了器材設備。這些舉措都大大加強了新華社的通信技術力量，為戰爭中新華社的順利報導做了組織和技術準備。

1948 年為了改善通信技術條件，加強對國統區的宣傳，中共中央決定在窟

1　新華通訊社史編寫組：《新華通訊社史》（第 1 卷），新華出版社，2010 年版，第 455 頁。

2　劉雲萊：《新華通訊社發展史略（三）》，1985 年第 4 期《新聞研究資料》。

窿峰西南的天戶村（即今河北省石家莊礦區和井陘縣交界處）建立一座大型廣播電臺，同年 12 月底建成。天戶臺發射功率爲 3000 瓦，成爲當時解放區最大的發射臺。1948 年 10 月，新華社的通信技術事業已有較大的發展。在收訊方面，共計可抄收全世界 30 家電臺的新聞電訊，收訊人員增加到 50 餘人；據 1948 年 11 月統計，總社通報臺已聯絡 19 個單位，報務員也增加到 50 人左右。[1]

1949 年隨著解放戰爭的進程，進城後口語廣播業務從新華社分離出去，成立了中央廣播事業管理處，下轄北平新華廣播電臺（後改爲中央人民廣播電臺），新華社專職發展通訊社業務。這時期新華社的文字廣播業務有了較大的發展，對國內外文字廣播的能力和發射機的數量都有提高。據 1949 年 9 月電務處統計，每日對國內播發新聞 2.2 萬字，還有參考消息摘要、業務通報及專門文章等近 1.2 萬字，總計 3.4 萬字左右。6 部發射機分兩條線同時廣播。新聞臺有收訊機 20 部，抄收 23 家通訊社的電訊稿，每日總計抄收 141 小時。[2]至新中國成立前夕，新華社的通信技術事業已初具規模。

（三）民營通訊社的艱難生存與「黨營」色彩

抗戰爆發後，以中共領導的新華通訊社和以國民黨直屬的中央通訊社爲代表的黨營通訊社迅速壯大，一些地方軍閥割據勢力創辦的通訊社以及僞滿和汪僞通訊社也得到了一定發展。置身動盪不安的局勢和國民黨的高壓新聞統制下，民營通訊社的生存越來越艱難，難有起色。其中較具影響力的民營通訊社主要有全民通訊社、國際新聞社，值得一提的是，兩社名義上雖爲民營通訊社，實際上卻直接接受中共的領導。

全民通訊社，是在中國共產黨領導下以民營面貌出現的通訊機構，簡稱全民社。1937 年 9 月成立於太原，社長爲李公樸，實際領導爲八路軍駐太原辦事處。同年 12 月，該社遷往武漢。1938 年 9 月遷至重慶，宣傳上歸重慶《新華日報》負責人領導。1939 年 9 月，該社在成都建社，統管發稿業務，重慶改爲辦事處。吳奇寒主持成都社，陳翰伯任總編輯。1941 年 2 月「皖南事變」後，全民社停止工作。抗戰時期，該社宣傳團結抗日，在艱苦的條件下堅持發通訊稿，每日一次油印發行（成都時期改爲鉛印）。初期發稿量幾十份，後

1 新華通訊社史編寫組：《新華通訊社史》（第 1 卷），新華出版社，2010 年版，第 451～452 頁。

2 新華通訊社史編寫組：《新華通訊社史》（第 1 卷），新華出版社，2010 年版，第 452 頁。

增加到 100 多份，重慶時期還發行英文稿。該社在昆明、貴陽等地聘有特約記者，通訊員遍布各戰區。

國際新聞社，簡稱國新社，是抗戰時期中共領導下的民間通訊社。1937 年盧溝橋事變後不久，上海進步人士組成的國際宣傳委員會遷至香港，改名爲國際新聞社。1938 年 10 月 20 日，以中國青年記者學會會員爲骨幹組織的國際新聞社在長沙成立，11 月遷到桂林爲總社，香港爲分社，並在重慶設立辦事處。主要負責人爲胡愈之、范長江、劉尊棋、孟秋江等。該社在各抗日民主根據地和國統區建立通訊網，向大後方和海外華僑報紙發稿，宣傳團結抗戰。1941 年「皖南事變」後，桂林總社和重慶辦事處被迫關閉。太平洋戰爭爆發後香港分社停止活動。抗戰勝利後，1946 年初國新社在香港重建，向國統區和港澳、海外華僑報刊發稿。1949 年該社停止工作。[1]

二、黨營廣播電臺：企業化改組與「大家辦廣播」

抗戰時期，在三種不同性質的政權下存在著五種類型的廣播事業。[2]其中，以中央廣播電臺、國際廣播電臺爲核心的國民黨官辦電臺成爲戰時最具影響力的傳播媒介和宣傳武器。1940 年 12 月 30 日，中國共產黨領導下的第一座廣播電臺——延安新華廣播電臺開始試播，擔負起部分抗日宣傳任務。戰後，國民黨中央廣播電臺實行了企業化改組。

（一）中央廣播電臺的企業化改組

抗戰時期，西遷重慶後的中央廣播電臺先後建成了廣播大樓、電報研究所和收音站，抄收國內外廣播以供軍政機關參考。1939 年 2 月 6 日國民黨利用英國提供的廣播設備在重慶建立的中央短波廣播電臺開始播音，1940 年 1 月該臺定名爲國際廣播電臺，有 6 套廣播節目，每天播音十多個小時。戰後淪陷區原有電臺全部恢復，國民黨還接收了不少日僞電臺，總計全國有廣播電臺 41 處，大小廣播機 81 座，廣播總電力達 42 萬餘千瓦，是其廣播事業設備最充沛的時期。[3]

1　鄭德金：《中國通訊社百年歷史回顧》，《新聞記者》2004 年第 12 期。

2　這五種類型的廣播事業，主要包括大後方的國民黨廣播事業、淪陷區的日僞法西斯廣播事業、淪陷區的民營廣播事業、抗日根據地的人民廣播事業以及蘇聯廣播電臺和美軍廣播電臺。

3　張道藩：《陳果夫先生與中國廣播事業》，見《陳果夫先生百歲誕辰紀念集》，國民黨黨史委員會，1991 年版，第 278 頁。

早在 1943 年，國民黨中央廣播事業管理處即開始醞釀對黨營廣播事業實行企業化股份制改革。1945 年 6 月 7 日陳果夫提出，黨營事業劃歸政府的原則已為定見，但廣播性質特殊，必須特別予以考慮，「宜專設獨立部門，或仍隸本黨，或以特種廣播公司性質，密屬於黨，作為民營，均由政府按供應節目之性質分擔，補給經費，專給特權，俾資發展。俟其本身能媲美於列強，再議更張。」[1]1945 年 6 月 20 日，中央宣傳部對陳果夫所提的廣播隸屬問題做出決定，依舊將廣播事業劃歸行政院宣傳部直轄，經費列入國家總預算，並由宣傳部設廣播事業管理會負責設計指導。[2]1946 年 2 月，陳果夫又聯合孔祥熙、居正等人，向國防最高委員會建議改組中央黨部廣播事業處為中國廣播股份有限公司，該提議最終得到各方同意。[3]同年 12 月 20 日，國民黨中央委員會在南京召開「中國廣播股份有限公司創立會議」，通過了《中國廣播股份有限公司章程》，會議選出董事 21 人，監察人 7 人，公推陳果夫向國民政府洽辦供應節目事宜，但一切任務仍由中央廣播事業管理處負責。1947 年 1 月，中央黨部廣播事業處改組為中國廣播股份有限公司，行政院與之訂約，委託代辦傳佈政令的工作，期限五年，政府每月補助國幣 20 億元。公司成立後董事長戴季陶因病未到職，一切業務仍由原中央黨部廣播事業處人員負責，企業化改制形同虛設。[4]

中國廣播股份有限公司（以下簡稱「中廣公司」）包括設在南京的中央廣播事業管理處，還擁有「修造所」（總所設在上海，分所設在北平和重慶）、唱片廠（設在上海）與 39 個廣播電臺，成為國內實力最強的廣播公司。依照合約，國民政府從 1947 年起每月補助中廣公司經費 20 億元國幣，相當於 20 萬美元。由於國統區物價飛漲，貨幣急速貶值，中廣公司每月都入不敷出，當年 5 月政府撥款增加到 30 億元，8 月又增至 80 億元，到年末竟增加到 240 億元。1948 年 6 月，中廣公司以「緊急支付，以資救濟，而維廣播」為由，向國民政府一次性申請撥款 1500 億元。儘管廣播經費不斷增加，但遠遠追不

1 《對於廣播事業前途之意見》，重慶，1945 年 6 月 7 日，毛筆原件，國民黨黨史會藏，檔號：6.3/5.6-2。

2 《宣傳部改隸行政院實施辦法要點》，重慶，1945 年 6 月 22 日，毛筆抄件，國民黨黨史會藏，檔號：6.3/5.6-1。

3 《中國廣播股份有限公司條例案》，1946 年 2 月，鋼筆原件，國防最高委員會檔案，國民黨黨史會藏，檔號：003/3721。

4 吳道一：《培植中國廣播事業之果公》，見陳果夫先生百年誕辰紀念會籌備會編《陳果夫先生百年誕辰紀念集》，國民黨黨史委員會，1991 年版，第 296～298 頁。

上國統區通貨膨脹的速度，中廣公司依然面臨經費困窘的局面，難以爲繼，以至於擁有十幾年辦刊歷史的《廣播週報》終因無法正常運轉而被迫停刊。

（二）延安新華廣播電臺的創建與管理

1、延安新華廣播電臺的創建

1940 年 12 月 30 日，中國共產黨領導下的第一座廣播電臺——延安新華廣播電臺開始播音，呼號 XNCR[1]。當時，延安臺的播音次數和時間屢有更改，剛開始時每天一次 2 小時，後增至兩次 3 小時和三次 4 小時。播音內容有中共中央重要文件、《新中華報》、《解放》週刊及《解放日報》的重要社論和文章、國際國內的時事新聞、名人講演、科學常識、革命故事、日語等等。此外，還有音樂戲曲節目，主要內容是演播抗日歌曲。[2]

延安臺開播後，由於設備簡陋，機器經常發生故障，有時甚至不得不暫時停止播音，如此時斷時續一直堅持到 1943 年的春天。終因鬥爭環境越發艱苦，無線電器材來源不能保證，收聽效果不好而宣告暫停播音。儘管開播只有斷斷續續的兩年多時間，但延安臺擔負起抗戰的部分宣傳任務，對於推動抗戰勝利發揮了應有的作用；並且培訓了第一批人民廣播的編播、技術人員，奠定了人民廣播事業的最初基礎，爲以後恢復廣播準備了必要的物質條件。

2、延安臺的復播與陝北臺的管理

1945 年，爲了揭露國民黨當局搶奪抗戰勝利果實的陰謀，中共中央決定盡快恢復延安臺的廣播。同年 9 月 11 日，延安《解放日報》宣布：延安廣播電臺即日起開始「中國國語廣播」，呼號仍爲 XNCR。延安臺恢復播音後，廣播稿件仍由新華社供給。此時，新華社編輯科專門成立了口播組負責編寫口播稿件每天播音兩次，中午、晚上各一次，每次一小時。

（1）提出並踐行「大家辦廣播」的辦臺方針

延安臺立足解放區，面向全中國，以國統區的聽眾爲主要對象。據估計，當時國統區有收音機 100 萬架左右，占全國的絕大多數。收音機的持有者一般都是中上層人士，但由於長期受國民黨宣傳的蒙蔽，他們對中共的主張和政策、解放區的情況知之甚少甚至還有許多誤解。爲了「使得各位瞭解人民政黨、人民軍隊和人民自己建立起來的解放區的情形，瞭解它的主張和事

1　按照當時國際相關規定，我國無線電臺的呼號第一個字母爲 X，NCR 係英文 New Chinese Radio 的縮寫，意即新中國廣播。

2　趙玉明：《中國現代廣播簡史》，中國廣播電視出版社，2001 年版，第 67 頁。

業」，延安臺除了播出國內外時事新聞外，著重以新聞、通訊、言論和專題等不同的節目形式來介紹中共及其領導下的人民軍隊和解放區情形。在辦臺方針上，延安臺主張「人民大眾的號角要人民大眾來鼓吹」，並提出了「大家辦廣播」[1]的響亮口號。延安臺還十分注意徵求聽眾意見，根據聽眾的來信，改進廣播宣傳工作。1946 年，爲了紀念恢復播音一週年並改進廣播宣傳工作，延安臺於 7 月間向全國各地及東南亞各地聽眾發出公開信徵求意見。據統計，儘管戰時交通不便，但僅從國統區就收到 20 多封聽眾來信。

（2）全方位拓展廣播的影響力

當時延安《解放日報》、重慶《新華日報》和其他解放區的報刊都經常刊登延安臺的節目表，發表延安臺的廣播稿，加上解放區其他廣播電臺的轉播，這些都對擴大延安廣播的影響力發揮了很大作用。當時從東北到廣東，從四川到上海，不少地方都能收聽到延安臺的廣播。在張家口、宣化、邢臺、長治、焦作、淮陰等新解放的城市，還利用群眾集會的場合，組織群眾集體收聽延安廣播。在國統區的中共代表團、重慶《新華日報》館及其辦事處等的人員把每天收聽延安廣播當做重要任務來執行。此外，延安臺還通過全國各地的八路軍辦事處、《新華日報》館、新華社分社等機構廣泛聯繫各地的廣大聽眾，擴大廣播宣傳的影響。延安臺十分注意加強和國統區聽眾的聯繫，經常邀請國民黨地區來延安的人士發表廣播講演，或者播出各地民主人士的文章。1946 年 6 月全面內戰播放前夕，國民黨空軍上尉飛行員劉善本第一個駕駛飛機來到延安。劉善本就是因爲經常收聽延安廣播，提高了思想覺悟，決心棄暗投明投奔解放區，後又多次在延安臺發表廣播講演。可見當時延安廣播在國統區的影響之大。

（3）宣傳業務和管理制度漸趨成熟

全面內戰爆發前夕，1946 年 5 月新華社的組織機構進行了一次大調整，加強和擴充了編輯部門，原屬編輯科的口頭廣播組擴大爲語言廣播部，該部主任爲溫濟澤。不久，原屬軍委三局負責的延安臺播音和機務工作，也劃歸新成立的新華社電務處統一管理。延安時期，延安臺的編輯部和新華總社一起，建在清涼山上。復播以來延安臺通過調整機構、增添編播人員，宣傳業

1 「大家辦廣播」包括兩方面的內容，一方面是大家聽，另一方面是大家講，兩者相輔相成，缺一不可。也就是希望一切有收音機的單位和個人，每天按時收聽延安廣播，同時特別希望國統區的聽眾，把自己在國民黨統治下不能說、不敢說、沒有地方說的話都寫給延安他。只有這樣，才能把延安廣播辦成「人民的喉舌，民主的呼聲」。參見趙玉明：《中國現代廣播簡史》，中國廣播電視出版社，2001 年版，第 88 頁。

務有了進一步的發展。1947 年 6 月，溫濟澤主持制定了《語言廣播部暫行工作細則》，這是解放區廣播歷史上最早的一份關於宣傳工作的規章制度，同時標誌著延安臺的宣傳業務開始趨於成熟。《細則》確定了語言廣播部的具體業務，對編寫稿件和節目的要求、稿件處理制度、指導播音方法、會議制度等作了比較詳細的規定。

隨著解放戰爭形勢的發展，1946 年 3 月 21 日，已轉移到陝北子長縣好坪溝的延安新華廣播電臺改名爲陝北新華廣播電臺繼續播音。1948 年 5 月，陝北臺自太行北上遷到平山，在此前後工作了 10 個月的時間。平山時期，陝北臺的建設有了多方面的發展，編播隊伍逐步充實，編播制度日趨完善。1947 年底陝北臺開始在天戶村自力更生建立發射臺，共有五副天線，分別向南京、上海、歐洲、美國方向廣播，發射功率爲 3 千瓦，成爲當時解放區最大的發射臺。1949 年 1 月建成後作爲陝北臺的發射臺，後來又成爲北平新華廣播電臺的轉播臺。

（4）加強管理以便迎接人民廣播事業發展的新階段

1948 年夏，爲了提高新華社的宣傳水平，中共中央指示新華總社的主要業務幹部集中住在西柏坡以直接聽取有關宣傳工作的指示和意見。胡喬木作爲新華社總編輯親自指導大家如何寫好新聞、評論。爲了提高口播的宣傳質量，從 1949 年元旦起開始編印《新華廣播稿》，每日大約 1 萬字左右，凡陝北臺每天編發的消息、通訊、評論和專稿均收編入冊。通過這些工作，爲進城以後人民廣播事業的發展培養合格的、優秀的廣播宣傳人才。此外，爲了加強對語言廣播工作的領導，新華總社成立了廣播管理部，由廖承志兼部長，梅益爲副部長，下設口播編輯部和英播編輯部，同時開始籌建中央廣播事業管理處，以便逐步建立全國性的廣播管理機構。

1949 年 6 月 5 日，爲了適應廣播事業日趨擴大的需要，中共中央發出通知，決定將原新華總社的口頭廣播部，擴充爲中央廣播事業管理處，管理並領導全國廣播事業，以廖承志同志任處長。中央廣播事業管理處與新華總社爲平行的組織，同受中央宣傳部的領導。以後各中央局所屬的廣播電臺，應受各該中央局宣傳部與中央廣播事業管理處兩方面領導。[1]陝北臺由鄉村遷入城市和中央廣播事業管理處的成立，標誌著人民廣播事業的發展由此進入一

1　《中共中央關於成立中央廣播事業管理處的通知》（1949 年 6 月 5 日），原載《廣播資料》第 1 期，1949 年 7 月。

個新階段。從此，廣播事業脫離新華社成爲獨立的宣傳系統，與報社、新華社並列爲三大新聞機關。

三、民營廣播電臺：畸形繁榮與短暫復興景觀

抗戰時期，許多民營電臺主動放棄廣告收入，轉而投入抗日救亡宣傳，尤其在推銷救國公債和募集抗日經費方面取得顯著的宣傳成效。[1]「孤島」時期，上海民營電臺呈現出畸形繁榮。但大多數民營電臺備受日寇摧殘，陷入山窮水盡的境地。在淪陷區，日僞政權嚴密管制廣播事業，建立起服務於其奴化宣傳體系的廣播網。戰後，民營電臺陸續恢復營業，但屢屢遭到國民黨當局的「整頓」和打壓，大部分民營電臺走上每況日下的衰途。

（一）「孤島」時期民營電臺的畸形繁榮

自 1937 年 11 月 12 日上海淪陷，到 1941 年 12 月 8 日日軍進駐租界前，上海進入「孤島」時期。日軍佔領了上海租界以外的全部地方，對於英、美、法等國佔領的租界地區，暫時未實行軍事佔領。1938 年 3 月，日僞「上海市廣播無線電臺監督處」成立並宣布「取代」原國民黨中央廣播事業指導委員會的「全部職權」，勒令民營電臺限期向該處登記，否則不准繼續播音。各民營電臺不願接受日僞當局的管理，於是聯名致函租界當局要求保護。租界當局經與日方幾度交涉，雙方達成一定程度的諒解：「指導和監督所有廣播電臺的權力將由工部局實施，日本人取消了他們強制登記的計劃。廣播節目提交工部局批准，不得含有任何政治性或反日的宣傳。」[2]抗戰爆發前上海的民營電臺有 40 家左右，至 1938 年 4 月 15 日只有大約 24 家電臺在廣播。[3]並且自 1938 年 7 月 15 日起，廣播內容僅限於（1）有益於一般民眾的講座與演說；（2）新聞報告；（3）音樂、戲劇、娛樂等等；（4）商業廣告。[4]置身於高壓環境下，

---

1 《救亡日報》1937 年 10 月 3 日。轉引自上海檔案館等合編：《舊中國的上海廣播事業》，檔案出版社、中國廣播電視出版社，1985 年版，第 462 頁。

2 《文匯報》1938 年 5 月 9 日，見工部局總辦處宣傳科關於廣播監督處控制上海廣播電臺情況的報刊摘錄，上海公共租界工部局檔案。轉引自上海檔案館等合編：《舊中國的上海廣播事業》，檔案出版社、中國廣播電視出版社，1985 年版，第 288 頁。

3 《字林西報》1938 年 4 月 15 日。轉引自上海檔案館等合編：《舊中國的上海廣播事業》，檔案出版社、中國廣播電視出版社，1985 年版，第 298 頁。

4 《私人無線電發射臺管理條例》，1928 年 7 月 15 日公布。轉引自上海檔案館等合編：《舊中國的上海廣播事業》，檔案出版社、中國廣播電視出版社，1985 年版，第 351～352 頁。

只有極少數電臺間接進行抗日宣傳，有的還募捐衣物支持前線。大多數電臺則不得不苟且生存，大量播放各種娛樂節目、商業廣告，上海民營電臺一時呈現出畸形的繁榮。

戰事阻礙了市民的出行，加之對戰爭的恐懼、逃避心理，孤島時期的上海人只能沉溺於各種安全的市內娛樂，收聽電臺節目無疑成爲亂世中尋求安樂的最好選擇。囿於日僞常常進行意在肅清反日宣傳的廣播檢查，當時多數民營商業電臺的常規播放內容就是戲曲、故事、音樂和經濟報導，具體可分爲二十多個類別：教育、宗教、音樂、平劇、新聞、講故事、評話、彈詞、唱歌、話劇、蘇灘、申曲、寧波灘簧、雜劇、宗教故事講述、滑稽、唱片、商業新聞與星相術等等。[1]其中最流行、最膾炙人口的節目要算彈詞和講故事了。據 1939 年 1 月 1 日各廣播電臺節目表記載，上海市 29 座電臺中有 23 座設置故事播講節目，其中 5 座電臺一天安排 2 次以上故事節目；最多的爲金鷹電臺，安排了 4 次故事節目。[2]爲了迎合部分聽眾的低級趣味，在滑稽、彈詞、蘇灘和話劇節目中甚至出現一些誨淫誨盜的內容，一些業內人士呼籲應改善播音內容，以促進廣播事業的健康發展。

孤島時期，大量難民湧入租界，爲孤島帶來大批的廉價勞動力、巨額資金和市場消費，租界工商業尤其是零售業的空前繁榮帶動了媒體廣告業務的興旺。同時由於戰事阻隔，向外地發行的報紙也時常受阻，報紙廣告的效力也因之大受影響，廣告價格不降反升。相比之下，電臺傳播則無遠弗屆，廣告效力遠較報章爲大且費用低廉。一時間，各電臺的廣告業務可以說是應接不暇。有人曾指出當時電臺一個 40 分鐘檔的節目，實際只有 15 分鐘的內容，其餘時間都是廣告：「恐怕沒有一個國度的廣告播音會像上海若干國貨播音臺那麼多而且濫。每隻唱片播送之後，便有大批商品的廣告開始播送，連篇累牘地口誦著，過了半刻鐘或一刻鐘之後口誦完畢，方才把無辜的聽眾從壓迫中解放出來，讓他們再聽一隻唱片，或是一個歌曲。幾分鐘播送完畢，又是一大篇商品廣告的口誦。」[3]

隨著廣告業務的增多，民營電臺的廣告收入也日益增長。爲了拉廣告，

1　新亮：《上海的播音界》，見《申報》1938 年 11 月 29 日。

2　《上海無線電》雜誌 1939 年 1 月 1 日第 39 期。轉引自上海檔案館等合編：《舊中國的上海廣播事業》，檔案出版社、中國廣播電視出版社，1985 年版，第 355～383 頁。

3　《漫話電臺廣告》，見《上海無線電》雜誌 1938 年 12 月 25 日。

有時同行之間互相傾軋，不斷降低廣告費，結果兩敗俱傷。當時曾有人粗略統計，「在過去一話劇節目，收費至低限度須一百二十元至一百五十元，且大都以三家聯合播送爲多；今則十六、十五元一家，在甲家電臺播送之後，乙家亦附帶報告。一看家委託之報告也，在過去每日一次每月收費需國幣十六至二十元，今則十元播三次，以至每一節目播送者亦有之。」[1]低價競爭之勢愈演愈烈，由此流弊頓生。一些電臺「對委播客家之出品，遂不遑顧及其質料是否與宣傳稿相符，或某項出品之宣傳是否無害於社會善良風化，某項出品之效用是否確實可靠」[2]，渲染商品功效，誇大其詞，以迎合客家，結果卻貽誤大眾。

總之，孤島時期民營電臺貌似繁榮的廣告業務和盛極一時的娛樂節目，在一定程度上製造出歌舞升平的景象。當時在上海設立一座小電力的電臺，無需多大資本，八千至二萬元國幣即可，多數設在機房樓上、私宅或商店內。隨著電臺的日增月盛，廣告掮客多如過江之鯽，電臺之間競相貶價招徠，「舊有電臺遂遭受其影響而致收入銳減；新設電臺雖極濫於招接，恐亦難於維持」[3]。因此這時期的電臺事業看似鼎盛，實際上已露外強中乾之象。隨著太平洋戰爭的爆發，日軍佔領了租界地區，一息尚存的民營電臺一律被封閉。至此，那鶯歌燕舞的電臺之音營造出的繁華盛景，伴隨著上海的淪陷，終究是幻滅了。

（二）戰後民營電臺的短暫復興

抗戰勝利後，上海、天津、北平等地民營廣播電臺如雨後春筍般勃興起來。1946 年 2 月 14 日，國民政府交通部公布《廣播無線電臺設置規則》，從電臺的設置、分布、數量、發射功率以及廣播內容等多方面加以種種限制，凡違反有關規定者，將分別給予警告、停止播音或弔銷執照處分。當時上海奉命登記的電臺就達 106 家。之後，交通部上海電信局又屢屢奉命「整頓」民營電臺，經過幾番打壓，上海民營電臺或被封閉，或被迫停播，民營廣播事業由此一蹶不振。

1946 年 9 月 8 日，戰前上海 9 家老民營電臺包括大中華、大陸、元昌、鶴鳴、東方、華美、亞美、麟記、福音等同時復播。廣告方面，除福音臺專

1 《播音臺與播音者之自覺》，見《上海無線電》雜誌 1938 年 8 月 7 日第 18 期。
2 《播音臺與播音者之自覺》，見《上海無線電》雜誌 1938 年 8 月 7 日第 18 期。
3 《骨鯁之言》，見《上海無線電》雜誌 1938 年 9 月 25 日第 25 期。

以宣傳基督教義外，其餘公營臺、民營臺一概接受廣告。廣告價目由上海市民營廣播電臺商業同業公會決定，但各電臺實際出售廣告價目不等，並無一定標準。[1]上海 50 餘家廣播電臺除三五座專爲機關或爲國家宣傳之外，幾盡爲廣告節目。「計自上午 7 時至夜深 2 時，均有節目可聽。上午 7、8 時多爲國語、英文、體育、主義、古文、醫學等有意義節目，然亦多夾雜廣告。8 時以後，則雜亂不堪，如滬劇、彈詞、粵曲、話劇、歌曲、越劇、四明南詞、相聲、故事、甬劇、西樂、滑稽、評書、大鼓、播音戲、電影故事，種種樣樣不一而足，一直吹到夜深 2 時。而此種遊藝節目，泰半爲商家們預備，以達其作商業宣傳之目的。上海爲一大商埠，固難怪廣播事業如此發達了。」[2]

1947 年 10 月，交通部電訊局規定上海市廣播電臺周率僅准使用 10 個，其中民營電臺所用周率不得超過規定額之半數。大中華等 8 家電臺以周率所限，營業甚爲困難，由此深感待遇不公，因而聯名具呈市參議會請願，要求主持公道使之獲得平等待遇。[3]但此事遲遲未得到解決。1948 年 4 月 7 日，上海市民營廣播業同業公會推派代表 12 人向上海電信局力陳民營電臺之經營困苦情形，諸如周率分配不公、收支不能平衡等，尤其痛陳「電臺開支端賴營業收入。今核准電臺以合用周率輪流播音，故不得不以全月二分之一之營業收入，甚至有以全月四分之一之營業收入應付整個電臺全月開支，窘迫之處，可以想見。按諸目前狀態，殊感難以爲繼。」[4]直到同年 10 月 21 日，因擔心「事態擴大」，上海電信局才重新核定及保留上海市各廣播電臺使用的周率、呼號，「結果是補頒周率七個」[5]，稍稍緩解了民營電臺周率不敷分配的困境。民營電臺的生存狀況由此可見一斑。

1 上海廣播電臺高雨霖呈文（1947 年 10 月 15 日），見《中央廣播事業管理處等查報公營民營廣播電臺狀況有關文件》（1947 年 9 月～10 月）。轉引自轉引自上海檔案館等合編：《舊中國的上海廣播事業》，檔案出版社、中國廣播電視出版社，1985 年版，第 673 頁。

2 《上海廣播事業一團糟》，原載北平《進步》革新號第 1 卷第 1 期，1947 年 3 月 8 日。

3 《八電臺聯呈參議會 呼籲公平使用周率》，見《新聞報》1947 年 10 月 25 日。

4 《上海電信局關於轉呈民營電臺經營困苦要求一臺使用一個周率的代電》（1948 年 4 月 7 日），交通部上海電信局檔案。轉引自上海檔案館等合編：《舊中國的上海廣播事業》，檔案出版社、中國廣播電視出版社，1985 年版，第 706 頁。

5 《上海市軍事管制委員會文化教育管理委員會新聞出版處廣播室關於廣播電臺管制工作的報告》（1950 年 3 月 10 日），上海市軍事管制委員會文化教育委員會新聞出版處廣播室檔案。轉引自上海檔案館等合編：《舊中國的上海廣播事業》，檔案出版社、中國廣播電視出版社，1985 年版，第 774 頁。

1946 年 4 月，無錫吉士廣播電臺開始播音，該臺由無錫吉士照相館創辦，負責人張德馨，辦有《早晨音樂》、《佛學》、《朱子家訓》、《錫報新聞》、《醫學常識》、《法律講座》等節目，每日播音 4 次共 10 小時，播音室設在照相館內的亭子間，四周罩著玻璃，人稱「玻璃電臺」，可供人參觀，以此招徠顧客，擴大營業。吉士電臺曾多次申請核發播音執照，但交通部以無錫只准設立一座民營電臺爲由未予批准（在此之前已批准錫音電臺成立）。抗戰結束後，杭州、寧波、嘉興、溫州、湖州、紹興等地先後又有 20 座民營電臺成立，但大都規模很小，且存在時間極短。1946 年 5 月 5 日成立的益世廣播電臺是南京市區內出現的首家民營電臺，也是戰後國內首家獲得政府執照的民營電臺，臺長楊慕時，董事長于斌。于斌的天主教背景和社會影響力以及《益世報》的支持，使得益世電臺的經營相比一般電臺更勝一籌。該臺建有新樓房，設備較精良，節目內容較豐富，加之戰爭使許多人轉而向宗教尋求寄託，因而益世電臺擁有較廣泛的聽眾。但隨著解放戰爭的推進，1949 年 3 月益世電臺匆忙南遷，後輾轉在臺灣復播。1947 年 5 月 8 日開播的谷聲廣播電臺，是重慶最早獲得交通部執照的電臺，發射功率 150 瓦，每日播音 10 小時以上。經營業務以商業廣告爲主，同時播放金融市場行情、川戲、京劇和歌曲唱片、新聞節目和國民黨中央社及重慶各報消息。

戰後北平成爲中國北方民營電臺數量最多的城市，先後成立了七家「民營」身份的廣播電臺，分別是勝利、國華、中國、華聲、民生、北辰和聯合等廣播電臺，一時頗爲興盛。其中有一些電臺雖以「民營」面目示人，卻有官方背景，宣稱「以宣揚黨義，傳播政令，提高文化水準，注重國民教育未目標」，經營方面卻乏善可陳。1946 年，天津有四家民營電臺先後開播。其中，1946 年 11 月 12 日開辦的中國廣播電臺，由國防部中美電機廠廠長樓兆綿夫婦開辦，節目注重服務性，內設總務部、廣告部、服務部、修理部、播音部和工務部。

（三）民營電臺的經營狀況

這時期民營電臺的營業收入主要是廣告客戶的所謂電費（即廣告費）；其次是廣告客戶委託電臺代邀遊藝節目的傭金和小報告；此外，有一些電臺自費影印些唱詞之類的印刷品發售由此獲取一部分盈餘。通常廣告客戶在一家民營電臺播送節目，必須支出兩項費用：一是邀請曲藝家來演奏的演奏費，二是提交給電臺的所謂電費。一般此項節目根據播送節目的時間早晚而定，分爲六等。至於等級和價目由民營廣播電臺業同業公會來決定。

表 7-1　上海市民營廣播電臺的廣告等級和價目表[1]

時　間	等　級	價　格	單　元
6：00～8：00	戊等	90 單位	4
8：00～10：00	丁等	102.5	4
10：00～12：00	丙等	187.5	4
12：00～14：00	甲等	282	4
14：00～16：00	丙等	187.5	4
16：00～17：00	乙等	210	2
17：00～18：00	甲等	282	2
18：00～23：00	超等	375	10
23：00～24：00	甲等	282	2

上表中的價格是以 30 分鐘爲一個單元計算的，時間從上午 6 時到午夜 12 時，計 18 小時，共 1080 分鐘。此外，戰後民營電臺每個星期都設有特別節目[2]，其廣告費的規定分爲三類：9：00～12：00，102.5 單位；12：00～14：00，300 單位；9：00～24：00，375 單位。當然，由於時間安排的早晚和聽眾的多寡，廣告費視等級而予以折扣；另外，有一部分廣告客戶不是直接接洽的，中間有廣告經理商（即廣告代理商）的關係因而存在著傭金折扣，折扣的升降又視時間的早晚、電臺設備的優劣和季節關係而定[3]。通常折扣從五折到九折，乃至十足或加一。依據上表的價目，平均以七折計算，大致可概算出民營電臺一個月的營業收入。

1 此表是 1949 年 10 月 16 日上海市民營廣播電臺業同業公會規定的每個月的電費等級和價目一覽表。解放後，該同業公會尚待改組，表面上已停止活動，但對電費等決定仍沿襲著該機構的標準。因此，此表對於瞭解戰後民營電臺的廣告經營狀況具有較強的參考價值。見《上海市軍事管制委員會文化教育管理委員會新聞出版處廣播室關於廣播電臺管制工作的報告》（1950 年 3 月 10 日），上海市軍事管制委員會文化教育委員會新聞出版處廣播室檔案。轉引自上海檔案館等合編：《舊中國的上海廣播事業》，檔案出版社、中國廣播電視出版社，1985 年版，第 787 頁。

2 所謂特別節目，就是由某個廣告客户指定某特定的一天由電臺專門廣播他們的廣告，原來播送的廣告則在那天停止。

3 廣告傭金折扣與時間的早晚有一定關係，比如特等時間折扣便小，反之丙等時間折扣便大；折扣還與季節相關，比如夏冬淡月，折扣便大；春秋旺月，折扣便小，甚至有在旺月的特等時間，照原來定價加一成或二成收費的情形。

表 7-2　上海市民營電臺的月營業收入[1]

等　級	價　格	單　元	合　計	實　收
超等	375 單位	10	3750 單位	2625
甲等	282	8	2256	1579.2
乙等	210	2	420	294
丙等	187.5	8	1500	1050
丁等	102.5	4	410	287
戊等	90	4	360	252
		合計	8696	6087.2

上海市民營電臺一個月的營業收入如上表所示，加上每週日的特別節目，每次實收 300 個單位，每月共收 1200 個單位，則一家民營電臺的月營業收入總計 7287.2 個單位。考慮到當時兩個民營臺合用一個周率，每月每家分別營收 3643.6 單位。按照交通部的相關規定，除去百分之二十的教育節目無廣告收入，在此基礎上再打個八折，則每月每家也有 2914.88 個單位的收入。

再來看民營電臺的支出，大致集中在以下幾項：機器耗損折舊；水電房租等行政費；職工薪津。其中最大的支出是職工薪津。在此姑且以當時單位計薪最高的大美電臺爲例，其薪水總數是 1232，約占全部收入百分之四十三不到；若以單位計薪最低的九九電臺爲例，其薪水總數只有 130 單位，僅占全部收入百分之四點六不到。可見當時民營電臺的營業收入還是較爲可觀的。這或可解釋戰後上海、天津、北平等地民營電臺成勃興之勢的現象。但生存環境的艱難以及小規模、低功率等「先天不足」使得大多數民營電臺終究難以獲得長足的發展。

總之，抗戰勝利後民營電臺較戰前有了很大發展，分布區域更廣泛，數量有所增加，但空間布局不均衡的問題更爲嚴重。在京、津、滬等大城市和江浙等沿海地區，民營電臺發展較爲興旺；而在廣大內陸腹地，民營電臺卻極爲稀少。在經營業務上，民營電臺大都靠商業廣告維持生存，但因普遍規模較小，功率較低，設備簡陋，往往難以爲繼，無疾而終。在資本結構和外

1　《上海市軍事管制委員會文化教育管理委員會新聞出版處廣播室關於廣播電臺管制工作的報告》（1950 年 3 月 10 日），上海市軍事管制委員會文化教育委員會新聞出版處廣播室檔案。轉引自上海檔案館等合編：《舊中國的上海廣播事業》，檔案出版社、中國廣播電視出版社，1985 年版，第 788 頁。

部關係上，戰後民營電臺的資本構成較戰前更爲複雜，官股及特務資本也滲透其中，性質很難界定。[1]政治權力對民營廣播領域的染指，造成戰後官商勾結現象相當普遍。

（四）淪陷區的日偽廣播事業[2]

日本侵略者深知廣播宣傳效力之強大，將之視爲控制佔領區人民思想和塑造意識形態的重要工具，因此在佔領一個地區後就迅速對該地區的廣播事業實行嚴密管制，並建立起服務於其奴化宣傳體系的廣播網。日僞政權以行政訓令的手段，在淪陷區大肆推廣簡裝的日式收音機，以達到普及廣播、推行奴化宣傳的目的。1942 年 9 月，汪僞行政院訓令說，「中國廣播事業建設協會」已購置一批日本「優良收音機，以最低廉價出售」。1944 年，日僞華北廣播協會在北京成立「華北廣播協會收信機工廠」，採用日本運來的全套組建，開始以工業方式組裝三燈和五燈的電子管收音機。

日僞統治時期，在個別大城市也開辦過以盈利性爲目的的商業電臺，所有權歸日僞當局，但實際上由民間的廣告公司運營。1942 年 2 月 1 日，日軍在天津成立了天津廣播電臺特殊廣播，該電臺以日僞「天津廣播電臺」的名義，由北京廣益公司杜穎陶等人主持經營，是僞「天津廣播電臺」的「特殊電臺」。這座商業性電臺以專播廣告爲生，所有的商業廣告都由廣益公司包辦，廣益公司又分包給天津各廣告社。播出的節目有曲藝、單人話劇、流行歌曲、西洋音樂、京劇唱片等，所有節目都是由廣告商戶訂播的。由於廣告商戶較多，後來又增加了分條廣告等形式。電臺還邀請了不少當時的名演員來做廣告，加之廣告客戶相當多，因此廣益公司獲利甚豐。當時的電臺廣告，一般是由播音員或演員在各類節目中或間隔進行現場演播，尤其以收聽率高的曲藝節目中插播爲甚。

---

1 究其原因，由於戰後政府對每個城市的電臺開辦進行嚴格限額，結果加大了民營電臺申請執照的難度，一些電臺不得已尋求官方背景的庇護，「電臺收入則按月呈繳黨政軍機關若干，作爲所謂背景費」。參見《上海市軍事管制委員會文化教育管理委員會新聞出版處廣播室關於廣播電臺管制工作的報告》（1950 年 3 月 10 日），上海市軍事管制委員會文化教育委員會新聞出版處廣播室檔案。轉引自上海檔案館等合編：《舊中國的上海廣播事業》，檔案出版社、中國廣播電視出版社，1985 年版，第 771 頁。

2 日僞統治時期，在一些大城市也開辦過商業性電臺，儘管所有權歸日僞當局，但實際上由民間的廣告公司運營，帶有較強的民營色彩。此處鑒於內容整合和分類的需要，故將「淪陷區的日僞廣播事業」納入「民營廣播電臺」一節來敘述。

此外，汪僞政權還通過強制受眾交納收聽費，以便「擴充設備、充實廣播內容、完成重大使命」。1943 年 9 月，汪僞宣傳部在上海公布實施收音機裝置許可制，並准許僞「中國廣播協會」自 10 月 1 日起得與收音機所有人締結《收聽契約》，按月收取收聽費中儲券 10 元。次年，上海的收聽費價格上漲到 100 元，改裝費則漲到 300 元。

1949 年 5 月 28 日，國民黨上海廣播電臺業經上海市軍事管制委員會文化教育管理委員會派員接管。與此同時，上海人民廣播電臺開始播音，廣播內容爲新聞、評論、通訊、革命文獻、布告、法令、音樂、戲劇、越劇等。以此爲標誌，中國廣播事業由此翻開了新的一頁。

結　語

「民國」成爲研究「富礦」由來已久。關於民國新聞傳播議題，學界較多關注的是民國新聞思想的流變、傳播內容的史學和文化學意義等等，本書則將關注的目光聚焦在民國時期的新聞業經營問題上。鑒於民國新聞媒介形態多元且各自呈現出獨有的經營特性和面貌，因此本書主要分報紙、通訊社和廣播電臺兩大類進行論述，其中又依據經營體制、經費來源將報業劃分爲政黨報業、民營報業和外國在華報業分別加以研究。本書通過對不同時期報業、通訊社和廣播事業的經營特性與概貌進行梳理和深描，試圖把握民國時期新聞業經營的發展歷程，並探尋民國新聞業內部各經營要素之間及其與外部經營環境之間的內在關係。

作爲民國新聞業的主流力量，民國報業的發展呈現出階段性成長路徑。如果說北京政府時期是民國報業初露崢嶸、蓬勃向上的生長期，「黃金十年」（1927～1937 年）則是報業發展的黃金時代，繁榮與轉型成爲這時期報業的兩大特質，南京政府後期在持續不斷的戰火中報業命運漸漸凸顯出鮮明的分野，受制於戰爭和制度等因素，民營報業終究難以逃避日益萎縮甚至衰敗的命運，國民黨黨營報業則隨著軍事的潰敗和政權的遷徙走上一條輾轉求生之路，中國共產黨黨報事業則伴隨全國解放從農村轉移到城市，迎來新的發展時期。作爲新興的媒介形態，通訊社和廣播事業在民國新聞業經營的版圖上充當的是地位相對邊緣的配角。直到 1930 年代末中國才有了全國意義上的代表性通訊社——中央通訊社，廣播電臺則一直未能擺脫依附身份，直到新中國成立後無法「獨立的言說」依然是廣播業在相當長時期內不得不面臨的發展困境。

媒介生態學認爲，媒介的生長狀態是由環境所提供的各項資源狀況所決定的，尤其是國家作爲公權力持有者層面的制度環境起著至關重要的作用，同時強調在媒介與環境的互動中審視媒介生存。本書首先論述了民國時期新聞業發展的政治、經濟和社會背景及其形成的資源條件，與新聞業經營之間的內在關係。從「立憲共和國」到「弱勢獨裁政黨」的政治空間，從法制乏力到「黨化新聞界」的輿論控制，從有限自由「飛地」漸變爲虛弱「護身符」的租界，雖屢屢給民國新聞業的發展帶來嚴酷的輿論鉗制與嚴厲的新聞統制，以致造成某一時期內整體新聞業的徘徊不前甚至倒退，但混亂紛爭的軍閥政治、「一統江山」下的弱勢獨裁政黨和特殊的租界體制形成的「權力縫隙」客觀上給新聞業創造了相對寬鬆、自由的經營環境，使得身處亂世的新聞業依然獲得經營變革和蓬勃發展的空間。

與此同時，中國經濟在經歷了民初資本主義發展的黃金時代後，不久又陷入起伏不定的緩慢發展期，其間雖再現了民族資本主義的短暫復興景觀，但此前積累的現代化成果很快幾毀於八年日本侵華戰爭，直到戰後終因種種因素而瀕臨崩潰。一段時期的新聞業發展與同期國民經濟景氣之間成正比關係，同理，某一地域的新聞業發展與其商業發達程度亦成正比關係，這條定律或可揭示民國新聞業在某一時期或某一地域內所呈現的不均衡發展現象。以上海爲例，一戰後發達的商業活動促進了上海報業的繁榮，不僅孕育了舊中國規模和影響力最大的報紙《申報》、《新聞報》及其報業集團，而且催生了隨著現代傳播技術的進步應運而生的新興媒介——通訊社和廣播電臺。1927～1937 年中國經濟有了一定程度的發展，其間迎來了民族資本主義發展的短暫復興，給新聞業發展提供了相對充分的物質條件。這時期，中國報業尤其是民營報業經營也走上了規模化、集中化、現代化的道路，迎來了民國新聞史上的「黃金十年」。

民國以來城市的擴張及其帶來的人口多元化、受教育水平的提高和市民生活的繁榮，構築了現代新聞業生存的物質環境，進一步促進了市民階層閱報風習的養成，由此培育了穩定且多元化的新聞業消費群體；不斷加快的教育近代化步伐和新聞教育的勃興，不僅拓展了新聞業市場的生長空間，更重要的是爲新聞業的發展輸送了一批批胸懷抱負且優秀的職業報人群體；與此同時，印刷術、電報、電話以及交通運輸等傳播技術的傳入和應用，直接加速了中國新聞業現代化的進程——不僅大大提高了新聞報導時效，而且革新了原有的新聞觀念和經營理念。

北京政府時期，中國新聞業呈現出蓬勃向上但不均衡的經營態勢。報紙的企業化成爲同期中國新聞事業職業化的突出現象，尤其是歷史悠久的《申報》、《新聞報》等民營大報率先走向現代企業化經營的經驗爲中國新聞事業的發展提供了有益的借鑒。政黨報紙雖佔據著中國報紙的主流地位，但經營上有起色者寥寥。總體來看，整個新聞業尚處於初級經營階段，只有少數民營大報通過自我發展實現經濟獨立，大部分報紙尚依賴津貼生存。報紙經營主要依賴廣告和發行，廣告依地區經濟和自身經營策略的不同，表現出極大的差異性；發行方面多依賴郵政系統和報販群體，具有較強的依附性。這時期外國在華報業因享有治外法權鮮少受到中國政府干預，無論是發行量還是影響力方面都佔據絕對優勢，客觀來看，外報的存在推動了當時中國新聞事業的發展。尤其是《順天時報》在內容傳播方面力求中國化的同時，不斷師法日本商業報紙的辦報路線和經營策略，使其不僅成爲眾多在華外報中的成功者，而且在市場競爭中也領先於中國北方本土報刊。作爲新興的媒介形態，通訊社普遍規模較小、設備簡陋、資金缺乏，經營內容單一；中國廣播事業的發展尚處於創設期，一些商業電臺以產品促銷作爲盈利模式。

南京政府前期即 1927～1937 年，史稱「黃金十年」，也是民國新聞業經營的黃金時代。順應報業規模化、集中化的發展趨勢，以上海《申報》、《新聞報》爲代表的民營大報在經營體制、組織管理和廣告、發行業務等方面加快了漸進式變革的步伐，並取得了卓有成效的經營業績。與此同時，順應世界報業托拉斯潮流，中國報業出現了托拉斯化傾向，但因種種因素終遭破滅。至 1930 年代末，國民黨基本建立起一個以《中央日報》爲核心的龐大黨報體系，其中程滄波主導的《中央日報》改組爲國民黨黨報經營管理體制的改革探索了一條新路。中國共產黨則在國統區和革命根據地分別著手建立自己的報刊系統，尤其是「破天荒第一次深入到貧窮落後的農村地區」，堅持黨性和人民性，踐行群眾辦報的方針。這時期由於受南京國民政府組織的抵制外報運動的影響，外國在華報業遭此打擊轉入發展低谷。隨著中日戰爭的打響，日本在華報業漸漸佔據主角地位，並在東北淪陷區實行報業統制以實現其文化殖民的野心。這十年間，通訊社出現了企業化發展的勢頭，其中國民黨中央通訊社在蕭同茲的推動下進行了企業化改組，逐步淡化了國民黨宣傳工具的色彩，眞正成爲全國意義上的通訊社。國人自辦廣播電臺呈勃興之勢，基本奠定了中國廣播事業發展的基礎。由於絕大多數民營電臺的經濟來源仰賴於廣告收入，發達的工商業、相對穩定的供電系統和一定規模的受眾群體成爲民營電臺發展的必要條件，因而民營電臺的空間布局和經營面貌呈現出顯著的非均衡性。

抗戰爆發後，播遷到內地的國民黨黨營新聞事業在戰時體制的凝聚下，實力反倒超過戰前，並出現了集團化傾向。戰後國民黨報團組織得到進一步擴張，《中央日報》確立並實施企業化經營管理體制，取得了比較顯著的成效。同期，通過在國統區和革命根據地長期豐富的新聞宣傳活動，中國共產黨不僅基本確立了黨的新聞工作的基本理論與模式，而且在報刊的經營管理方面摸索出一套行之有效的策略和方法。比如，重慶《新華日報》實行明確的群眾路線的辦報方針，重視讀者工作，通過整頓人事不斷改善經營管理，從而在國統區產生了越來越大的影響力；延安《解放日報》多次進行機構改組以適應不斷變化的形勢，尤其是通過改版在全黨辦報方針、新聞隊伍的建設和培養等方面，爲日後黨報的經營管理理論和實踐積累了不少成功的經驗，並進一步完善了無產階級黨報理論——「全黨辦報」理論。抗戰時期民營報業一直致力於報紙地方版的拓展以壯大自身的經濟實力，戰後《大公報》、《新民報》和天津《益世報》等民營報紙繼續推進股份制經營，在現代企業管理制度、組織結構等方面取得較突出的成效。但在國民黨新聞統制政策和幣制改革的重壓下，戰後民營報業日益呈現衰敗的頹勢。

隨著日本侵華戰爭的全面展開，日本在華報業成爲外報的主角。僞滿在東北淪陷區實行的「弘報新體制」對報業進行了新一輪的整合、壟斷，以達到公開服務於戰爭的目的；汪僞政權通過強化其計劃新聞制度，以實現日僞新聞事業的一體化。抗戰勝利後，日本在華報業隨著軍事的潰敗而自然遭遇覆亡的命運。國民黨黨營通訊社和廣播電臺成爲抗戰時期規模最大、實力最強的電子媒介，中央通訊社和中央廣播電臺還先後進行了企業化改組，但收效甚微。經過八年抗戰的磨礪，中國共產黨通訊社和廣播事業逐步走向成熟、壯大，爲奪取全面勝利奠定了良好的輿論基礎。「孤島」時期民營電臺一度呈現畸形繁榮，戰後在國民黨當局的整頓和打壓下其命運形同民營通訊社，每況日下，風光不再。可以說，南京政府後期即 1937～1949 年，新聞業因戰爭而輾轉遷徙，物質條件愈加困難，經營環境日趨惡化，但依然在戰火中延續經營，地方版（分社）的拓展帶來新聞業版圖的擴大，股份制經營也朝著更爲深入、成熟的方向發展，儘管在當時的歷史條件下其內在的侷限性無法克服，但總體上給新聞業經營帶來新的生機。

綜上所述，五方雜處、新舊交融、中西並存的「大時代」歷史語境給民國新聞業經營烙上了鮮明的雙重性和複雜性。承接著傳統文化之「地氣」，吸納著西洋文明之養料，民國新聞業在經營體制、運作模式和策略上既表現出相當強大的「歷史慣性」，又凸顯出具有活力的創新變革精神。追溯民國新聞業的經營歷程，反思其中榮枯得失，不妨從中萃取數點富有啓示性的「精神資源」，或可對當下傳媒業運營提供現實觀照和歷史鏡鑒。

第一，經過20世紀一二十年代的現代企業化經營積累，到1930年代公司制在民營報業中逐漸普及，內部治理不斷規範，並出現了集團化傾向。這昭示著民營報業眞正實現了從「個人時代」到「股份公司時代」的轉型，而這種轉型是報業經濟發展的內在邏輯，也是影響制度需求的因素發生變化的必然結果。經營體制轉型必然帶來管理模式的變革，以《申報》、《新聞報》爲代表的民營大報在組織管理方面處於制度完善階段，即從「能人時代」邁入「制度化時代」。在組織結構變革上，則表現出顯著的科層化、專業化趨勢。總之，這時期內部管理逐步褪去了經驗管理時期的「人治」色彩，基本奠定了科學管理的「法治」基礎。然而由於受制於近代經濟發展水平和戰爭等因素，這些民營大報終究未能實現向現代管理階段的轉型。値得注意的是，南京政府時期看似「一統江山」的局面下依然存在時局變幻、社會動盪的不安定因素，加之日本侵華戰爭和第二次國內戰爭，置身如此嚴峻的環境中，民營報業雖然取得較大發展，但報業基礎尙很薄弱，因而在進行公司化、集團化等制度革新時不免表現出如履薄冰的謹愼，心有餘而力不足，這或許從一個側面可以解釋《申報》、《新聞報》等民營大報不約而同地選擇了漸進式變革模式之原因。另外，民國時期，中國處於從傳統社會向現代社會轉型的階段，有學者將這種轉型特點概括爲「啓動慢速發展階段」。[1]値得注意的是，與整個社會轉型的「慢速」啓動相契合，民國報業轉型亦選擇了漸進式的變革模式。不可否認的是，近代報業之所以選擇誘致性制度變遷方式[2]，很大程度上與近代報業實踐中的「傳統集權傾向」有關，舊制度觀念的根深

1　鄭杭生：《中國人民大學社會發展報告（1994～1995）》，中國人民大學出版社，1996年版。

2　誘致性制度變遷，就是指一種增量調整式的改革，即在不觸動原有制度安排的條件下增加新的制度或對外圍的制度進行調整，因而這種變革往往無法觸及核心制度。

蒂固及其強大力量無疑會阻礙新式制度的進入和實施，從而使當時報業轉型表現出較顯著的新舊耦合特徵。這不僅體現在報業經營體制、組織管理方面，而且在廣告和發行營銷策略和方法上也滲透著傳統與現代雜糅的特點。從這個層面看，《申報》、《新聞報》等民營大報還沒有轉變成眞正意義上的現代報業公司。

第二，隨著報業經濟的不斷發展，民國報業尤其是民營報業都試圖擺脫津貼供養式的依附性生存狀態，[1]將「經濟獨立」奉爲最大鵠的，以彰顯其「不偏不倚」乃至「敢言」的營業傳統和本色。因此作爲報業經營的「兩翼」，廣告和發行經營直接關係到報業經濟獨立之根本，尤其在 1927～1937 年民營報業經營中的地位被提到相當高度。由於積極吸納、借鑒西方報業的廣告經營理念，這時期報業廣告經營理念已漸趨成熟，全面確立了「以廣告爲本位」的經營觀，並秉持「現代報業一體觀」，將廣告、發行與內容的經營相結合，由此形成多樣化的廣告經營策略。民國初期，報紙發行依然受到上至政府層面下至報販和派報社等多方面條件的制約，到 1920 年中後期在發行經營上的自主性大大增強，一些民營大報在自主發行模式上進行了諸多有益的、創造性的探索，形成了快速發行、內容競爭、廣告促進和聯合發行等豐富多樣的發行策略。值得一提的是，這些經營策略和方法既師法於西方報業營銷思想，又兼顧到本土社會和文化的實際訴求，在此基礎上形成的卓有成效的本土化經營策略足以成爲中國報業經營的經典案例。

第三，以媒介生態學的視角來考察民國報業經營的版圖，除了民營報紙外，還有國民黨黨報和軍報、中國共產黨黨報以及外國在華報紙，這些報刊相互影響和作用，彼此衝突和融合，在一定程度上都受到「優勝劣汰」規律的影響，由此形成多元化的報業結構和變動不居的媒介生態位。除了國共兩黨黨報系統的尖銳對立外，當時報業種群之間的衝突與融合，尤其突出體現在民營報紙與國民黨黨報之間、本土報紙與外國在華報紙之間的複雜關係上。儘管民營報紙與國民黨黨報之間存在著對立和衝突，但兩者之間的聯繫和融合更爲顯著和頻繁。在報業經營方面，民營報紙與國民黨黨報之間相互借鑒、學習，經營能力和業績均得到共同的提升。1932 年《中央日報》學習《紐約日報》成例，在全國新聞界率先實行社長負責制，可以說是中國報業

1 王潤澤：《津貼：民國時期中國新聞界的痼疾》，《新聞與傳播》2010 年第 12 期，第 73 頁。

管理體制的一次大改革。之後，許多民營報紙相繼效行，在報館內部管理上實行社長負責制。另一方面，國民黨黨報還積極吸收一些民營大報企業化的辦報理念和經驗，打破之前黨報僵化、呆板的辦報模式，在報業經營上煥發出新的生機。比如，受民營大報經營理念的啓發，國民黨黨報系統開始認識到廣告和發行的重要性並普遍加以重視，結果逐步擺脫以前全部依賴政府津貼的窘境，初步具備了參與報業市場競爭的綜合實力。外國在華創辦的報紙從一開始就直接採用西方報業的經營模式，按照商業原則經營報紙，「以 1872 年《申報》的創辦爲標誌，開創了中國報業以商業性報刊爲主流的新紀元」。[1]可以說，「近代報業，正如上海的資本主義經濟一樣，興起得晚，但是發展迅速，只用了幾十年工夫便走完了歐美列強二三百年的歷程」。[2]這主要得益於外國在華報業對中國報業發展所發揮的奠基作用，其報業運營模式和理念直接孕育、引領了民營報業的發展，並輻射到整個中國本土報業。

第四，相比民國報業的蓬勃發展與主流地位，民國廣播事業雖逐漸受到重視，影響力日益提高，但總體上因缺乏新聞報導自主權而始終未能擺脫對通訊社和報刊新聞的依附生存，直到新中國成立後相當長一段時期內都未能成長爲一種獨立、成熟的媒介形態。造成這種局面的主要原因在於主政者對廣播這一新興媒介的認知偏差。南京國民政府一直強調廣播的宣傳教化功能，將官辦廣播定位爲「宣傳之利器」，民營電臺則是「輔助教育的工具」，這種對廣播宣傳價值的強化張揚、對其新聞價值的漠視甚至消解使得政府對廣播業的信息監管相當嚴厲。[3]比如設立核稿制度[4]使得電臺工作人員只能被動等待，無所作爲。與對民營報刊的管理不同，無論是北洋政府還是南京國民政府不僅沒有賦予民營廣播以新聞報導權，而且還限制其功率、周率和傳播範圍，直接導致民營電臺只能以娛樂和盈利爲導向，結果造成品味降低，聲譽受損，深爲時人所詬病。此外，民國社會經濟發展水平極其不均衡，人口普遍貧困且百分之八十以上居於偏遠農村，使得收音機的推廣障礙重重。由

1　黃瑚：《中國新聞事業發展史》，復旦大學出版社，2005 年版，第 24 頁。

2　汪幼海：《上海報業發展的西方要素研究（1850～1937）》，復旦大學博士學位論文，2008 年版。

3　艾紅紅：《略論民國時期新聞廣播的貢獻與侷限》，載倪延年主編《民國新聞史研究》（2015 年），南京師範大學出版社，2015 年版，第 463～473 頁。

4　國民黨政府明確要求廣播電臺中關於時評、討論政見、發表宣言、批評政黨或團體的，均須將講稿呈會核閱，經批准後方可播講。

此可見，作爲一種新興的媒介形態，民國廣播業的經營狀態受制於主政者對廣播功能定位的認知偏差以及制度安排，這就從根本上決定了民營廣播業無法以獨立、成熟的經營主體角色，登上多姿多彩的民國新聞傳播大舞臺，更遑論與包括政黨報業、民營報業在內的民國報業同臺競技了。

引用文獻

一、論著

1. 戈公振：《中國報學史》，生活・讀書・新知三聯書店，2011 年版。
2. 戈公振編：《新聞學撮要》，上海新聞記者聯歡會印行，1925 年版。
3. 徐寶璜：《新聞學綱要》，聯合書店，1930 年版。
4. 胡仲持：《關於報紙的基本知識》，生活書店，1938 年版。
5. 曹用先：《新聞學》，商務印書館，1934 年版。
6. 馬星野：《新聞自由論》，中央日報印行，1948 年版。
7. 蔣國珍：《中國新聞發達史》，世界書局，1927 年版。
8. 項士元：《浙江新聞史》，之江日報社，1930 年版。
9. 黄天鵬：《中國新聞事業》，聯合書店，1930 年版。
10. 黄天鵬：《新聞學入門》，光華書局，1933 年版。
11. 薩空了：《科學的新聞學概論》，文化供應社，1947 年版。
12. 胡道靜：《新聞史上的新時代》，世界書局，1946 年版。
13. 胡道靜：《上海新聞事業之中的發展》，上海通志館，1935 年版。
14. 胡道靜：《報壇逸話》，上海通志館，1935 年版。
15. 邵飄萍：《新聞學總論》，京報館，1924 年版。
16. 姚公鶴：《上海閒話》，上海古籍出版社，1989 年版。
17. 儲玉坤：《現代新聞學概論》，世界書局，1948 年版。
18. 趙君豪：《中國近代之報業》，申報館，1938 年版。
19. 任白濤：《國際通訊的機構及其作用》，商務印書館，1939 年版。
20. 蔣國珍：《中國新聞發達史》，世界書局，1927 年版。

21. 吳定九：《新聞事業經營法》，現代書局，1930 年版。
22. 詹文滸：《報業經營與管理》，正中書局，1948 年版。
23. 陶菊隱：《記者生活三十年——親歷民國重大事件》，中華書局，2005 年版。
24. 張靜廬：《中國的新聞紙》，光華書局，1928 年版。
25. 張靜廬：《中國的新聞記者與新聞紙》，現代書局，1932 年版。
26. 張靜廬：《在出版界二十年——張靜廬自傳》，上海雜誌公司，1938 年版。
27. 徐鑄成：《報海舊聞》，三聯書店，1981 年版。
28. 管翼賢纂輯：《新聞學集成》（第 1 輯），中華新聞學院，1943 年版。
29. 邵力子：《十年來的中國新聞事業》，商務印書館，1937 年版。
30. 劉覺民：《報業管理概論》，商務印書館，1938 年版。
31. 包天笑：《釧影樓回憶錄》，中國大百科全書出版社，2009 年版。
32. 汪英賓：《中國本土報刊的興起》，王海、王明亮譯，暨南大學出版社，2013 年版。
33. 鄭逸梅：《書報話舊》，中華書局，2005 年版。
34. 張友漁：《報人生涯三十年》，重慶出版社，1982 年版。
35. 陳彤旭：《出奇制勝——舊中國的民間報業經營》，福建人民出版社，1999 年版。
36. 葛元熙等：《滬遊雜記·淞南夢影錄·滬遊夢影》，上海古籍出版社，1989 年版。
37. 〔美〕哈雷特·阿班：《民國採訪戰：〈紐約時報〉駐華首席記者阿班回憶錄》，廣西師範大學出版社，2008 年版。
38. 姚公鶴：《上海閒話》，上海古籍出版社，1989 年版。
39. 趙敏恒：《外人在華新聞事業》，王海等譯，暨南大學出版社，2011 年版。
40. 包天笑編：《考察日本新聞記略》，商務印書館，1918 年版。
41. 黃瑚：《中國近代新聞法制史論》，復旦大學出版社，1999 年版。
42. 方漢奇：《中國新聞事業通史》（第 2 卷），中國人民大學出版社，1996 年版。
43. 吳廷俊主編：《中國新聞事業史》，武漢大學出版社，2009 年版。
44. 吳廷俊：《中國新聞傳播史稿》，華中科技大學出版社，2002 年版。
45. 〔美〕大衛·斯隆編著：《美國傳媒史》，劉琛等譯，上海人民出版社，2010 年版。
46. 羅霆編著：《媒體管理：理論框架與案例分析》，中國國際廣播出版社，2008 年版。

47. 孫會：《〈大公報〉廣告與近代社會（1902～1936）》，中國傳媒大學出版社，2011 年版。
48. 吳文虎主編：《新聞事業經營管理》，高等教育出版社，1999 年版。
49. 吳信訓等：《現代傳媒經濟學》，復旦大學出版社，2005 年版。
50. 陳銘德，鄧季惺：《〈新民報〉春秋》，重慶出版社，1987 年版。
51. 重慶日報社：《抗戰時期重慶的新聞界》，重慶出版社，1995 年版。
52. 王潤澤：《北洋政府時期的新聞業及其現代化（1916～1928）》，中國人民大學出版社，2010 年版。
53. 吳廷俊：《中國新聞史新修》，復旦大學出版社，2008 年版。
54. 吳廷俊：《新記〈大公報〉史稿》，武漢出版社，2002 年版。
55. 李焱勝：《中國報刊圖史》，湖北人民出版社，2005 年版。
56. 龐榮棣：《申報魂：中國報業泰斗史量才圖文珍集》，上海遠東出版社，2008 年版。
57. 楊雪梅：《陳銘德、鄧季惺與〈新民報〉》，中華書局，2008 年版。
58. 侯傑：《〈大公報〉與近代中國社會》，南開大學出版社，2006 年版。
59. 秦紹德：《上海近代報刊史論》，復旦大學出版社，1993 年版。
60. 馬光仁主編：《上海新聞史》，復旦大學出版社，1996 年版。
61. 新民晚報史編纂委員會主編：《飛入尋常百姓家：新民報——新民晚報七十年史》，文匯出版社，2004 年版。
62. 黃瑚：《中國新聞事業發展史》，復旦大學出版社，2001 年版。
63. 倪延年：《中國新聞法制史》，南京師範大學出版社，2013 年版。
64. 〔美〕埃德溫·埃默里，邁克爾·埃默里：《美國新聞史》，新華出版社，1982 年版。
65. 蔡銘澤：《中國國民黨黨報歷史研究（1927～1949）》，團結出版社，2013 年版。
66. 馬藝：《天津新聞傳播史綱要》，新華出版社 2005 年版。
67. 中央通訊社編印：《七十年來中華民國新聞通訊事業》，中央通訊社，1981 年版。
68. 新華通訊社史編寫組：《新華通訊社史》（第 1 卷），新華出版社，2010 年版。
69. 趙玉明：《中國現代廣播簡史》，中國廣播電視出版社，2001 年版。
70. 向芬：《國民黨新聞傳播制度研究》，中國社會科學出版社，2012 年版。
71. 韓辛茹：《解放日報史（1938～1947）》（上），中國展望出版社，1987 年版。

72. 王敬主編：《延安〈解放日報〉史》，新華出版社，1998 年版。
73. 王凌霄：《中國國民黨新聞政策之研究（1928～1945）》，近代中國出版社，1996 年版。
74. 張友鸞等：《世界日報興衰史》，重慶出版社，1982 年版。
75. 賴光臨：《七十年中國報業史》，臺北中央日報社，1981 年版。
76. 曾虛白：《中國新聞史》，國立政治大學新聞研究所，1977 年版。
77. 周雨：《大公報人憶舊》，中國文史出版社，1991 年版。
78. 方漢奇等：《〈大公報〉百年史（1912-06-17～2002-06-17）》，中國人民大學出版社，2004 年版。
79. 胡太春：《中國報業經營管理史》，山西教育出版社，1998 年版。
80. 〔美〕羅伯特・皮卡特：《傳媒管理學導論》，人民郵電出版社，2006 年版。
81. 唐緒軍：《報業經濟與報業經營》，新華出版社，1999 年版。
82. 徐培汀等：《中國新聞傳播學説史》，重慶出版社，1994 年版。
83. 胡正強：《中國現代媒介批評研究》，中國傳媒大學出版社，2010 年版。
84. 王敏：《上海報人社會生活（1872～1949）》，上海辭書出版社，2008 年版。
85. 李長莉：《晚清上海社會的變遷——生活與倫理的近代化》，天津人民出版社，2002 年版。
86. 李楠：《晚清、民國時期上海小報研究：一種綜合的文化、文學考察》，人民文學出版社，2005 年版。
87. 許紀霖等：《近代中國知識分子的公共交往：1895～1949》，上海人民出版社，2007 年版。
88. 〔美〕鮑威爾著，邢建榕等譯：《我在中國二十五年：〈密勒氏評論報〉主編鮑威爾回憶錄》，上海書店，2010 年版。
89. 〔日〕内川芳美、新井直之：《日本新聞事業史》，張國良譯，新華出版社，1986 年版。
90. 〔美〕費約翰著：《喚醒中國：國民革命中的政治、文化與階級》，李恭忠等譯，三聯書店，2004 年版。
91. 金沖及：《二十世紀中國史綱》，社會科學文獻出版社，2009 年版。
92. 陳謙平主編：《中華民國史新論（政治・中外關係・人物卷）》，三聯書店，2003 年版。
93. 郭廷以：《近代中國史綱》（第 3 版），格致出版社，2009 年版。
94. 費正清編：《劍橋中華民國史（1912～1949）》（上），中國社會科學出版社，2011 年版。

95. 白壽彝主編：《中國通史》（第 12 卷）：《近代後編（1919～1949）》，上海人民出版社，1999 年版。
96. 張國福：《中華民國法制簡史》，北京大學出版社，1986 年版。
97. 關海庭主編：《中國近現代政治發展史》，北京大學出版社，2005 年版。
98. 閻小波：《中國近代政治發展史》，高等教育出版社，2003 年版。
99. 馬伯煌：《中國近代經濟思想史》（下冊），上海社會科學院出版社，1992 年版。
100. 楊奎松：《民國人物過眼錄》，廣東人民出版社，2009 年版。
101. 〔美〕小科布爾：《上海資本家與國民政府（1927～1937）》，楊希孟譯，中國社會科學出版社，1988 年版。
102. 崔之清主編：《國民黨政治與社會結構之演變（1905～1949）（中編）》，社會科學文獻出版社，2007 年版。
103. 〔法〕白吉爾：《中國資產階級的黃金時代（1911～1937）》，張富強、許世芬譯，上海：上海人民出版社，1994 年版。
104. 王向民：《民國政治與民國政治學：以 1930 年代爲中心》，上海人民出版社，2008 年版。
105. 忻平：《從上海發現歷史——現代化進程中的上海人及其社會生活》，上海人民出版社，1996 年版。
106. 〔法〕白吉爾：《上海史：走向現代之路》，王菊、趙念國譯，上海社會科學出版社，2005 年版。
107. 伊斯門：《流產的革命：1927～1937 年國民黨統治下的中國》，中國青年出版社，1992 年版。
108. 嚴立賢：《中國和日本的早期工業化與國內市場》，北京大學出版社，1999 年版。
109. 鄭友揆：《對外貿易與中國的工業建設》（1840～1948），上海社會科學院，1984 年版。
110. 〔美〕阿瑟恩·楊格：《1927 至 1937 年中國財政經濟情況》，中國社會科學出版社，1981 年版。
111. 馬作寬編：《組織變革》，中國經濟出版社，2009 年版。
112. 錢德勒：《看得見的手——美國企業的管理革命》，商務印書館，2004 年版。
113. 王撫洲：《工業組織與管理》，商務印書館，1934 年版。
114. 鍾祥財：《中國近代民族企業家經濟思想史》，上海社會科學院出版社，1992 年版。
115. 馬作寬編：《組織變革》，中國經濟出版社，2009 年版。

116. 張立勤：《近代以來湖商與甬商發展路徑的比較研究》，中國社會科學出版社，2011 年版。
117. 許紀霖等：《近代中國知識分子的公共交往：1895～1949》，上海人民出版社，2007 年版。
118. 張忠民：《艱難的變遷：近代中國公司制度研究》，上海社會科學院出版社，2002 年版。
119. 李今：《海派小說與現代都市文化》，安徽教育出版社，2004 年版。
120. 樊衛國：《激活與生長：上海現代經濟興起之若干分析（1870～1941）》，上海人民出版社，2002 年版。
121. 王汎森：《近代中國的史家與史學》，復旦大學出版社，2010 年版。
122. 周其厚：《中華書局與近代文化》，中華書局，2007 年版。
123. 馮志翔：《蕭同茲傳》，傳記文學出版社，1974 年版。
124. 上海檔案館等合編：《舊中國的上海廣播事業》，檔案出版社、中國廣播電視出版社，1985 年版。
125. 何明：《五十一位中國國民黨中常委的最後結局》，中共黨史出版社，2008 年版。
126. 袁昶超：《中國報業小史》，新聞天地社，1957 年版。
127. 許晚成編著：《全國報館刊社調查錄》，龍文書店，1926 年版。
128. 《掃蕩二十年——掃蕩報的歷史記錄》，臺灣中華文化基金會，1978 年版。

二、連續出版物和學位論文

1. 曾憲明：《舊中國民營報人殊途同歸現象》，2003 年第 2 期《新聞與傳播研究》。
2. 曾憲明：《論僞民營報紙》，2005 年第 4 期《新聞與傳播研究》。
3. 朱春陽：《關於史量才與〈申報〉三個問題之思考與追問》，2008 年第 9 期《國際新聞界》。
4. 古曉峰，趙宗強：《民國時期報業市場的利益與政治紛爭——1936 年上海《新聞報》在蘇州的發行糾紛事件》，2006 年第 2 期《新聞大學》。
5. 沈松華：《民國報業的公司化進程研究》，2009 年第 4 期《杭州師範大學學報（社科版）》。
6. 劉小燕：《中國民營報業托拉斯道路的破滅》，《新聞大學》2003 年冬季號。
7. 秦紹德：《上海資產階級商業報紙的發展道路》，《新聞研究資料，1991，（2）：
8. 吳廷俊，陽海洪：《新聞史研究者要加強史學修養——論中國新聞史研究如何走出「學術內卷化」狀態》，2007年第3期。《新聞大學》。
9. 戈公振：《中國新聞事業之將來》，《東方雜誌》第20卷第15號。
10. 邵飄萍：《我國新聞學進步之趨勢》，《東方雜誌》1924年第21卷第6號。
11. 宗亦耘：《20世紀二三十年代上海報業的運營機制與規律》，2006年第2期《上海大學學報（社會科學版）》。
12. 姚福申：《解放前〈新聞報〉經營策略研究》，《新聞大學》1994年春季號。
13. 汪仲韋：《我與〈新聞報〉的關係》，1982年第2期《新聞研究資料》。
14. 楊師群：《黨治下的新聞報業——國民黨專制時期（1928～1937）新聞報業的考察》，2010年第5期《華東政法大學學報》。
15. 蔡銘澤：《論三十年代初期中國的輿論環境》，1994年第3期《中國人民大學學報》。
16. 姚福申：《張報安教授話先父張竹平遺事》，2008年第1期《新聞大學》。
17. 王英：《張竹平廣告理念初探》，《新聞大學》2000年春季號。
18. 王潤澤：《津貼：民國時期中國新聞界的痼疾》，2010年第12期《新聞與傳播》（人大複印報刊資料）。
19. 王潤澤：《從傳統到現代的艱難蛻變——民初報刊現代化進程的片段圖景》，2011年第1期《新聞與傳播》。
20. 曾來海：《試論民國時期報業集團化經營的理論研究》，2011年第3期《國際新聞界》。
21. 姚福申：《「四社」——舊中國報業集團化經營的嘗試》，《新聞大學》1997年冬季號。
22. 黃卓明，俞振基：《關於時事新報的所見所聞》，1983年第19期《新聞研究資料》。
23. 吳士英：《論租界對近代中國的複雜影響》，1998年第5期《文史哲》。
24. 陳冠蘭：《近代中國的租界與新聞傳播》，2008年第1期《新聞與傳播研究》。
25. 劉小燕：《中國民營報業托拉斯道路的破滅》，《新聞大學》2003年冬季號。
26. 徐信華、徐方平：《論中共早期報刊的書報廣告與馬克思大眾化》，《黨史研究與教學》2010年第6期。
27. 馮悅：《近代京津地區外文報的輿論與外交評析》，《北京航空航天大學學報（社會科學版）》，2010年第3期。
28. 易文：《中文外報——一個獨特的研究視野》，《廣西大學學報（哲學社會科學版）》2008年第6期。

29. 郭傳芹：《關於〈漢文京津泰晤士報〉的再考察——對《〈漢文京津泰晤士報〉一瞥》一文的商榷》，《國際新聞界》2009年第7期。
30. 鄭保國：《約翰·B·鮑威爾與美國新聞專業主義在中國的實踐與傳播》，《國際新聞界》2012年第4期。
31. 涂鳴華：《日本文化間諜中島眞雄在華的辦報生涯評述》，2014年第2期《新聞春秋》。
32. 涂鳴華：《抵制和遷都：再論〈順天時報〉停刊的深層原因》，《國際新聞界》2010年第9期。
33. 王詠梅：《胡政之創辦「國聞通訊社」》，《國際新聞界》2008年第5期。
34. 鄭德金：《中國通訊社百年歷史回顧》，《新聞記者》2004年第12期。
35. 林溪聲《成舍我的大眾化辦報理念與實踐》，見《新聞傳播》2006年第10期。
36. 羅國幹：《新記〈大公報〉的經營管理——媒介經營管理研究之三》，《廣西大學學報（哲學社科版）》2006年第5期。
37. 賈曉慧：《論〈大公報〉的報業觀：以30年代爲例》，見《史學月刊》2002年第8期。
38. 張貴：《東北淪陷14年日僞的新聞事業》，《新聞研究資料》1993年第1期，中國社會科學出版社，第173頁。
39. 王潤澤：《〈順天時報〉停刊深層原因之探析》，《國際新聞界》2008年第8期。
40. 左東樞：《我所知道的國民黨中央通訊社》，《新聞研究資料》1982年第5期。
41. 李文《試論陝甘寧根據地新聞事業的群眾性》，《新聞研究資料》1993年第1期，中國社會科學出版社。
42. 劉雲萊：《新華通訊社發展史略（三）》，1985年第4期《新聞研究資料》。
43. 劉繼忠：《新聞與訓政：國統區新聞事業研究（1927～1937）》（上），載方漢奇主編：《中國新聞史研究輯刊》（二編·第3冊），花木蘭文化出版社，2014年版。
44. 劉繼忠：《新聞與訓政：國統區新聞事業研究（1927～1937）》（下），載方漢奇主編：《中國新聞史研究輯刊》（二編·第4冊），花木蘭文化出版社，2014年版。
45. 何揚鳴：《論〈東南日報〉的企業化經營》，2004年第8期《新聞大學》。
46. 沈松華：《中國近代報業制度變遷研究——以報業公司制爲中心》，浙江大學博士學位論文，2007年版。
47. 汪幼海：《上海報業發展中的西方要素研究（1857～1937）》，復旦大學博士學位論文，2008年版。
48. 翟左揚：《大眾傳媒與上海「小資」形象建構》，復旦大學博士學位論文，2004年版。
49. 吴婷婷：《〈益世報〉總編輯王研石辦報思想研究》，暨南大學碩士學位論文，2010年版。
50. 黄旦：《全黨辦報與「手工業」工作方式：「全黨辦報」的歷史學詮釋》，2004年第8期《新聞大學》。
51. 李敦瑞、朱華：《抗戰前夕上海GDP及結構探析——以1936年爲例》,《史林》2011年第3期。
52. 艾紅紅：《略論民國時期新聞廣播的貢獻與侷限》，載倪延年主編《民國新聞史研究》（2015年），南京師範大學出版社，2015年版，第463～473頁。

三、資料彙編

1. 彭明主編：《中國現代史資料選輯》（第3冊），中國人民大學出版社，1989年版，第69頁。
2. 楊光輝等編：《中國近代報刊發展概況》，新華出版社，1986年版。
3. 茅盾主編：《中國的一日》，生活書店，1936年版。
4. 新聞報館編印：《新聞報館三十年紀念冊》，1922年版。
5. 申報館編：《最近之五十年》，申報館1923年版。
6. 上海通社編：《上海研究資料》，上海書店，1934年版。
7. 上海市檔案館編：《工部局董事會會議錄》，上海古籍出版社，2001年版。
8. 張仲禮，熊月之，沈祖煒主編：《長江沿岸城市與中國現代化》，上海人民出版社，2002年版。
9. 管翼賢纂輯：《新聞學集成》（1～4冊），上海書店，1943年版。
10. 中國人民大學新聞系：《新聞學論集》，中國人民大學出版社，1987年版。
11. 黄天鵬編：《新聞學刊全集》，光新書局，1930年版。
12. 上海市文史館、上海市人民政府參事室文史資料工作委員會編：《上海地方史資料》，上海社會科學院出版社，1984年版。
13. 范文瀾、翦伯贊等主編：《中國近代史資料叢刊》（第1冊），神州國光社，1953年版。
14. 上海通社：《上海研究資料續集》，上海書店，1934年版。
15. 中國人民大學港澳臺新聞研究所編：《報海生涯——成舍我百年誕辰紀念文集》，新華出版社，1998年版。
16. 中國人民大學新聞系編：《中國近代報刊史參考資料》（上、下冊），中國人民大學出版社，1982 年版。

17. 中國檔案彙編，榮孟源主編：《中國國民黨歷次全國代表大會及中央全會資料》（上、下冊），光明日報出版社，1985 年版。
18. 中國人民解放軍政治學院黨史教研室編：《中共黨史參考資料》，內部印行，1979 年版。
19. 國民黨中央黨史編纂委員會：《中國國民黨年鑒》，1929 年版。
20. 賈樹枚、陳遲、張煦棠等編：《上海新聞志》，上海社會科學院出版社，2001 年版。
21. 邵力子：《邵力子文集》，中華書局，1985 年版。
22. 中央檔案館編：《中共中央文件選集》第 1 冊，中共中央黨校出版社，1989 年版。
23. 中國社會科學院新聞研究所編：《中國共產黨新聞工作文件彙編》，新華出版社，1980 年版。
24. 中共中央文獻研究室、新華通訊社編：《毛澤東新聞工作文選》，新華出版社，1983 年版。
25. 黃天鵬：《新聞學演講集》，現代書局，1931 年版。
26. 燕京大學新聞學系編：《新聞學研究》，良友公司，1932 年版。
27. 新聞報館編印：《新聞報館三十年紀念冊》，1923 年版。
28. 中國第二歷史檔案館編：《中華民國史檔案資料彙編》第 5 輯第 1 編，鳳凰出版社，1994 年版。
29. 《中國共產黨新聞工作文件彙編》，新華出版社，1980 年版。
30. 何揚鳴主編：《老報人憶〈東南日報〉》，《浙江文史資料》（第 61 輯），浙江人民出版社，1997 年版。

報刊

1. 申報
2. 新聞報
3. 大公報
4. 世界日報
5. 新民報
6. 益世報
7. 中央日報
8. 民國日報
9. 新華日報

10. 解放日報
11. 新青年
12. 嚮導週報
13. 時事新報
14. 東南日報
15. 字林西報
16. 京津泰晤士報
17. 漢文京津泰晤士報
18. 密勒氏評論報
19. 順天時報
20. 掃蕩報

後記

敲完書稿最後一個字，長籲一口氣。窗外，北卡的天空似乎格外湛藍、高遠，秋葉在風中打著旋兒，靜靜飄落在每日必經的林中小徑上。回想這部書稿萌芽時，我還奔波於美麗的錢塘江畔，五年後終於殺青時我已置身大洋彼岸的美利堅了。不由感慨繫之。

從研究議題看，本書是我的博士論文的延伸和深化。博士論文以 1927～1937 年的《申報》、《新聞報》爲考察中心，試圖從經營體制、組織管理、廣告經營和發行經營等方面呈現同期民營報業的經營概貌與經營特性，著力對民營報業的體制轉型、組織變革及其動因進行深描和探討，以期對當下中國報業轉型實踐提供現實觀照的歷史資源。本書則以整個民國時期的新聞業經營作爲考察對象，不僅在考察時段上延伸到北洋政府時期、南京政府後期，而且研究對象則不拘於民營報業，政黨報業、外國在華報業以及通訊社、廣播事業等均納入研究視野。儘管民國時期的新聞業經營「精華」集中體現在 1927～1937 年「黃金十年」，並且充分體現在民營報業經營上，但是當眞正著手爬梳史料時，我才發現，此項工作量之浩繁遠遠超過我的預期。

此書前前後後共花了五年多時間，其間我的工作地點從杭州轉移到廣州，今年九月我又來到美國訪學，生活、工作環境發生了很大變化，教學、研究工作量增加了不少，這些無疑都是對我的毅力和心志的挑戰和考驗。好在人到中年，難得的是不曾失落那顆安然、淡定的初心。如今面對二十餘萬字成稿，其中雖不免有缺憾之處，但字裏行間似可重現彼時的專注，重溫埋首其間的歡悅、焦慮、徘徊之種種體驗。如此，堪慰吾心。

我要感謝我的博士生導師、媒介經營管理專家、復旦大學新聞學院黃芝曉教授，是他發現了我的學術興趣，啓發了我的博士論文選題，也讓我在民國新聞業經營的研究領域有了精耕細作的信心；感謝新聞史專家、復旦大學新聞學院黃瑚教授，博士論文寫作時曾得益於他，後來他的引薦又讓我與國家社科重大項目「中華民國新聞史」得以結緣，謝謝黃瑚老師一直以來的幫助和鼓勵；感謝項目組首席專家、南京師範大學新聞與傳播學院倪延年教授對我的信任和鼓勵，他嚴謹治學、甘坐「冷板凳」的精神令疏懶成性的我時時警醒，感念至深。同時感謝項目組各位專家、老師：白潤生、吳廷俊、方曉紅、韓叢耀、王潤澤、徐新平、劉亞、李建新、鄧紹根、艾紅紅、萬京華、張曉鋒、劉繼忠、李秀雲等，他們對拙作提出的寶貴意見令我受益匪淺。感謝所有長期耕耘於民國新聞史和媒介經營領域的學者、專家，他們業已發表的相關研究成果充實了本書的寫作，給我的啓發良多，在此恕不一一贅述。

感謝我的家人，他們始終是我前行路上溫暖的力量。

2018 年 11 月 18 日

於美國北卡羅來納大學教堂山分校